KB273591

만주,

경계에서
읽는
한국문학

필자 (집필순)

김재용(金在湧, Kim Jaeyong) 원광대학교 국어국문학과
박수연(朴秀淵, Park Soo Yeun) 충남대학교 사범대학 국어교육과
서영인(徐榮裀, Seo Young-In) 경희대학교 후마니타스칼리지
서재길(徐在吉, Seo Jae-Kil) 국민대학교 국어국문학과
손유경(孫有慶, Son You-Kyung) 서울대학교 국어국문학과
전월매(田月梅, Tian Yuemei) 천진사범대학교 한국어과
한홍화(韓紅花, Han honghwa) 중국해양대학교 한국연구소
이해영(李海英, Li Haiyang) 중국해양대학교 한국어과
최　일(崔一, Cui Yi) 연변대학교 조선-한국학원
최학송(崔鶴松, Cui Hesong) 중앙민족대학교 조선언어문학학부
김장선(金長善, Jin Changshan) 천진사범대학교 한국어과
차희정(車姬貞, Cha Hee Jung) 중국해양대학교 한국어과

만주, 경계에서 읽는 한국문학

초판 인쇄 2014년 5월 19일　**초판 발행** 2014년 5월 23일
엮은이 김재용 · 이해영
펴낸이 박성모　**펴낸곳** 소명출판　**출판등록** 제13-522호
주소 서울시 서초구 서초동 1621-18 란빌딩 1층
전화 02-585-7840　**팩스** 02-585-7848　**전자우편** somyong@korea.com　**홈페이지** www.somyong.co.kr

값 20,000원
ISBN 978-89-5626-996-2 93810
ⓒ 김재용 외, 2014

이 저서는 2013년도 정부(교육부)의 재원으로 한국학중앙연구원(한국학진흥사업단)의 지원을 받아 수행된 연구임(AKS-2009-MB-2002).

만주사변 시 봉천(현재 심양)성을 점령한 일본군들이 일장기를 내 거는 모습

중국 동북 지역을 점령한 일본군들이 중국 국민당의 국기인 청전백일기를 뺏고 기념촬영하는 모습.
아버지 장작림을 이어받은 장학량은 곧 중국 동북 지역을 국민당으로 편입시켰다.

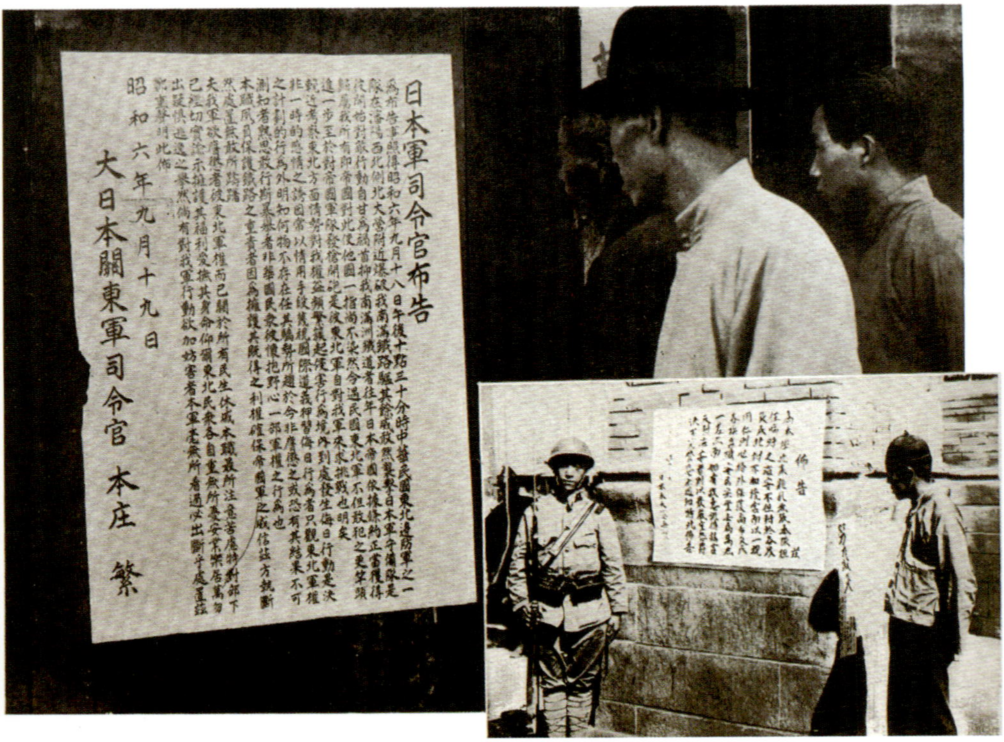

日本軍司令官布告

昭和六年九月十九日

大日本關東軍司令官 本庄 繁

만주를 점령한 후 일본 관동군 사령관이 내건 포고문을 읽고 있는 중국 민중의 모습. 옆
에서는 관동군 헌병이 이를 지키고 있다.

일본군의 포격에 불타고 있는 중국 군대의 막사

봉천(현재 심양)을 점령한 일본군들이 시가지를 행진하는 모습

일본군이 북대영 지역을 완전히 점령한 후 일장기를 세웠다.

만주사변 직후 일본은 관동군 사령부를 대련에서 봉천(현재 심양)으로 옮기고 본격
적으로 중국 동북 지역을 지배하였다.

만주사변 시 봉천(현재 심양)을 점령한 일본군들이 만일에 있을 중국민중들의 저항을 감시하고 있다.

일본군의 침략에 저항하던 중국 국민당 장학량 부대의 병사들이 일본군의 포로가 되어 이송되고 있다.

만주사변 시기 일본군들이 점령한 중국 국민당 장학량 정부의 경제 기구들

만주사변 시기 봉천(현재 심양)역 앞에 집결한 일본군들의 모습

일본군이 만주 지역을 침략하였다는 소식을 듣고 상해 거주 중국인들이 일본에 항의하는 모습

일본군들이 봉천⟨현재 심양⟩지역을 공략할 시기 봉천지역을 통치하던 장학량의 저택과 시가지 모습

일본이 만주국을 건설한 후 유통시킨 화폐

일본이 만주국을 건설한 후 유통시킨 화폐

일본군은 만주국을 건설한 후 중국 인민들을 동원한 대규모 행사를 자주 열어 문명화된 만주국의 모습을 안 과 밖에 아로새기려고 노력하였다. 만주국의 수도였던 신경(현재 장춘) 대동광장의 모습

일본 제국은 미국을 비롯한 국제사 회의 압력을 피하기 우하여 원래의 계획과 다르게 만주국을 독립국으로 위장하였다. 독립국 만주국의 수반 으로 마지막 청의 황제 부의를 등장 시켰다. 부의와 독립이란 글자가 병 존하는 연출이 당시 일본 제국의 의 도를 잘 보여주고 있다.

만주국 건국 후 각료들에게
임명장을 주는 모습.
주변의 사진들은 중국 인민들
이 만주국의 출범을 환영하고
있다는 인상을 주기 위해 연
출된 것들이다.

일본 제국이 만주국을 건설한 후 집중한 것 중의 하나가 만주국이 독립국임을 가장하는 것이었다.
그 일환으로 1937년에 치외법권을 철폐하였는데 이 사진들은 이를 축하하는 선전물을 담은 것이다.
하지만 일본은 패전하여 만주국에서 떠날 때까지 국적법을 만들지 못하였다.

만주사변 이후 일본 제국은 일본 내의 국민들을 만주로 이주시켜 개척촌을 형성하였다.
개척촌에서 농사를 짓고 있는 일본 이주민들의 모습

일본이 세운 만주국의 행정기관이었던 국무원의 모습.
백석은 만주로 간 직후 잠시 여기에서 일하였다가 실망하고 그만둔 적이 있다.

일본이 만주국을 건설하면서 일본 내 주민들을 많이 이주시켰다. 동북지역에서 일하고 있는 일본 농민들의 모습. 장혁주는 이러한 일본인 이주민과 조선 이주민들의 내선일체를 그렸다.

일본이 만주국을 건설한 후 가장 많이 홍보한 것이 개척이다.
마치 주인 없는 땅에 들어서서 처녀지를 개척했다는 인상을 주어 침략을 호도하는 효과를 유발하였다.

만주국을 건설하면서 일본은 전 만주지역을 관통하는 철도를 확보하였다. 이 철로 위를 다니었던 아시아호
열차의 모습이다. 이태준을 비롯한 많은 조선의 작가들은 이 열차를 이용하여 만주를 답사하였다.

만주국을 건설하던 일본 제국은 동아시아 지역을 포괄하는 항공 교통도 만들었다.

만주국을 건설하던 일본 제국은 만주지역을 근대화시키고 문명화시켰다고 홍보하였는데 시골 각지를 운행하던 장거리 버스도 그 중의 하나였다.

1 대련과 주변

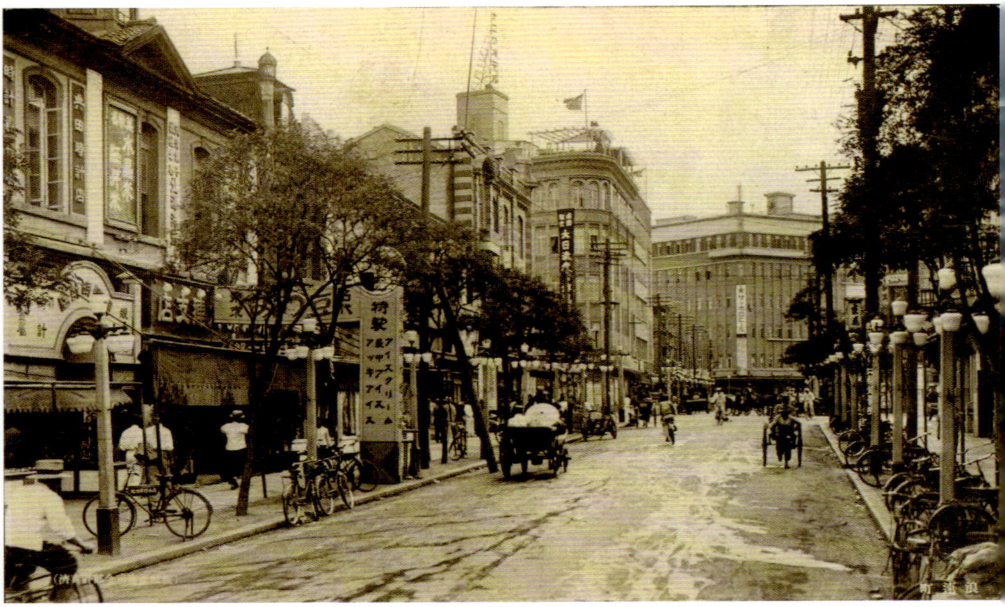

대련의 번화한 시가지

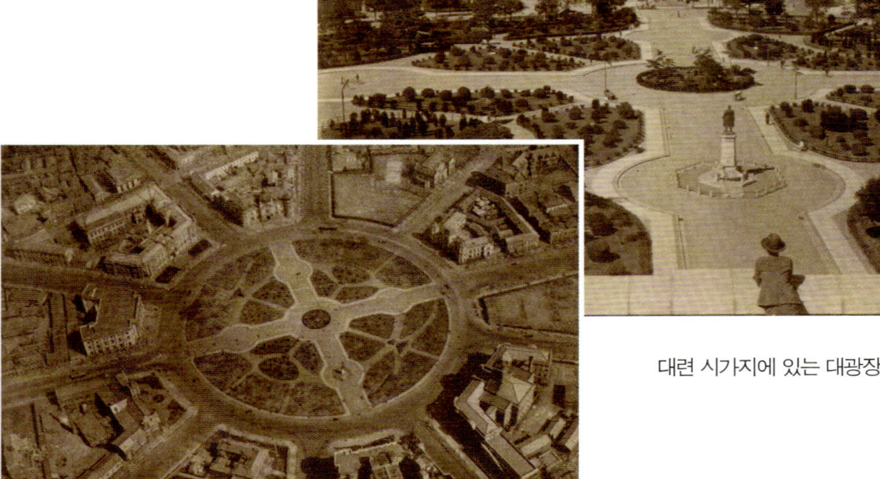

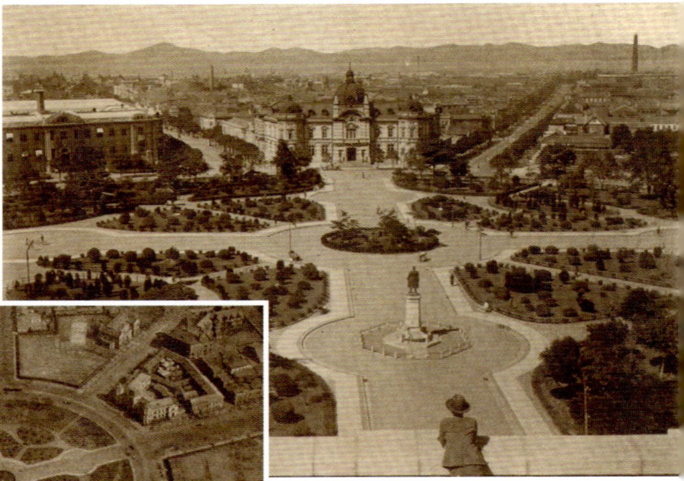

대련 시가지에 있는 대광장

만주철도회사 본사 건물의 모습

대련 옆에 있는 여순 지역에 있었던 관동청 건물의 모습. 관동청은 러일전쟁 이후 러시아에서 관동주를 빼앗은 일본이 관동주를 통치하기 위하여 설치한 국가기구

관동청이 여순지역에 세운 공과대학

일본 제국은 대련 근처인 여순 지역에 러일 전쟁을
추모하는 시설물들을 많이 지어 이를 일본 국민의
의식을 함양하는 관광지로 활용하였다.

일본인들이 만주국을 들어서려고 할 때 현관의 역할을 하였던 대련의 부두

대련 부두의 모습

대련의 시가지 모습

대련 행정 기관의 건물들

대련 일본인 거주 지역

일본이 만주국을 건설한 후 여러 도시들을 자신들의 취향에 맞추어 건설하였다.
대련 시가지의 모습이다.

봉천역과 대광장의 모습. 가운데 있는 탑은 일본이 러일 전쟁을 기념하는 비이다.
일본 제국은 만주 전 지역에 러일 전쟁 기념비를 세워 선전하였다.

봉천성 내의 모습. 이 곳에는 주로 중국인들이 거주하였다.

봉천역의 모습

봉천역의 모습

새로 건설되는 봉천역 주변의 일본인 거주 지역과 이와 대비되는 중국인 거주지였던 봉천 성내의 모습

봉천은 청나라의 근거지였기에 유적들이 많다. 동릉의 모습이다.
일본은 이를 꺼렸기 때문에 수도를 신경으로 정하였다.

봉천에 있던 북릉의 모습

봉천 주변인 무순 탄광의 모습이다. 한설야는 만주로 건너가서 잠시 이곳에서 일하였다.

중국 동북 지역의 군벌이었던 장작림. 장학량은 아버지가 일본군의 공작에 의하여 열차사고로 죽자 국민당에 편입되어 반일의 기세를 올렸다.

일본은 봉천을 비롯한 여러 지역에 신사를 건설하였다. 봉천 신사의 모습이다.

안동_(현재 단동)의 시가지와 만주의 또 다른 현관이었던 압록강 철교.
조선인들이 만주로 갈 때 통과했던 도시이다.

안동(현재 단동)에 있던 일본 영사관 건물. 조선인들과 깊은 연관이 있었던 곳이다.

제3부 만주의 도시와 그 주변
3 신경(현재 장춘)과 주변

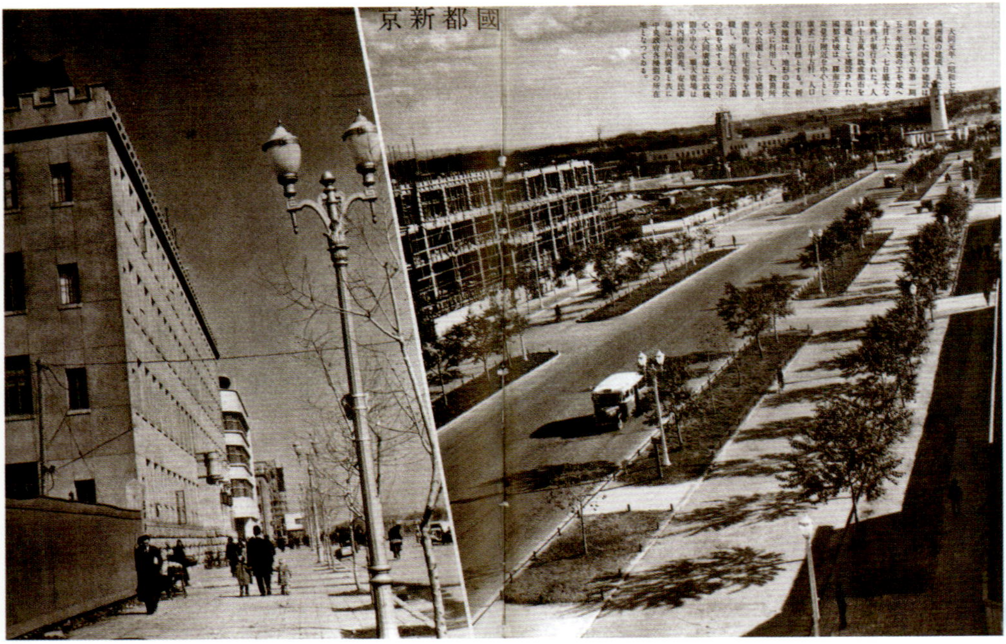

일본 제국은 만주국을 건설하면서 원시적인 구 동북정권과 문명적인 신 만주국을 대비시키는 이데올로기를 확산시켰다. 그 본보기로 만주국의 수도였던 신경(현재 장춘)으로 정하고 갖은 돈을 들여 치장하였다. 거리의 가로수들을 심을 때에도 일정한 간격을 두고 심는 규정을 받들 정도로 신경을 전시장으로 만들었다. 가로등과 가로수가 적절하게 배치된 신경 대로의 모습

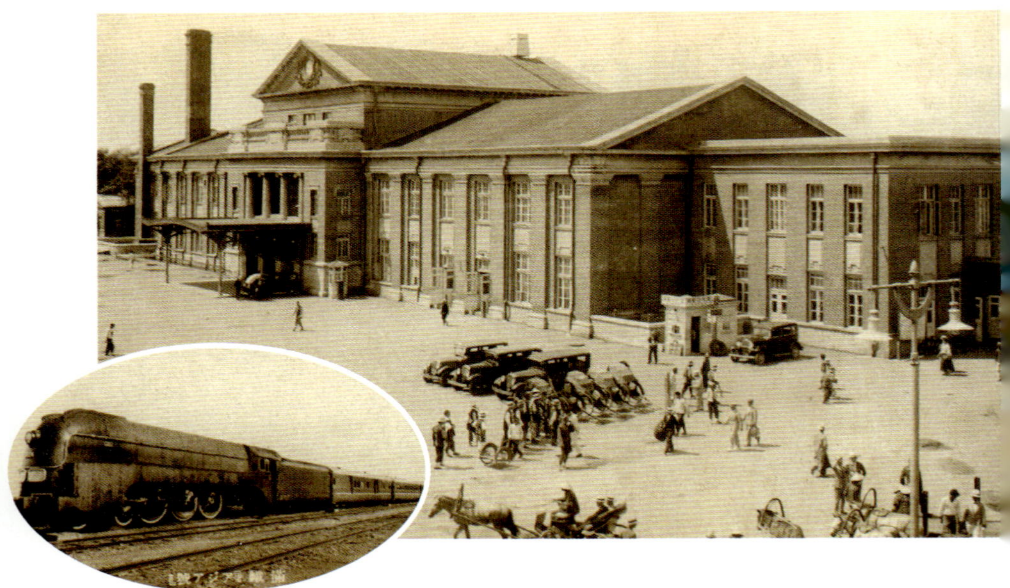

신경역과 아시아호의 모습

신경에 세운 관동군 사령부 건물. 신경에도 충령탑을 세웠다.

일본이 러시아로부터 철도를 사들이기 전까지 신경에는 일본이 관할하는 철도와 러시아가 관할하는 철도가 따로 존재하였다. 두 역의 모습은 각각 일본과 러시아가 관할하는 역이 대비되어 있다.

신경역의 모습이다. 일본군은 이 철도를 보호한다는 명분으로 많은 일본 주둔군을 배치하였다.

만보산 사건이 발생한 현장. 이통하 강과 거기서 물을 끌어들이기 위해 만든 수로

길림 지역의 전통적인 주택가의 모습

간도 지역의 일본인(조선인들을 포함)을 통제하기 위하여 만든 용정의 일본 총영사관

간도 지역을 비롯한 만주 지역에서 조선인들이 만들었던 촌락의 모습.
조선옷 차림으로 빨래는 하는 여인과 중국식 복장을 한 조선의 아이들의 모습

안중근이 동양평화를 내걸고 이토를 저격하였던 하얼빈 역의 모습

하얼빈 역의 모습과 하얼빈을
흐르는 송화강의 모습

만주, 경계에서 읽는 한국문학

러시아인들이 세웠고 거주하였던 하얼빈 키타스타야 지역과 중국인들이 거주하였던 전가구 지역

러시아인들이 살았던 거리와 중국인들이
거주하였던 지역이 나누어져 있었다.

하얼빈역과 중국인 거주 지역

하얼빈 시가지를 러시아 복장의 사람들이 활보하고 있다.

일본이 만주국을 건설한 후 여러 도시들을 자신들의 취향에 맞추어 건설하였다. 일본어 광고문이 붙어 있는 하얼빈 시가지의 모습이다.

대흥안령의 삼림 지역과 채벌하는 모습

대흥안령의 나무를 철도 등을 이용하여 운반하는 모습

대흥안령 지역 산들의 웅대한 모습

대흥안령 산림 지역에서 소 등을 키우는 모습

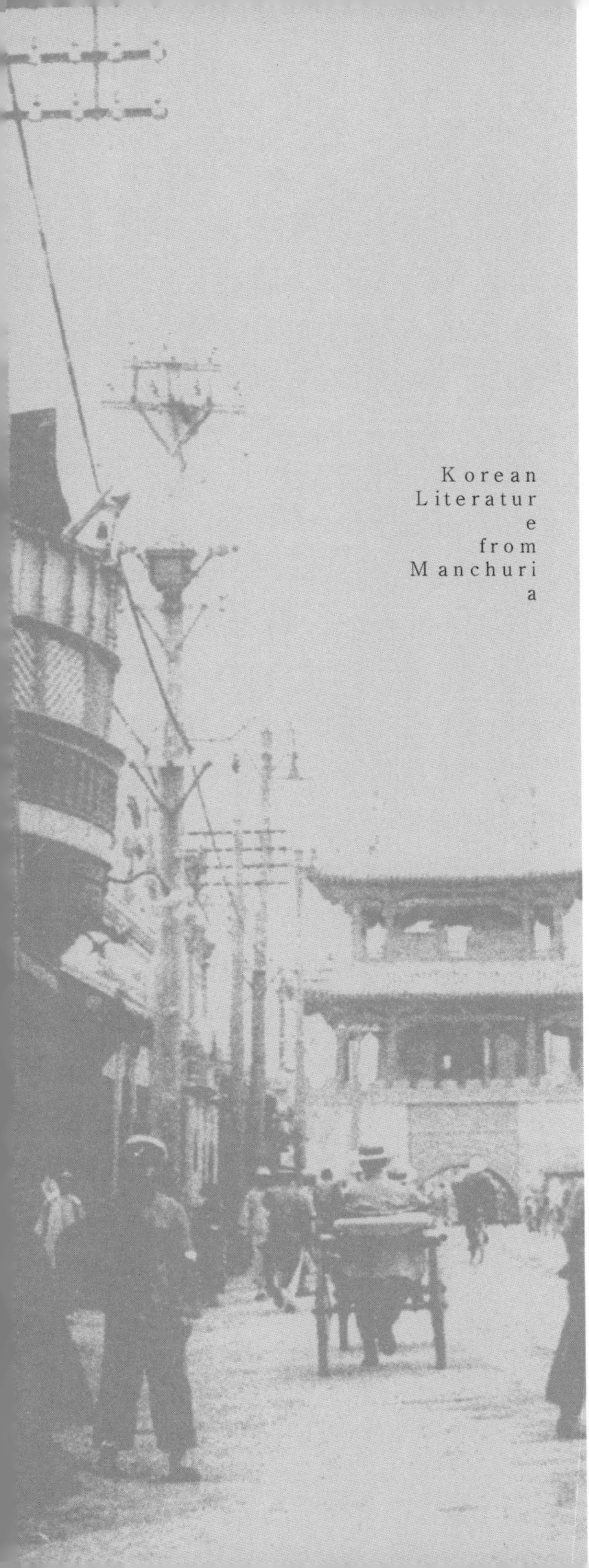

중국해양대학교
해외한국학중핵대학사업단
중국해양대학교
한국연구소 총서 07

Korean
Literatur
e
from
Manchuri
a

만주,
경계에서
읽는
한국문학

김재용·이해영 편

올해로 우리는 중핵사업 5년째를 맞는다. 2009년 5월에 시작된 중핵사업은 2014년 5월이면 5년째로 1단계를 마무리하게 된다. 지난 5년간 우리는 줄곧 한 가지 근원적이면서도 핵심적인 문제를 고민해왔다. 그것은 바로 '중국에서의 한국학이란 무엇인가'에 대한 끈질긴 질문이었다. 이는 곧 중국 주류학계에서 한국학의 위상과 위치를 묻는 일이기도 했으며, 왜 한국학은 중국 주류학계와의 소통의 통로를 찾지 못하고 있는지, 어떻게 해야 중국 학계에서 한국학의 학문적 정착이 이루어질 것인지에 대한 보다 본질적인 문제들을 내포하고 있다.

가끔 우리는 '중국에서의 한국학이란 무엇인가'라는 보다 근원적이면서도 핵심적인 문제를 두고 격렬한 논쟁도 불사하지 않았다. 그 과정에서 우리는 중국에서의 한국학은 결코 한국에서의 한국학과 같은 개념, 같은 방향으로 발전할 수 없으며 또한 미국이나, 유럽 등 기타 해외의 한국학과도 다른 자기만의 특색과 발전방향을 수립해야 한다고 보았다. 그것은 크게는 중국 주류학계의 학문적 성향과 발전방향, 그리고 한중간의 역사적 연원관계와 미래적 비전 등에 의해 결정될 것이며 작게는 각 지역의 특성과 기관의 특성에 의해 결정될 것이다. 또한 중국 내, 한국학의 학문적 정착을 위해서는 각 지역별, 각 기관별로 고도의 선택과 집중을 통한 한국학의 특성화가 진행되어야 한다고 보았다. 이렇게 찾아낸 '우리의 향후의 발전방향' 즉 중국해양대학교 한국학의 발전방향과 특성화 방향이 바로 '경계의 한국학-동아시아 이문화(異文化) 간 교섭과 한국학 지식의 생산'이다. 중국해양대학교 해외한국학 중핵대학 사업의 5차년도 결과물이며 5년간 사업의 최종 결과물의 하나로 발간되는 『만주, 경계에서 읽는 한국문학』은 바로 이러한 '경계', '이문화(異文化) 간 교섭' 등을 염두에 두고 기획된 것이다.

한국 근대사에서 '만주'는 대단히 중요한 의미를 가진다. '만보산 사건', '만주사변', '위만주국의 건국' 등은 한국 근대사의 흐름에 중대한 변화를 가져다주는 계기들로 작용했다. 재만조선인들의 삶과 장래의 운명은 늘 다수의 언론매체들의 주된 관심사가 되었다. 한국 근대문학 역시 '만주'를 빼고 거론할 수 없다. 이기영, 이태준, 한설야, 이효석, 채만식, 장혁주 등이 선후로 '만주'를 여행하고 다층적 차원에서 체험적 글쓰기를 진행했으며 염상섭, 박팔양, 백석, 현경준 등이 한국 국내의 '내선일체'를 피해 '만주'로 이주하여 소위 '만주'의 망명문단을 형성하였다. 이 망명문단이 배출한 청년문사였던 안수길은 훗날 '만주'의 재기억을 서사화한 장편거작 '북간도'를 발표함으로써 한국 문단의 거장으로 되었다. 이 책에서는 한국 근대문학에서 '만주'의 경계적 위치와 다층적 의미를 '여행자 혹은 바깥에서 본 만주와 만주국'과 '정착자 혹은 안에서 본 만주와 만주국' 두 층위로 나누어 살펴보았다. 이를 통해 '여행자'와 '정착자' 혹은 '바깥'과 '안'이라는 작가의 시각의 차이가 만들어내는 "만주"가 얼마나 복합적인 표상으로 나타나는지를 살펴보았다. 또한 '만주'의 존재로 하여 식민지 조선인들이 일본 제국 내의 다른 식민지인들과는 달리 '내선일체'와 '오족협화'의 틈새와 단층이라는 특수한 식민지 체험이 가능했음도 이 책은 중요하게 다루고 있다.

'만주'의 체험과 기억의 복합적 의미에 대한 다층적 해석을 기점으로 향후 우리는 동아시아의 '식민지의 경험과 기억'에 대해 다층적이고 복합적인 해석을 시도하고자 한다. 근대 한국과 중국은 모두 열강의 식민지로 전락되어 공동으로 식민지의 경험을 갖고 있으며 그 문화적 기억과 대응으로 신문매체의 기록과 다수의 문학작품을 갖고 있다. 한국학계는 그동안 민족주의적 논리에 의해 협력 / 저항, 친일 / 반일이라는 이분법적인 시각으로 식민지 경험의 많은 부분을 배제하고 저항과 반일의 요소를 지닌 경험과 그 기억만을 연구해왔다. 최근 한국학계에서는 이러한 극단적 민족주의적 논리와 이분법적 시각에 대한 비판과 반성과 함께 식민지의 경험을 다층적으로, 복합적으로 재구성하려는 움직임을 보이고 있다. 중국학계 역시 오랫동안 반제반봉건의 신민주주의 문예이론으로 식민지 경험을 재구성함으로써 홍콩, 대만, 화북지역, 동북지역 위만주국시기의 식민지 경험을 철저히 배제해왔던 것이 사실이다. 2000년 초반부터 중국학계에서도 류효려(劉曉麗)를 대표로 하는 소장파 학자들에 의해 단일한 신민주주의 문예이론에 의한 식민지 경험의 연구와 재구성에 대한 비판과 반성과 함께 그동안 철저히 배제해왔던 이들 지역의 다층적이고 복합적인 식민지의 경험을 재구성하려는 노력을 보이고 있다. 근대 한국과 중국의 식민지의 경험과 기억은 특수한 지역에서는 중첩의 양상을 보이기도 한다. 중국 동북지역 즉 위만주국에서의 식민지의 경험과 기억은 서로 겹치는 부분이지만, 또한 다른 양상을 띠고 있다. 이처럼 식민지의 경험과 기억은 한·중 양국에서 모두 현재성을 띤 문제이며 공동의 학문적 화두임은 이론의 여지가 없다. 이는 한국학이 중국학계와 소통 교섭할 수 있는 주요한 통로이며 중국학계가 관심을 가지고 주목할 수 있는 한국학의 핵심적 주제임에 틀림없다. 이 책은 이러한 한국학의 핵심적 과제 연구의 시작으로 중대한 의미를 갖는다. 또한 식민지의 경험과 기억이 겹치는 부분을 다루었다는 점에서도 중대한 의의를 가진다.

중국어로 중국에서도 동시 출간하게 되는 이 책은 기획 단계부터 한국 원광대학교 김재용 교수님과 함께 진행해왔다. 식민지 문학 연구에 대한 강한 의지와 열정이 이 책의 기획과 그리고 한중 식민지의 경험과 기억에 대한 한중 학자들의 향후의 공동연구를 추진하는 바탕과 힘이 되었다. 이 책의 집필과정에서 우리는 한중의 식민지의 경험과 기억에 대한 재구성이야말로 근대사의 비극을 공유하고 있는 한국과 중국 간의 대단히 의미 있고 중대한 소통의 장이 될 수 있으며 한국 근대문학과 중국 근대문학이 의미 있게 만나는 지점임을 거듭 확인할 수 있었다. 한중 학자들의 연구총서 공동 집필을 시작으로 우리는 향후의 좀 더 본격적인 연구를 위한 기초 작업으로 '일제하 동아시아 문학사전' 집필을 기획하고 있다.

돌아보니 우리가 여기까지 오는 동안은 참 어렵고 간난한 길이었다. 하지만, 앞으로 가야할 길은 더 멀다. 1단계 중핵사업을 수행하는 지난 5년간, 한국학진흥사업단과 중국해양대학교(中國海洋大學校) 본부의 지원은 아무리 강조해도 지나침이 없을 것이다. 특히 중국해양대학교 오덕성(吳德星) 총장님의 학문에 대한 남달리 넓은 포용력은 한국학이 중국해양대학교에서 학문적 화두의 하나로 그 존재기반을 다질 수 있도록 했으며, 그것은 중국해양대학교가 "海納百川 取則行遠"이라는 校訓을 직접 실천해나가는 과정이기도 했다. 중국해양대학교 한국연구소 소장이기도 한 본교 국제교류합작처 대화(戴華) 처장님의 지원 또한 우리에게는 큰 힘이 되었다. 기꺼이 외국어대학 청사 내에 한국연구소 공간을 지원하고, 지역학으로서 한국연구를 외국어대학의 학문적 연구의 한 방향으로 인정해주신 중국해양대학교 외국어대학 양연서(楊連瑞) 학장님을 비롯한 본교 외국어대학 지도층의 국가별 및 지역별 연구에 대한 인정과 지원에 깊이 감사드린다. 양연서 학장님은 본인이 뛰어난 언어학자(語言學者)이지만, 동시에 지역 연구에도 많은 관심을 보이고 있다. 한결같이 중핵사업을 지지하고 지원해주시고 운영위원으로서 사업단의 운영과 공동연구에 함께해주신 한국학과 이광재 학과장님께도 깊이 감사드린다. 그리고 지난 5년간 중핵사업의 발전을 위해 동고동락을 해온 중국해양대학교 해외한국학 중핵대학 사업단 전체 단원들과 한국학과 교수님들의 그동안의 열과 성, 노고에 감사드린다. '우리'의 오늘이 있기까지 그것은 참으로 서로의 인내와 이해와 양보와 감싸안음이 없었으면 불가능했던 기여와 헌신의 시간들이었다. 지난 2012년 7월, 본교 캠퍼스에서 성황리에 개최되었던 해외한국학중핵대학 단장협의회 첫 해외 회의에서 우리는 오덕성(吳德星) 총장님을 비롯한 중국해양대학교 본부의 한국학에 대한 학문적 인정과 확고한 지지를 감격스럽게 확인할 수 있었다.

이 책의 출판에 흔쾌하게 동의하고 사진 자료까지 챙겨준 소명출판 박성모 사장의 노고는 이 책과 함께 오래 기억될 것이다. 이 책을 위해 귀중한 원고를 써주신 한중의 여러 학자들의 노력도 쉽게 망각되지 않을 것이다.

2014년 4월
벚꽃이 만발한 노산 캠퍼스에서
중국해양대학교 해외한국학 중핵대학 사업단
단장 이해영 삼가 씀

제2부_정착자 혹은 안에서 본 만주와 만주국

1부
여행자 혹은 바깥에서 본 만주와 만주국

혈통주의적 '내선일체'를 통해서 본
만주와 만주국 일제 말 만주를 재현한 장혁주의 작품을 중심으로

김재용

1. 일제 말 지배 이데올로기의 연속성과 불연속성
—'내선일체', '오족협화', '대동아공영'

일제 말 한국문학이 단순한 암흑기가 아니고 복합적인 이데올로기의 경합장이라는 사실이 밝혀진 지금에서 연구자들이 행할 수 있는 영역 중의 하나는 그 복합성을 더욱 세밀하게 드러내는 일일 것이다. 일본 제국에 협력한 이들의 경우에는 그 내적 논리의 복합성과 다층성을, 일본 제국에 저항한 이들의 경우에는 그 저항 논리의 다면성과 우회성을 규명하는 것이 터이다. 협력이든 저항이든 당대의 문학의 지형을 살피기 위해서는 그 시대를 지배한 국가 이데올로기의 규명이 더욱 필요하다. 흔히 일제 말의 상황을 살필 때 거론하는 것이 '내선일체'이다. '내선일체'를 지지하면 친일 협력이고 이를 저지하면 저항이라는 것이다. 하지만 이는 일부일 뿐이지 결코 전체가 아니다. 당대의 지배 이데올로기는 한층 다각적이다.

'내선일체' 이외에 당대의 정치와 지식을 좌우한 것이 바로 '대동아 공영'이다. '대동아공영'은 '내선일체'를 부풀린 것 정도로 생각하지만 실제로는 한층 복잡하다. 이 둘 사이에는 연속된 측면도 있지만 배치 되는 점도 적지 않았다. 이 둘 사이의 이러한 복잡한 길항 관계를 보여 주는 것 중의 하나로 당대 국책을 떠받치고 있던 이데올로그들의 다음 과 같은 반응을 들 수 있다.

> 辛島驍 : 남방에 독립이 인정된 지역이 있다고 해서, 조선이 이를 따르
> 려고 하는 생각은 금물입니다.
> 崔載瑞 : 그런 일은 전혀 없을 겁니다.
> 辛島驍 : 조선은 일본의 입장에서 모든 것을 생각해야 합니다. 거기서
> 여러 가지 문제도 발생하는 것입니다.
> 津田剛 : 대동아공영권 내에서 내선일체의 의의를 다시 생각해야지요[1]

이 글은 태평양전쟁이 일어난 직후인 1942년 1월 잡지 국민문학의 주최로 이루어진 좌담 '대동아문화권의 구상'의 일절이다. 일본이 태 평양전쟁을 시작하면서 내세운 명분은 구미 제국주의로부터 아시아 를 해방시키는 것이었다. 그렇기 때문에 구미의 식민지였던 동남아 지 역을 끌어들이기 위하여 그들을 식민지에서 해방시켜 독립시켜 준다 고 설득하였다. 물론 일본이 '대동아공영'의 논리를 내세운 것은 이 무 렵이 처음은 아니다. 1940년 10월 일본이 베트남을 침공할 때 이 논리

---

1 『國民文學』, 1942. 2, 39쪽.

를 표방하였다. 하지만 태평양전쟁이 일어나면서 이를 더욱 정교하게 직접적으로 내세웠던 것이다. 그리고 동남아 나라들의 독립을 약속하였던 것이다. 그렇기 때문에 당시 조선의 문화정책을 좌지우지하던 이데올로그였던 가라시마[辛島驍]나 쓰다[津田剛]가 조선인들이 이 영향을 받아 조선의 독립을 요구하지 않을까 걱정하는 언사를 하는 것이다. 이런 점을 미루어 볼 때 '내선일체'와 '대동아공영'은 흔히들 생각하는 것처럼 그렇게 매끄럽게 연속되는 것만은 아님을 알 수 있다. 이들과 친하면서 친일 협력의 길을 걸었던 최재서가 그런 일은 없을 것이라고 호언장담했지만 이는 그의 생각일 뿐이다. 실제로는 '대동아공영'의 논리를 활용한 경우가 적지 않았다.

　일제 말 지식의 정황은 비단 '내선일체'와 '대동아공영'에 그치지 않는다. 일본 제국의 식민지였던 타이완에서도 '내대일체'와 '대동아공영'은 조선과 마찬가지로 작동되었다. 하지만 타이완에서는 상상할 수 없었던 조선만의 것이 있었다. 바로 '오족협화'였다. 조선에서는 '내선일체'와 '대동아공영' 이외에 '오족협화'가 끼어들었다. 만주국 성립 이후 공식적 식민지였던 조선을 피해 비공식적 식민지였던 만주국으로 건너간 이들이 일제 말에 겪는 상황은 훨씬 복합적이다. 만주국에 살던 한 조선인이 일본이 '대동아공영'의 원칙에서 미얀마와 필리핀을 독립시켜 준다고 선언한 것을 보면서 다음과 같이 주장하였다.

　　남방 미개의 원주민을 독립시켜 주는 이상 당연히 우리들도 같은 영예를 받아야 한다.

　　북방민족인 선, 만 양 민족에 대해 하등의 언급도 하지 않는 것은 유감이다.[2]

　　일본은 서구 제국주의로부터 아시아를 보호하기 위하여 미얀마와
필리핀 등의 동남아 지역을 점령하였다고 했고 언젠가는 독립을 시켜
명실 공히 아시아를 위한 아시아를 만들겠다고 공언했기 때문에 이러
저러한 주저 끝에 미얀마와 필리핀을 독립시켰다. 영국과 미국의 식민
지였던 미얀마와 필리핀은 이런 일본의 태도를 환영하였다. 물론 독립
이 되었지만 음으로 양으로 일본 제국이 내면지도를 하였기 때문에 실
질적인 독립이라고 할 수는 없지만 과거의 구제국주의가 행했던 방식
을 따르지 않고 새로운 제국주의 방식을 했기에 분명한 차이는 있었
다. 만주국에 거주하던 조선인으로서는 이 사태에 대해 많은 생각을
하게 되었을 것이다. 우선 '내선일체'와 '오족협화'의 길항이다. 당시
만주국에 살고 있던 조선인들 중에서 일부는 조선 내에서 벌어지고 있
던 '내선일체'를 피하여 만주국으로 건너온 이들이 있었다. 작가 염상
섭과 백석은 그 대표적인 인물이다. '내선일체'가 실행된 이후 조선에
서는 자신이 일본인이 아니고 조선인이라는 사실조차 말하기 어려웠
다. 하지만 '오족협화'가 실행되고 있던 만주국에서는 자신이 일본이
아니라 조선인이라고 말하는 것이 하등 법에 저촉되지 않았다. 그렇기
때문에 이들은 '내선일체'의 땅 조선을 피해 '오족협화'의 땅 만주국을
선택한 것이다. 다음으로는 '오족협화'와 '대동아공영'의 길항이다. '오
족협화'란 것은 일본인을 비롯하여 오족의 종족이 한 나라를 구성하는
것이다. 이에 비해 '대동아공영'은 각자의 나라들이 독립을 하고 이들
사이의 연대를 통하여 대동아라는 지역 공동체를 만드는 것이다. 그렇
기 때문에 '오족협화'보다 한층 더 일본 제국으로부터 독립되어 있는

2　河西晃祐, 『帝國日本の 擴張 と崩壞』, 法政大學出版局, 2012, 8쪽.

것이다. 따라서 '오족협화'보다도 더욱 더 느슨한 것이어서 당연히 조선인은 '오족협화'보다 독립을 전제로 한 '대동아공영'을 원하였을 것이다. 조선인의 입장에서 보면 미얀마와 필리핀의 독립과 조선의 식민지는 너무나 불공평한 것이다. 일본 제국이 조선을 지배하면서 내세운 논리는 조선인들이 스스로 정치를 할 수 없기 때문에 일본이 개입하여 대신 정치를 해주고 있다는 것이었다. 그런데 미얀마와 필리핀은 영국과 미국으로부터 벗어나 일본의 지배하에 들어가는 것처럼 보였다가 다시 독립하는 것을 보면서 좀체 수긍이 가지 않았던 것이다. 이들 나라에 비하면 조선은 오랜 자치의 경험을 갖고 있었고 문명적으로도 비교하기 힘들 정도로 중앙집권의 오랜 역사적 경험을 가지고 있었던 나라이다. 그런데 조선보다 못한 이들 나라를 독립시켜 주면서 그보다 나은 조선을 독립시키지 않은 것은 대단히 불공평한 처사이고 '대동아공영'의 논리에 맞지 않다는 것이다. 만주에 살던 조선인이 이렇게 항의할 수 있었던 것은 '내선일체'나 '오족협화'에서는 불가능하지만 '대동아공영'의 논리에서는 가능했던 것이다.

우리가 확인할 수 있는 것은 일제 말 지배 이데올로기의 세 층위였던 '내선일체', '오족협화', '대동아공영'의 논리가 상충하기도 한다는 점이다. 일제 말 지배 조선 사람들이 보기에는 이들 사이에는 쉽게 동일화할 수 없는 차이가 내재하고 있다는 사실이다. 이런 점들을 꿰뚫어 보지 않으면 일제 말의 조선인 작가의 내적 지향을 제대로 읽어낼 수 없다는 점이다.

이 글에서는 일제 말 장혁주가 만주와 만주국을 배경으로 하여 창작한 두 편의 장편소설 『개간』(1943)과 『행복한 백성』(1943)을 다루고자 한다. 일제 말 장혁주의 작품 중에서 이 두 편을 고른 것은 이들 작품에서 '내선일체', '오족협화', '대동아공영권'의 충돌이 잘 드러나고 있기 때문이다.

2. 일제 말 장혁주의 대일협력과
혈통주의적 일체형의 친일협력

장혁주는 일본에 건너가 일본의 프로문학가들과 긴밀하게 연대하면서 창작을 하였다. 일본어로 창작하여 조선의 사정을 일본에 널리 알리는 것도 그의 작가적 임무이기도 하였다. 조선의 창극이었던 '춘향전'을 새롭게 창작하여 일본 무대에 올리면서 조선의 문화를 알리고자 했던 1938년의 일은 그의 이러한 지향의 마지막이라 할 수 있다. 이후 무한삼진이 함락되면서 조선의 독립이나 동아시적 혁명이 불가능하게 되자 일본의 국가주의에 급속하게 기울어졌다. 이후 그는 적극적인 친일협력을 하였다.

이 시기 장혁주는 나름의 내적인 논리를 가지면서 친일협력을 하였다. 우선 그의 친일 협력을 다른 친일협력의 길을 걸은 작가들과 비교하여 보자. 무한삼진 함락 이후 많은 조선의 문학가들이 친일협력에 나서기 시작하였다. 이들 문학인들은 크게 두 유형으로 나누어 볼 수 있다. 일체형과 혼재형이다. 일체형은 '내선일체'를 바탕으로 조선인과 일본인이 하나가 되어야 한다는 것이다. 창씨개명 등을 통하여 일본인처럼 됨으로써 그동안 받았던 차별도 더 이상 받지 않고 완전한 일본인이 되는 것이 꿈이다. 여기에는 다시 혈통주의적 일체형과 문화

　만주, 경계에서 읽는 한국문학

주의적 일체형이 있다. 혈통주의적 친일형은 원래 내선은 하나의 핏줄이었음을 강조하고 이는 물리적인 것이기 때문에 정신 등의 문화적인 것이 갖는 역사적 특징과는 다르다는 논리이다. 이의 대표적인 인물이 장혁주이다. 문화주의적 일체형은 일본 정신 등을 공유하면 일본인이 될 수 있다는 것이다. 설령 피가 섞이지 않았다 하더라도 일본 정신과 문화를 배우면 일본인이 될 수 있다는 것이다. 이광수나 김용제가 이 유형의 대표적인 인물이다. 다음으로는 혼재형이다. 혼재형은 조선적인 것을 보존하면서 일본인이 되어야 한다는 주장이다. 여기에도 미세한 차이에 따라 속인주의적 혼재형이 있고, 속지주의적 혼재형이 있다. 속인주의적 혼재형은 종족적 차이는 결코 무시할 수 없는 것이기 때문에 이를 보존하면서 일본인이 되어야 한다는 것이다. 야마토 출신이 아무리 조선에 와서 그 풍토를 익힌다 하더라도 결코 조선의 반도문학이 될 수 없다는 것이다. 또한 조선출신이 아무리 일본 본토에 건너가 생활했다 하더라도 조선인 출신인 이상 조선문학일 수밖에 없다는 것이다. 유진오가 가장 대표적인 인물이라 할 수 있다. 속지주의적 혼재형은 그 지역의 고유한 특성과 풍토는 쉽게 사라질 수 있는 성질의 것이 아니기 때문에 이를 보존하면서 일본인이 되어야 한다는 것이다. 반도에서 작품활동을 하면 그가 야마토 출신이든 조선 출신이든 하등 문제될 것이 없이 반도문학의 일원이라는 것이다. 반대로 조선출신이 일본에 건너가 그곳의 풍토에 익숙해지고 이를 표현한다면 그것은 반도문학이 될 수 없고 야마토의 문학일 수밖에 없다는 것이다. 이의 대표적인 이가 최재서이다.

일제 말 친일 협력의 이상의 네 가지 유형 중에서 장혁주는 혈통주의적 일체형의 친일협력이다. 당시 친일 협력한 인물 중에서 가장 드문 이 유형에 속한 장혁주는 이 입장을 끝까지 고수한다. 그의 작품 중에서 이러한 측면이 가장 잘 드러난 것은 「순례」이다. 징병제가 선포된 이후 이를 고무하기 위하여 쓴 단편소설 「순례」의 다음 대목은 그의 혈통주의적 친일협력의 진념목을 보여주고 있는 부분이다.

제일 가까이서 지휘하고 있는 하사관의 살결은 순식간에 피가 배였다. 하사관의 늠름한 동작에 놀라
"저 하사관은 내지인입니까"
하고 물으니까,
"아닙니다. 당 훈련소 출신자입니다"
라는 대답이다.
"어제께 나한테 총검술을 가르쳐 준 가네시로 병장도 그랬지만 내지병과 조금도 다르지 않군요"
"안 다르구 말구요. 군대에 들어가면 코나 입맵시나 머리통까지 같아진답니다."
"정신이 같아지는 까닭일까"
"물론 그렇지요. 그러나 피가 다른 민족이면 그렇게 되지를 않습니다. 보십시오. 저 기무라 상등병에게서 어디 털끝만치나 조선 냄새가 납니까. 이것은 역시 우리들이 같은 피를 나누어 가진 형제라는 증거이라 생각합니다."[3]

피를 나눈 형제이기 때문에 이렇게 조선인들의 몸짓이 일본인과 같다고 하는 대목에서 우리는 장혁주의 '내선일체'가 문화주의적인 것이

---

3 김재용 · 김미란 편역, 『식민주의와 협력』, 역락, 2003, 180쪽.

아니라 혈통주의적인 것임을 알 수 있다. 일본의 정신을 배움으로써 일본인이 될 수 있다고 하는 문화주의적 태도와는 명백하게 다른 것이다. 이러한 태도는 만주와 만주국을 다룬 일제 말의 두 편의 장편소설에서도 더욱 잘 드러난다.

3. '내선일체'를 통한 만주국 건설과
'오족협화'와의 긴장―『개간』

일제 말의 장혁주를 읽어내고 특히 만주와 만주국을 다룬 그의 작품들을 설명하기 위해서는 예의 '내선일체', '오족협화' 그리고 '대동아공영' 사이의 복잡한 층위를 고려해야 한다. 장혁주는 당시의 다른 친일 협력했던 작가들과는 달리 이러한 긴장을 분명하게 읽고 있었으며 이런 것들 때문에 미묘한 위치에 놓여 글쓰기를 했던 사람이기 때문이다. 장혁주는 프롤레타리아 문학을 그만두고 일제에 친일협력을 하면서 기본적으로 혈통주의적 '내선일체'에 모든 것을 걸었다. 그리고 이러한 자세는 전쟁이 끝날 때까지 한 치의 흔들림이 없었다. 그가 일본에서 일본만을 다룬 작품을 쓰거나 혹은 조선의 공간을 무대로 하여 작품을 쓸 경우 이것은 큰 문제가 아닐 수 있었다. 하지만 만주를 배경으로 한 작품을 쓸 경우 이러한 입장은 매우 미묘하게 작용할 수밖에 없었다. 왜냐하면 만주국에서는 '오족협화'가 작동되고 있었기 때문이다.

1939년 장혁주는 만주국에 큰 관심을 두었다. 일제는 1930년대 중반 이후 만주로의 개척을 독려하였다. 일본인은 물론이고 조선인들에게 만주로 이주하여 미개간의 땅을 개간하여 증산보국하라고 강조하였다. 이러한 국책의 흐름에 발맞추어 많은 작가들이 만주를 취재하게 되는데 일본에서 설립된 대륙개척간화회는 그 집단적 지향의 하나였다. 조선에서는 그러한 단체가 없어서 총독부 등에서 개별적으로 부탁하는 방식이었지만 일본에서는 단체가 생길 정도였다. 물론 장혁주는 이 단체의 일원으로 가입하였고 다른 작가들과 더불어 만주를 방문하여 방문기를 남긴 바 있다. 이 방문은 주로 자신이 잘 몰랐던 만주지역을 알기 위한 초보적인 여행이었다고 할 수 있다. 하지만 1942년 5월에 이루어진 두 번째 방문은 전과 달리 훨씬 국책적이었다. 조선총독부 척무과의 후원으로 유치진, 정인택 그리고 재조일본인 작가였던 유아사 가츠에와 더불어 만주 개척촌을 방문하였다. 이 답사 이후 장혁주는 만주국을 다룬 두 권의 장편소설을 발표하였는데『개간』과『행복한 백성』이다. 전자가 만주국 건국을 전후한 것이라면, 후자는 1940년대 한창 개척이주가 활발하던 때를 다룬 것이다.

『개간』은 만보산 사건을 중심으로 만주국 건국 이전과 만주국 건국 이후를 대조하여 다루었다. 가장 중점적인 시선은 만주국 이전이 암울하고 어두운 세상이었다면, 만주국 이후는 밝고 좋은 세상이라는 것이다. 만주국 건국 이전에는 이주한 조선인들이 온갖 어려움을 겪으면서 땅을 얻기 위해 살아갔던 반면, 만주국 이후에는 자작농창정운동의 결과로 자기의 땅에서 농사를 지으면서 행복하게 살아간다는 것이다. 이를 부각시키기 위하여 만보산 사건을 중심으로 조선인들이 자기 땅을 갖기 위해 투쟁하던 모습을 집중적으로 다루고 있다. 이 작품에서 만주국 건국 이후에 자기의 땅을 갖고 살아가는 조선인의 모습은 양적으로 얼마 되지 않는 반면, 건국 이전에 힘들게 살아가는 조선인의 모습이 대부분을 차지하는 것도 바로 이러한 이유 때문이다. 이러한 시각은 결국 만주국 건국의 정당성을 해명하는 것으로 이어진다.

만주국 건국은 당시 국제사회로부터 지탄을 받을 정도로 일본의 대중국 침략의 서곡으로 인식되었다. 내세운 명분은 장학량 정부의 억압 하에서 신음하는 만주인들을 구한다는 것이었지만 실제로는 일본의 침략 기도에 대해서 경각심을 키우면서 날을 세웠던 장학량 정권을 붕괴시키는 것이었다. 그렇기 때문에 만주사변 이후 미국 등의 나라들은 국제연맹의 이름으로 릿튼 조사단을 파견하였고 이에 반발한 일본은 국제연맹을 탈퇴하였다. 장혁주는 만주국 건국은 일본 제국의 확대가 아니라 만주 민중을 구하는 것이라는 것을 강조하기 위하여 이 소설을 썼던 것이다. 건국 이전은 야만으로, 건국 이후는 문명으로 대립시키면서 만주국 건국의 정당성과 이 과정에서 일본이 행한 역할을 부각시키는 것이다. 그렇기 때문에 장학량 정권을 무능하고 부패한 것으로 그렸다.

건국 이후의 밝아진 세상을 부각시키기 위하여 건국 이전 장학량 치하의 시절의 어두운 면을 강조하는데 특히 이주 조선 농민들이 겪는 수난을 중심에 세우고 있다. 조선인들이 겪는 어려움 중에서 가장 중요하게 부각되는 것은 장학량 부대와 비적들 사이에서 시달리는 조선인의 형상이다. 조선인들의 괴롭히는 두 억압의 주체 중의 하나로 등장하는 장학량 부대에 대해서 먼저 검토하여 보자. 장학량은 반일과 더불어 반공산주의를 표방하였기 때문에 이른바 공비들이 숨어있는 조선인 이주민 마을을 습격하여 불태우는 일을 실제로 하였다. 그렇기 때문에 조선인 이주민들이 힘들게 살았고 때로는 공들인 마을을 떠나 다른 곳으로 솥을 들고 나서기도 하였던 것이다. 하지만 장학량 시절

조선인 이주민들을 가장 힘들게 했던 것은 일본의 침략에 반대하였던 장학량이 일본제국이 조선인들을 핑계로 진주하는 것을 가장 싫어했기 때문에 조선인 이주민들이 땅을 구입하거나 땅을 소작하는 것을 반대하였던 것이다. 장학량은 그의 아버지 장작림과 달리 국민당의 일원이었다. 청천백일기를 곳곳에 걸어두면서 국민당임을 당당하게 선포하였고 이것의 연속선상에서 반일을 하였던 것이다. 당시 조선인 이주농민들이 살고 있는 지역의 중국인 현장들은 이전의 장작림 시절과 달리 학식을 갖춘 이들이 차지하면서 반일을 하였기에 조선인들은 점점 의지할 곳이 없어졌다. 장학량과 그의 수하에 있던 현장이나 부대들이 조선인들을 괴롭혔던 것은 일본의 대중국 침략 때문이었다. 만약 일본이 대중국 침략의 의도를 내보이지 않았더라면 장학량과 그의 부하들은 이렇게 조선인들을 괴롭히지 않았을 것임에 틀림없다. 장혁주는 일본의 이러한 침략 의도가 당시 갖고 있던 의미를 완전히 삭제해버리고 오로지 중국인들이 조선인을 일방적으로 괴롭히는 것으로 그리고 있는데 이는 그가 얼마나 일제의 정책에 서 있었는가를 웅변적으로 보여주는 대목이라 할 수 있다.

이 점은 당시 이와 비슷한 상황을 그리면서도 다르게 보고 있는 안수길의 「벼」와 비교하면 금방 알 수 있다. 이 작품은 전반부와 후반부로 엄격하게 구분되어 있는데 전반부는 장작림 시절이고, 후반부는 장학량 시절이다. 안수길이 이렇게 구분한 데는 장작림 시절과 장학량 시절의 대일본 정책이 확연하게 달라졌기 때문이다. 장작림 시절에는 반일이 없었기 때문에 만주 농민들이 조선인 이주 농민들을 적대시하는 것은 있었지만 만주정부 자체가 조선인들을 적대시하지는 않았다. 오히려 조선인 농민들을 끌어들여 개간하려고 노력할 정도였다. 산동인이었던 방치원이 현장의 도움을 받아 조선인들을 보호하고 도울 수 있었던 것도 이런 정황 때문이었다. 하지만 장학량 정권이 국민당의 일원으로 등장하면서 반일의 기치를 내세웠다. 그리하여 돈으로 현장을 샀던 지난 시절과 달리 실력있는 현장들이 부임하고 이들은 정부의 반일 정책을 강하게 실행하였다. 조선인들을 이해하면서 도왔던 중국인 지주 방치원도 별다른 수가 없어 조선인을 축출하는 데 힘을 보탠다. 그런데 소현장이 조선인들을 축출하려고 하였던 것은 바로 조선인들 자체가 아니라 그 뒤에 있는 일본인 때문이었다.

소현장은 곧 부하를 불러 매봉둔의 조선 사람들의 일을 조사하라 하였다. 그 보고로 매봉둔에 오십 여 호 그 부근에 십호 내지 이십호 씩 작은 부락들을 합하여 이백 여 호가 산다는 것을 알고 깜짝 놀랐다. 그리고 그들은 학교까지 짓도 있으며 학교 짓는 재료가 나까모도한테서 나간다는 것을 알고 큰 일이 나는 것 같이 서둘렀다. 그의 지론으로 한다면 조선 사람이 많이 모여 사는 곳에는 그 사람들을 보호하기 위하여 링스관(영사관)이 들어온다는 것이었다. 다른 곳에서는 조선 사람을 민국에 입적시키고 중국 옷 입기를 강조하여 자기나라 백성으로 취급해리나 소 현장의 지론은 그런 미지근한 방법이 틀렸다는 것이었다. 중국복을 입으나 국적에 드나 조선 놈은 어디까지든지 조선 놈이고 조선 놈인 이상 일본 신민으로서 보호할 의무가 있다. 주장함은 당연한 일로서 여기에 비로소 영사관 설치가 문제되며 영사관이 설치된다는 것은 곧 일본의 정치세력이 이 나라에 인을 친 것을 의미하는 것이라는 것이었다. 그리고 조선 사람은 천성이 간사하여 이익을 위하여 필요한 편에 잘 들러붙으나 그것이 불리하면 배은망덕하고 은혜 베푼 사람에게 침 뱉기가 일쑤라는 것이었다. 그러므로 그 문제의 백성인 조선 사람을 전연 입국시키지 않는 것이 마땅한 일이나 이미 들어와 있는 사람들은 처음에는 온순한 수단으로 그것을 듣지 않으면 문제가 생기지 않을 정도의 강제수단을 써서 몰아냄으로 화근을 빼어내는 것이 상책이라는 것이었다.[4]

중국인 현장이 장학량의 육군을 시켜 조선인 마을의 신축중인 교사를 불태우는 것이 조선인 탓이 아니라 일본인 때문이라는 것을 아주 분명하게 보여주고 있다. 이 점은 장혁주가 장학량의 병사들이 조선인을 일방적으로 괴롭히는 것으로 설정한 것과 퍽 대조된다.

『개간』에서 조선인 이주 농민을 괴롭히는 또 하나의 억압 주체로 드는 것이 바로 공비이다. 토비들은 뇌물 등을 두면 일이 해결되기도 하지만 공비들은 신념의 인물들이기 때문에 돈 등으로 해결되지 않아 오히려 많은 조선인 이주민들의 목숨을 앗아간 것으로 그리고 있다. 조선인 이주민들은 자신이 개간한 땅을 버리고 다른 곳으로 떠나거나 혹은 땅을 지키다가 목숨을 잃기도 하는 것이라는 것이다. 하지만 이 점도 사리에 맞지 않는다. 당시 장학량 정권은 반일과 더불어 반공산주의를 내걸었기 때문에 공산주의자일 경우 조선인 중국인 가릴 것 없이 소탕하였다. 그렇기 때문에 조선인 공산주의자들은 자신들을 중국 정부에 밀고한 조선인 이주 농민들을 잡아가거나 혹은 죽이는 경우가 있지만 기본적으로는 조선인 이주민들을 보호하였다. 이들이 없으면 자신들이 설 땅이 없기 때문에 각별하게 보호하려고 하였던 것이다. 그런데 이런 것들을 고려함이 없이 마치 조선인 공산주의자들이 조선

---

4   안수길, 『북원』, 예문당, 1944, 274~275쪽.

인 이주 농민을 일방적으로 죽이거나 괴롭히는 것으로 그리는 것은 장학량의 반일 정책을 은폐하기 위한 것에 지나지 않는 것이다.

이 점 역시 동시대의 작품인 강경애의 「소금」과 비교하면 금방 어렵지 않게 확인할 수 있다. 강경애는 공산주의자들이 지배층과의 싸움에서 적들을 도와주는 조선인 이주민들을 죽이는 경우를 취급하지만 궁극적으로 조선인 이주 농민들의 처지를 이해하고 그들의 편에 서는 것은 어디까지나 공산주의자들이라는 것을 아주 강하게 말하고 있다. 여주인공은 자신의 남편을 죽인 이들이 공산주의자들이기 때문에 그들을 미워하지만 결국은 그렇게 된 것은 남편이 공산주의자들 반대편에 서서 적극적으로 활동했기 때문에 교전 과정에서 죽은 것에 불과하고 실제로는 이들 공산주의자들이 자신들과 같이 허덕이는 이주 농민들의 편이라는 것을 깨닫게 된다. 물론 이 작품은 만주국 이후이기 때문에 장학량 정권 시절과는 일정한 차이가 난다. 하지만 기본적인 구조는 마찬가지라고 할 수 있다. 장혁주가 조선인 이주 농민을 괴롭히는 주체로서 비적을 설정하고 특히 공산주의자들이 이들을 죽이는 것으로 일방적으로 그리고 있는 것은 일본 제국을 은폐하기 위한 것이라고 할 수 있다. 일본 제국의 위협과 침략에 맞선 장학량 정부의 저항에서 빚어진 것을 은폐하기 위하여 비적을 끌어들여 강조한 것이다.

장혁주가 장학량 정부 치하의 어두운 면을 강조하는 것은 결국 일본이 만주사변에서 승리하여 만주국을 건국하는 것의 정당성을 옹호하기 위한 것이다. 이 과정에서 흥미로운 것은 그의 '내선일체'관이다. 만보산에서 조선 농민들이 막 개간하기 시작했을 때 중국인 농민과 장학량 부대원들이 이를 막기 위하여 이들을 위협할 때 그들을 구해준 것은 바로 영사와 영사경찰이었다. 영사는 중국 정부와 협의를 하는 것이 쉽지 않다는 것을 알게 되면서 영사 경찰을 파견하여 이주 농민들을 구해주는 것이다. 이 과정에서 조선인 농민들을 일본인으로서의 자신의 정체성을 확인하는 것으로 설정하고 있다.

이렇게 장혁주는 철저하게 '내선일체'의 입장에서 만주와 만주국을 그리고 있음을 알 수 있다. 한데 당시 이 소설을 발표할 무렵은 만주국에서 '오족협화'가 기본 정책이기 때문에 이러한 설정은 국책에 어긋날 수도 있는 것이다. 만주족과 더불어 살아가는 것이 중요하고 협화미담을 일부러라도 만들어내야 하는 판인데 이렇게 조선인과 일본인이 한 편이 되어 중국인과 싸우고 또 중국인들을 야만인으로 간주하여 폄하하는 것이 '오족협화'의 국책과 맞지 않는 것이다. 다른 작가들이라면 이러한 설정은 어림도 없었을 것이다. 실제로 장혁주는 이 작품의 후기에서 이 점을 의식하여 '오족협화'를 막는 것은 만주족이 아니고 만주의 부패한 정부 탓이라고 적고 있다. '내선일체'를 지향하는 자신의 지향이 만주국의 '오족협화'와 맞지 않기에 이런 변명을 하여 검열을 통과한 것이다.

4. '내선일체'의 완성으로서의 만주 개척과 '오족협화' 및 '대동아공영'과의 길항―『행복한 백성』

만주국 건국 전후를 배경으로 다룬 『개간』과 달리 『행복한 백성』은 이 작품이 집필되던 시기의 만주를 동시적으로 그리고 있다. 창씨개명이 시작된 이후인 1940년 가을부터 2년간에 걸친 시간대이다. 『개간』이 만주국 건국이 결코 중국의 주권을 침략한 것이 아니고 어디까지나 폭압적인 장학량 정권하에서 신음하는 사람들을 구해낸 정당한 일임을 강조하는 것이라면, 만주의 개척이 과거처럼 그냥 조선이나 일본에서 살기 힘든 사람들이 생존을 위해서 최후로 이주하는 그런 종류의 행위의 소산이 아니고, 갱생을 기약하는 새로운 시대적 기획임을 강조하는 것이다. 이 장편소설은 작가 장혁주에게 만주와 만주국을 통시대적으로 읽어내려는 노력의 산물이라고 할 수 있을 것이다.

이 작품의 주인공격인 조선인 개척민 이와무라(조선 이름 순도)는 창씨개명이 시작된 직후 조선을 떠나 만주에 이주하였기 때문에 창씨개명한 자신의 이름 이와무라가 본인에게도 낯설 정도이다. 과거와 같이 이런 저런 인연을 끈으로 개인적으로 만주에 들어온 것이 아니고 만선척식회사의 주선으로 이주한 집단 개척민이기 때문에 마음자세부터 다르다. 조선에서의 생활이 힘들기 때문에 도피행각으로 이주한 것이 아니라 조선에서는 이루지 못하였던 새로운 삶의 방식을 개척하기 위하여 이주한 것이다. 자유 이민으로 들어온 이들은 만주와 만주국의 시장원리에 노출되어 이리 저리 헤매다가 운이 좋으면 한 몫 잡고 그렇지 않으면 낙오자 생활을 하기 마련이었다. 그렇지만 국가가 주도하는 만선척식회사의 주선으로 들어온 이주이기 때문에 국가와 혼연일체되어 움직여 나가는 것이다. 그 과정에서 과거의 자유주의에서는 찾아보기 힘든 새로운 규율의 삶을 영위한다.

이러한 이와무라의 새로운 만주에서의 삶은 한순간에 이루어지는 것이 아니다. 비록 집단 이주의 형태로 들어왔고 만선척식회사의 도움을 받으면서 생활하기는 하지만 난관이 적지 않다. 과거 자신의 몸에 배었던 태도도 그러하지만 더욱 힘든 것은 자유이민으로 만주에 들어와 자리를 잡은 사람들의 관성과 이에 바탕을 둔 저항이다. 최팔은 그 대표적인 인물이다. 자유이민으로 만주에 들어온 최팔은 만주국의 국가주의적 방식에 대해 적응하지 못하면서 과거의 관성대로 살아가려고 하는 인물이다. 만선척식회사의 주선으로 새로운 마을을 만들어가려고 하는 이들의 노력을 항상 비판하던 터라 이 마을에 새로 들어온 이와무라를 자기편으로 만들려고 한다. 처음 이 마을에 들어와 모든 것이 생소한 이와무라는 최팔의 꼬임에 넘어가 술집도 다니기도 하지만 이내 이런 행동들을 반성한다. 먼저 들어온 사람들 중에서 최팔과 다르게 살아가려고 하는 이들의 도움으로 이와무라는 개척민의 표본이 된다. 조선에서 이 마을로 이주한 영란이란 처녀를 두고 최팔과 벌이는 경쟁에서 마음이 흔들리기도 하지만 결국은 이와무라는 영란과 결혼까지 한다. 심지어 과거의 자유주의적 방식과 결별하려고 하지 않았던 최팔마저 개척농업정신대의 일원으로 개조시킨다. 만선척식회사 주도하에 벌어지던 새로운 마을 가꾸기와 공동작업에 기초한 농업경영에 대해 반대하기 위하여 연판장을 돌리기까지 하였던 최팔이었지만 결국 과거와 결별하고 새로운 생활에 동참하게 되는 것으로 이 작품은 끝난다.

이 작품에서 빼놓을 수 없는 것이 바로 '내선일체'에 대한 장혁주의 집념이다. 조선인이 이주한 이 마을 주변에는 이미 터를 잡고 살고 있는 만주인들도 있지만 막 입식한 일본인도 있었다. 조선 사람들이 이 마을에 입주하여 살면서부터는 이들과 분리하여 살기는 쉽지 않았을 것이다. 특히 선주민이라고 할 수 있는 만주인들의 경우 더욱 그러하다. 그런데 작가는 이 작품에서 만주인에 대해서는 거의 다루지 않고 있다. 갈등만이 아니라 협조도 있었을 터인데 결코 다루지 않았다. 그

대신에 입식한 일본인에 대해서는 많은 비중을 두어 다루고 있다. 또한 그 관계를 갈등은 거의 없고 오로지 협조하는 것으로만 그리고 있다. 처음 입식하였기 때문에 같은 집단의 일원으로 공동으로 문제들을 해결할 때도 그러하지만 다른 조직으로 나누어져 살아갈 때에도 일본인들의 도움은 매우 컸다. 이와무라가 최팔의 거짓 고발로 인하여 유치장 신세를 지고 있을 때 일본인 우시지마의 도움으로 풀려나게 된 것이 그 대표적인 경우이다. 최팔의 강한 반대로 인하여 공동경영의 새로운 방식이 난관에 처했을 때 일본인 마을에서 나온 우시지마가 지원으로 문제를 풀어나가는 등 '내선일체'의 흐름은 이 작품의 전반을 흐르고 있다. 우시지마가 시마네 출신의 자신들과 조선인들은 고대로부터 하나의 핏줄이라는 것을 강조하는 대목 역시 장혁주의 혈통주의적 '내선일체'관을 잘 드러내주는 것이라 할 수 있다. 우시지마가 "우리들은 일본에서도 동해에 면한 마을에서 왔습니다. 그 곳은 고래로부터 조선과의 관계가 밀접한 곳이라 들었습니다. 특히 남부 조선과 동부 조선의 사람들과는 지금도 같은 피가 흐르고 있다고 합니다"라고 하는 언설은 장혁주가 얼마나 '내선일체'에 집착하였는지를 잘 보여준다.

'내선일체'에 대한 작가의 집념이 가장 뚜렷하게 드러나는 대목은 국어강습 대목이다. 공동경영에 입각한 새로운 마을 만들기가 어느 정도 정착되어 가자 마을 사람들은 아이들의 교육을 위하여 학교를 만들 계획을 세우고 그 일환으로 일본어 강습을 하게 된다. 이와무라는 바쁜 와중에도 솔선수범하여 일본어 강습을 할 정도로 적극적이다. 이러한 설정은 당시 상황에 비추어 볼 때 특별한 의미를 갖는다. 당시 만주국은 '오족협화'를 국책으로 정하고 조선족들이 자신의 언어로 신문도 내고 활동하는 것을 권장하였다. 『만선일보』가 1945년 해방까지 계속하여 조선어로 신문을 낼 수 있었던 것도 바로 이러한 맥락에서 가능한 일이었다. 1937년에 치외법권이 철폐되면서 '오족협화'는 더욱 강화되었다. 일본인마저 만주국 내에서는 하나의 종족으로 취급받아야 하는 현실에서 조선인들은 더욱 자기의 독자성을 지킬 수 있었던 것이다. 당시 조선에서 이주한 염상섭이나 백석은 바로 이러한 만주국의 특수한 정황을 활용하였던 것이다. '내선일체'보다는 '오족협화'가 조선인의 자유를 위해서는 더욱 좋은 것이었다. 그러다 보니 간도 지역을 비롯한 농촌 지역에서의 조선인 교육은 만주국에 의해 진행되었기 때문에 '내선일체'와는 거리가 멀었다. 일본 제국의 신민으로서의 조선인이라면 조선과 마찬가지로 일본어를 배워야 하겠지만 만주국의 한 종족으로서의 조선인이라면 일본어를 배울 필요가 없었던 것이다. 이런 '오족협화'의 교육현실을 직접 보고 온 장혁주는 이를 매우 못마땅하게 생각하였다. 1942년 조선 총독부의 주선으로 만주를 다녀 온 후 『매일신보』의 좌담에서 한 다음의 발언은 당시 장혁주가 간도 및 만주국에서의 조선인들의 일본어 교육에 대한 생각과 '내선일체'관을 잘 보여주고 있다.

회덕의 교장은 본촌이라는 반도출신이었습니다. 그런데 제가 이 교육 문제에 대하여 느낀 것은 개척지의 학교는 만주국의 경영으로 되어 있다는 사실이었습니다. 그러니까 근본적으로 반도인으로서 '내선일체'의 정신하에서 교육 방침을 세워야 하겠는데 학교 자체가 만주국의 경영이니까 이 교육 정신의 통일 문제가 대단히 곤란한 문제였습니다.[5]

5　『매일신보』, 1942.6.27.

'내선일체'와 '오족협화'가 충돌할 때 장혁주는 당연히 '내선일체'를 택한다. 만주국의 조선인들이 만주국의 '오족협화'의 정신을 배우는 것을 매우 못마땅하게 생각하면서 '내선일체'의 정신을 배워야 한다고 이렇게 강변하는 것은 그가 얼마나 혈통주의적 '내선일체'를 내면화했는지를 잘 보여준다. 그렇기 때문에 이 작품의 마지막에서 이와무라가 일본어를 강습하는 것을 그렇게 두드러지게 그려냈던 것이다. 장혁주는 '내선일체'의 시각에서 만주국의 개척을 보았기 때문에 당시 일본 제국이 만주국에서 펼쳤던 '오족협화' 및 '대동아공영'과 충돌하게 되는 것이다. 당시 일본 제국이 만주국에서 펼쳤던 '오족협화'와 충돌하게 되는 것이다. 또한 이 작품을 쓸 무렵 일본 제국은 '만주국'에서 기존의 '오족협화'뿐만 아니라 '대동아공영권'의 논리를 적극적으로 설파하였다. 유치환의 작품에서 볼 수 있듯이, 그동안 동아신질서나 오족협화에 다소 냉소적이었던 이들도 이 '대동아공영권'의 논리에는 적극적으로 가담하였다. 그런데 장혁주는 이러한 대목에 대해서도 전혀 관심을 두지 않았던 것이다. 그가 만주국을 다룬 작품을 창작하면서 끝없이 자신이 쓰고 싶은 것을 제대로 쓰지 못하였다고 불만을 토로했던 것은 이러한 상충에서 비롯된 것임을 확인할 수 있다.

5. 결론

장혁주는 '오족협화'가 주된 이념이었던 만주국을 다루면서 철저하게 '내선일체'의 입장에서 서 있었다. 그로서는 '오족협화' 속에서 자신의 정체성을 찾고자 했던 만주국의 조선인들에 대해서 깊은 불만을 가지고 있었고 이러한 소설 쓰기를 통하여 이주조선인들이 일본 신민으로서의 정체성을 갖고 살기를 희망하였다. '내선일체'와 '오족협화'의 길항 속에서 글을 썼던 장혁주는 이주 조선인들을 하나라도 '내선일체'의 품으로 끌어들이는 것이 자신의 작가적 책무라고 생각했던 것이다. 건국 이전의 어려운 시절에 조선인들을 구해주고 그들에게 땅을 마련해준 것도 일본인이었고, 개척의 난관을 뚫고 땅을 공동으로 경작하여 갱생하게 해준 데도 일본인들의 역할이 핵심적이다. 『개간』과 『행복한 백성』은 바로 이러한 작가적 노력의 산물이었다.

이 두 작품은 그 시대적 배경의 차이에도 불구하고 자작농 창정으로 이어져 있다. 만주국 건국 이전의 참담함을 벗고 새롭게 건설되는 만주국에서 조선농민들을 정착시키고 안정시키기 위한 것이 자작농 창정이었다고 『개간』에서 강조하고 있다. 만선척식회사의 주선으로 본격적인 개척이주가 시작된 이후 전체주의적 농업경영의 실상을 다루고 있는 『행복한 백성』에서도 농민들의 최후의 목표는 자작농창정이다. 한때 사회주의였던 장혁주가 전체주의로 방향을 바꾸어도 내적으로 견지하고 있는 것은 자본주의와 자유주의에 대한 비판임을 알 수 있는 대목이다. 그런 점에서 1939년 이전과 이후 장혁주의 작품 세계는 외적으로는 현저하게 바뀌었지만 내적으로 완전히 단절된 것이 아님을 확인할 수 있다. 자작농창정을 통해 이주한 조선농민들이 더 나은 삶을 살기를 희구한 그의 바람은 '내선일체'의 틀에 서 있었기에 결국 제국에서 벗어나지 못한 것으로 끝나버렸다. 조선에서 살 수 없어 만주 지역으로 이주했던 조선 농민들이 자기 땅을 소유하여 사람다운 삶을 사는 것에 큰 희망을 가졌지만 '오족협화'의 땅에서 '내선일체'를

구현하려고만 했고 일본 제국주의의 억압의 실상을 파악하지 못하였
기 때문에 결국 실패하고 말았다. 이는 혈통주의에 입각한 '내선일체'
론의 비극적 결말이었던 것이다

참고문헌

김학동, 『장혁주의 일본어 작품과 민족』, 국학자료원, 2008.
______, 『장혁주의 문학과 민족의 굴레』, 역락, 2011.
南富鎭, 白川豊, 『張赫宙日本語作品選』, 勉誠出版, 2003.
白川豊, 『한국 근대 지일작가와 그 문학연구』, 깊은샘, 2010.
______, 「장혁주연구」, 동국대 박사논문, 1989.
河西晃祐, 『帝國日本の 擴張 と崩壞』, 法政大學出版局, 2012.

참담과 숭고 서정주의 만주 체험

박수연

1. 서론

미당 서정주(1915~2000)가 만주에 건너간 때는 1940년 가을이고, 조선으로 귀국한 때는 1941년 2월이다. 그는 시 「만주에 와서」의 주석에서 이렇게 썼다. "1940년 11월인가부터 다음에 2월쯤까지의 한겨울동안만 나는 만주제국 양곡주식회사의 간도성 용정출장소에 취직해 있다가 결국은 비위에 안 맞아 작파해 버렸었다."[1] 이 회고에 따르면 서정주는 대략 4개월 정도의 만주 생활을 경험한 셈이다. 그런데 이 시기를 회고하고 있는 또 다른 시 「만주제국 국자가(연길)의 1940년 가을」에는 서정주의 만주 생활이 1940년 9월부터라는 주석이 달려 있다. "1940년 9월에서부터 1941년 2월까지 나는 남만주 간도성의 양곡주식회사의

---

[1] 서정주, 『서정주 전집』 2, 민음사, 1994, 484쪽. 이 시가 처음에 수록된 시집 『안 잊히는 일들』은 1983년에 현대문학사에서 출판되었다.

한 사원이 되어 밥벌이를 하고 있었다"고 기록되어 있는 것이다. 서정주 연구자들의 기록이 정확하지 않은 것은 서정주 자신이 범하고 있는 이런 혼동 때문인 셈이다. 가령 김학동이 쓴 『서정주 전기』(새문사, 2011)는 1940년 11월에 서정주가 만주로 갔다고 기록하고 있다.

여러 글들을 종합해보면, 서정주가 만주로 간 것은 시기를 확정할 수 없는 1940년의 가을이다. 가을에서 겨울로 이행하는 계절 감각이 그의 글에 나타나고 있기 때문이다. "밤에는 E. A. 포우를 읽고, 낮에는 부랑하고 다니는 동안 겨울이 되어 나는 만주양곡주식회사라는 아주 큰 회사에 취직을 했다"고 그는 「만주광야에서」(『나의 문학적 자서전』, 민음사, 1975)에 써 두었다.

이 만주 행적과 관련한 서정주의 시편들은 주로 그의 산문 「만주광야에서」를 저본으로 삼아 쓰인 것들이다. 특히 시집 『늙은 떠돌이의 시』(민음사, 1993)에 실린 다섯 편의 만주 시편은 바로 산문 「만주광야에서」에 나오는 에피소드를 장르 종만 바꿔 시로 만든 것이다.[2] 이 외에도 만주 이주 전후의 정황을 그리고 있는 시편들 역시 그의 산문들에서 차용해온 회고이다. 『팔 할이 바람』(1988)의 「큰 아들을 낳던 해」는 만주 이주의 배경을 그리고 있고, 「만주에서」는 만주의 풍경과 직장생활을, 「뜻 아니한 인기와 밥」은 귀국 전후의 정황을 그리고 있다.

어떤 에피소드나 기억이 반복된다는 것은 그 에피소드나 기억이 여전히 강렬한 에너지를 주체에게 전달한다는 사실을 의미할 것이다. 그런데 서정주의 만년의 시는 대부분 그의 과거에 대한 회고 차원의 그

---

2 시의 제목은 다음과 같다. 「만주제국 국자가(연길)의 1940년 가을」, 「일본헌병 고 쌍 놈의 새끼」, 「간도 용정촌의 1941년 1월의 어느 날」, 「북간도의 청년 영어교사 김진수 옹」, 「시인 함형수 소전」.

것이다. 반복이 새로운 의미의 생성에 연관된다면 회고는 단순한 복고 바로 그것에 연관된다. 많은 경우 이미 산문을 통해 진술되었던 여러 에피소드를 그다지 압축적이지 않은 시 형식으로 재진술하고 있는 그 회고 취미의 의미를 낱낱이 분석해볼 수는 없을 것이다. 다만 무엇인가 되풀이되어 서정주의 의식을 지배하고 있다는 사실을 염두에 두기로 하자. 그리고 그의 '만주 행적'도 되풀이 회고되고 있는 사안들 중 하나이다. 이 사실이 달관연하는 노시인의 단순한 회고취미와는 다른 어떤 것, 즉 의미를 재구성하는 주관적 선택행위라는 점도 고려해야 한다. 보고 싶은 것, 시대적 맥락 속에서 보아야 할 것만 보려하는 시인의 자의적 선택이 있는 것이다. 따라서 서정주의 만주행을 제대로 이해하기 위해서는 시인이 그의 기억 속에서 선택하는 의미화의 대상을 살펴보는 것 이외에 그 선택에 의해 왜곡되고 배제되는 대상을 찾아내는 일이 필요하다. 여기에는 그러므로 서정주가 만주로 건너간 즈음의 작품을 징후적으로 읽어내는 작업이 수반되어야 할 것이다. 어떤 기억의 착종과 선택이 이루어지기 전이라고 할 수 있는 1940년을 전후로 발표된 작품만이 그의 문학적 지향점을 그나마 정직하게 보여줄 것이기 때문이다.

본 글은 서정주가 만주에서 쓴 작품 세 편과 그 작품에 연동되어 사후적으로 쓰인 산문, 그리고 그 산문에 기댄 몇 편의 작품을 분석하여 일제말기에 서정주의 문학적 행보를 분석해보려는 것이다. 만주에서 서정주가 쓴 작품은 「만주에서」, 「멈둘레꽃」, 「무제」 세 편이다. 이 작품들과 함께 1939년부터 1941년 사이에 쓰인 작품들도 필요에 따라 분석해보기로 하겠다. 서정주에게 만주는 무엇이고, 그 만주 경험은 그의 이후의 문학적 행로에 어떤 관련을 맺고 있는가. 그것은 서정주가

귀국한 이후의 문학적 내면에 작용하는 국가주의적 그늘과 어떤 관련
을 맺고 있는가?

2. 유토피아적 이향과 현실 탈출

서정주가 만주로 이주하던 때의 동북아시아 시국은 엄중했다. 1940
년 6월, 히틀러의 파리 점령은 서구적 근대의 몰락을 알려주는 결정적
신호탄이었다. 1940년 6월에 신체제 운동이 발표되었고, 7월에 대동아
공영론이 선언되었다. 10월에는 조선에서 국민총력조선연맹이 결성
되었다. 이 시국 속에서 서정주가 어떤 심리적 행보를 보여 주었는지
를 정리해서 말하기는 쉽지 않다. 그가 왜 만주에 갔으며, 왜 돌아왔는
지 알려주는 전거도 아주 소략하다. 중요한 것은 만주로 이주한 서정
주의 심리적 행보를 아는 일일 터이다. 그것을 일차적으로 규정하는
것이 그의 외적 행동일 텐데, 논의를 위해 참고할 수 있는 서정주의 회
고는 "간도성의 한 고등관이 내 친구의 형이어서 그의 힘으로 경리과
의 한 구석자리를 얻"[3]을 수 있었다는 사실 정도이다. 이것이 그의 만
주 취업에 대한 직접적인 설명이라면, 그의 만주행에 대한 배경 제시
는 1984년의 시집 『노래』에 수록된 「큰아들을 낳던 해」에 있다. 1940
년 1월에 그는 고향에 머무르던 중 첫 아들을 얻고 8월에는 『조선일
보』 폐간 기념시 청탁을 받는다. 그가 청탁서를 보고 시를 창작한 것이

---

3 서정주, 「만주광야에서」, 『나의 문학적 자서전』, 민음사, 1975, 53쪽.

신문 폐간 이후였기 때문에 그 시는 발표될 수 없었는데, "목아지여 / 목아지여 / 목아지여"라는 외마디 비명과 같은, 발표될 수도 없었던 기념시를 쓴 후 그는 만주로 떠난다. 그때의 심정이 「큰아들을 낳던 해」에 이렇게 표현되어 있다.

> 하여, 나는 마침내 숨막히는 강산을 떠나기로 하고
> 이 해 가을 만주제국 간도성 연길이란 곳으로 갔는데,
> 무간지옥에서도 위선 숫을 구먹은 있는 것이라
> (…중략…)
> 일본이 청나라 마지막 황제의 피붙이 하나를 꼬아다
> 등극시키고
> 그들의 괴뢰정권으로 억지로 세운 이 아득한 땅에서
> 그리하여 나는 그 취직 자리라는 걸 겨우 하나 얻게 되었네.

만주로 가서 취업을 하게 된 연유를 간단히 정리해 놓은 진술이다. 행간의 역사적인 사실들은 이미 밝혀진 것이지만, 여기에서는 그 객관적 상황에 대응하는 시적 심리가 중요하다. "숨 막히는 이 강산"이라는 표현이 그것이다. 요컨대 서정주는 당시의 조선 현실을 견딜 수 없이 막혀 있는 상태로 파악하고 있는 것이다. 그런데 이 폐쇄된 현실에서 벗어날 수 있는 장소로 선택된 곳이 왜 하필이면 만주였을까?

서정주가 이미 탈향의 시적 상상을 펼쳐 보이고 있었다는 점에 대해서는 많은 연구자들이 동의하고 있다.[4] 그의 초기 시가 근대적 삶에

---

4 김재용, 최현식, 홍용희 등의 연구가 있다.

대한 전복적 상상의 결과이며, 구체적인 표현으로서 「바다」와 같은 시적 성취를 보여주고 있다는 사실이 그것이다. "애비와 에미를 잊고 형제와 친척과 동무도 잊어버린 후 계집까지 잊고 아라스카, 아라비아, 아메리카, 아프리카로 가라"고 외치던 시인은 드디어 자신의 닫힌 현실에서 탈주하여 만주로 이주할 수 있었던 것이다. 이 탈향 심리의 최종적 희망이 무엇이었는지를 지금 우리는 알 수 없다. 다만 그 희망 사항이 단순한 취직자리를 넘어서는 것이었으리라고 생각해볼 수는 있겠다. 만주는 단순한 이주지가 아니라 근대적 유토피아의 한 정형으로 선전되고 상상되는 땅이었다. 만주로 건너가기 직전에 서정주가 쓴 시편들은 한편으로는 유장한 언어 감각에 결합된 생명과 신성의 에로티시즘을 표현했고, 또 한편으로는 탈향과 탈현실의 전복적 지향을 드러냈다. 이것이 한국 시사 속에서 유럽 상징주의에 연결된 1930년대 후반의 생명파에 대한 시각일 것이다.[5] 그 시적 전복의 상상이 보여준 지향점의 하나가 만주였으리라는 사실은 따라서 충분히 납득 가능한 것이기도 하다.

1930년대 후반의 서정주의 방랑 생활이 이와 연관된다면, 여기에 한 가지 덧대어 놓을 것은 그의 현실적 타협능력이다. 만주로 간다는 것은 닫힌 현실에서 탈출하여 이상을 쫓아가는 것이므로 잘 살러 가는 것이기도 했던 것이다. 이 현실성과 관련해서는 서정주의 민첩한 적응 능력이 주목될 수 있다. 왜냐하면, 실제로 당시의 만주는 조선인 식자층의 노동력이 어느 때보다 절실했었고, 이 정황을 서정주가 정확히 바라보고 있었다고 여겨지기 때문이다. 만주국 건설 이후 이주해 살게

---

5 생명파의 대표자로서 미당의 만주행과 관련해서는 최현식, 「서정주와 만주」, 『미네르바』, 2010 여름 참조.

된 사람들의 조선, 중국, 일본인별 취업 현황은 조선인에게 가장 열악한 결과를 보여준다. 만주를 주로 돈벌이의 신천지로만 생각했던 것은 일본인들이 아니라 조선인들이었다. 그래서 만주의 조선인들은 주로 일확천금을 노리는 유랑자들이었다. 1939년 북지전선 위문단의 일원이었던 임학수는 일본 사무관의 말을 빌려 중국 거주 조선인들에 대한 당시의 인식을 이렇게 썼다.[6]

> 북지의 조선인은 대단히 평판이 나쁘다. 물론 예외도 있지만. 개괄적으로는 원인이 둘로 나뉘는데, 일은 조선인의 직업이 모히, 코카인의 금제품을 밀매하는 것. 이는 선량한 중국인에게 사기 공갈 등 불량한 행위를 하는 것. 북지 재주(在住) 약 4만 명인데 대개는 만주에 있다가 들어온 사람들로, 9할 5분(分)은 표면 잡화점 등의 간판을 걸고 있으나, 실질적으로는 그 대반이 밀매자이다.

이 진술이 일본인의 것이기 때문에 차별적 시선에 따른 과장된 면이 있을 것이라고 해도, 중국이나 만주를 배경으로 한 조선 작가들의 소설에서 그 상태가 유사하게 묘사되고 있다는 점 또한 무시할 수 없다. 하얼빈을 배경으로 한 최명익의 「심문」이나 북경을 배경으로 한 김사란의 「향수」가 그것이다.

또 이런 조선인들의 현실을 반영한 것이 취업률이다. 취업은 학력과 밀접한 관련을 가지고 있었는데, 취업률은 일본인 60%, 중국인 52.4%, 조선인 21.1%였다.[7] 조선인의 인구가 상대적으로 증가하던 상

---

6 임학수, 「북지견문록」, 『문장』, 1939.7, 166쪽.
7 윤휘탁, 『만주국―식민지적 상상이 잉태한 '복합민족국가'』, 혜안, 2013, 158쪽 참조.

황에서 취업률이 이렇다는 것은 일정한 지식을 갖춘 조선인의 수요가
더 필요했으리라는 추측을 가능케 한다. 더구나 1939년 5월에는 미곡
관리법(米穀管理法) 시행에 따른 '만주국미곡관리 대요방침'이 확정되어
시행되는 단계에 있었다. 그 방침 중 눈에 띄는 것을 적어둔다.

一. 米穀管區는 관구를 단위로 가급적 관구내 생산미곡으로써 자급자족이
   될 수 있도록 고려할 사,

一. 미곡관구는 그 구역 내에 있어서의 米價의 평준화를 촉진시키고 장래
   全滿一律의 米價設定의 거점이 될 수 있도록 정할 것.

一. 미곡관구는 생산미곡의 품질개선급생산확보를 圖할 수 있도록 이를
   정할 것,

一. 관구는 신경, 봉천, 합이빈, 목단강, 연길, 흑하, 해납이, 열하의 팔개소
   로 함.

   미곡관리법안 실시에 伴한 미곡 배급기구로서는 만주양곡회사를 중심
으로 해서 종래의 정미업자 도매업자 급 소매업자에 대하야 가급적으로
그 기능의 활용을 圖할 방침하에 左의 방법을 정비함.
   *수출입 요망
一. 미곡의 수출입은 양곡회사로 하여금 專혀 이에 當케 할 것.
二. 수입=(가)회사는 미곡 연도의 당초에 당해 연도의 미곡수급 추산을 행
   하고 공급량의 부족인 경우에는 이를 수입미에 俟할 것으로 하고 수입
   계획을 세울 것. (나)수입은 가능한 한 업별 평균적으로 행한다. (다)수
   입미는 지리적 관계 등으로 보아 가능한 한 조선미로 할 방침을 적당타
   認함. 이로써 충족이 안되면 일본 내지미, 대만미 又는 지나미, 삼미기

타 제삼국미를 수입함. (라)조선미 급 내지미는 회사 자체가 산지에서 매 부를 행하야 수입하기로 함. (마)제삼국미 급 대만미는 적당한 수입상으로 하여금 위탁수입을 행케 함.

이상의 만주미곡 정책에서 눈에 띄는 것이 만주국의 모든 미곡관리를 도맡아 수행하고 있는 준국가기관으로서의 '만주양곡회사'이다. 회사의 주요 업무는 같은 관구 내의 미곡가를 동일하게 유지하고 수요와 공급을 맞추기 위해 수출입업무를 관장해야 하는 등의 국가적 사업이었다. 따라서 그 회사는 아무나 쉽게 취업할 수 있는 직장이 아니었다. 서정주는 친구 형인 간도성 고등관의 주석으로 만주양곡주식회사에 취직했음을 밝히고 있는데, 그 회사가 곧 '만주양곡회사'이다. '대요 방침'에 나타나듯이 만주국 미곡관리는 여덟 개의 관구로 구분되어 시행되었고, 그 관구 중 하나가 '연길 관구'이다. 그 연길이야말로 서정주가 만주에 대한 기억에서 '국자가 거리의 곡마단과 가을 풍경'이라는 거의 최초의 사건적 장면을 재구하는 곳이기도 하다. 서정주는 처음에 이 연길관구 내의 만주양곡회사에 취직이 되었고 곧이어 용정 지사로 발령이 났던 것이다. 서정주가 어떻게 만주양곡회사의 사원이 되기로 마음먹었는지를 알 수는 없지만, 그 취업이 자기 가족의 호구책이 될 수는 있다고 믿었을 것이다. 조선에서 그 취업에 대한 정보를 얻는 것이 가능했던 것도 조선미 만주 수출에 직간접적으로 연결되어 있을 김성수 가문의 도움 때문이었으리라고 생각해볼 수 있다. 당시 서정주의 부친이 마름 노릇을 그만두었던 때라고 해도 그것은 충분히 가능한 일이었을 것이다.

이런 저런 추정을 통해 서정주의 만주행을 동기화하는 구체적 일상과 직업에 겹쳐서 밝혀져야 할 것이 당시의 서정주의 내면이다. 그의 문학이란 바로 그 내면의 소산이기 때문이다. 『시인부락』(1936)을 주재하고, 제주도에서의 짧은 거주(1937.4~6)를 거쳐 고향에 돌아와 소일하던 서정주가 부모가 정해준 혼처를 따라 결혼을 했을 때, 이 시기의 서정주의 심리는 무위도식배의 그것과 다름이 없었던 듯하다. 자학적 내면을 표현한 「자화상」(『시건설』, 1939.10)이 이때 씌어졌고, 고창군청 경리과에서 잠시 근무하기도 했으며, 첫아들을 보기도 했다. 그런데 이 시기를 무위도식하면서도 서정주가 집요하게 관심을 보인 것은 '탈향'과 '귀향'의 이중적 욕망이다. 일찍이 "애처와 가정을 버리고 서백리아를 유랑하는 만년 두옹(杜翁, 톨스토이-인용자)의 질머진 결망(布袋)은 훈장과 같이 빛나지 않는가"[8]라고 탈향의 지향을 보여주었던 서정주는 동시에 "흰 무명옷 가라입고 난 마음 / 싸늘한 돌담에 기대어 서면 / 사뭇 숫스러워지는 생각, 고구려에 사는 듯 / 아스럼 눈감었든 내 넋의 시골 / 별 생겨나듯 도라오는 사투리 / (…중략…) / 머잖어 봄은 다시 오리니 / 금女동생을 나는 얼으리 / 눈섭이 검은 금女 동생, / 얼어선 새로 수대동 살리"(「수대동시」, 『화사집』)[9]라는 귀향의 희망을 피력하고 있는 것이다. 한편으로는 고향을 떠나고 또 다른 한편으로는 고향을 찾는 것은 표면적으로는 모순되어 보일지라도 이면에서는 전혀 모순이 아니다. 고향은 언제나 탈출해야만 할 끔찍한 현실을 표상하기도 하지만, 동시에 가장 안식하고 싶은 장소이기도 한 것이다. 그 스스로 그의 고향에 대해 "이렇게도 유달리도 아늑하고 외진 곳을 나는 아직도 보지 못했다"[10]고 생각하면서도 그곳을 떠나려 한 것은 고향에서 채

8　서정주, 「續畢波羅樹秒」, 『동아일보』, 1935.11.5.
9　이 시는 『시건설』, 1938.6에 처음 발표되었다.

울 수 없는 무엇인가를 타향에서 채울 수 있다고 믿기 때문일 터인데, 그 타향을 또 다른 고향으로서의 이향(異鄕)이라고 한다면, 당시의 서정주에게는 만주가 그랬을 가능성이 크다. 그 복합적 심리가 서구적 근대에 대한 비판과 이향에 대한 추구를 결합시키고, 그 결합의 방향을 오족협화의 이상향인 만주로 나아가도록 하는 일은 충분한 내적 근거가 있는 셈이다.

그의 탈향 의식과 함께 읽을 수 있는 작품으로는 「바다」(『사해공론』, 1938.10)가 널리 알려져 있다. 시의 한 구절로서 '애비, 에미, 형제, 친척, 동무, 계집'을 잊고 "아라스카로 가라 아니 아라비아로 가라 아니 아메리카로 가라 아니 아프리카로 가라"라고 말하고 있는 부분은 탈향의 이념뿐만 아니라 서구적 근대까지도 함께 극복하려 하는 주체의 욕망을 표상한다. 유럽 상징주의에 연결된 생명파적 언어들을 선보였던 시인은, 그 상징주의의 타락을 비판하는 「램보오의 두개골」(『조선일보』, 1938.8.14)에서 "램보오 끗끗내 귀향할 일이 아니엇다. 에미와 누이의 품으로 돌아갈 일이 아니엇다. (…중략…) 극단―그러타. 램보오의 길은 컬럼버스의 것과 가티 원형이여서는 안된다. 영구히 도달할 수 없는 완성할 수 없는 직선이여서 조앗슬 것이다. (…중략…) 램보오의 귀향은 자각이 아니엇다. 그냥 피곤하고 늙엇고 좌절했을 뿐이었다. 귀향하는 램보오는 임우 死灰의 시체에 불과하다"라고 지적함으로써 귀향자 랭보에 대비되는 영원한 탈향의 이념을 표현한다. 이 글을 쓰는 서정주에게 떠나는 길은 돌아옴을 예비하는 길이 아니다. 돌아오는 것은 곧 패배이며 그 패배는 삶과 이상의 패배이다. 서정주가 만주로

---

10 서정주, 「유산상속과 그 뒤에 온 것」, 『나의 문학적 자서전』, 민음사, 1975, 80쪽.

이주를 감행했을 때 그에게는 랭보의 실패를 뛰어넘으려는 현실 탈출의 열망이 작용하고 있다고 생각해야 하는 근거가 여기에 있다.

또다른 작품 「풀밭에 누어서」[11](『비판』, 1939.6)는 그 이향을 '봉천, 외몽고, 상해'에서 찾고 있다. 거의 같은 시기에 씌어진 이 시편들의 시적 지향은 주어진 현실로부터의 탈출이지만, 전자 「바다」는 탈아시아의 호명이고 후자 「풀밭에 누어서」는 탈조선의 호명이다. 「바다」가 탈아시아적이면서 또한 탈서구적 지향성을 갖고 있다는 사실은 이미 지향되는 대륙의 이름을 보아도 알 수 있다.[12] 그런데 「풀밭에 누어서」는 탈아시아가 아니라 같은 아시아 내부의 이향을 지향대상으로 삼는다. 요컨대 전자가 탈향이라면 후자는 그 탈아시아적 탈향 심리에 대비되어 오히려 아시아적 귀환을 상상케 하는 상상력을 보여준다. 당시의 서정주의 복합적 심리상태를 알아보기 위해서 좋은 참조점을 던져주는 것이다. 「풀밭에 누어서」는 그다지 널리 읽힌 작품이 아니므로 여기에 일부를 인용해 놓는다.

오늘도 할 수 없이 못가고 마럿다. 내일은 어떠케 떠나야 할텐데 …… 우선 入質헌 옷이나 찾어 입고, 이원오십전 주고 고무바닥 헌 白短靴나 하나 사신고, 이발이나 좀 허고 목욕이나 좀 하고 ……

오늘도 내가 풀밭에 누어서 혼자 생각하는 것은 —

(우리 둘의 행복을 위하야) 그런 것은 아니다 불쌍한 안해야

---

11 이하 전집에 수록되지 않은 작품 인용은 최현식의 발굴본에 의거한다. 최현식, 『서정주 시의 근대와 반근대』, 소명출판, 2003.
12 이 사실에 대한 논의는 김재용, 「서정주―전도된 오리엔탈리즘」, 『협력과 저항』, 소명출판, 2004, 131~135쪽 참조.

혹, 어쩌다가 담배나 잇스면, 북향의 창에 턱을 고이고 으레히 내가 바래보고 잇는 곳은 국경선 박갓, 봉천이거나 외몽고거나 상해로 가는 쪽이지 전라도는 아니다.

내가 인제 단 한 가지 기대가 남은 것은 아는 사람 잇는 곳에서 하로바삐 떠나서, 안해야 너와 나 사이의 거리를 멀리하야, 낯선 거리에 서보고 싶은 것이지(성공하시기만) …… 아무리 바래여도 인제 내 마음은 서울에도 시골에도 조선에는 업을란다

(…중략…)

고향은 항상 喪家와 같드라. 父母와 兄弟들은 한결같이 얼골빛이 호박꽃처럼 누─러트라. 그들의 이러한 體重을 가슴에 언고서 어찌 내가 金剛酒도 아니 먹고 外上술도 아니 먹고 酒酊뱅이도 아니 될 수 잇겟느냐!

안해야 너 또한 그들과 비슷하다. 너의 소원은 언제나 너의 껌정고무신과 껌정치마와 껌정손톱과 비슷하다. 거북표類의 고무신을 신은 女子들은 대개 마음도 같은가부드라.

(네,네, 하로바삐 추직(就職)을 하세요) 달래와 간장 내음새가 皮膚에 젖은 안해. 한달에도 맻번식 너는 찌저진 白露紙쪽에 이러케 적어 보내는 것이나, 미안하다, 취직할 곳도 성공할 곳도 내게는 처음부터 업섯든 걸 아러라.

미안하다 안해야. 미안하다. 미안하다.

아직까진 시골에 버꾹새도 울꺼니까, 대추나무 밑에 麻布적삼이나 다듬든지, 親庭에 가잇든지, 또다른데 가잇든지, 그러케 하여라.

(…중략…)

안해야 너잇는 全羅道로 향하는 것은 언제나 나의 背面이리라. 나는 내 등뒤에다 너를 버리리라.

그러나

오늘도 北向하는 瞳孔을달고 내 피곤한 肉體가 풀밭에 누엇을때, 내 등짝에 내 脊椎

神經에, 담배불처럼 뜨겁게 와닷는것은 그 늘근어머니의 파뿌리 같은 머리털과 누런 잇발과 안해야 네 깜정손톱과 흰옷을입은무리조선말. 조선말.

…… 이저버리자!

— 「풀밭에 누어서」 부분(강조는 인용자)

고향은 상가와 같고, 시인이 지향하는 곳은 "국경선 박갓, 봉천이거나 외몽고거나 상해로 가는 쪽이지 전라도는 아니다." 그런데 이처럼 만주 혹은 중국으로 기울어지는 마음의 갈피는 그의 학생시절부터 나타난 것이기도 하다. 그것이 결혼하기 전의 상상적 실행이었다면. 지금 그 상상은 한 편의 시로 표현되어 실행의 간절함을 더 곡진하게 만들어준다. 더구나 아내가 시인에게 보내는 말은 '성공과 취직'이지만 시인이 생각하는 것은 '아내를 떠나 홀로 낯선 거리로 가는 일' 결국은 '조선을 떠나가는 일'이다. 이 탈향 의식을 염두에 둘 때 서정주의 만주 이주가 제대로 이해될 수 있음은 물론이다.

서정주의 만주 이주가 탈향 의식의 표현이라고 했지만, 온전한 탈향일 수 없는 이유 또한 여기에 있다. 이것은 작품의 말미를 고려한다면, 더욱 그렇다. "늘근 어머니의 파뿌리 같은 머리털과 누런 잇발과 안해야 네 껌정 손톱과 흰옷을 입은 무리 조선말. 조선말"이 그것이다. 시인은 이 진술 다음에 "이저버리자!"라는 말로 반전을 꾀하고 있다. 「램보오의 두개골」이 랭보의 귀향을 비판하고 있듯이, 가족을 잊어야 한다는 그 자기 다짐이야말로 탈향의 이념에 결말을 맺어주는 행위일 것이다. 그러나 그 잊음에 대한 자기 다짐은 잊을 수 없음의 전도된 표현이기도 하다. 「풀밭에 누어서」가 모종의 망설임과 선명하지 않은 내면으로 시종일관하는 것도 그와 관련될 텐데, 이런 의미에서 '탈아시아'의 지향을 보여주는 「바다」에 비해 「풀밭에 누어서」의 상상의 폭이 좁혀져 아시아 내부에 머물고 있다는 점은 충분히 상징적이다. 탈아시아에서 아시아로 전환하는 심리는 끝내 가족을 떨쳐버릴 수 없는 심리이기도 하다. 어쨌든 「풀밭에 누어서」는 당시의 서정주의 심리적 강박이 어떤 상태에 있는지 잘 알려주는 작품이다. 전진과 후퇴의 협곡 사이에서 내부로 폭발할 듯한 분위기에 그는 사로잡혀 있었다. 이런 경험은 그가 일찍이 학생시위로 체포 훈방되고 그의 고향집에서 노잣돈을 들고 나와 만주행을 결심했다가 포기하는 정황과 유사하다. 그가 그 후 사회주의 이념을 포기하고 자기 실존적 고투의 내면으로 잠행한다는 사실은 널리 알려진 것이다.

3. 이상 상실과 귀향

그가 만주로 건너간 행위에는 그 내적 폭발의 기미가 잠재해 있었던 것은 아닐까? 그 동력을 발판삼아 만주에 도착한 가을의 국자가에서 그는 조선 곡마단의 공연을 관람했던 듯하다. 그런 그의 눈에 곡마단 공연보다 훨씬 더 빨리 비친 것은 만주의 풍경이었다. 「만주에서」(1940년 겨울)라는 시의 시작도 그렇거니와("이것은 참 많은 하늘입니다"), 만주를 회고하는 그의 산문 곳곳에서도 그 사실은 도드라진다. "만주 국자가라는 곳의 교외 벌판의 황막한 먼지흙" "이상의 「화로」라는 글을 보면, 추위의 위력을 바다의 밀려오는 만조에, 또 큰 폭동에 비기고 있는 게 보이지만, 만주의 그 넓고 깊고 무거운 추위는 그런 종류" "걸어가야 할 곳을 걸어가다가 뼈다귀들이 두루 강추위의 만조에 휩쓸리는 걸 충격 받을 때"라는 표현은 물론이고 만주의 공동묘지에 대한 다음의 기록은 당시 서정주의 심리적 충격의 정도를 잘 말해준다.

만주의 그 광막하고 을씨년스런 荒野를 귀로써 듣고 직접 느끼게 하는 것은 저 한길가의 음악가들이 날마다 불고 켜 합주해내는 그 묘한 멜로디다. (…중략…) 만주벌판의 이 가락은 그저 우리 뼈다귀 속으로 무시무시하게 파고들어올 뿐, 딴 일은 없다. 아마 무엇보다도 뼈다귀가 세어야만 사는 데라서 이것도 이런 것인가. 이 멜로디는 키높은 고량밭 머리의 벌판에서 옆으로 포장마차들이 지나가는 것을 보면서 되도록이면 황혼에, 또 공동묘지같은 걸 옆에 끼고 듣는 것이 효과가 있다.

공동묘지 말이 났으니 말이지만, 만주의 공동묘지같이 처참한 실감을 주는 것도 이 하늘 밑에선 드물 듯하다. 관을 땅에 묻는 것들이 아니라 그냥 벌판에 그대로 늘어놓아 둔 건데 여기 와서 엎어져 우는 통곡 소리가 또 우는 것하고는 영 아주 다른, 몸서리치게 하는 것이다. 우리나라 사람들이 하는, 죽은 이 앞의 곡이라는 것은 (…중략…) 육자배기 가락도 어느 만큼씩 섞이어 있기가 예사인 것인데, 여기 만주 것은 이것 역시 목의 살에서 울려나는 것이 아니라 꼭 뼈다귀를 긁어서 내놓는 것 같은 그런 것이었다. 내가 보고 들은 것은 어느 아이의 관 앞에 엎드린 靑衣를 입은 중년여인의 울음소리였는데(자기 자녀의 주검 앞이라면 손윗사람의 관을 대하는 것과는 다르기야 하겠지만), 끅! 끅! 끅! 끅! 하는 소리가 내 뼈다귀마저 긁어내는 것같아 도무지 오래는 들을 수가 없는 것이었다. 모든 것을 억센 뼈다귀로만 견디어 내다 보니 울음마저도 드디어 이렇게 틀이 잡혀 버린 것인가.

— 「만주광야에서」 부분

　　서정주의 시선을 사로잡는 것은 죽음과 이국적 장례풍경의 낯선 충격이다. 이 충격의 경험이야말로 이후 서정주의 여러 글에서 두고두고 반복 서술되는 원인일 터이다. 그렇다면 이것이야말로 인식 주체의 이해능력을 벗어나는 숭고의 경험임에 틀림없다.[13] 이런 서정주의 만주 방문 기록이 만주의 황량한 풍경으로 주로 채워진다는 사실은 그의 만주 경험과 관련하여 핵심적인 의미를 갖는다. 강렬한 풍경의 양상이 이후 내내 서정주의 뇌리를 사로잡는데, 중요한 것은 그 풍경을 서정주의 주관에 의해 각색한다는 사실이다. 풍경은 그 각색에 의해 만들어지지만, 이후에는 각색된 풍경이 하나의 객관이 되어 주관을 규정하는 일이 벌어지는 것이다. 고진이 말했듯이, "풍경이 일단 성립되면 그 기원은 잊혀져 버"리고 이후에는 모든 것이 풍경에 의해 성립되는 것처럼 인식된다. 즉 "주관(주체) / 객관(객체)이라는 인식론적 공간은 '풍경'에 의해 성립된 것"[14]으로 여겨지기 시작하는 것이다. 만주가 황막한 모습으로 서정주에게 주어졌을 때, 그것은 이미 만주를 그렇게 의미화하는 그의 황막한 심리를 재현하고 있는 셈이다. 고진과 관련해서 한 가지 참고해야 할 사실이 있다. 『일본 근대문학의 기원』 1장의 끝에 덧붙여진 'afternote'[15]에서 가라타니 고진은 "단순히 내면적인 전도뿐만 아니라 실제로 새로운 풍경, 즉 과거의 텍스트가 완전히 잠식하지

13　I. 칸트, 백종현 역, 『판단력 비판』, 아카넷, 2009, 249쪽 참조. 숭고란 "우리 판단력에 대해서 반목적적이고, 우리의 현시능력에는 부적합하며, 상상력에 대해서는 말하자면 폭력적인 것으로 보일 수 있기는 하지만, 그렇기 때문에 더욱더 숭고한 것으로 판단"되는 것이다. 한편 서정주의 만주 경험을 칸트의 숭고론으로 설명한 글은 윤은경, 「유치환 서정주의 만주체험과 시대의식 비교」, 충남대 박사논문, 2012.8 참고.

14　가라타니 고진, 박유하역, 『일본 근대문학의 기원』, 민음사, 1997, 48쪽.

15　afternote는 영어판(1993)에만 들어 있는 것을 한국어 번역(1997)에 추가한 것이다. 위의 책 56쪽.

않은 풍경의 발견"에 대해 진술한다. "메이지 시대까지 그 남단까지밖
에 일본인이 살지 않았던 북방의 섬 홋카이도의 발견"이 그것이다. 홋
카이도의 발견에 해당할 만한 것을 서정주가 '만주'에서 발견했다고 할
수 있을까? 홋카이도가 처음 개척되는 땅이었다면 서정주가 도착한 연
길은 이미 개척된 땅이었다. 이런 의미에서 미개와 개발의 차이는 물
론 크다. 그러나 낯선 대상에 압도되는 경험은 미개와 개발의 차이가
아니라 감동의 강렬도의 차이일 뿐이다. 따라서 홋카이도와 만주의 차
이는 미미한 것일 수도 있다. 더구나 그 감동의 강렬도가 숭고의 의미
로 작용할 때,[16] 필요한 것은 '숭고'를 형성시키는 힘의 근원이다. 그것
은 물론 주관적인 직관 작용의 결과이다. 그런데 홋카이도나 만주에
대해서는 단순한 숭고가 아니라 그 낯선 땅을 지배하는 욕망의 결과로
서 '식민지적 숭고'에 대해 말해야 한다. 실제로 홋카이도나 만주 공히
식민화의 결과로서 형성된 지역이기 때문에 일반적인 미개지의 숭고
감정과는 다른 무엇인가가 작동한다고 보아야 하는 것이다. 요컨대
"'새로움' 자체가 미지의 대상에 대한 주관화의 과정일뿐더러 '숭고' 또
한 그 대상에 대한 심미적 주관화였다. 근대적 식민화란 그 식민화의

---

16 칸트는 '숭고한 것'을 '미적인 것'과 구분한 후 미적인 것이 대상의 한정된 형식에 관
련되고 숭고한 것이 대상의 무한정한 형식에 관련된다고 설명한 후 다음과 같은 구
분도 덧붙인다. "이것(미적인 것)은 직접적으로 생명을 촉진하는 감정을 지니고 있
고, 그래서 매력이나 유희하는 상상력과 합일할 수 있지만, 저것(즉 숭고의 감정)은
단지 간접적으로만 생기는 쾌이다. 즉, 이 쾌는 생명력들이 일순간 저지되어 있다가
곧장 위이어 한층 더 강화되어 범람하는 감정에 의해 산출되는 것으로, 그러니까 그
것은 감동으로서, 상상력의 활동에서 유희가 아니라 엄숙인 것으로 보인다. 그래서
그것은 또한 매력과는 합일할 수 없다. 마음은 대상에 끌려갈 뿐만 아니라 거꾸로 언
제나 다시 거부되기도 하기 때문에, 숭고한 것에서 흡족은 적극적인 쾌가 아니라, 오
히려 경탄 내지는 존경을 함유하며, 다시 말해 소극적 쾌라고 불릴 만한 것이다." I.
칸트, 백종현 역, 『판단력비판』, 아카넷, 2009, 249쪽.

정치적 성격을 망각하는 주관적 변형을 통해 대상을 숭고한 것으로 만드는 것이었다."[17]

서정주의 만주 경험과 관련해서도 당연히 식민지적 숭고를 말해야 할 것이다. 식민지적 숭고란, 식민지라는 대상을 인식 주관이 자신의 의식 내부로 수용하여 처리하는 미적 범주이다. 그것은 포괄할 수 없는 대상에 대한 주관적 변형을 감행한다. 이때 이 변형이 대상 자체를 왜곡하는 일종의 폭력이라면, 모든 숭고론은 고진이 말하듯이 폭력에 해당한다. 그런데 폭력에 대한 반대가 비폭력만이 있는 것은 아니다. 하나의 억압적 폭력에 대해 그 폭력을 무화하려는 반폭력의 문제설정이 필요해지는 것은 이 때문이다. 식민지의 향토에 대한 생각이 일종의 숭고미로 나타난다는 점을 부인할 수 없다고 해도, 문제는 그 숭고가 억압적인가 아니며 해방적인가 하는 점이다. 숭고가 주어진 폭력에 대한 반폭력의 가능성을 담고 있다면, 식민지적 숭고 또한 마찬가지일 것이다. 서정주는 만주의 새로운 풍경에서 식민지 조선보다 더한 식민지의 참담을 목격했다. "이거 참 만주는 일본의 식민지 조선 안에서보다는 또 달리 무서운 곳이었다"(「만주 광야에서」)라고 쓰는 심리가 그것이다. 아마도, 현실적 호구 방책을 세우는 일과 함께 오족협화의 이상향이라는 이데올로기도 적지 않게 작용했을 그의 만주 이주가, 다른 사람들이 침울하게 열광하기도 했던 사태와 달리, 참담과 식민지적 숭고로 이어지는 데에는 이런 주관적 직관 작용이 있다.

이것을 풍경과 숭고라고 이해하기 위해 만주에서 쓰인 세 편의 시에 나오는 구절을 참고할 수 있다. 「만주에서」(『인문평론』, 1941.2), 「문들레

---

17 박수연, 「신지방주의와 향토」, 『한국근대문학연구』 25, 2012, 98쪽.

꽃」(『삼천리』, 1941.4),[18] 그리고 발표되지 않은 「무제」가 그것이다. 그런데 이 시들이 공통적으로 활용하는 시어가 '하늘'이다. "참 이것은 너무 많은 하눌입니다."(「만주에서」) "네 눈썹을 적시우는 용천의 하눌 밑에"(「문들레꽃」), "오 미치게 / 짙푸른 하눌"(「무제」)이 그것이다. 이 "하눌"은 곧 만주의 날라리 소리가 울려 퍼지거나 만주 여인의 장송곡 소리가 번져오는 대기이기도 할 것이고 따라서 만주 전체의 풍경 자체이기도 하다. 그런데 하눌이란 그 크기를 알 수 없는 거대한 자연적 대상 자체이다. 서정주가 만주에서 그 자신 아주 "딱한 곳에서 쓴 딱한 시'라고 부연하고 있는 세 편의 시의 공통된 낯선 경험이 곧 하눌인 것이다. 그리고 그것은 숭고의 경험 바로 그것이다. 그런데 숭고란 압도적 대상에 대한 직관적 수용이기는 하지만, 의미화 이전의 감각적 수용이기도 하다. 그렇기 때문에 그것은 무엇인가 부재하는 상태의 미학화라고 할 수 있다.[19]

만주의 처참을 식민지적 고통으로 바꿔 사유하지 못한 채 주로 시의 미학적 언어와 훗날의 그늘 없는 풍류로 바꿔놓은 서정주의 문제는 바로 여기에서 찾아져야 할 것이다. 그가 해결책을 찾지 못했을 때 그에게 남은 것은 그 주체할 수 없고 이해할 수 없는 참담을 식민지적 숭고로 바꿔놓는 일이었다. 이 정황이야말로 서정주의 만주경험에 따른 식민지의 풍경론이 숭고의 이념과 결합되어 더 많이 논의되어야 하는 이유임에 틀림없다.

---

18 「문들레꽃」은 뒤에 제목이 「멈들레꽃」(『귀촉도』)으로, 다시 「민들레꽃」(『나의 문학적 자서전』)으로 바뀐다. 애초에 발표될 때에는 시의 연구분이 없었으나 『귀촉도』 수록시에 4연으로 나뉘고, 2행은 "네 눈썹을 적시우는 용천의 하눌밑에"였으나 「민들레꽃」으로 제목이 바뀔 때 "네 눈썹을 적시우는 문둥병의 하눌밑에"로 바뀐다.
19 이 시기 이후의 서정주의 시에서 '하늘'이 차지하는 위상을 김범부의 전통사상과 관련하여 살펴본 글은 홍용희, 「전통지향성의 시적 추구와 대동아공영권」, 『한국문학연구』 34, 2008 참조.

특히 그의 「만주에서」의 마지막 연에 "바로 말하면 하르삔市와 같은 것은 없었습니다. 자네도 나도 그런 것은 없었습니다. 무슨 처음의 복숭아꽃 내음새도 말소리도, 病도 아무것도 없었습니다"라고 씌어 있다는 사실을 눈여겨볼 필요가 있다. 시 전체의 면모는 이렇다.

참 이것은 너무 많은 하눌입니다. 내가 달린 들 어데를 가겠습니까. 紅布와 같이 미치기는 쉬웁습니다. 몇 千年을, 오— 몇 千年을 혼자서 놀고 온 사람들이겠습니까.

鍾보다는 차라리 북이 있습니다. 이는 멀리도 안들리는 어쩔 수도 없는 奢侈입니까. 마지막 부를 이름이 사실은 없었습니다. 어찌하여 자네는 나 보고, 나는 자네보고 웃어야 하는 것입니까.

바로 말하면 하르삔市와 같은 것은 없었습니다. 자네도 나도 그런 것은 없었습니다. 무슨 처음 복숭아꽃 내음새도, 말소리도 病도 아무것도 없었습니다.

—「滿洲에서」 전문

시는 오랜 시간의 흐름과 그 시간을 지켜온 존재, 그리고 그 시공간을 채우고 있는 '의미 부재'의 정황을 노래한다. 낯선 풍경의 압도적 힘 앞에서, 시적 주체는 무능력한 심경을 토로하면서 그것을 미학화하고 있다. 하늘은 너무 커 헤아릴 수 없고, 주체는 달아날 곳도 없어 다만 미칠 것 같은 심정에 사로잡혀 있다. 이름도 없고 웃음도 허락되지 않는 공간 속에 놓인 주체의 무력감이란 참담 그 자체일 수밖에 없다. 주체가 대상에 대해 보여줄 수 있는 행동이란 어찌할 바를 알 수 없는 상태에 대한 질문뿐이다. 이것이 만주의 풍경에 처한 서정주의 심정이라는 점을 고려하면서, 갑자기 3연에서 제시되는 만주의 지명 하나에 주목해야 한다. "하르삔"이 그것이다.

왜 시인은 "바로 말하면 하르삔市와 같은 것은 없었습니다"라고 썼을까? 헤아릴 수 없는 압도적 힘의 만주 풍경을 노래하다가 아무런 이유 없이 나오는 도시명 "하르삔"을 시적 주체와 연관시키기 위해서는 시인의 과거로 소급해 올라가야 한다. 이 시가 씌어질 때 서정주는 25세 청년이었다. 당시의 중국 정세 속에서 "하르삔"은 단순한 도시가 아니었는데, 그에 대해서는 서정주의 청소년 시절과 연관해서 해석될 필요가 있다. 그의 회고에 따르면, 광주학생운동과 연관된 중앙고보 학생시위의 주모자로 체포되었던 '얼치기 사회주의자' 서정주는 고향집으로 훈방되었다가 1931년 서울로 올라온다. 그의 수중에는 이웃집에서 땅을 구입해달라고 부탁하며 그의 부모에게 맡겨 놓았던 돈이 들어 있었다. 그는 그것을 독립군들이 있는 만주로 가기 위한 여비에 쓸 계획이었다. 그것을 막아선 것은 고리끼의 사회주의리얼리즘 소설이었다. 그 소설과 같은 단순한 세계 설명으로는 인생의 복잡한 고뇌를 해결할 길이 없다는 판단 때문이었다. 이렇게 그는 사회주의의 초입에 들어섰다가 물러난 경험을 가지고 있었다.

물론 그 에피소드는 당시로부터 9년 전의 일이다. 생명파적 삶의 극단까지 경험한 서정주를, 더구나 만주의 시국적 이념이든 혁명 이념이든 그 이념을 보기 이전에 만주의 참담한 풍경을 먼저 보고 주관적 숭고의 미학화로 빠져 들어간 서정주를 사회주의자였다고 할 수는 없다. 그러나 그의 삶과 시대적 이념이 탈서구적이고 탈자본주의적인 어떤 것에 연결되어 있었다고 할 수는 있다. 이는 그의 초기의 시편들이 증명하는 바이고, 「램보오의 두개골」, 「바다」, 「풀밭에 누어서」가 시사해주는 것이기도 하다. 더구나 저 오랜 기억의 축적 속에서 연소되고 있었을 만주 이미지가 탈주의 대상적 장소로 구체화되었을 때, 관념적 급진성에 불과했을지라도 서정주는 식민지적 현실을 거부하고 벗어나려는 지향성을 실천하고 있었다고 할 수 있다. 그의 만주행은 식민지 자본주의에 대한 징후적 저항이든 만주 오족협화론의 이데올로기에 동의하는 것이든 조선의 현실을 떠나는 반현실적 행위로 읽힐 수 있다.

그런데, 1940년이나 1941년에 서정주가 호명하고 있는 그 만주의 한 도시 하얼빈은 맑스주의자들의 집결지였다. 그것은 문학적으로도 마찬가지인데, 오카다 히데키[岡田英樹]에 따르면 그곳은 원래 '공산당과의 관련을 유지하면서 문학활동이 펼쳐졌던 가장 대표적인 도시'였다.[20] 1932년 1월 공산당 만주성위원회가 하얼빈으로 옮긴 후 작가들은 다양한 반만항일운동을 펼치기 시작했다. 그러나 1930년대 후반이 되면서 잘 정비된 만주국의 공산당 탄압이 조직적으로 이루어졌다. 1938년 2월 12일의 동아일보는 1면 전체에 걸쳐 하얼빈을 중심으로 한

---

20 만주국 속에 있는 하얼빈의 특수한 위치에 대해서는 다음을 참고할 수 있다. "하얼빈은 일찍부터 중국 내지와 소련을 연결하는 하나의 중계점이었다. 또한 마르크스, 레닌주의 사상이 우리나라로 수입된 하나의 비밀 통로였다. (…중략…) 中東鐵道를 중심으로 소련의 노동자운동, 내지 코민테른도 모두 이곳에서 일련의 활동을 했고, 일정정도의 영향을 주어 왔다. 덧붙여 당시 심양이 막 함락되었으므로 중공만주성위원회는 하얼빈으로 옮겨갔다. 任國楨, 楊靖宇와 같은 혁명선구자의 적극적인 활동으로, 공산당은 청년들에서 비교적 큰 감화력을 가지고 있었다." 오카다 히데키[岡田英樹], 「이색적인 하얼빈 문단」, 최정옥 역, 『문학에서 본 '만주국의 위상'』, 역락, 2008, 136쪽 참조.

지역의 '만주성공산당위원회사건'을 대대적으로 보도한다. 검거된 인원만 500명 정도였고, 이 사건이 보도되기 10개월 전인 1937년 4월부터 검거가 시작되었다고 기사는 밝히고 있다. 이 검거는 이후로도 계속되어서 동북항일연군을 지칭하는 '비적'에 대한 대대적인 이데올로기적 물리적 탄압이 진행되었다.[21] 그 결과 서정주가 만주에서 기대했던 하얼빈이라는 도시의 의미는 더 이상 찾아볼 수 없는 상태였다.[22] 더구나 1940년 11월에는 특무로 오해받는 사람들의 문학적 침입이 있었고, 그 후유증으로 1941년에는 하얼빈 좌익문학사건이 발생했다. 그러므로 서정주가 만주에 있을 때 하얼빈은 실제로는 거의 적막해진 도시였다. 문학 활동은 죽어 있었다.[23] 예민한 청년시인 서정주가 그것을 간파했을 가능성이 위 시에는 충분히 나타난다.

물론 그것뿐만이 아니다. '하얼빈'은 식민주의자들의 신도시로 재구성되기도 하고 한국 친일 작가들의 주요 방문지이자 초점화 대상이기도 했다. 이렇게 본다면 그곳은 관찰자들의 해석을 기다리는 객관적인 대상이라고 해야 한다. 그에 대해 "하르삔市와 같은 것은 없었습니다"라고 쓰는 서정주의 심리가 의미심장한 것은 그 때문이다. 그것은

---

21 신문기사는 이렇다. "(만주사변 이후) 동북항일연합군이 생겨서 악질의 비적 행위를 개시하는 외에 열차 사고와 철도건설 방해를 하고 잇는데 하르빈의 '憲警' 당국은 그 실체를 탐지하고 일만 헌경은 질푸신뢰적 검거행동을 개시하야 강덕 원년 4월 7일 '하르빈' 시내의 일제 검거에 착수하고 현재의 濱綏線 濱北線과 雙城, 新京, 奉天, 台安 등의 각지에 간부급 40여 명을 검거하고 '하르빈' 지방법원 환 검찰관의 손에 의하야 심리재단한 결과 당주석 胡彬 이하 40여 명이 潛行懲治叛徒法에 의하야 중형에 처하엿다." 『동아일보』, 1938.2.12 참조
22 당시에 濱江省에 살면서 하얼빈의 만주국 협화회에 근무했던 유치환이 그의 시 「수」를 창작하고 동북항일연군에 대한 별칭인 '비적'을 국법의 이름으로 비난한 것은 이런 배경을 가지고 있다.
23 오카다 히데키[岡田英樹], 「이색적인 하얼빈 문단」, 최정옥 역, 『문학에서 본 '만주국'의 위상』, 역락, 2008 참조.

탈주의 이념과 관련해서도 그렇고 식민주의의 이념과 관련해서도 그럴 것이다. 그는 요컨대 만주에 모종의 이념으로 이주했지만, 아무 가능성도 타진하지 못한 채 귀국해야 했다. 그는 절망의 심연에 빠질 수밖에 없었을 것이다.

주목해야 하는 것은 '하르삔은 없었다'고 말해야만 했던 서정주의 심리적 기울기이다. 하얼빈이 없었다고, 굳이, 아무런 맥락도 없이 시의 한 구절을 만들어내는 것은 그 하얼빈이 이미 언젠가 있었다고 믿고 있는 주체의 심리적 운동이 빚어낸 결과이다. '지금 무엇인가가 없다'는 말은 원래 없었던 것에 대한 확인일 수 없다. 그것은 있었던 것이 없음에 대한 절망적 확인이다. 그러므로 하얼빈이 없다는 말은 그것이 있음을 굳게 믿고 있었던 주체의 절망을 표현하는 것이 아닐 수 없다. 하얼빈이 해방의 희망이거나 해방 자체일 수 있었는데 그것이 없다고 서정주는 쓰고 있다. 공교롭게도 하얼빈의 해방 운동은 일만(日滿) 헌경(憲警)에 의해 속절없이 무너져가고 있는 상황이었던 것이다.

이후 그는 친일의 세계로 접어든다. 그래서 그에게 시국의 문제는 그다지 중요한 것이 아니었다. 그에게 중요한 것은 다만 시를 잘 쓰면 되는 것이었다. 친일시인으로서 또 국가 권력의 내면화에 기반한 미학주의자로서, 오직 밝고 환한 신명의 세계로 점철되었던 시인이 이렇게 탄생했다. 그에게는 역사적 하얼빈이 없었으니, 실제로 괴멸되어 가는 해방운동과 그 주체들의 변질을 묘사하는 것은 서정주의 「만주에서」라는 시만이 아니었다. 하얼빈의 괴멸과 식민지 역사의 몰락을 표현하는 것은 신문과 잡지뿐만 아니라 당대를 살아갔던 주체들의 현실 그 자체이기도 했다. 그 변질과 낯선 풍경이 압도적으로 주어진 상태를 주관화할 때, 바로 그것이 대상에 대한 주관화로서의 식민주의적 숭고의 한 모습이다.

　서정주는 이후 귀향을 택했다. 이때의 심정을 어느 정도의 희화화를 감수하면서 묘사한 시는 「뜻 아니한 인기와 밥」(『팔할이 바람』, 1988)이다.

> 1941년 정월의 그 을씨년스럽게 칩기만 했던
> 간도 용정촌의 한겨울날 해질녘에는
> ‘나도 장백산맥에 마적이나 되어버릴까’
> 문득 그런 생각도 안 났던 건 아니었지만,
> 눈이 빠지게 나를 기다릴 처자식을 생각하니
> 그것도 그럴 수 없어
> 또다시 고향으로 되돌아가는 짐을 꾸렸다.
> 이때 여기 월급 사십오원으로는
> 처자와 세 식구가 살아남기 어려웠고,
> 그보다도 그 만주 날라리의 한정 없는 죽음이 빚어내고 있는
> 구중중한 허무의 瘴氣를 더 견디기가 어려워서였다.
>
> 　　　　　　　　　　　　　　　─「뜻 아니한 인기와 밥」 부분

　이렇게 해서 서정주는 그 스스로 법과 제도에 구속될 수밖에 없을 귀향의 길을 택한다. 의미 있는 진술 하나가 있는데, "'나도 장백산맥에 마적이나 되어버릴까' / 문득 그런 생각도 안 났던 건 아니었"다는 구절이 그것이다. 장백산맥의 마적이 된다는 것은 곧 김일성부대원이 된다는 사실을 뜻할 수도 있기 때문이다.[24] 그러므로 이 구절이야말로 하얼빈에 대해 서정주가 품었던 생각의 한 면을 알려주는 진술이다. 물론

그는 그 생각을 실현할 수도 없었고 계속 꿈을 꾸지도 않았다. 그리고 그 귀향 자체가 문제될 것은 없다. 벤야민의 구분법을 빌려 말한다면, 세상에는 언제나 법제정적 삶과 법보존적 삶이 있기 때문이다. 중요한 것은 귀향 자체가 아니다. '랭보의 귀향'을 비난하던 저 청춘의 이념을 뒤로 하고 한 시인이 귀향을 택했다는 사실 바로 그것이 중요하다. 만주의 허무를 일종의 '풍토병적 장기(瘴氣)'라고 지칭하는 그의 시선을 '식민지적 숭고'에 연결되는 심미적 주관화라고 말할 수 있다면, 그것은 또한 식민지의 고통을 외면하는 시인의 시선인데, 서정주의 귀향은 만주를 그렇게 주관화한 후 조선에서의 그의 행적을 규정하는 것이었다. 그러므로 그것은 만주에서 조선으로의 단순한 귀향을 넘어서는 것이다. 그것은 서정주가 이후에 펼쳐 보인 굴곡 많은 생애 전체로의 귀환이라고 할 수 있다. 그리고 그것은 만주 체험과 그 결과를 안고 있는 한국시의 한 전형이 '하얼빈을 부재하도록 만든' 국가권력을 내면화하면서 맞게 될 시공간으로의 잠입이기도 했다.

4. 귀향의 내면과 국가

서정주가 자신의 친일을 시국에 대한 파악 능력 부족 때문이라고 설명하는 순간이 있다. 이 순간은 찰나와 같은 것이되 당시의 일반적 정치 감각을 가지고 있는 사람들에게는 누구도 쉽게 헤어 나올 수 없

---

24 장백산의 김일성 마적부대에 대해서는 洛陽客, 「귀순한 여당원과 김일성」, 『삼천리』, 1938.11.

는 그물망 같은 것이었으리라. 일본이 전쟁에서 패배하리라고 예상하는 것은 특별한 정보력을 소유하고 있지 않으면 거의 불가능에 가까웠을 것이기 때문이다. 여기에는 일본의 승리가 자신에게 도움이 될 수 있을지 모른다는 허위적 신념도 작용하고 있었을 터인데, 서정주가 조선인 출신 성분의 시베리아 총독을 희망했던 것만큼이나 당대의 동양은 일본의 전쟁 승리를 기정사실화하고 있었다.[25] 그렇다면, 서정주가 만주에서 조선으로 돌아온 것은 실은 조선이 아니라 승리한 일본제국으로의 귀환이었다고도 할 수 있다.

그것은 문학적으로는 상징주의적 전복과 탈현실의 세계에서 국가와 현실에 순응하는 미학으로의 귀속이었다. 좀 더 분석적으로 증명할 필요가 있겠지만, 서정주의 언어적 발성법이 달라지는 것도 바로 이때이다. 그의 시는 상징적 열망과 비약의 언어에서 해사체로 나아가고 거기에 고유 리듬의 문법이 결합되는 쪽으로 움직여 간다. 그것은 전통적으로 공유되던 문학적 발성법을 당대의 현실 속에서 되살리는 것이기도 했다. 징후적인 것이기는 하지만, 그의 시 「바다」가 탈아시아의 맥락을 가져옴에 비해 「풀밭에 누어서」가 아시아 내부의 자기순환을 노래하고 있다는 사실은 앞서의 지적은 이 부분에서 특별히 의미화된다. 그것은 결과적으로 일본적 아시아로의 출발과 귀환이었던 것이다.

그 이후 서정주의 친일 문학이 펼쳐진다. 그런데 서정주의 일제말기 문학은 그의 전체 문학을 규정하고 있는 '영생론'의 뿌리이다.[26] 그

---

25 이런 기대는 조선인만의 것이 아니었다. 당시의 한 오키나와 병사가 자신의 아들에게 보낸 편지에서 이렇게 썼다. "이 대동아전쟁에서 승리하고 나면, 우리 오키나와인은 일본인과 꼭같은 대우를 받을 거다. 그러니 전쟁에서 이기면 우리도 일본으로 가서 화기애애하게 살 수 있을 게야." 도미야마 이치로[富山一郎], 임성모 역, 『전장의 기억』, 이산, 2002, 29쪽 참조.

의 영생관이 서구 모더니즘의 세례로부터 벗어나 황국적 동양주의를 형성할 즈음에 나타나고 있기 때문에 그 영생론 자체가 배타주의의 산물이며, 결국 그것의 이념적 표현은 남북 이념 대결의 미학적 표상으로 귀결되기 때문이다.[27] 이 영생론이 현대까지 이어진다는 것은 그것을 표현하는 언어 선택이, 요컨대 그것의 은유와 환유가 동일하다는 데서 반증된다.[28] 그의 관련 진술에서 주목할 부분은 문학적 전통을 구성하는 구체적 실례를 드는 곳이다. '선대-나-아들-손자'로 이어지는 그 전통의 구성방식이 그렇다.[29] 동일한 사례를 동일한 언어로 표현하는 그 심리가 더구나 언어를 업으로 삼는 시인의 그것이기 때문에 문제적이다.

서정주의 문학적·미학적 인식구조가 일제 말기의 그것과 현대의 그것 사이에 유사성을 가지고 있다고 할 수 있다면, 이제 우리는 그 문학적 인식의 세부를 좀 더 넓혀 분석해보아도 될 것이다. 여기에서는 그의 친일문건의 출발편인 「시의 이야기-주로 국민시가에 대하여」(『매일신보』, 1942.7.13~17)만을 살펴보겠다. 당시의 그의 문학적 심경이 비교적 논리적인 언어로 피력되고 있기 때문이다.[30] 이 글은 다음과 같

---

26 이에 대해서는 박수연, 「순수 미학주의의 두 얼굴-서정주의의 경우」, 『국민, 미, 전체주의』, 열린길, 2012 참조.
27 북한 동포에 대한 배타적 추방 인식에 대해서는 「영생에 대하여」, 『문학정신』1988.11 참조
28 ① 일제말기의 국민 전통론은 "**아들과 손자의 대에는 또한 넉넉히 한 개의 전통이 될 수 있는 문학**의 창건을 이름이라고 생각하였다"에서(「시의 이야기」, 『매일신보』, 1942.7.13~17) ② 영원성론에 대한 그의 현대적 주장을 동일한 언어로 표현하는 것은 "**나와 내 자식들과 손자들이 내 선대(先代)가 살아온 길을 이어서 별다른 실수 없이 살아나갈 것인가?**"(「영생에 대하여」, 『문학정신』, 1988.11. 이상 강조는 인용자)이다.
29 이런 문제점의 분석에 대해서는 박수연, 앞의 책 참조.
30 친일문건에 나타난 사유구조를 살펴보는 일의 무의미성을 주장하는 입장도 있을 것이다. 그러나 그 주장이야말로 억압과 저항이라는 이분법을 선명하게 유지하는 전형

은 내용으로 이루어져 있다.

① 독창성을 주장해왔던 태도 비판를 비판하고, 보편과 일반성 추구

② 민중의 마음을 얻지 못한 문학의 난점을 국민문학으로 돌파

③ 국민시가란 재래의 시가보다는 범위가 넓은 것이고, 전통의 계승 속에서 우러나는 전체의 언어공작이며, 민중 전체에게 주어야 할 시가(민중은 새로운 문화의 창성기에는 교화의 대상)

④ 국민시인의 사례 : 괴테, 푸쉬킨, 이시가와 다쿠보쿠 등 각국의 유산으로 기념비적 문학을 세운 인물, 그리고 세계의 문학 유산을 섭렵하고 본국의 문학으로 돌아온 인물

⑤ 동아의 문화는 동아공영권을 형성하고, 중국의 고전, 황국의 전적, 반도의 옛것으로 구성됨.

⑥ 취재야 아무데서 하여도 좋은 것이며, 자기가 자기의 작품을 끝까지 믿어야 하는 것.

⑦ 시는 주장이 아니라 하나의 유기체이며, 사상만 속에 있으면 아무렇게나 써도 괜찮은 것이라는 유치한 생각을 넘어서야 하는 언어해조.

글의 의미를 다시 정리하지는 않겠다. 중요 개념들이 있는데, 국민문학, 보편성, 동양, 시의 언어와 같은 것들이다. 개성적인 것과 보편적인 것 사이의 충돌을 경유하면서 국가적 임무에 복무하는 시의 모습을

적인 태도의 소산이다. 친일문건은 일제의 억압을 대변하기 때문에 민족문학 논의에 불필요하다는 생각이 그것일 것이다. 억압과 저항의 이분법을 벗어나야 한다는 것은 제국의 논리를 외면함으로써 그 이분법을 무화해야 한다는 말이 아니라 그 억압과 저항의 상호 중첩적이며 자기 중층적인 논리를 분석해 보아야 한다는 뜻에 다름 아니다.

보여주는 이 진술이 그의 당대의 시적 내면이라면, 이것은 그의 해방 공간의 행적과 그 이후의 권력적 행보를 예감하기에 이미 충분한 것이다. 그것은 친권력적이고 국가주의적 태도의 전형적 미학화이다.

우선 서정주의 국민시가 교육론은 단순한 훈육론의 차원을 넘어서 있는 것이다. 이를 실러의 미적 국가론과 연결시켜볼 수도 있겠다. 실러의 '미적 가상－이상 국가'론을 국가주의의 그것으로 이해할 수는 없다. 그는 분명히 국가주의의 지배와는 다른 이상 국가에 대해 말하고 있기 때문이다. 그는 오히려 당시의 기계적 국가 소멸론에 기울어 있는 편이었다.[31] 이러한 실러의 '미적 교육론－국가론'과 대비하면, 서정주의 국가론은 자기 모순적이다. 미적 완성을 꾀하는 것은 경험적 개인을 앞세우는 것이지만, 전체의 미학을 추구하는 것은 이념적 국가를 앞세우는 것이기 때문이다. 그 둘 중에 어느 것이 근본적인가는 애매하다. 보편성을 강조하고 국민시를 주장할 때 그는 국가를 앞세우는 것이지만, 시의 언어적 성격을 강조할 때에는 시인 개인을 앞세우기 때문이다. 이렇다는 점에서 그는 다만 그 둘을 병렬시키고 있을 뿐이다.

실러에게는 미적 교육과 국가가 아래로부터의 동의를 얻어 완성될 수 있는 것이었다. 그는 '개인을 지양하는 국가'(이성에 의한 감성의 지배)와 '개인이 그 자체 형성하는 국가'(이성과 감성의 결합)를 구분하고 후자를 아래로부터의 동의에 의한 국가라고 규정한다. 이는 프랑스 혁명을 위로부터의 혁명이라고 하면서 그 실패를 예감하는 실러의 입론의 근

---

[31] 실러는 교육의 가능성을 기계적, 미적, 정치적 가능성으로 구분하고, 기계적 교육을 소재에 폭력을 가하되 전체를 위해 부분을 사용하는 것으로, 미적 교육은 부분의 미적 가상을 통한 자율성을, 정치적 교육은 미적 가상이 아니라 현실적 자율성을 추구한다고 설명한다. 실러의 모든 논의는 프리드리히 실러, 안인호 역, 『미학편지－인간의 미적 교육에 관한 실러의 미학이론』, 휴먼아트, 2012에서 가져온 것이다.

거이기도 하다. 그러나 서정주에게 '미적 교육-국가'는 위로부터의 지도를 통해 가능한 것이었다. 국민시는 민중 전체에게 주어져야 할 시이지만, "그것은 부질없이 민중의 구미만을 맞추는 저속한 것이 되어서는 또한 안 될 것이다. 민중의 대부분은 더구나 새로운 문화의 창성기에 있어서는 구미를 맞추기 전에 먼저 지도해야 할 존재인 까닭이다"라고 그는 쓰고 있는 것이다.

이 모순이 그의 친일의 동기가 지닌 모순과 유사한 것이라면, 이 모순으로부터 나올 수도 있는 당대 현실의 정치적 국면에 대한 갈등적 표현이 가능할지도 모르겠다. 포스트식민주의론이 노리는 바가 바로 이것일 터인데, 이 의외의 정치적 전화를 '식민지적 공공성'이라고 주장하는 견해도 있다. 그 입장에서 본다면 이 부분은 미묘하게 정치적으로 읽힐 수도 있다. 미묘하다고 말한 것은 서정주의 이 시적 진술이 식민지 권력의 공공적 언설 공간에서 이루어지는 것이기 때문이다. 그런데 식민지 권력의 언설 공간이란 모든 공공적 행위와 논의가 바로 그 식민지 권력의 유지 보수에 활용될 것을 전제로 하는 것이고, 따라서 그것은 식민지 권력의 헤게모니가 관철되어 있는 지표이기도 하다. 친일문학의 동화와 이화의 중층성을 고려할 때 주목되는 것이 바로 그 모순적 측면이라면, 그것의 정치적-국가적-공공적 영역에서 더 강조되어야 할 것은 실러가 나누어 살펴보았던 바의 바로 그 현실적 측면이다. 무의식의 정치가 아니라 현실의 정치가 문제되어야 하는 것이다. 친일문학의 미학적 담론을 식민지적 공공성으로 논의할 수 있을 가능성을 타진하는 일은 그러므로 그것의 국가론적 사유와 동시에 진행되어야 할 것이다. 바로 이것이 임종국 선생의 국민국가론을 읽어내는 방법이 되기도 할 것이다. 주의해보아야 할 것은 그것이 당대의 현실과 어떤 맥락적 의미관계를 맺고 있는가 하는 것이 아닐 수 없다.

　당연히 문학은 국가가 아니지만, 그러나 그것은 국가와 만난다. 중요한 것은 그 국가의 여러 형태를 현실적 국면 속에서 민주적으로 활용하거나 변형하는 문제일 것이다. 서정주의 「시의 이야기」를 이 자리에서 다시 분석적으로 살펴본 이유는 그의 만주에서의 귀환이 어떤 문학적 귀결을 형성하고 있는가를 이야기해보기 위해서이다. 당겨 말하면, 서정주는 만주에서의 식민지적 숭고의 경험을 국가-권력에 대한 맹목으로 바꿔놓은 경우였다. 이것은 일제 말이라는 당대에만 그런 것이 아니다. 그의 맹목은 그의 평생에 걸친 태도였다. 그리고 그 맹목적 대상의 정점에 국가가 있었다. 서정주에게 그것이 문학과 국가의 만남을 전형화하는 한 가지 모습이었다면, 그에게 그 모습이 형성되는 시기는 바로 그의 만주 이주 시기일 것이다. 그는 이상을 지향했고, 식민지적 숭고의 주관화와 함께 또 다른 식민지적 현실로 돌아왔으며, 억압적 국가의 미학화에 복무했다. 그의 이 행보에 '국가'의 문제가 개입하는 바로 그 방식을 이미 유치환의 「수(首)」는 준열한 국법의 문제로 치환해서 묘사하고 있지만, 서정주의 일제 말의 시선도 그와 크게 다르지 않았다고 우리는 말할 수 있다. 서정주는 하필이면 괴멸되는 하얼빈의 시기에 만주 체험을 하고 돌아왔다. 그 압도적 낯섦과 허무-절망 앞에서 그는 일본으로의 귀환을 결심한 셈이었다. 그것은 어쩔 수 없는 시대의 한계였을까? 그렇다면, 그보다 더 늦게 더 파괴되었던 북지 경험을 가지고 있었으면서도 일본 제국 외부로의 망명을 결심했던 김사량의 경우를 우리는 어떻게 보아야 할까? 식민지적 숭고가 참담을 넘어서는 현실 주관화의 한 방법이라는 사실을 우리는 여기에서 다시 확인하게 된다. 참담을 숭고로 전환시키는 것은 주관적 체제선택의 행

위였다. 그 주관성이 주체성으로 발휘되는 곳에서 서정주와 반대의 길
로 나아갔던 사람을 역사의 주체라고 부를 수 있는 사례를 우리는 여
기에서 보게 된다.

일제 말기 정인택의 친일협력문학과
만주시찰체험 국책 이데올로기의 호명과 그 수용과정을 중심으로

서영인

1. 서론

이 글은 일제 말기 친일협력의 대표적 작가라 할 수 있는 정인택의 문학세계를 만주시찰체험과 그것을 형상화한 작품들을 통해 재구하는 것을 목표로 한다. 정인택의 문학세계는 단절로 가득 차 있다. 1930년 등단작인 「준비」나 1934년작 「조락」이 사회주의자의 전향을 그린 작품이라는 점을 상기해 보면 정인택의 문학은 출발부터 이전의 자신과의 단절, 전환의 감각에 기반해 있었다고 할 수 있다. 그리고 1940년을 지나면서 정인택은 당대의 모던보이에서 국책선전문학의 선두주자로 변신한다. 룸펜 지식인의 우울과 방황을 주로 그렸던 심리주의적 계열의 이전 소설을 생각한다면 이러한 변신은 자못 극적이라고 할 만하다. 해방 이후 '친일' 행위에 대한 비판과 좌익 계열 언론사 참여, 보도연맹 가입, 월북 등으로 이어지는 그의 행적은 그의 문학이 변신과

훼절의 행로를 따랐음을 알려 주고 있다.[1]

　사회주의자에서 개인주의자로, 그리고 다시 국책문학으로의 변신에서 내적 계기를 찾는 일은 쉬운 일이 아니다. 물론 전작들로부터 그의 변신을 유추해낼 수 없는 것은 아니다. 예컨대 우울과 좌절의 내면으로부터 벗어나 생활인의 일상적 삶을 살고 싶다는 욕망이 변신을 추동했다는 해석이 가능하다. 실제로 일제 말기 정인택의 문학을 문제삼은 선행 연구 성과들은 이러한 생활로의 복귀를 변신의 주요 이유로 채택하고 있다.[2] 생활인이 되기 위해서는 당대 사회의 지배적 시스템에 편입되는 것이 필수적인데, 일제 말기 정인택이 편입되어야 할 지배적 시스템이란 제국의 총력전체제에 다름 아니기 때문이다. 그러나 그렇다고 하더라도 생활인이 되려는 욕망이 전시체제하 국가주의 시스템에 일치되는 과정은 너무 비약적이다. 이 비약적 변신은 필연적으로 작품 내적으로 균열을 만들어낼 수밖에 없는데, 문제는 이러한 균열을 어떻게 해석할 것인가에 있다. 앞의 연구에서 서승희는 이 비약으로부터 "식민지성이 반영된 글쓰기를 하면 금지당하고 완전히 삭제된 글쓰기를 하면 의심받는다"[3]는 식민지 작가의 이중구속의 조건을

1　시기에 따른 정인택 문학의 변화 및 변신의 과정은 박경수, 「격동기 작가 정인택의 사상변화와 방향전환」, 『일본어문학』 40, 2009 참조. 정인택의 해방 후 행적에 대해서는 이혜진, 「총력전 체제 하의 정인택 문학의 좌표」, 『작고문인 선집―정인택 작품집』 해설, 현대문학, 2010 참조.
2　이원동, 「일상의 감각과 국가적 삶의 경계―정인택 소설의 내적 논리」, 『어문학』 108, 2009; 서승희, 「'전환'의 기록, 주체화의 역설―정인택 소설의 변모 양상과 그 의미」, 『현대소설연구』 41, 2009 참조. 이원동은 주로 일상의 감각과 국가적 삶의 불일치라는 차원에서 정인택의 작품을 분석했고 이는 일상적 감각으로부터 당시 군국주의 이데올로기의 불완전성을 읽어내는 것으로 이어진다. 서승희는 젠더서사 분석을 통해 식민지 남성의 거짓 주체화 과정으로 정인택의 변신을 해석했다.
3　서승희, 위의 글, 153쪽.

읽어낸다. 이에 반해 이원동은 이 비약을 식민주의 지배 이데올로기의 허약성을 드러낼 수 있는 틈새로 읽는다. 서로 다른 입장을 취하고 있지만 이 두 연구는 공통적으로 당대 식민주의 문학의 조건과 이데올로기를 읽어 내는 과정에서 작가의 주체적 행동을 삭제하고 있다는 공통점을 지닌다. 정인택의 일제 말기 문학은 명백하게 작가가 적극적으로 국책을 수용하고 그것을 선전하는 펜부대의 역할을 맡은 결과이다. 정인택의 경우 문제되는 것은 국책 수용의 내적 논리보다는 오히려 그 과정에서 드러나는 내면의 부족이다. 그렇다면 정인택의 문학은 작품 내적 논리뿐만 아니라 당시의 국책이 지시했던 내용과 거기에 작가가 응답해 가는 과정을 함께 주목해야만 온당하게 읽어낼 수 있는 것은 아닐까.

단절로 느껴질 만큼 정인택 문학이 급격히 변모한 것은 당대의 지배 이데올로기를 받아들이는 과정에서 작가의 고민과 탐구가 그만큼 충분하지 못했음을 의미한다. 또는 정인택이 받아들여야만 했던 국책이 지시하는 바가 그만큼 압도적이었다는 의미이기도 하다. 그의 국민문학은 생활적인 것과 국책과의 괴리를 봉합하거나, 혹은 여성을 타자화함으로써 주체를 과잉방어하는 방식으로 나타난다. 논리가 부족하기 때문에 봉합과 과잉이 나타날 수밖에 없다. 그렇다면 부족한 논리 대신 분명한 사실로부터 출발해 보는 것은 어떨까. 일제 말기 정인택 문학에 있어서 분명한 사실은 그의 문학이 일제 말기 국민문학의 가장 뚜렷한 성과이며 확실한 표상[4]이라는 것이다. 이전 문학과의 연관이 사라진 곳에서 갑자기 일어난 변화이기에 특정 시기의 국민문학의 표

---

4 정인택의 일제 말기 문학에 나타난 국책의 수용과 그 형상화에 대해서는 이혜진, 「총력전 체제하의 정인택 문학의 좌표」(『한국학 연구』 29, 2009)가 상세하다.

상은 정인택을 통해 더 분명해진다. 확실히 정인택은 일제 말기 국민문학이 강제했던 이데올로기를 가장 적극적으로 충실히 복제해 낸 작가 중 하나라고 할 수 있다. 그렇다면 우리는 정인택을 통해 일제 말기 국민문학이 제국의 지배를 강화해 나가는 방식을 추론해 볼 수 있다. 또는 일제 말기의 작가들이 제국의 이데올로기에 어떻게 응답하고 이를 확산시켰는지를 구체화할 수 있다. 이러한 관점에서 볼 때 정인택의 만주시찰과 그 체험을 바탕으로 산출해 낸 작품들은 중요한 의미를 지닌다. 그 이유는 정인택의 작품 이력에서 만주시찰이 중요한 분기점의 역할을 하기 때문이다. 만주시찰은 국가정책에 의해 기획된 행사로서 이에 편입됨으로써 정인택은 비로소 국민문학의 주체로서의 자격을 부여받을 수 있었다. 만주시찰단에 참여하면서 정인택의 국책문학에의 협력은 더욱 강화되고 나름의 논리를 갖추어나가기 시작한다. 만주시찰과 관련한 일련의 작품들을 통해 우리는 국가주의 이데올로기가 어떻게 당대의 작가들을 포섭하고 제국의 주체로 거듭나게 하였는지, 그리고 작가들은 어떻게 국가주의 이데올로기를 자신의 것으로 받아들이면서 그것을 대신 말하는 주체가 되었는지를 확인해 볼 수 있을 것이다.

2. 만주시찰의 이벤트 — 국책 이데올로기의 호명

정인택은 1942년 6월 1일 장혁주, 유치진과 함께 만주국 개척지 시찰단의 일원으로 만주를 방문하게 된다. 이 방문은 총독부 사정국(司政

局) 척무과(拓務課)가 주최한 것으로, 대상 작가는 '조선문인협회'의 추
천에 따른 것이었다.[5] 시찰의 목적은 "만주국 건국 10년 동안에 대동아
건설의 씩씩한 소리를 치고 성장된 만주국의 자태와 그 건설에 헌신하
고 있는 동포의 용감한 개척생활을 보고 문필로써 정당히 조선문단 급
사회에 보고"[6]하는 것이었다. 만주시찰을 "종래의 단순한 이민이 아니
오, 대동아 건설의 설계도에서 건축되는 새로운 생활의 방식"[7]을 확인
하는 것이라고 분명하게 인식[8]하고 있었던 유치진과 달리 정인택은 만
주시찰의 목적을 분명히 정하지 못한 채 막연한 결의만을 다지고 있
다. 유치진이 자신의 개척지행을 '조선문인협회의 추천'에 의한 것이
라고 밝히고 있는 것과는 달리 정인택은 "지방사정이나 농민의 생활을
터럭만치도 모르"는 자신이 "뽑혀" 가게 되었다는 것은 "아무리 생각해
도 구격이 맞지 않는다"[9]는 태도를 보인다. 이러한 정인택의 발언이 겸
양의 표현은 아닌데, 이는 "만주에 관한 것, 지방생활에 관한 것, 농업
에 관한 것, 개척민 생활에 관한 것 등 한 열흘 동안에 십여 권을 벼락
공부로 읽고 나니까 머리가 띵하고 갈피를 찾을 수 없습니다. 그래도
채 읽을 틈이 없어 대여섯 권은 '륙색' 속에 처넣었습니다"[10]라는 구절

---

5   유치진, 「개척지 행(行)−전기(前記)」, 『대동아』 1942.7.(민족문학연구소 편, 『일제
    말기 문인들의 만주체험』, 역락, 2007, 75쪽에서 재인용)

6   위의 글, 75쪽.

7   위의 글, 76쪽.

8   김재용은 만주인식을 바탕으로 협력과 저항을 구분한 바 있는데 여기서 유치진은
    '대동아 공영'의 일환으로 만주를 인식했다고 지적한다. 김재용, 「일제 말 한국인의
    만주인식」, 민족문학연구소 편 앞의 책.

9   정인택, 「만주행 전기(前記)」, 『대동아』, 1942.7.(민족문학연구소 편, 위의 책, 81쪽에
    서 재인용)

10 위의 글, 81쪽. 이 구절은 만주시찰단 체험을 소설로 형상화한 「검은 흙과 흰 얼굴」에
    도 반복되어 나타난다. 정인택, 「검은 흙과 흰 얼굴」, 『조광』, 1942.11.(민족문학연구
    소 편, 앞의 책, 244쪽에서 재인용)

을 통해서도 확인할 수 있다. 정리하자면 정인택은 시찰단에 '뽑혀' 만주로 가게 되었으나 만주에 대한 판단이나 지식을 갖지 못한 상태이며, "선배 제씨(諸氏)의 지우(知遇)"를 생각하여 각오와 준비를 다짐하고 있었던 것이다. 정인택은 국가기구의 이데올로기적 지배에 호명당한 셈인데, 이는 한편으로 체제내적 편입을 승인받았음을 의미하는 것이기도 했지만, 또한 그 호명에 답하기 위해 더욱 확실한 태도를 보여주어야만 한다는 압박이기도 했다. 「청량리 교외」로 국민문학의 신진주자로 떠올랐지만 아직 국민문학의 담론을 주도할 입장에 서지는 못했던 정인택으로서는 안도와 불안을 함께 느낄 수밖에 없었을 것이다. 만주에 대해 '전연 백지'인 정인택에게 만주시찰은 당시의 국책을 현장을 통해 흡수하고 인식할 수 있었던 기회였으며, 이는 호명에 응답함으로써 자신의 주체성을 인증받아야 한다는 부담이기도 했다.

정인택이 참가한 만주시찰단은 국가가 만주국 건국 10주년을 기념해 계획한 이벤트라는 점에서 다른 작가들의 만주 체험과는 그 성격을 달리한다. 1930년대 후반 중일전쟁 이후 만주 붐은 유행처럼 조선사회에 번졌고 작가들 사이에서도 만주에 대한 관심이 증폭되었다. 고노에 수상의 신체제 선언 이후 '동아신질서'의 이데올로기 속에서 만주는 동아를 구성하는 중요한 요소로 선전되었고, 1930년대 후반의 만주 붐은 이러한 시대적 분위기와 무관하지 않았다.[11] 그러나 이때의 만주에 대한 관심은 어디까지나 시대적 분위기를 반영한 개인적 관심의 차원에서 이루어진 것이었고, 따라서 그 작품의 형식이나 내용에서도 일정 부분 자율성이 허용될 수 있었다. 작가들이 만주를 인식하는 방식은

---

11 중일전쟁 이후 만주 붐의 역사적 배경에 대해서는 서영인, 「만주서사와 (탈)식민의 타자들」, 『한국어문학』 108, 2010 참조.

작가 개인의 관심사나 접근 방식에 따라 다양했으며, 그래서 만주의 재현 양식 역시 다양한 방식으로 이루어졌다.[12] 그러나 국가에 의해 만주시찰단이 구성되었다는 것은 이러한 다양한 방식의 재현이 허용되지 않는, 국책의 반영을 이미 전제하고 있음을 의미한다. '만주에 대해 전혀 모른다'는 정인택의 호소는 만주에 대해 무언가를 말하지 않으면 안된다는 압박이기도 했으며, 이 무언가는 이미 국가가 제시한 가이드라인 내로 한정된 것이었다. 그리고 정인택은 '공부와 각오'로 이 기대에 부응한다.

만주시찰의 결과물로 정인택은 2편의 소설,[13] 한 편의 좌담보고,[14] 3편의 산문[15]을 발표한다. 3주간의 시찰 결과물로는 상당한 양이다. 그만큼 정인택이 만주시찰의 결과를 작품화하는데 골몰했다는 의미이기도 하다. 국책의 가이드라인이 존재했고 이를 작품화해야 한다는 부담이 컸다는 점을 생각해 보면, 정인택의 국책인식과 작품화에 만주시찰이 지대한 영향을 미쳤음을 알 수 있다. 이후 정인택의 시국인식은 만주시찰의 체험을 중심추로 놓고 전개되며 이는 작품을 통해서도 확인할 수 있다. 만주의 개척민 시찰은 정인택의 국책문학을 형성하는 최초의 구체적인 기반이 되었던 셈이다.

정인택은 1942년 12월 26일부터 1943년 1월 5일까지 만주를 재차 방문한다.[16] 이번에는 만주국 간도성의 초빙에 의한 것이었다. 참가자

---

12 당시 문학에서의 만주국 재현양상에 대해서는 정종현, 「근대문학에 나타난 '만주' 표상」, 동국대 문화학술원 한국문학연구소 편, 『제국의 지리학, 만주라는 경계』, 동국대 출판부, 2010 참조.
13 「검은 흙과 흰 얼굴」, 『조광』, 1942.11; 「농무」, 『국민문학』, 1942.11.
14 「개척민 부락장 현지 좌담회」, 『조광』, 1942.10.
15 「개척지대 소묘」, 『매일신보』, 1942.7.27~29; 「개척민의 감정」, 『춘추』, 1942.8, 1942.10; 「반도 개척민 부락 풍경－옥토의 표정」, 『신시대』, 1942.8.

는 채만식, 이석훈, 이무영, 정비석과 정인택 등 5명이었다. 6월의 척무과 파견에 참가한 작가 중 정인택 만이 두 번째 방문에도 참가했다. 1942년 6월의 시찰 후 발표한 작품들이 의미있는 성과로 인정되었기 때문일 가능성이 크다. 호명과 응답, 그리고 재승인을 통해 정인택은 더욱 적극적으로 국가주의 이데올로기에 부응하는 확고한 발화자가 될 수 있었을 것이다. 만주시찰 후 산출한 작품에 드러난 국책에 대한 인식과 그 형상화가 중요해지는 것은 이 때문이다.

3. 개척지 시찰보고의 폐쇄 회로

「만주행 전기」에서 정인택이 밝힌 시찰 경로를 살펴보면 여정은 경성을 출발하여 신경, 하얼빈을 거쳐 연길에서 경성으로 돌아오는 것으로 되어 있다. 신경, 하얼빈 등의 대도시와 도문, 연길의 경유지를 제외한 주요 방문지는 하동(河東), 미영(彌榮), 천진(千振), 명월구(明月溝)이다. 하동(河東)은 조선총독부가 1931년~1934년 동아권업공사(東亞勸業公社 : 이후 만선척식주식회사로 인계)에 보조금을 주어 건설한 안전농촌 중의 하나로, 대규모 집단계획 이민을 실시하기 전에 자유이민을 통제하기 위해 조성한 곳이다.[17] 미영(彌榮)과 천진(千振)은 최초의 일본인 만

---

16 두 번째 방문 이후에도 정인택은 한차례 좌담에 참가했고(「간도성 시찰작가단 보고」, 『녹기』, 1943.2), 두편의 산문(「만주 개척지 기행」, 『국민문학』, 1943.3, 「대전하의 만주농촌」, 『반도의 빛』, 1943.4)을 발표했다. 그러나 첫 번째의 동어반복이거나 단순한 감상 위주의 글이고, 무엇보다 그것을 소설 창작으로 연결시키지 않았다. 이후 정인택은 『다케다 대위[武田 大尉]』로 대표되는 전쟁독려 작품을 창작하는 데 주력했다.

주 이주지역으로, 이때 이주민들은 무장한 예비역 군인들이었다.[18] 명월구는 만주척식회사의 집단계획이민에 의해 만들어진 개척촌이 있던 곳[19]으로 정인택은 명월구에서 버스로 6시간가량 걸리는[20] 대사하(大沙河)를 시찰하였고, 이는 뒤에 소설 「농무」의 주요 배경이 된다. 최초의 만주 개척 이민 지역, 집단계획이민 이전의 자유농민 통제정책에 의해 만들어진 안전농촌, 그리고 1937년 이후 만선척식공사에 의한 집단 이민 정책으로 조성된 조선인 이민지역으로 구성된 이 경로는 조선총독부, 관동군, 일본정부에 의해 주도된 계획이민의 역사를 그대로 보여주고 있다. 총독부에 의해 기획된 시찰이 정책의 진행경로를 따라 구성된 것은 당연한 일인데, 정인택의 만주인식은 이러한 시찰경로의 의도를 거의 벗어나지 않는다.

---

17 유원숙, 「1930년대 일제의 조선인 만주 이주정책 연구」, 『부산사학』 19, 1996, 632~633쪽.

18 太平洋戰爭硏究會, 『圖說 滿洲帝國』, 河出書房新社, 1996, 102쪽. 무장이민은 치안이 불안정한 만주지역에서 치안과 농업을 겸비하기 위해 계획되었다. '오른 손에는 총, 왼손에는 가래'를 구호로 관동군의 보완 무장집단으로 기능했다. 彌榮村은 최초 무장개척민단이 이주한 지역으로 "희망넘치는 만주이민의 모델케이스로 전국에 선전되었다".

19 이태준, 「이민부락견문기」, 『조선일보』, 1938.4.8~4.21.(민족문학연구소 편, 앞의 책, 131쪽에서 재인용) "이왕이면 새로 들어와 처녀지에 괭이를 찍기 시작하는 부락을 보고 싶었으나 그런 부락을 보려면 간도성으로 가서 집단입식을 하는 데로 가야 본다는 것이다. 그것은 만선척식회사의 이름이나 국책으로 되어지는 것이기 때문에 명색 없이는 찾아가기도 어렵거니와 거기도 안도현 같은 데가 그런 지역인데 명월구란 역에서 내려 가까운 입식지가 5, 60리, 그 다음에는 100리 200리씩 오지로 들어가야 하고 아직 그곳에서들은 나무 하나를 찍으러 가더라도 경사 혹은 군인이 따라가 경비를 해주는 형편이라 하니 그런 데를 단신으로 들어가자면 먼저 무장이 필요하고 무장을 한다 해도 그야말로 각오가 없이는 나설 수 없는 것이다." 일반인이 집단입식지에 접근하는 일은 거의 불가능했으며 상당히 치안이 불안한 곳이었다는 점을 알 수 있다. 「농무」는 비적 토벌의 치열한 전투현장을 배경으로 삼고 있는데, 대사하에서의 견문이 이 소설을 창작하는 중요한 계기가 되었을 것이다.

20 정인택, 「연길에서」, 『경성일보』, 1942.6.30.

국가정책의 선전과 확산이라는 의도를 노골적으로 보여주는 시찰 경로를 따라 정인택의 만주인식도 구성된다. 정인택의 만주시찰보고에서 두드러지는 것은 그가 집단이주 실시 이전과 이후를 명확히 구분하고, 집단이주 실시 이전의 역사를 철저히 부정하고 있다는 점이다. 그는 집단이주계획 실시 이전의 만주이민을 기주민(旣住民)으로, 집단이주계획에 의해 이주한 이민을 개척민으로 구분하고 있는데, 그가 보기에 정책적으로 집단이주해 온 개척민과 그 이전에 자유이민으로 만주에 이주한 기주민(旣住民)은 도저히 "같은 반도의 농민이라고는 생각할 수조차 없으리만치 현재에 있어서는 현격이 심하다".

이들 기주 반도 농민은 그 의식에 있어서, 그 각오에 있어서 그리고 농업 개척민으로서의 가장 중대한 요소인 그 정착성에 있어서 도저히 총독부의 알선에 의한 집단, 집합 개척민을 따르지 못한다. 기주 선농 통제 집결의 손이 팔십만이라는 숫자 때문에 아직 그 전체에 미치지 못하는 점과 또 그들 자신의 이러한 무자각, 부동성으로 말미암아 아직도 기주민과 개척민 사이에는 현격한 차이가 없어지지를 못한다.[21]

시찰 보고 중 하나인 「옥토의 표정」의 대부분은 이처럼 기주민과 만주국 건설 이후 이주한 개척민을 구별짓고 현재의 개척민들의 개척 정신과 불굴의 의지, 그 성과를 격찬하는 데 바쳐진다.[22] 이 과정에서

---

21 위의 글, 414쪽에서 인용.
22 이러한 관점은 정인택의 다른 시찰보고에서도 일관되게 나타나는 특징이다. 시찰 자체가 정책선전을 위해 기획된 것이라는 점을 감안하더라도 정인택의 기주민에 대한 철저한 무관심은 지나칠 정도로 확고하다. 예컨대 2차 만주 방문 이후의 좌담회에서 이무영이 "개척민의 입식은 물론 국책으로 하지 않으면 안 되겠지만 또한 기주민에

만주국 성립 이후 국가의 정책과 노력을 이전의 것과 비교하면서 강조하는 것은 물론이다. 기주민은 '궁핍'하고 '불안정'하며 이것은 그들이 무지하고 나태한 탓이다. 그들은 "영원히 구원받지 못할 무슨 큰 죄인"과도 같고 그에 비해 현재의 개척민들은 "갖은 시련을 달게 참아온 용사"[23]들이다. 이러한 정인택의 시각은 만주를 철저하게 '만주국' 건국 이후로만 한정하고 있으며, 이는 '만주국'이 일본의 정책과 지배에 의해서만 비로소 정상적으로 존재하게 되었다는 인식에 기반하고 있다. 그러므로 '만주국' 이전의 만주이민의 역사도 정인택에게는 존재하지 않는 것이나 마찬가지이다. 정인택의 만주 인식은 그가 시찰하던 당시의 만주에 한정되어 있으며 거기에는 과거의 만주 이주민이 겪은 고난이나 설움, 그리고 두고 온 고향에 대한 그리움이 들어설 여지가 없다. 시간적으로 만주국 이전의 역사로부터 단절되고 공간적으로 조선의 고향산천과 단절된 시찰보고의 시공간은 철저하게 폐쇄된 인공적 공간이며, 여기에 제국의 동일성에 합류하지 못하는 조선인의 차이는 존재할 수 없다. "5, 6년 혹은 10여 년 전에 떠난 고향 산천을 추억"하는 이민은 물론이고 "사생결단하는 투쟁"[24]으로 살아온 그들의 생활을 삭제한 폐쇄성이야말로 정인택의 만주인식이 보여주는 가장 큰 특징이라 할 수 있다.

개척지 시찰은 국책의 내용과 결과를 구체적인 현장에서 체험하고

대해서도 여러 가지 보호를 더해서 개량해야만할 점이 있지 않겠습니까"라고 하자 정인택은 "지금은 아직 손이 미치지 못하는 사정이 있지 않을까요. 중점주의라는 면에서 바쁘기 때문에"라고 말한다. 기주민의 역사나 현재 기주민의 사정에 대해서는 거의 무관심하다고 해석할 수 있는 부분이다. 「간도성시찰작가단보고」, 『녹기』, 1943.2.

23 위의 글, 422쪽에서 인용.

24 이태준, 「이민부락견문기」, 『조선일보』, 1938.4.8~4.21.

 만주, 경계에서 읽는 한국문학

관찰할 기회였으나 정인택은 그 현장을 삭제하거나 외면하고 국책의 가이드라인을 중심으로 현장을 이데올로기화했다. 만주국 이전과 이 외의 시공간을 삭제한 폐쇄성이 개척지 시찰 보고의 주요 내용을 이룬 다면 이러한 내용의 지침은 1939년 12월 공표된 '개척정책 기본요강' (이하 요강)이었다. '요강'은 "조선 이민을 일본 이민에 준하는 국책이민 으로 규정"한다는 것을 주요 내용으로 한 것인데, 정인택은 이를 '내선 일체'를 실질적으로 보장하는 정책적 선언으로 받아들였다. '요강'에 의해 조선인 개척민은 일본인에 준하는 취급을 받게 되었으며, 이는 "반도인 개척민의 지위나 사명을 비약적으로 향상"[25]시킨다. '방임'에 서 '통제'로 진행한 조선인 이민 정책은 1937년 '만선척식회사'가 본격 적인 조선인 이민사업 활동을 시작하면서 국가통제하에 들어갔으며, 1939년 요강 발표 후 1941년 '만선척식회사'가 일본인 이민을 취급하던 '만주척식회사'로 통합되면서 조선 농민과 일본 농민의 이민 사업은 단 일화되기에 이른다.[26] 겉으로는 '내선일체'의 명분을 내세운 것이지만 이는 만주 이민 정책을 체계적으로 통제, 계획하기 위한 방안이었고, 여기에는 전선 후방을 안정시키려는 정치적 의도, 군사적 접경지역으 로 조선인을 이주시키기 위한 군사적 의도, 그리고 전시 식량기지로 조선인 농민을 활용하고자 하는 경제적 이유가 내재되어 있었다.[27] 그 러나 정인택에게 '요강'이 지니는 이러한 복합적 의미는 관심의 대상이 아니었다. 그에게는 '내선일체'의 원칙이 '요강'이라는 공식적 국책을

25　정인택, 「옥토의 표정 – '반도 개척민 부락 풍경' 중의 하나」, 『신시대』, 1942.9.(이혜 진, 앞의 책, 413쪽에서 재인용)

26　김기훈, 「만주국 시기 조선인 이민담론의 시론적 고찰 – 『조선일보』 사설을 중심으 로」, 『동북아역사논총』 31, 2011, 106쪽.

27　위의 글, 107쪽.

통해 인정되었다는 사실만이 중요했다. 그에게 만주는 '내선일체'의 원칙이 공식적으로 표방되고 수행되는 장소였으며 거기에서 그의 만주 판타지는 성립된다. 나중에 다시 고찰하겠지만 이러한 만주 판타지는 제국 국책과 만주를 동일시하는 것으로까지 확장된다.

애초에 개척지 시찰은 국책의 선전과 장려를 위해 기획된 것이며 시찰의 프로그램은 이러한 목적에 충실하게 구성되었다. 계획이민의 역사와 방향이라는 목적으로 구성된 프로그램에 참가하면서 정인택은 이데올로기의 호명에 충실히 응답하는 주체가 된다. "만주이주가 가난을 벗어나기 위한 활로 모색이 아니라 만주라는 광활한 토지를 개척하기 위한 희망과 사명의 움직임으로 표상"되고 "만주는 개간을 기다리는 처녀지, 미개지로 묘사되고, 그곳에 살고 있는 토착민들은 문명의 세례를 기다리는 계몽의 대상"으로 타자화하는 만주개척의 지배담론[28]에 스스로를 동일시하면서 이 응답은 완성된다. '한 손에는 총, 한 손에는 가래'를 들고 원시의 땅과 싸운 초기의 무장이민, 부랑자·이탈자들을 갱생시켜 건실한 일꾼으로 변화시킨 안전농촌, 대륙개척의 슬로건에 호응하며 개척의 의지로 충천한 집단이민의 현재로 구성된 시찰 프로그램은 이러한 지배담론을 현시하는 구체적 증거물이기도 했을 것이다. 그리고 '내선일체'를 표방한 '요강'은 이 위대한 역사에 조선인들도 당당히 참여할 수 있다는 자격을 부여한다. 개척지 시찰 프로그램은 '대륙개척과 건설의 위대함'을 선전하는 지배 이데올로기의 구체적이고 물질적인 기반이었으며, 여기에 흡수된 정인택은 지배 이데올로기에 스스로를 동일시하며 국민적 주체가 된다. 이는 시찰단

---

28 위의 글, 111쪽.

참가 작가로 그가 '호명'되었기 때문에 가능한 일이었으며, '내선일체'
의 약속과 승인은 더욱 열렬하고 자발적인 응답을 이끌어내는 동인이
된 것이다.

4. 희생과 헌신의 숭고한 만주형상

정인택의 작품에서 친일적 색채가 드러나는 최초의 것은 전시하 사
치근절 정책을 지지하는 「제복입는 도시―화장없는 거리」(『조광』,
1940.4)이지만, 실질적으로 친일협력의 의지를 구체화한 것은 『국민문
학』 창간호에 「청량리 교외(清凉里界外)」를 발표하면서부터라고 할 수
있다. 1937년에 발표한 동명의 수필을 개고한 이 소설을 통해 정인택
은 일약 '국민문학' 실현의 기대주로 떠올랐다.[29] 그런데 한적한 교외
의 풍경과 이웃들과의 인정을 묘사한 동명의 수필에서도 짐작할 수 있
듯이 「청량리 교외」는 국민문학의 가치를 전면적으로 실현한 작품이
라고 말하기는 어렵다. 아내의 애국반 활동과 그로 인해 변화해 가는
아내의 모습이 전시하 국책을 충실히 수행하는 국민의 긍지를 표현하
기 위한 것이라는 점에 동의할 수 없는 것은 아니나, 실상 아내의 활동
에서 국책에 대한 구체적 이해나 수용을 확인할 수가 없다. 아내가 애
국반 반장이 된 것도 "중등교육을 받았고, 시간이 있으며, 딸린 식구도
없고, 젊다는 이유" 때문이었지, 시국에 대한 이해나 소양에 의한 것이

---

29 『국민문학』 창간호와 「청량리교외」 수록의 의미에 대해서는 서승희, 「'전환'의 기록,
   주체화의 역설」,『현대소설연구』41, 2009, 144쪽 참조.

아니었다. 아내가 애국반 활동을 열심히 하는 이유는 "정말 보람있는 일"이기 때문이라는 것인데, 이 '보람'이 무엇을 의미하는지도 소설에서는 분명히 나타나 있지 않다. 방공훈련을 지휘하고 "내 명령 하나로 규율정연했다"는 것이 피상적으로 드러나는 '보람'의 이유일 뿐이다. 애국반 활동을 하면서 국민적 주체의 위치에 올랐다는 것만이 중요할 뿐, 그것이 무엇을 위한 것이고 어떤 경위에 의해 가능한 것인지는 드러나지 않는다.[30] 이는 소설의 또 다른 중심서사인 '인문학원'의 재건이 아내의 애국반 활동과 전혀 무관하게 존재한다는 점에서도 알 수 있다. 물론 '인문학원'의 재건이 미래의 국민을 양성하는 교육의 중요성을 강조하는 일과 관련되어 있다는 해석[31]이 불가능한 것은 아니지만, 아무래도 '인문학원'의 재건은 국민교육의 강조라기보다는 불우한 이웃 아이들에 대한 연민에 기반하고 있다고 해석하는 편이 더 자연스럽다. 즉 「청량리 교외」는 한적한 교외의 세태와 풍속이라는 이전 수필에다가 아내의 애국반 활동이라는 시국적 요소를 덧붙인 작품이라고 할 수 있는데, 여기에서 시국적 요소는 소설 내적 개연성이나 설득력을 충분히 갖추지 못하고 있다.

「청량리 교외」의 아내에게 중요한 것은 국책의 내용이 아니라 자신이 국책을 수행하는 주체가 되었다는 사실 자체일지도 모른다. 그리고 이러한 주체를 만드는 것은 제도를 통한 이데올로기적 호명이다. 아내의 경우 그것은 '애국반 반장'의 지위이며, 만주시찰의 과정에서 그것

---

[30] 서승희는 정인택의 친일협력 작품이 대부분 남성 지식인 주인공을 절대적 계몽자의 위치에 올려놓는 특성을 지닌다고 지적하고 있는데, 이는 주체의 위치만 있을 뿐 정작 그 주체가 수행해야 할 역할과 내용에 대해서는 무지하거나 관심이 없기 때문에 발생하는 서사의 특징이 아닐까 한다. 위의 글 참조.

[31] 위의 글, 146~147쪽.

은 시찰단의 작가라는 정인택의 위치이다. 만주 개척촌 시찰을 소재로
하고 있는 「검은 흙과 흰 얼굴」은 작가 자신의 경험과 위치를 거의 그
대로 반영하고 있는 작품이다. "망막한 황야 속에 갖은 고초를 달게 참
아가며 만주개척이라는 성업에 정진하고 있는 조선 농민들"[32]에 대한
감격을 제외한다면, 이 소설의 중심을 차지하는 서사는 '마츠바라'라는
여선생의 헌신적인 활동이다. 여선생의 뒷모습을 얼핏 보고 철수는 그
가 이전의 연인이었던 혜옥일지도 모른다고 생각한다. 혜옥은 촉망받
는 소프라노 가수였다가 어머니의 욕심 때문에 타락을 거듭하던 중 어
느 날 갑자기 사라져 버렸다. 그리고 헌신적인 여선생 '마츠바라'에 혜
옥의 모습을 겹쳐 놓음으로써 만주는 갱생과 신생의 공간이 된다. 그
런데 실상 혜옥의 타락은 혜옥 자신 때문이 아니라 어머니의 욕심 때
문이었으므로 헌신적인 여선생 '마츠바라'가 혜옥이라 하더라도 그것
이 갱생과 신생이라는 의미를 부여하기에 충분한 것은 아니다. 혜옥의
변신은(갱생이라기보다는) 욕심 많은 어머니로부터 떨어져 나와 만주로
왔기 때문에 가능한 것인데, 그렇다면 '탐욕적이고 타락한 조선 / 신성
하고 숭고한 만주'라는 대립구도가 성립된다. 정인택은 '마츠바라'의
이야기를 통해 신성하고 숭고한 만주라는 공간을 상상적으로 구축하
는데, 그것이 상상적인 이유는 소설에서 '마츠바라'의 실상이 끝까지
밝혀지지 않기 때문이다. 철수는 '마츠바라'를 혜옥일지도 모른다고
상상하고 '마츠바라'를 통해 헌신과 갱생의 만주 이미지를 구축한다.
"남북만 조선인 개척지를 시찰하고 거기서 얻은 견문으로 작품을 써
달라는 부탁"은 "정면으로 요구되는 것 이외에 무형의 압박에 더 많은

---

32 정인택, 「검은 흙과 흰 얼굴」, 『조광』, 1942.11.(민족문학연구소 편, 앞의 책, 242쪽에
   서 재인용)

책임감을 느끼"[33]게 한다. 그 책임감으로 철수는 과거의 연인과 해후하는 기쁨을 미루고 시찰지 보고작가로서의 책무에 충실한다. 공식적으로 요구되는 희망과 소명이라는 이데올로기 이외의 것은 모두 삭제했던 만주시찰단 보고에서처럼 정인택은 인물의 구체적 삶이나 서사적 개연성보다는 만주라는 공간을 신성한 판타지로 창출하는 데 더 골몰했던 것이다.

만주를 형상화한 또 다른 작품 「농무」는 정인택의 작품 중에는 드물게 구체적인 형상과 서사적 인과성을 갖춘 작품이다. 비적을 물리치는 용감한 만주 군경의 형상도 그러하지만 주인공 센다(千田)의 용감성이 그의 과거와 가족과의 관련을 통해 설득력있게 제시되고 있기 때문이다.[34] 다만 여기에서 한 가지 지적해 두고 싶은 것은 작가의 시점이 철저하게 비적을 토벌하는 일만 군경의 입장에 맞추어져 있다는 것이다. 반만항일군이 많았던 당시의 비적 구성에 대한 부분은 차치하더라도, 비적의 습격 때문에 공포와 불안의 일상에 떨어야 했던 당시의 만주이민들의 실상[35]이나, 비적의 습격에 대비하기 위해 자위단을 꾸리고 부역을 감당해야 했던 이민들의 일상[36]도 여기에서는 관심사가 아

---

33 정인택, 「검은 흙과 흰 얼굴」, 앞의 책, 243쪽.
34 이원동에 의하면 정인택의 국책협력 작품은 대부분 일상적 삶에의 욕망과 국책의 요구가 부자연스럽게 결합된 형태를 지닌다. 「농무」가 다른 작품에 비해 자연스럽게 형상화된 것은 비적을 토벌하는 것이 아버지를 구하는 것이기도 하다는, 일상적 삶의 욕망이 국책의 요구와 결합될 수 있는 연결점을 찾고 있기 때문이다. 이원동, 앞의 글, 252~255쪽 참조.
35 불안과 위험의 표상으로서의 비적과 그 형상화에 대해서는 서영인, 「만주서사와 반식민의 상상적 공동체」, 『우리말글』 46, 2009, 334~339쪽 참조.
36 "자위단은 의무제이고 18세 이상 40세까지의 남자로 충당하고 총단장은 부락장이 맡았으며 상비자위단은 3명으로 5일 교대였다. 자위단 경비는 경지 8천 평(3・7 소작료로 지주에게서 차입)을 부락민이 공동 경작하여 충당했다. 그 외에 부담능력을 참작하여 부락민으로부터 매월 약 15원을 징수했고 병기로는 장총 8정, 탄약 30발이 있었

니다. 비적을 토벌하기 위해 늠름하고 용감하게 적진을 향해 뛰어드는 군경들의 충성심과 용맹성만이 전면적으로 강조될 뿐이다. "명안도로 —명월구와 안도 간의 도로(인용자)—127킬로미터 전체에는 셀 수 없는 기념비가 세워져있다. 도로가 닿는 곳에서 우리는 갖가지 크고 작은 기념비를 발견했다. 그것이 각 부락의 입구와 출구에 반드시 어디라도 좋을 정도로 2개, 3개씩 마치 그 부락의 수호신처럼 서 있었다."[37] 기행문에서 정인택은 비적에 대비하기 위해 외벽을 쌓은 마을의 모습을 꼼꼼히 묘사하고 기념비들에서 당시의 치열함을 상기하며 엄숙한 기분에 잠긴다. 희생자 기념비가 '부락의 수호신처럼 서 있었'다는 구절에서 비적과 싸우는 토벌대는 대의를 위해 자신을 희생한 숭고한 존재로 격상되며 이러한 인식은 「농무」에도 고스란히 반영되어 있다.

비적을 토벌하는 만주군경의 입장에서 서술된 「농무」는 전시 하 일본 국민의 자세나 군국주의에의 경도와도 연결된다. 아들을 찾아 만주에 온 아버지가 입식한 마을이 불타오르는 것을 보며 적진에 뛰어드는 센다의 형상은 죽음을 불사하는 멸사봉공의 정신으로 읽어야 할 것이다. 아버지가 있을지도 모르는 마을을 향해 돌진하는 것은 아버지를 구하기 위해서가 아니다.

아버지는 살아 계셔 주실까 …… 한번 더 머리를 든 센다 운전수의 눈에 두 배나 기세등등해진 대사하 부락의 화염과 집요하게 쏟아져 내려오는 적탄, 그리고 언덕의 경사면에 찰싹 달라붙어 고전하고 있는 아군의 모습

다." 滿洲國 軍事 顧問部, 『滿洲公産匪の研究』 제2권, 1937, 38~39쪽; 유원숙, 앞의 글, 634쪽에서 재인용.
37　정인택, 「개척민의 감정」, 『춘추』, 1942.8.(번역은 인용자)

이 빙글빙글 소용돌이치면서 달려들어 왔다.

그때 전광처럼 센다 운전수의 뇌리를 스친 것은 새들도 지나가지 않는 높고 높은 산서성 산꼭대기의 적진을 일루(一壘) 또 일루 초인적인 의지로 무찔러 가는 황군 용사들의 신(神)같은 자태였다.[38]

적진을 향해 돌진하는 황군의 기세와 의지가 센다의 뇌리에 떠오르면서 센다는 자신의 소명을 '황군'의 그것과 같은 것으로 인식한다. 이미 아버지의 안위는 중요한 문제가 아닌 것이다. 비적 토벌을 소재로 하면서 거기에 공적인 임무의 중요성과 숭고한 희생의 찬미, 그리고 위령과 애도의 이미지를 겹쳐 놓으면서 정인택은 만주를 성전의 공간과 동일시한다. 비적 토벌이 안전농촌 건설과 개척민 보호, 일본의 안정적인 만주 지배를 위한 것이었다는 사실은 여기에서 큰 의미를 가지지 못한다. 실감나는 전투장면 묘사와 함께 만주는 어느새 전시하 일본의 정신을 체현하는 공간으로 형상화된다. 만주가 성전의 공간과 동일시되면서 가족에 대한 사적 감정보다는 공적 임무를 우선시한다는 '멸사봉공'의 의미는 더 선명해진다. 이것은 당시 만주의 실상과 무관한 허구의 이미지이며 오히려 징병제 실시 공표로 가시화된 조선인의 전쟁 참여 독려와 연관되어 있다는 것은 분명해 보인다. 국책 이데올로기에 호명되면서 이데올로기가 지시하는 바를 충실히 수행했던 정인택은 드디어 이데올로기가 지시하지 않는 것까지 과잉충족시키는 서사를 만들어낸다. 만주의 시찰과 보고를 통해 성전에 참가하는 국민의 자세를 유추해 내는 것이 그것이다. 이후 정인택은 「뒤돌아보지 않

---

38 정인택, 「농무」, 『국민문학』, 1942.11.(이경훈 편역, 『한국 근대 일본어 소설선』, 역락, 2007, 205쪽에서 재인용)

으리(かへりみはせじ)」(『국민문학』, 1943.10), 「**해변**」(『춘추』, 1943.12), 「**다케야마 대위(武山大尉)**」(『국민총력』, 1944.1) 등의 작품을 통해 천황을 위한 영광스런 죽음을 찬미하는 전쟁동원의 이데올로기를 적극적으로 구현해 낼 수 있었다.

5. 멸사봉공의 내면

1941년에 발표된 정인택의 「부상관의 봄」에는 두 명의 일본인과 한 명의 조선인이 등장한다. 세 명의 룸펜들은 늦게까지 자고 어울려 다니며 술을 마시고, 방에 틀어박혀 레코드를 들으며 무위의 나날들을 함께 한다. 그런데 두 명의 일본인 친구가 갑작스레 의절하다시피 했던 집안과 화해하고 고향으로 돌아가자 조선인 주인공 한 명만 하숙방에 외로이 남는다. 룸펜의 우울을 구가했던 동료들이 떠난 곳에 남은 것은 하숙방의 조추였던 '하마에'였다. '하마에'는 일본인 친구들과 어울려 방탕한 생활을 하는 '나'를 돌보아 주었다. 홀로 남은 그를 위해 그의 새해의 식사를 마련해 주고 그의 옷을 깔끔하게 손질해 주는 하마에를 느끼며 '나'는 비로소 편안한 마음이 된다.

생활로의 복귀, 연인과의 사랑을 통해 방탕을 청산하는 룸펜 주인공의 변화[39]는 정인택의 체제순응적 성격을 설명하는 내적 계기로 자

---

[39] 자신을 믿고 따르는 여인을 계기로 무력과 허무에서 벗어나기로 결심하는 결말은 정인택의 다른 소설에서도 자주 반복되며 「부상관의 봄」은 그러한 과정을 대표하는 텍스트라고 할 수 있다.

주 언급된 바 있다. 그러나 서론에서 언급한 바와 같이 생활로의 복귀와 국책에의 순응 사이에는 동일시하기 힘든 비약이 있다. 국책의 호명과 그에 대한 응답은 자신의 사적 생활을 버리고 새로운 소명을 받아들이는 주체가 된다는 점을 의미하며, 그렇다면 연인과의 사랑이라는 사적 욕망의 충족은 국책 순응의 이데올로기와 공존할 수 없는 모순을 내포하고 있기 때문이다.

「부상관의 봄」에서 '나'가 하마에의 사랑을 인지하는 것이 일본인 친구들이 모두 귀향한 이후라는 점에 주목할 필요가 있다. 일본인 친구 '아사오'가 하숙집 '부상관'에서 무위의 나날을 보내는 이유는 '나'의 경우와 유사하다. 자신의 사랑을 인정하지 않는 집안과 갈등을 겪었던 '아사오'는 아버지가 자신의 사랑을 인정하자 바로 집으로 돌아간다. '나' 역시 집안이 정한 혼사를 치르기를 강요하는 아버지에 반발하여 단신으로 도일하여 동경을 방황하고 있다. '아사오'의 귀향이 '나'에게는 더욱 쓸쓸한 심회를 돋우어 줄 수밖에 없고, 그러므로 하숙집 조추 '하마에'의 사랑은 그로서는 불가능했던 가문으로의 복귀를 대체하는 대체물이라고 할 수 있다. 그렇다면 그의 욕망은 '하마에'나 '유미에'와 같은 하숙집 조추들이 아니라 가문이나 사회라는 어떤 집단을 향해 있었던 것이라 가정해 볼 수 있다.

이 지점에서 전작의 주인공들이 방황과 우울을 거듭할 수밖에 없던 이유가 중요해진다. 우울과 방황을 마감하고 여인들에게 사랑과 책임을 깨닫는 것으로 마무리되는 소설의 결말을 추동하는 근본적인 욕망은 어떤 것인가. 몇 편의 소설들에서 그 단서를 찾아 볼 수 있다.

최군의 첫인상은 정신이나 육체나가 나약하다는 그 한 마디로 그친다.

외관만 그렇다면 문제는 없었다. 그러나 몰락해가는 중류가정의 청년이 다 같이 상실하고 만 청년만이 가질 숭고한 정신 — 그것을 기백이래도 좋고, 열의래도 좋지만 그런 것이 없다. 한 가지를 위하여 — 경우에 따라선 그것이 단순한 사랑이라도 무관하다 — 전령(全靈)을 바치고 몸 하나 내던질 결심. 그런 것이 없다. 무모하기까지 해도 좋다. 신념을 꿰뚫을 강철 같은 의지, 의욕, 그런 것이 보이지 않는다.[40]

일가친척이라곤 없이 작은 몸엔 능히 다 담지 못할 커다란 야심을 품고 있으면서도 그 야심을 채울 길이 없어 마음에 들지 않는 신문기자 생활을 다섯 해나 계속해온 박 군이다. 동경엔 보다 남기고 온 꿈의 가닥이라도 있단 말이지. 신문사 그만두고 동경 간다는 것이 입버릇같이 되어 있으니, 말 대로 딱 끊어 실행을 하지도 못하고 아까운 재능을 게으른 그날그날의 생활 속에서 달리어 없애고 있는 터이다. 남유달리 민감하나 약한 몸에는 가지각색의 번거로움이 무거운 짐이 되어 그를 타 누르고 있으나, 그러나 그것을 떼쳐 없애려고 안 하고 되는 대로 닥치는 대로 아무것도 아닌 것을 컴컴한 주위의 사벽과 연결시켜 제 자신에게 싸움을 선언하는 것이다. 그러나 싸우기 전에 이미 승패는 너무나 명료하다.[41]

「범가족」의 봉재는 여동생 옥희의 애인 최군을 탐탁지 않게 여긴다. 그에게는 전령(全靈)을 바쳐 자신을 내던지는 신념이나 의기가 부족하기 때문이다. 「우울증」에서 아내를 잃고 다방을 정리한 나는 박군

---

40 정인택, 「범가족」, 『조광』, 1940.1.(이혜진 편역, 『정인택 작품집』, 현대문학사, 2009, 98쪽에서 재인용)
41 정인택, 「우울증」, 『조광』, 1940.9.(위의 책, 136쪽에서 재인용)

과 어울려 밤새도록 술을 마시는데, 나는 박군의 우울을 이해하며 그를 안타까워한다. 박군의 우울은 '나'의 여동생 순희에게서 실연당했기 때문이 아니라 자신의 재능과 열정을 펼칠 장을 찾지 못한 채 생활에 함몰된 박군 자신의 처지로부터 온다. 요약하자면 작중 인물들의 우울과 방황은 전력을 다해 자신을 바칠 신념이나 가치를 얻지 못한 때문이고, 가난이거나 병약한 몸, 혹은 봉건적 가족의 굴레가 그 우울의 배경을 이루고 있다.

「범가족」과 「우울증」은 모두 1940년의 작품으로 정인택이 국가체제에 협력적 태도를 보이기 시작할 무렵의 작품들이다. 그러나 가족과의 갈등이나 우울과 방황의 태도, 여성들과의 관계 등의 모티브는 이전의 작품에서부터 계속 반복되는 것이기도 하다. 「부상관의 봄」에서 허무와 우울의 태도는 사실상 봉건적 가족관계로 귀속될 수도 없고, 교육이나 직업 등의 사회적 시스템에도 편입될 수 없었던 '나'의 처지에서 오는 것이라 할 수 있으며, '하마에'의 발견이 이러한 좌절된 욕망의 대체제였다는 점을 생각한다면, 그의 개인주의적 우울의 근원에는 호명받지 못한 주체의 불안과 동요가 자리하고 있었다는 가정이 가능해진다. 공동체 내에서 자신의 역할을 부여받지 못하는 주체가 가질 수밖에 없었던 불안과 방황에는 언제나 새로운 주체가 되고자 하는 욕망이 숨겨져 있다. 그것은 '전력을 바치고 몸 하나를 내던질 결심' 같은 것, 혹은 '일가친척이라곤 없이 작은 몸엔 능히 다 담지 못할 커다란 야심을 품'는 일 같은 것이기도 하다. 만주시찰로 체계화된 국가주의의 호명은 이처럼 '신념과 야심'이라는 '기의 없는 기표'에 조응하는 것이기도 하다. 우울한 룸펜들에게 부족한 기백과 신념이란 그것이 무엇을 향하든 상관없는 것이다. 봉건적 가족제도나 궁핍한 가정환경 등이 배경으로 제시되어 있지만 그것을 지양하고 나아갈 곳의 구체적 내용은 없는 상태, '신념과 야심'이 '기의 없는 기표'가 되는 이유는 이 때문이다. 정인택의 경우 이 기의는 철저하게 사후적으로 해명된다. 예컨대 1942년 작인 「색상자」에서 작가는 주인물 정숙이 성실한 노력으로 얻은 개인적인 부와 안정을 '탐욕'으로 정의하며 새로운 공동체의 창출을 도모한다. 새로운 공동체 창출이란 과거에 버리고 나왔던 주인을 새로 모시는 일이며 마을을 위해 방공호를 짓는 일에 자신의 재산을 기부하는 일과 같은 것이다. 자본주의적 성공의 허망함을 보상하는 공동체적 목표와 가치란 결국 국가주의에의 적극적 협력과 전체주의적 사업에의 투신으로 연결된다. 내용 없는 신념과 야심이 먼저 있고 그 내용은 사후에 국가주의적 호명에 의해 마련된다. '내선일체'를 명분으로 한 것이지만 일제 말기 정인택의 작품이 '멸사봉공'이라는 '태도'에 압도되는 것은 이러한 불안과 동경, 그리고 절대적 신념에의 욕망으로 이어지는 낭만주의적 정신의 내면 때문이다.

6. 결론

역할을 부여받지 못한 주체의 우울은 사실상 식민지인의 처지와 무관하지 않다. 그러나 정인택은 이 우울을 끝까지 밀고 나가지 않는다. 그 대신 '내선일체'의 이데올로기에 적극 호응하며 '일본인처럼' 되기를 소망한다. 그가 유독 '내선일체'를 내세운 '요강'에 주목했던 것은 아마도 이 때문일 것이다. 그러나 그의 '내선일체'란 사실상 '황국신민화'

에 가까운 것이었다. 그의 '내선일체'에 대한 욕망에는 내용이 없기 때문이다. '일체'를 욕망하기 위해서는 '같지 않은', '차이'의 '현실'이 있어야 했는데, 정인택에게는 이 '차이'의 '현실'에 대한 자각이 불명확했다. 그가 만주시찰에서 국책이 내세우는 이데올로기를 그대로 복사하면서 부자연스러울 만큼 조선 이민의 현실을 삭제하고 한정하는 것도 이 때문이다. 그 결과 '내선일체'에 대한 내용 없는 욕망은 '황국신민화'로 귀결된다. '내선일체'가 '차이'와 '차별'을 극복하기 위해 '차이'와 '차별'을 강조할 가능성을 조금이라도 내포하고 있는 반면에 '황국신민화'는 '차이'를 기정사실화하고 '일체'를 위해 주저 없이 국가의 부름에 응답하기를 요구한다. 이 부름에 응답하기 위해서 필요한 것은 '논리'가 아니라 '믿음'이다.

이상의 친구로서 식민지 시기 대표적인 모더니스트로 지칭되었던 정인택의 작품에서 두드러지는 것은 현실에 적응하지 못하는 룸펜의 우울과 방황이다. 그러나 그 우울과 방황의 근본적 원인을 탐구하는 대신 정인택이 원했던 것은 이러한 우울과 방황을 뚫고 나갈 절대적 신념이나 정신과 같은 것이었고, 그것은 일제 말기 국가주의의 호명에 대한 응답으로 귀결되었다. 일제 말기 그의 소설은 '멸사봉공'의 정신으로 요약되는데, 그것은 결국 우울과 방황을 청산하는 강력한 대주체에의 욕망과 연결된다. 나약한 개인에 대비되는 강력한 전체의 이념이 정인택의 문학을 추동하는 원동력이었다는 것은 목적을 생략하는 '멸사봉공'의 반복을 통해서도 확인할 수 있다.

이 글에서는 만주시찰을 모티브로 하여 일제 말기 대표적인 친일협력 문학자 정인택의 작품세계를 해명해 보고자 했다. 만주시찰은 국책이데올로기를 내세우는 제도적 포섭에 해당했고 정인택은 이 이데올

로기적 호명에 응답하면서 적극적으로 국책을 문학화하는 일에 앞장
섰다. '만주국 건설과 개척이민의 위대한 역사'라는 주제로 빈틈없이
기획된 프로젝트를 따라 정인택은 지배 이데올로기가 지시하는 것을
사고하고 말했다. 그러나 이는 아직 지배 이데올로기를 완전히 내면화
시키거나 주체화시킨 것은 아니었다. 만주시찰 견문의 폐쇄적 구조나
'내선일체'를 표방하는 '개척정책 기본요강'에 무조건적으로 호응하는
모습을 통해 이를 확인할 수 있다. 만주시찰 이전의 작품에서도 이러
한 경향은 드러나는데, 정인택 소설의 인물들은 주체적 욕망에 의해
국책을 따르는 것이 아니라 국책의 호명에 응답함으로써 그것을 수용
했다. 「청량리 교외」의 아내가 애국반 반장이 되면서 국민적 보람에
들뜨지만, 정작 국책의 내용이나 정신에 대해서는 무지한 것, 「껍질
[殼]」의 내선 결혼 문제를 해결하는 것은 사실상 지원병으로 지원하는
동생의 결단[42]이라는 점에서도 이를 확인할 수 있다. 전반적으로 정인
택의 친일협력작품은 서사내적 원리에 의해서가 아니라 국가 정책의
공표와 그것의 소설 내 언급을 통해 합리화된다는 점에서 충분히 내면
화되지 못한 것이었다.

만주시찰 경험을 기반으로 창작된 두 작품 「검은 흙과 흰 얼굴」과

---

42 본문에서 다루지는 않았지만 「껍질[殼]」(『녹기』, 1942.1)은 표면적으로는 내선결혼
을 소재로 하고 결혼을 반대하는 아버지의 뜻을 거부하면서 시국적 내용을 다루고
있는 것처럼 보인다. 그러나 학주와 시즈에의 결합이 장애를 겪는 이유가 조선과 일
본의 민족의 차이 때문이라기보다는 시즈에의 미천한 신분이나 자유연애에 대한 아
버지의 고루한 관습 때문이라는 점에서 내선결혼의 문제를 정면으로 다루고 있다고
보기는 힘들다. 아버지를 거부하고 시즈에와의 결합을 강행하는 학주의 결단이 지원
병에 지원하는 동생의 결심과 동일시되면서 학주의 결단은 정당성을 부여받는다. 내
선일체의 이데올로기를 수용했으되, 그것의 문제 지점을 정확히 이해하지 못했던 정
인택의 인식은 지원병제도라는 국책의 공식적 제도에 의해서 보충되고 있는 것이다.

「농무」를 통해 이데올로기적 훈육이 어떻게 작가의 자발적 협력을 이끌어내는가를 확인해 볼 수 있다. 두 작품은 모두 만주 개척에 적극적으로 참여하는 사람들을 통해 희생과 헌신의 숭고한 만주 이미지를 만들어내지만, 그 성격에 있어서 두 작품은 조금 차별적인 양상을 보인다. 「검은 흙과 흰 얼굴」이 만주시찰보고에서 보여주었던 폐쇄성의 문제를 거듭 노출하면서 작가의 상상적 공간만으로 구축된 만주의 이미지를 만들어낸다면, 「농무」는 만주 개척의 서사를 황국신민의 이데올로기와 연결시키면서 이데올로기가 지시하지 않은 것까지 재생산해낸다. 「농무」는 만주시찰의 기획이 의도했던 '희망과 소명의 개척정신'의 재현과 선무(宣撫)라는 지배 이데올로기를 초월하면서 만주를 더욱 신성한 전시(戰時)공간으로 재탄생시킨다.

정인택을 통해 우리는 어떻게 식민권력이 이데올로기적 장치를 통해 지배 이데올로기를 유포하고 식민지인들을 '국민적 주체'로 변신시키는가를 살펴볼 수 있었다. 물론 정인택의 친일협력작품을 이러한 국가장치를 통한 이데올로기적 포섭의 과정으로만 해석할 수 있는 것은 아니다. 정인택 소설의 숱한 균열은 이데올로기를 쉽사리 수용할 수 없는 일상적이고 생활적인 감각들을 증명하는 것이기도 하다. 그러나 정인택은 이러한 균열을 해부하고 해석하기보다는 균열을 봉합하며 더욱 지배 이데올로기를 강화하는 방향으로 나아갔다. '대주체'가 무엇을 원하는지 알 수 없으므로 더욱 맹목적으로 '대주체'를 신봉할 수밖에 없는 식민지 주체를 정인택을 통해 발견할 수 있다. 적극적 친일협력작가였던 정인택을 통해 우리가 읽어내야 하는 것은 "훼절이나 파탄의 기록"[43]이 아니라 생각보다 비논리적이지만 생각보다 훨씬 위력적인 지배 이데올로기의 작동과정이며, 그 균열을 사유할 수 있는 가

능성의 통로이다. 정인택은 이 균열 속으로 함몰되고 말았지만, 적어
도 식민주의를 근본적으로 사유하고 성찰적으로 되돌아보아야 할 필
요성만큼은 분명히 제공해 주고 있다.

참고문헌

1. 기본자료

유치진, 「개척지 행(行)－전기(前記)」, 『대동아』, 1942.7.
이태준, 「이민부락견문기」, 『조선일보』, 1938.4.8~21.
정인택 외, 「간도성 시찰작가단 보고」, 『녹기』, 1943.2.
________, 「개척민 부락장 현지 좌담회」, 『조광』, 1942.10.
정인택, 「개척민의 감정」, 『춘추』, 1942.8·10.
_____, 「개척민의 감정」, 『춘추』, 1942.8.
_____, 「개척지대 소묘」, 『매일신보』, 1942.7.27~29.
_____, 「검은 흙과 흰 얼굴」, 『조광』, 1942.11.
_____, 「껍질(殼)」, 『녹기』, 1942.1.
_____, 「농무(濃霧)」, 『국민문학』, 1942.11.
_____, 「대전하의 만주농촌」, 『반도의 빛』, 1943.4.
_____, 「만주 개척지 기행」, 『국민문학』, 1943.3.
_____, 「만주행 전기(前記)」, 『대동아』, 1942.7.
_____, 「반도 개척민 부락 풍경－옥토의 표정」, 『신시대』, 1942.8.
_____, 「연길에서」, 『경성일보』, 1942.6.30.
_____, 「옥토의 표정－'반도 개척민 부락 풍경' 중의 하나」, 『신시대』, 1942.9.

2. 단행본 및 논문

김기훈, 「만주국 시기 조선인 이민담론의 시론적 고찰－『조선일보』 사설을 중심으로」, 『동

---

43 서승희, 앞의 글, 154쪽.

북아역사논총』 31, 2011.

김재용, 「일제 말 한국인의 만주인식」, 『일제 말기 문인들의 만주체험』, 역락, 2007.

민족문학연구소 편, 『일제 말기 문인들의 만주체험』, 역락, 2007.

박경수, 「격동기 작가 정인택의 사상변화와 방향전환」, 『일본어문학』 40, 2009.

박경수·김순전, 「식민지기 만주정책과 국책문학에서의 명암의 표상－정인택의 「검은 흙과 흰 얼굴」과 「농무」를 중심으로」, 『일본어문학』 35, 2007.

서승희, 「'전환'의 기록, 주체화의 역설－정인택 소설의 변모 양상과 그 의미」, 『현대소설연구』 41, 2009.

서영인, 「만주서사와 반식민의 상상적 공동체」, 『우리말글』 46, 2009.

______, 「만주서사와 (탈)식민의 타자들」, 『한국어문학』 108, 2010.

유원숙, 「1930년대 일제의 조선인 만주 이주정책 연구」, 『부산사학』 19, 1996.

이경훈 편역, 『한국 근대 일본어 소설선』, 역락, 2007.

이영아, 「정인택의 삶과 문학 재조명－이상 콤플렉스 극복 과정을 중심으로」, 『현대소설연구』 35, 2007.

이원동, 「일상의 감각과 국가적 삶의 경계－정인택 소설의 내적 논리」, 『어문학』 108, 2009.

이혜진 편, 『작고문인 선집－정인택 작품집』, 현대문학, 2010.

이혜진, 「총력전 체제하의 정인택 문학의 좌표」, 『한국학 연구』 29, 2009.

조윤정, 「내선결혼 소설에 나타난 사상과 욕망의 간극」, 『한국현대문학연구』 27, 2009.

太平洋戰爭硏究會, 『圖說 滿洲帝國』, 河出書房新社, 1996.

식민지 개척 의학과 제국의료의 '극북極北'

이기영의 『처녀지』론

서재길

1. 『처녀지』의 서사와 협력의 수사학

식민지 시기 리얼리즘 소설의 대표작으로 평가되는 『고향』의 작가 이기영은 카프에서 일제 말기를 거쳐 해방 이후 북한문학을 주도한 작가로 평가된다. 1988년 이후 월북 작가에 대한 해금조치가 전면적으로 단행될 때에도 이른 시기에 월북을 했다는 등의 이유로 한설야와 더불어 가장 늦게 해금이 되었을 정도로 이기영은 북한 문단에서 왕성한 창작과 정치적 활동을 보인 바 있다. 그런데 해방 이전 이기영의 문학을 살펴볼 경우 그를 단순히 카프 대표 작가로 보기 힘든 측면이 많다. 이를테면 카프 해체 이후의 전형기 문단에서 이기영의 창작활동은 위축되기보다는 오히려 더 활발해진 측면이 있다. 또한 카프 시기와 비교해 볼 때 장편소설의 창작이 훨씬 활발해졌다는 점도 주목된다. 특히 해방 이전에 단행본으로 발행된 이기영의 장편소설이 대개 1940년 이후에 집중되어 있다는 사실 역시 간과할 수 없는 부분이다. 『고향』(한성도서, 1937)과 『신개지』(삼문사, 1938)를 제외한 대부분의 단행본 간행이 이 시기에 활발하게 나타나고 있기 때문이다. 구체적으로 『인간수업』(영창서관, 1941), 『어머니』(영창서관, 1941), 『생활의 윤리』(성문당서점, 1942), 『봄』(대동출판사, 1942), 『동천홍』(조선출판사, 1943), 『광산촌』(성문당서점, 1944), 『처녀지』(삼중당서점, 1944) 등이 그것이다.

사실 카프 문학에 대한 연구가 활발했던 시기에는 1940년 이후 이기영의 왕성한 창작과 출판을 평가절하하려는 움직임이 있었던 것도 부인할 수 없는 사실이다. 그러나 어떤 측면에서 이기영 문학의 가장 풍성한 면모가 드러난 것이 이 시기였다고 할 수 있다. 프로문학 작가로서 일관된 신념을 지니고 과학적 세계관과 창작방법론에 입각한 소설 집필을 할 수 있었던 것과는 달리 외부로부터 강요되는 특정한 이데올로기를 부단히 현실과 연관시키면서 창작할 수밖에 없던 상황에서 오히려 작가의 '내면'이 지닌 풍성함이 드러나게 되는 경우가 많기 때문이다. 특히 이들 작품이 '국어 상용'이 전면화되는 상황에서 적지 않은 작가들이 일본어 창작을 할 수밖에 없었던 시기에 조선어로 창작된 장편소설이라는 점도 간과할 수 없다. 이런 점에서 1940년대 전반기 이기영의 장편소설에 대한 논의가 2000년대 이후 활발해진 것은 고무적인 일이 아닐 수 없다.

1940년대 전반기 이기영 소설에 대한 논의는 식민지 시기의 프로문학에서 생산문학을 거쳐 해방 후 북한 문학으로 이어지는 연속과 단절의 문제라는 틀에서 논의되기 시작했다. 최근에는 이 시기 소설에 나타난 '협력'과 '저항'에 대한 논의가 활발해지고 있다. 『동천홍』과 『광산촌』 등 광산을 무대로 한 이기영의 생산소설이 지닌 중층적 층위에 대한 논의는 이를 대표한다고 할 것이다. 이는 생산문학론이 지닌 '협력'적 색채와 근대 비판의 계기의 모순적 결합의 문제, 식민 주체에 의한 제국주의 이데올로기의 전유와 제국적 주체성의 문제 등을 이들 작품들이 담고 있기 때문이다.

이에 비해 북만주를 무대로 한 작품인 『처녀지』의 경우 해방 전 이기영의 마지막 장편소설이라는 점에서 문학사적으로 의미를 지니고 있음에도 불구하고 충분한 논의가 이루어지지 못했다.[1] 이기영의 대부분의 소설들이 해금 이후 단행본으로 조판되거나 영인되어 간행되는 과정에서 이 작품은 편집출판 혹은 영인출간의 기회를 얻지 못함으로써 자료에 대한 접근에 제한이 있었기 때문이다. 특히 이 작품은 단행본으로 간행되지 못한 『대지의 아들』과 더불어 만주를 무대로 하고 있다는 점도 주목된다.[2] 『대지의 아들』이 주로 만주 입식 농민의 현실을 그리고 있는 것에 비할 때 『처녀지』의 경우 만주에 정착한 농민들

1　『처녀지』에 대해 본격적으로 다룬 것으로는 이미림, 『월북작가 소설연구』, 깊은샘, 1999; 김진아, 「이기영 장편소설『처녀지』연구」, 영남대 석사논문, 2003; 이선옥, 「우생학에 나타난 민족주의와 젠더 정치－이기영의 『처녀지』를 중심으로」, 『실천문학』, 2003 봄; 조진기, 「만주개척과 여성계몽의 논리－이기영의 『처녀지』를 중심으로」, 『어문학』 91, 2006; 이원동, 「파시즘의 육체 담론과 일제 말기 이기영의 소설」, 『어문학』 94, 2006; 이선옥, 「젠더 정치와 민족간 위계 만들기－『처녀지』, 『초원』, 『대륙』」, 『여성문학연구』 15, 2006; 이경재, 「이기영 소설에 나타난 생산력주의」, 『민족문학사연구』 40, 2009; 이경재, 「이기영의『처녀지』연구－남표와 선주의 죽음을 중심으로」, 『만주연구』 13, 2012 등을 들 수 있다.

2　이기영과 만주 서사에 대해서는 이경훈, 「만주와 친일 로맨티시즘」, 『한국근대문학연구』 7, 2003; 정종현, 「1940년대 전반기 이기영 소설의 제국주의적 주체성 연구」, 『한국근대문학연구』, 2006; 와타나베 나오키, 「식민지 조선의 프롤레타리아 농민문학과 '만주'－'협화'의 서사와 '재발명된 농본주의'」, 『한국문학연구』 33, 2007; 이원동, 「만주 담론과 이기영 소설의 변화」, 『어문학』 97, 2007; 장성규, 「일제 말기 카프 작가들의 만주 형상화 양상」, 『한국현대문학연구』 21, 2007; 서영인, 「만주 서사와 (탈)식민의 타자들」, 『어문학』 108, 2010; 정종현, 「근대문학에 나타난 '만주' 표상」, 『제국의 지리학, 만주라는 경계』, 동국대 출판부, 2010 등을 참조할 것.

의 이상적이고 자족적인 공동체 건설이라는 과제를 수행하기 위해 지식인의 계몽적 역할이 좀 더 강조된다는 점에서 작품의 성격은 다소 달라진다.

『처녀지』에서 친일 '협력'의 흔적을 찾아내는 것은 그다지 어렵지 않다. 실제로 식민 담론의 전유 및 제국적 주체성의 문제는 이 작품이 이른바 친일문학에 속하는 주된 논거로서 인용되었다. 이를테면 '만주국'이 표방했던 오족협화론과 왕도낙토론에 관한 담론, 나아가서는 유전우생학적 논의[3]들이 텍스트의 표층에서 연설이나 강연, 혹은 디에게시스 속의 작가의 편집자적 논평 등의 형식으로 주로 나타나고 있다는 점이 지적될 수 있다. 또한 만주 이민 초기의 농민들이 일본 영사관과 연락하여 중국 농민들과의 갈등을 해결하려고 시도한다거나, 장작림(張作霖) 정권과 군벌 시기에 대해 비판하는 장면 역시 만주국 이전과 이후를 구별함으로써 만주국 건국의 정당성을 드러내는 것이라고 볼 수 있다.

그러나 텍스트의 표층에 드러난 협력의 수사들이 텍스트의 핵심 서사와 어떤 방식으로 관련을 맺는지를 밝히지 못한다면, 이데올로기의 내면화와 그 논리의 견고성을 문제 삼을 수가 없다.[4] 이런 점에서 이

3　이선옥은 주인공 남표의 야학 연설의 내용에 주목하여 "'우생학' 이론을 소개하면서 제국주의의 출산 통제 논리에 동화되어 간 특이한 작품"으로 평가하고 있는데(이선옥, 앞의 글, 109쪽), 이 연설은 텍스트의 핵심 서사의 외부에서 덧붙여진 인상이 짙고, 남표나 마을 주민이 이 담론에 완전히 동화되었다고 보기도 힘들다. 독일의 유전위생학의 전개과정에 대해서는 김호연, 「과학의 정치학―독일의 인종위생(Rassenhygiene)」, 『강원인문논총』 18, 2007을 참조.

4　여기에서 말하는 '핵심 서사'란 시모어 채트먼의 용어에서 차용했다. 채트먼은 바르트의 서사론과 토마세프스키의 모티프 이론을 발전시키면서 서사에 있어서의 '중핵(kernel)'과 '위성(satellite)'을 구별한다. 시모어 채트먼, 김경수 역, 『영화와 소설의 서사구조』, 민음사, 1990, 61~65쪽.

작품이 겉으로는 국체에 찬성하는 방식으로 안정성을 보장받으면서 저항의 담론으로 기능하기도 했다는 지적[5]은 음미해볼 필요가 있다. 실제로 이 텍스트에서는 지식인이 만주국의 국책을 농민들에게 일방적으로 전달하는 방식으로 만주국 이념에의 동화가 그려지고 있다. 그러나 농촌 혹은 농민들의 일상에 대한 묘사라는 층위에서는 이 같은 이념과 생활이 분리되고 있어 서사적 불균형이 나타나고 있는 것도 사실이다. 오히려 서사의 심층에서 작용하는 것은 이 같은 만주국 이데올로기라기보다는 세 주인공 사이의 삼각관계 혹은 '붉은 연애'[6]이고 농촌 현실의 풍부한 재현이다.

만주 농촌 현실의 묘사라는 측면에서 '신풀이', '모내기' 등 조선인 고유의 도작(稻作) 문화에 대한 소개나 현림과 애나의 결혼식에 대한 묘사가 재만 조선인 집단부락이라고 하는 종족공간의 풍속으로서 재현되고 있다는 점도 이채롭다. 특히 이 작품에서 주목되는 것은 한 장 전체를 중국 농민과 그들의 농법 및 풍속에 대해 묘사하고 있다는 점이다. 중국인, 그것도 중국 농민을 이처럼 객관적으로 나아가서는 호의적으로 묘사하고 있는 「만인 농가」 장은 한국문학사에 매우 낯선 장면이다. 재만 조선인 문학의 특징적 이데올로기라 할 수 있는 '수전 중심주의'의 이데올로기가 중국인 농민에 대한 객관적, 온정적인 묘사가 충돌하지 않고 있는 것이다. 이는 궁극적으로는 조선인이 만주에 뿌리내리기 위해서는 만주국 나아가서는 일본제국이라는 현실적 힘과 중국 농민들과의 원만한 관계 모두가 필요하다는 인식을 반영한 것이라

---

5   이경재, 「이기영의 『처녀지』 연구―남표와 선주의 죽음을 중심으로」, 『만주연구』 13, 2012.
6   위의 글, 110쪽.

고 할 수 있다. 여기에는 식민지적 무의식과 식민주의적 의식이 착종되어 있다.

이 작품에서 가장 핵심적인 서사는 '처녀지'를 개척하기 위해 나선한 계몽적 지식인의 좌절이라는 측면이다. 주인공이 죽음에 이르는 과정을 이념적 연애의 실패와 노동과 공동체에 대한 강조라는 측면에서바라보는 경우, 애초에 한 사람의 농민이 되고자 북만(北滿) 농촌을 찾아간 주인공이 최초의 계획을 포기하고 자신의 전공으로 돌아와 '의학연구'로 방향전환을 하고 그 연구의 과정에서 죽어간다는 사실을 설명하기 어렵다. 특히 결말 부분에서 주인공이 북만에서 전염병인 페스트에 감염되어 죽어간다는 설정이 당대의 컨텍스트 속에서 어떻게 이해될 수 있는가 하는 측면에 대해서 기존의 논의는 설득력 있는 설명을하지 못하고 있다. 따라서 의학도였던 주인공이 의사로서의 꿈을 접고농촌에서 계몽운동을 하다가 다시 의학 연구의 필요성을 느끼게 되고그 과정에서 페스트에 걸려 죽게 된다는 핵심적인 서사에 대해 보다엄밀하게 분석할 필요가 있다.

2. '제2대의 선구자'와 '문화적 사명'

주지하듯 콜럼버스의 신대륙 발견으로부터 시작되는 대항해 시대의 전개는 유럽 열강에 의한 제국주의 역사의 시작을 의미하는 것이었다. 그런데 코르테스에 의한 아스텍 정복과 피사로의 잉카 제국 정복의 사례에서 보듯, 고도화된 정치 조직이나 문자 생활에서 비롯된 정신 능력 혹은 살상 무기와 같은 물리적인 힘 이상으로 식민지 정복에 중요한 역할을 한 것은 병원균이었다. 유럽의 총칼에 의해 목숨을 잃은 아메리카 원주민보다 유럽의 병원균에 의해 목숨을 잃은 원주민의 숫자가 더 많았고, 이 병원균들이 인디언과 지도자를 죽이는 동시에 생존자들의 사기를 떨어뜨려 저항을 약화시킴으로써 식민지 정복이 급속도로 이루어졌던 것이다.[7] "세균에 의한 세계의 통일"로 표현되기도 하는 이 같은 과정은 제국주의에 의한 세계 지배의 전일화 과정이기도 했다. "모든 질병은 세계 어느 곳에서든 동일하다"라는 전제하에서 국가나 문화의 장벽이 질병의 박멸을 방해해서는 안 된다는 논리로[8] 서양 근대의학, 이른바 제국 의료(imperial medicine)의 보편화와 식민지 의학(colonial medicine)의 제도화가 진행되었던 것이다. 일부 학자들은 비유럽 세계에서 근대 서양의학과 공중위생 제도가 일반화되어가는 과정을 유럽 제국주의의 본질적 요소로 설명하기도 한다.[9] 즉 제국주의의 전개과정에서 서양의학이나 공중위생 제도의 보급이 식민지화 과정에 결정적인 영향을 미쳤다는 것이다.[10] 푸코가 말하는 '순종적인 신체 만들기'의 과정은 가시적인 정치권력의 행사 이상으로 중요

---

7 제레드 다이아몬드, 김진준 역, 『총, 균, 쇠』, 문학사상사, 1998, 제11장; 앨프리드 W. 크로스비, 김기윤 역, 『콜럼버스가 바꾼 세계』, 지식의숲, 2006.

8 Stephen J. Kunitz, "Hookworm and Pellagra : Exemplary Diseases in the New South", *Journal of Health and Social Behavior*, Vol. 29. No. 2, 1988.(여기에서는 見市雅俊, 「開發原病と帝國醫療」, 見市雅俊・齊藤修・脇村孝平・飯島涉 編, 『疾病・開發・帝國醫療 : アジアにおける病氣と醫療の歷史學』, 東京 : 東京大學出版會, 2001, 9쪽에서 재인용)

9 서양에서는 물론 동양에서도 "의학과 의과학은 식민지 발전에 절대적으로 본질적인 것으로 간주되었"고 "식민지 경영의 방법은 반드시 위생에 바탕을 두어야 하고, 또 의학의 원조를 받지 않으면 안 된다"고 확신되었다. 조형근, 「식민지 근대의 교차로에서-의사들이 할 수 없었던 일」, 『문화과학』 29, 2002, 188쪽.

10 飯島涉・脇村孝平, 「近代アジアにおける帝國主義と醫療・公衆衛生」, 見市雅俊・齊藤修・脇村孝平・飯島涉 編, 앞의 책, 75쪽.

한 권력장치로서 기능했던 것이다.[11]

물론 이 같은 관점을 식민지 조선이나 근대 만주지역에 그대로 도입하기는 어렵다. 제국주의 자체가 그러하듯 제국 의료의 전개과정도 해당 제국주의 국가나 지역에 따라서 다양한 양상으로 나타나고 지역적 편차를 드러내고 있기 때문이다. 일본의 경우 국가와의 밀접한 관련 속에서 의학이 발달되었고, 이는 정치와 의학의 밀접한 결합이라는 특징을 지니게 되었다.[12] 또한 서양 제국주의 열강에 비해 뒤늦게 식민지 쟁탈에 뛰어들었기 때문에 일본의 식민주의는 유럽과 달리 의료 및 위생 사업의 제도화를 상당히 중요시할 수밖에 없었다.[13] 그러나 일찍이 중국의학이나 한의학이 발달되어 있었던 동아시아에서 제국 의료의 전개는 전통의학과의 상극 속에서 전개될 수밖에 없었다. 식민지 조선의 경우 전통 한의학과의 헤게모니 경쟁을 하는 한편으로 개신교 선교의료와의 협력적, 비대칭적, 제한적 경쟁이라는 독특한 상호작용이 나타나기는 하였으나,[14] 제국 의료는 서서히 식민지 속으로 제도적으로 안착하면서 식민지 지배를 정당화하는 헤게모니적 기능을 수행하였다.[15]

『처녀지』의 주인공인 남표가 한 사람의 의학도로 성장하는 과정은

---

11 見市雅俊, 앞의 글, 7쪽.

12 上田信, 「細菌兵器と村落社會 : 中國浙江省義烏市崇山村の事例」, 위의 책, 269~270쪽.

13 이이지마 와타루, 「의료・위생 사업의 제도화와 근대화―'식민지 근대성'에 관한 시론」, 최장집・하마시타 다케시 편, 『동아시아와 한일교류』, 아연출판부, 2008.

14 조형근, 「일제의 공식의료 개신교 선교의교간 헤게모니 경쟁과 그 사회적 효과」, 『사회와 역사』 82, 2009.

15 근대 만주의 경우 러일전쟁 이후 일본의 조차지가 된 관동주(關東洲)의 대련(大連)과 지방행정기관이 있던 봉천을 중심으로 '위생'의 제도화가 진행되는데, 여기에는 일본의 타이완 식민지 통치 경험을 통해 습득한 식민지 통치의 효율성이라는 측면 즉 '신체의 식민지화'가 작용하였다. 飯島涉, 「近代中國における「衛生」の展開 : 20世紀初期「滿洲」を中心に」, 『歷史學硏究』 703, 1997 참조.

식민지 조선에서의 제국 의료와 식민지 의학의 이 같은 전개과정을 잘 보여주고 있다. "남선 지방의 행세하는 가문에서 태여난"[16] 남표는 "인근 읍에서 한학자로도 유명할 뿐만 아니라 의술이 또한 고명하였"(439)고 "의관까지 지낸 일이 있었"(439)던 아버지의 반대를 무릅쓰고 서울로 도망가 서양의학을 공부하게 되었고, "부친 역시 처음에는 반대를 하였다가 친히 서울로 올라와서 보고는 그 아들에게 신의학까지 공부를 식히게 되었다는 것이다."(439) 한의학에 대한 서양의학의 헤게모니 지배 과정이 한학자 집안 출신인 남표를 의사의 길로 나서게 하였던 것이라 볼 수 있다. 소설 속에서 남표는 'XX 의전'을 중도에 그만둔 것으로 그려지는데 '부속 의원'이 있다는 점 등을 고려해 보면 아무래도 경성의전을 뜻하는 것으로 보인다.[17] 그러나 남표의 의학도로서의 길을 일차적으로 좌절된다. "뜻하지 않은 불행으로 한 해 봄이 남은 학교를 중도에 고만 두"(25)게 되는데 그것은 사회주의 사상운동과 관련된 사건 때문인 것으로 짐작된다. 이 과정에서 선주와 파혼하게 된 그는 자살의 충동까지 느끼었으나, 며칠 동안의 고민 끝에 "막다른 생각으로 '예라! 만주나 들어가 보자!' 하고 실로 막연히 — 하루밤새에 마음을 작정하고"(30) 만주로 들어가게 된 것이었다. 봉천을 거쳐 신경으로 온 남표는 병원의 조수 생활을 하는 도중 북만의 정안둔이라는 곳에서 찾아온 애나라는 환자를 치료하는 과정에서 그동안 자신이 "문명

---

16 이기영, 『처녀지』, 삼중당서점, 1944, 439쪽. 이하 이 작품을 인용할 경우 인용면수만 표시함.

17 식민지 시기 의학 교육과 의사면허의 취득방법에 대해서는 다음 논문을 참조. 정준영, 「식민지 의학교육과 헤게모니 경쟁 ― 경성제대 의학부의 설립과정과 제도적 특징을 중심으로」, 『사회와 역사』 85, 2010; 여인석·박윤재·이경록·박형우, 「한국 의사면허의 정착과정 ― 한말과 일제 시대를 중심으로」, 『의사학』 11권 2호, 2002.

의 혜택을 받지 못하는 궁향벽촌엔 살기 싫고 없어도 도회인으로 양복 신사와 억개를 견주어 보자는 뱃심"(60)으로 살아 온 것에 대해 반성하고 "진정한 의료보국"(61)을 실천하기 위해 북만 농촌으로 이주하게 되는 것이다.

남표가 북만행을 택하게 된 것은 "만주는 광대한 농업국"(16)이므로 만주 사회에서 지식인의 역할이 도시보다는 농촌에서의 계몽운동에 있다는 자각 때문이다. 만주국 성립 이전에 입만하여 조선 농민부락을 개척한 권덕기 노인을 "수전을 처음 개척한 선구자"(145)로 인식한 그는 "자기는 농민의 머리를 개척하는 문화적 사명을 수행해야 된다"(145)고 판단한다. "개척사업은 그들의 정신과 병행(倂行)해야 비로소 완성할 수가 있을 것이다. 그렇다! 자기는 농민의 생활을 개척하자! 그는 이렇게 부르짖었다. 제이대의 선구자!"(145)라는 외침은 이 같은 인식을 보여준다.

"머리를 개척하는 문화적 사명"의 달성은 크게 두 가지 방향에서 전개된다. 그 첫째는 농경 방법의 개량을 통해 토지 생산성을 높이고 이를 통해서 농민들의 수입을 극대화하는 것이다. 북만주의 농업이 지닌 가장 큰 문제점이 특수한 기후 때문에 단기간에 과도한 노동력이 소요된다는 점에 있다는 것을 알게 된 남표는 전통적인 산종(散種) 농법에 머물러 있는 농민들의 보수적인 사고를 비판한다. "까치집은 천 년 전에도 오늘과 마찬가지의 까치집 밖에 못 짓는다. 그것은 본능으로만 살려는 개량을 할 줄 모르기 때문이다. 농사도 머리를 쓰지 않고는 아무런 발전을 못시킨다. 농민들은 실지의 노동은 저마다 잘 하지만 한 사람도 농사 개량에 착안치 않기 때문에 재래 농촌의 굴레를 못 벗는다"(419)는 것이다. 남표는 산종 대신에 개량식 못자리와 정조식(正條式)

모내기를 통해 노동력을 절감하는 데에 해결책이 있음을 제시한다. 흥미로운 것은 책상물림에 불과하던 남표가 만주 농업의 문제점을 파악하고 그 해결책을 찾게 된 것은 친구이자 문명서원 주인인 강석주를 통해 우편으로 농업에 관한 책을 주문해 읽는 과정을 통해서라는 점이다. 수십 년 동안 수전 농사에 종사해 온 농민들의 축적된 경험은 무시되고 과학문명의 논리적 지식이 일방적으로 전달되고 있는 것이다.[18]

두 번째는 근대적 위생 지식과 학문의 보급이다. 만인 농가에서 난산으로 고통스러워하던 임부의 출산을 돕고 난 뒤 그는 다시 의학적 지식 보급의 필요성을 절감한다. 이 장면은 농촌 개척 사업을 목표로 정안둔에 들어간 남표가 농사 개량에서 위생 교육으로 이동하게 된다는 점, 그리고 정안둔이 아닌 만인 농가 방문이 그 계기가 되었다는 점에서 매우 의미심장하다. 남표는 "만주는 조선과 달러 독특한 풍토병이 따로 있는 만큼 그 방면의 연구가 필요"(193)하다는 것을 깨닫고 위생의 중요성을 강조하는데, 여기에는 '개척의학'[19]의 논리가 작용하고 있다. 개척의학은 특히 중국인의 체격과 골격 및 혈액형에 대한 광범위한 조사를 행했는데 이는 일본인의 만주 진출의 관건이 일본인의 북방 지역

---

18 영농 방법의 혁신을 통한 생산성 증대라는 모티프는 비슷한 시기에 씌어진 방송소설 「증산일로」(『방송지우』, 1944.9)에서도 '개량식 온상법'이라는 용어로 반복되고 있다. 이 작품 역시 지식인 귀농자의 자기만족적 서사로 일관되어 있다. 서재길, 「강요된 협력, 분열된 텍스트」, 『민족문학사연구』 45, 2011, 291~294쪽.
19 유럽 열강에 의한 아프리카 및 인도에서의 식민지 의학인 열대의학(tropical medicine)과 대비되는 개척의학(development medicine)은 대륙 진출을 위해 근대 일본이 중국 동북지역에서 행한 식민주의적 의학 및 위생학의 체계를 의미한다. 타이완에서의 말라리아 연구에서 출발한 일본의 열대의학은 몽골의 초원지대나 시베리아에서 유래한 페스트 등 만주의 풍토병을 대상으로 한 개척의학으로 확장되었다. Iijima Wataru, "The establishment of Japanese Colonial Medicine : Infectious and Parasitic Disease Studies in Taiwan, Manchuria, and Korea under the Japanese Rule before WWII," 『青山史學』 28, 2010.

에의 적응력[馴致力]에 있다고 보았기 때문이다. 당시 개척의학 담론을 주도하던 이들은 '민족의 풍토순화력(馴化力)'의 문제에 초점을 맞추면서, 16세기에서 20세기 초에 걸친 백인의 식민과 달리 20세기 초 일본의 식민은 '과학'과 '위생'에 의학 '과학적 식민'이라고 주장하였다.[20] 남표가 정해관의 집에 의료실을 차리면서 "참으로 그는 로빈손 쿠르소가 천애고도(天涯孤島)에서 신천지(新天地)를 발견한 때와 같"(211)다는 느낌을 갖게 되는 것은 이런 점에서 의미심장하다. 로빈슨 크루소야말로 제국주의의 식민지 경영을 표상하는 인물이기 때문이다.[21] 만인 농가 방문을 계기로 스스로 로빈슨 크루소를 자처함으로써 남표의 '식민지적 무의식'은 '식민주의적 의식'으로 전화하는데, 이를 뒷받침하고 있는 것이 만주의 개척의학이었던 것이다. 만인 농가를 둘러보고 난 남표는 농민들이 신의학의 효과를 부정하거나, 비용 때문에 돈이 안 드는 상약으로 질병 치료를 하다가 푸닥거리에 맡겨버리는 현상들이 가진 문제점을 파악하고 이 문제의 해결을 위해 위생사상의 보급이 필요하다고 깨닫는다.

그는 이 정안둔을 장차 훌륭한 개척촌으로 만들고 싶었다. 명실이 상부한 개척촌을 만들자면 그것은 농장만 개척하는 물질적 기초로만 되지 않는다. 그와 동시에 정신의 개척이 필요하다. 따라서 그들은 개척된 정신으로써 새로운 농촌을 건설해야 된다. 이 정신은 맛당히 모든 사업의 주심(主

20　飯島涉, 「近代日本の熱帶醫學と開拓醫學」, 見市雅俊・齊藤修・脇村孝平・飯島涉 編, 앞의 책, 229~233쪽.
21　『로빈슨 크루소』를 영국 제국주의의 식민지 팽창이라는 관점에서 바라본 연구로 고부응, 「영문학 속의 식민 이데올로기―『로빈슨 크루소』에 나타난 식민주의」, 『역사비평』 33, 1995 참조.

心)이 되어야 할 것이다.

우선 의료사업(醫療事業)만 보더라도 다만 그들을 무료치료만 해서는 소기의 목적을 달할 수 없다. 그보다도 그들에게는 위생사상이 발달해야 된다.

그런데 위생적 지식을 그들에게 보급시키자면 학문의 힘을 빌지 않으면 안 된다. 그들은 황무지에서 해방되어야 한다. 오직 그것은 과학적 지식 이외에 다른 것으로는 될 수 없다. 따라서 그들에게는 한 사람도 무식군이 끼여서는 안 된다. 이 마을이 잘 되게 하랴면 모든 사람이 다 같이 배워서 정신의 황무지도 동시에 개척하지 않으면 안 되겠다는 것이 남표의 주장 이였다. (397~398)

그러나 "명실이 상부한 모범적 개척촌을 만들고 싶은 야심"(418)은 두 가지 계기에 의해 좌절을 겪는다. 선주에 대한 증오와 경아에 대한 동정에 번민하던 차에 박만용이 배상오를 통해 경찰에 남표의 '무면허 의료'를 고발하는 투서를 하게 되고 경찰서에서 취조를 받게 된 것이 첫 번째의 계기였다. "그의 생활은 모닥불이 활활 타오르다가 별안간 툭 꺼진 때처럼 서린 연기가 자욱하게 주위를 둘러싼 것과 같었다."(333) 한 동안 의료 활동을 하지 못하게 된 남표는 며칠간의 고민 끝에 인술은 "합법적 권위 밑에서야 도리혀 널리 베풀 수 있다"(336)고 깨닫고 의사 면허 시험을 치기로 결심하게 된 것이다. 역장 아들의 급성병을 치료하 면서 권력의 신임도 얻게 되고, 새로 개척하게 된 땅에 대한 '신풀이'가 시작되고 못자리를 내면서 마을 사람들은 남표가 정안둔에 정착할 것 이라는 무한한 신뢰를 보내게 되지만, 남표의 미담이 신문을 통해 알려 지고 신경아와 선주가 연달아 정안둔을 찾아오면서 삼각관계의 갈등이 극으로 달하고, 결국 선주의 자살로 이어지면서 남표는 또다시 좌절을 겪게 된다.

신경으로 되돌아온 남표는 의사면허를 획득하고 다시 정안둔으로 돌아가지만, 그가 처음에 생각했던 농촌 개척사업은 그 방향성이 바뀌고 있었다. "농민 환자 대중을 위해서 내 일생을 히생"(584)하겠다는 보다 결연한 태도 속에서 "오늘날 농촌의 위생 문제"(584)의 해결에 전력하겠다는 것이다. 남표 스스로 신경의 대동의원에서 근무하면서 연구를 게을리 하는 의사들을 비판하면서 "의사가 임상의 경험만으로 족하다는 것은 마치 농사 개량을 할 줄 모르는 무지한 농군과 같다 할까 병리(病理)를 학문적으로 연구할 줄 모르는 의사는 투철한 의사가 될 수 없을 것이다"(89)라고 생각했던 것처럼, 농경 방법의 개량과 의학 연구는 '문화적 부면에서의 개척'이라는 점에서 상통하는 면이 있다고도 볼 수 있다.

그가 다시 정안둔으로 돌아온 시점은 바야흐로 그의 개량식 농법에 따른 모내기가 시작되는 시점이었다. 만주 개척 농민을 다룬 소설에서 가장 비중있게 식민지 종족공간의 카니발로서 그려지는 모내기 장면[22]은, 그러나 이 소설에서는 담담하게 그려지고 있다. 새로운 농경법의 개발에 대한 남표의 열정은 이미 바닥이 난 상태였고 "시급한 딴일"(596) 때문에 "그는 어서 바삐 그 일을 시작해보고 싶은 생각에 골몰하였다. 그만큼 농사일은 인제는 여벌로 알게끔 되었다."(596) 의사면허증을 따게 된 남표는 병원을 개업하고 '의학 연구'에 진력하기로 한

22　이를테면 안수길의 『북향보』에서 '모내기' 장은 모내기를 전후한 시기에 벌어지는 단오놀이, 박첨지놀음 등의 풍속이 가장 공들여 묘사되고 있다. 서재길, 「안수길 장편소설 『북향보』 연구」, 『현대문학의 연구』 46, 2012, 408~409쪽.

것이다. 그렇다면, 의사 면허를 따고 돌아온 그가 농사일보다 더 중요하게 여기게 된 '의학 연구'란 도대체 무엇을 의미하고 있었던 것일까.

3. 식민지 개척의학과 세균전 부대

『처녀지』의 서사는 봄에서 시작되어 가을까지 이어진다. 겨울철 같은 대륙의 기후가 남아 있는 3월 말 신경의 대동병원에서 시작되어 정안둔에 정착한 남표의 개량 농법이 풍성한 결실을 앞둔 시점에서 마무리되고 있다. 그런데 남표의 농촌 개척 사업이 일차적인 결실을 맞이하는 시점에서 남표의 '지속수면요법'을 통해 아편 중독에서 벗어난[23] 만용이 다시 술을 마시다가 갑자기 페스트에 걸리게 되고 이를 치료하는 과정에서 남표도 페스트에 감염되면서 서사는 급박스럽게 진행된다. 남표는 만용을 격리병사에 수용하고 수술을 통해 완치하지만, 자신이 페스트에 전염됨으로써 손쓸 새도 없이 비극적이고도 영웅적인 죽음을 맞이하게 된다. 이 같은 갑작스러운 주인공의 죽음은 당혹스러울 정도여서 작품의 서사적 완결성이 부족하다는 느낌을 주는 것도 사실이다.[24]

---

23 이선옥은 아편 금지가 만주국에서 일본의 행정적 규율력을 만들어내는 데 기여했다는 점에 주목하여 '매개민족'이라는 개념으로 남표의 계몽자로서의 역할을 강조하고 있다. 이선옥, 「젠더 정치와 민족간 위계 만들기－『처녀지』, 『초원』, 『대륙』」, 앞의 글, 112~114쪽.

24 소설의 마지막에 나오는 '작자 부기'에서 이기영은 "아직도 이야기할 거리가 많지만 은 임의에 정한 지면을 초과하였기 때문에 미진한 설화는 오직 독자의 상상에 마껴 두고 이만 무딘 붓을 놓는다"(730)라고 서술하고 있어 스스로도 서사의 미완결성을

남표의 북만 농촌 개척 사업이 결실을 거두지 못한 것은 스스로를 돌보지 않고 페스트 환자를 치료하다가 자신이 감염이 되어 비극적인 죽음에 이르렀기 때문이다. 죽음을 앞둔 남표는 다른 사람에게 페스트가 감염되지 않고 자신이 감염된 것을 오히려 다행하게 여기며 자신의 죽음을 담담하게 받아들인다. 마지막 장면에서 그는 "좀 더 연구를 해서 의학으로나마 사계의 공헌(貢獻)을 해서 조고만치라도 후세에 끼침이 있기를 바랐는데 지금 죽어버린다면 아무것도 안인 것이 자기를 위해서 한심한 것"(720)이라며 애석해 할 따름이었다. 그런데 그가 지향한 의학 연구는 환자의 진료 및 치료와 관련된 단순한 임상의학은 아니었다. 의사면허를 딴 뒤 정안둔에 다시 돌아온 남표가 가장 진력을 기울인 일이 농사개량과 관련된 일이 아니라 "의학상 연구에 실험용"(600)으로 필요한 토끼를 사들이고 이를 기르는 일이었다는 점은 이런 점에서 주목된다. 농사 방면의 일은 교사인 현림에게 맡기다시피 하고 그는 "연구와 임상에 열중"(653)하는 한편으로 새로 병원 건물을 신축하면서 토끼장과 격리병사도 별도로 짓는다. 이는 그가 "장차 이 마을이 발전해서 큰 농장이 개척되고 전기가 드러올 때는 세균연구실을 지어놓고 세균을 전공할 계획"(720)을 품고 있었기 때문이다. 남표의 세균 연구는 제국 의료가 만주라는 '극북(極北)'과 만나게 되면서 나타난 개척의학의 귀결점이었다고 할 수 있다. 그런데 이처럼 세균 연구에 몰두하려 했던 한 식민지 지식인이 페스트라는 세균에 감염되어

인식하고 있었음을 알 수 있다. 전작 장편소설이었음에도 애초의 구상대로 집필하지 못했던 것은 전시체제 말기의 용지 배급 문제가 원인이 되었던 것이 아닐까 한다. 1943년의 『국민문학』의 좌담회에 따르면 전시체제 말기의 물자난 속에서 군수물자 수송을 위한 선박을 통해 인쇄용지를 들여오기 때문에 "종이를 탄환처럼 여겨야 하는" 상황이었다. 「文化と宣傳」, 『國民文學』, 1943.1, 81쪽.

죽고 만다는 결말은 단순히 보기 어려운 점이 있다. 소설에서 다루어지는 만주 지역에서의 페스트의 창궐이라는 현상을 당대의 의료사회사적 맥락 속에서 이해할 필요가 있는 것이다.

일반적으로는 의학은 질병을 제어하는 방법을 연구하는 학문이지만, 세균병기의 개발에 기여한 사례를 통해서 보듯, 다른 한편으로는 인간을 효과적으로 살육하는 방법을 연구하기도 한다. 중일전쟁 시기 북만주 지역에서 활동한 일본의 세균전 부대, 흔히 '731부대'로 불리는 이 집단에서의 의학은 바로 이 같은 사례를 대표한다고 할 수 있다. 만주국 건국 후 육군군의학교에 설치된 '방역연구실(防疫硏究室)'에 기원을 둔 이 기관은 중일전쟁의 장기화 과정에서 공식명칭 '관동군방역급수부(關東軍防疫給水部)'라는 이름으로 하얼빈 외곽 평방(平房)에 설치되어 인체실험 등을 통해 페스트, 콜레라, 탄저, 적리, 파상풍 등을 활용한 세균병기 개발에 전념한 것으로 알려져 있다.[25] 731부대의 세균전 연구가 중일전쟁 시기 실제로 활용된 것은 페스트가 유일한데, 특히 1940년 만주국 수도 신경과 그 주변지역에서 발생한 페스트에 대한 역학 조사와 균주의 수집이 세균무기 개발에 결정적인 역할을 하였다는 점[26]은 이 소설의 결말 부분의 서사를 이해함에 있어서 매우 유용한 정보를 제공하고 있다.

1940년 6월 중순 신경으로부터 북서쪽 50km 지역에 위치한 농안(農安)에서 페스트가 발생한 뒤 인구 50만을 넘는 만주제국의 수도 신경에도 페스트 환자가 나타난 사건은 사람들을 공포로 몰아넣었다. 당시

---

25 上田信, 앞의 글, 269쪽.

26 松村高夫, 「新京・農安ペスト流行(1940年)と731部隊 (上)」, 『三田學會雜誌』 95卷 4號, 2003.

관동군 사령부는 '관동군임시페스트방역대'라는 명칭 아래 731부대를 농안과 신경에 파견하였는데 이들의 활동은 단순한 방역 업무에 한정되지 않았다. 이들에 의해 수집된 방대한 데이터는 페스트의 감염경로를 밝히고 균주를 배양하는 데 사용되어 궁극적으로는 세균무기 개발에 활용되었다. 쥐를 비롯한 설치류(齧齒類)를 매개로 하여 페스트균에 감염된 벼룩이 페스트를 인간에게 전염시킨다는 사실이 명백해졌고, 페스트의 생균을 공중에 살포하면 지상에 도착하기 전에 사멸하기 때문에 페스트에 감염된 벼룩을 곡물과 함께 투하하는 방법이 가장 유효하다는 것이 이 조사를 통해 밝혀졌다.[27] 신경과 농안에서의 역학 조사가 끝난 뒤 평방으로 돌아간 731부대는 전염성과 내성이 강한 페스트균의 개발과 벼룩의 수집 및 사육에 골몰하였다. 1년 뒤 1941년 11월 호남성(湖南省) 상덕(常德)에서 발생한 페스트는 731부대가 농안과 신경의 페스트로부터 습득한 방법을 실전에 활용한 것으로 알려져 있다.[28]

『처녀지』의 마지막 장에서 만용이가 페스트에 걸리게 되는 경과는

---

27 당시 농안 지역민들은 페스트 그 자체보다도 관동군방역급수부에 의한 방역활동에 더 많은 두려움을 느꼈다고 한다. 이미 매장된 시체를 파내어 노지(露地)에서 부검하는 과정에서 장기와 혈액이 적출되고, 페스트 발병 가옥에 대한 무차별적 소각이 행해지는 과정에서 지역민들은 엄청난 공포와 직면하게 되었다고 한다. 지역민들에게 행해졌던 페스트 예방 주사는 오히려 이들을 죽음으로 이끄는 공포의 약물이었고, 일본인 의사는 그들에게 '흡혈귀'로 여겨졌다. R. Rogaski, "Vampires in Plagueland : The Multiful Meanings of *Weisheng* in Manchuria", A. K. C. Leung and C. Furth, ed. *Health and Hygiene in Chinese East Asia : Policies and Publics in the Long Twentieth Century*, Durham and London : Duke University Press, 2010, pp.139~145.

28 松村高夫, 앞의 글; 松村高夫, 「日中戰爭期の日本軍のよる細菌戰と朝鮮戰爭期の米軍による細菌戰の類似性・連續性について」, 『15年戰爭と日本の醫學醫療研究會會誌』 10卷 2號, 2010 참조. 참고로 세균무기 개발에 참여했던 일본의 군인들과 의학자들은 대부분 이 자료를 미군에게 넘겨주는 조건으로 전범 재판에 회부되지 않았고, 한국전쟁 시기 미군이 이 방법을 사용하여 중국과 북조선에 대한 세균전을 기획하기도 한 것으로 알려져 있다.

다음과 같이 묘사되어 있다.

> 그래 그는 이 지음에도 근처를 도라다니며 술타령을 자주 하게 되었는데 그때 마침 멀지 않은 부락에 페스트 환자가 발생하였다는 소문이 떠도랐다.
> 남표는 소문을 듣자 은근히 염려하였다. 사실 그것은 놀라운 소문이다. 그날부터 남표는 부락민을 학교 마당으로 모아 놓고 전염병에 대한 강연을 하는 한편 집집이 쥐와 벼룩이 같은 것을 힘써 잡고 집안을 청결히 소제하기를 선전하였다.
> 그 중에도 쥐를 힘써 잡을 것과 변소와 수채 같은 불결한 곳에는 소독하라고 소독약을 무료로 논아주기도 하였다. 이 방역 운동에 그는 현림이와 함께 진두에 서서 학생들까지 동원을 식혔다.
> 이렇게 주의를 힘써 하고 예방진(豫防陳)을 미리부터 쳤것만은 불행이 한 사람의 감염 환자가 생길 줄을 누가 알었으랴? (710~712)

이 소설에서 등장하는 정안둔이나 신가진은 실제로는 존재하지 않는 가상적인 지명이다. 정안둔이 북만 지역에 위치하고 하얼빈과 러시아에 좀더 가까운 지역이라는 점에서, 위에서 말하는 '멀지 않은 부락'이 1940년에 실제로 페스트가 광범위하게 발생했던 농안이나 신경을 의미하는 것으로 볼 여지는 크지 않다. 그러나 1910년 바이칼 지방에서 발생한 폐(肺)페스트가 만주리(滿洲里)를 거쳐 하얼빈에서 발병자를 낳고 이듬해 심양(봉천)과 장춘(신경)까지 전파되어 전만주에서 4만 4,000명의 사망자를 낸 이래로, 신경에서의 페스트 대유행은 "30년 만에 나타난 돌연한 유행"[29]이자 큰 충격이었다.

일본제국에 의해 만들어진 '하이모던' 국가 만주국[30]의 수도이자 계

획도시였던 신경에는 만인(중국인)뿐만 아니라 일본인, 조선인 등 50만
이 넘는 사람들이 '오족협화'라는 이념 아래 공존하고 있었기에, 농안
에서 신경으로 전파된 페스트의 소식은 신문기사 등을 통해 식민지 조
선에도 수시로 전해졌다. 당시 유일한 한글 일간지였던 『매일신보』의
경우 1940년 7월 16일 자 「농안성내에서 페스트 발생」이라는 제목의
기사로 페스트 발생 소식을 전한 이래 페스트가 신경에 전파되어 주요
거점지역이 차단되고 주요 학교에 휴교가 내려진 상황 및 그 해제 과
정 등을 지속적으로 보도하였다.[31] 또한 페스트 유행이 어느 정도 진정
된 시점에서도 방역상의 이유로 조선인들이 집단적으로 거주하는 지
역이 당국에 의해 강제소각 명령을 받게 된 상황이나 조선인 거주 지
역에 다시 페스트 의심환자가 발생한 상황 등이 지속적으로 전해지고
있었다.[32]

한편 1940년과 1941년에 걸쳐 절강성과 호남성에서 731부대에 의해
자행된 페스트균 살포는 중국에 의해 연합군에 보고되었지만 영국과
미국은 이를 묵살하였던 것으로 알려져 있다.[33] 따라서 해방 이전 시기
관동군의 세균전 실험 혹은 731부대의 존재는 국민당 정부와 관련이
있는 조선인들에게는 알려졌을 가능성이 있다. 그러나 이 소설을 집필
하던 1944년 즈음 이기영은 강원도 지역에 소개해 있던 상태였고,[34] 그

---

29 松村高夫, 앞의 글, 2003, 647쪽.

30 한석정, 「만주국—60년대 한국, 불도저 국가의 흐름」, 『만주연구』 13, 2012.

31 「신경에 흑사병 유행」, 『매일신보』, 1940.10.6; 「신경시내에 페스트환자 계속 발생」, 『매
일신보』, 1940.10.6; 「인고 실로 일개월, 신경의 교통 차단 해제」, 『매일신보』, 1945.11.2;
「차단구역 점차 해제—신경의 페스트 점차 침식」, 『매일신보』, 1940.11.5. 이즈음을 전
후하여 페스트 등 전염병을 예방하는 방법에 관한 기사도 자주 등장한다.

32 「반도인 거주지구 축정 일대 소각? 신경에 흑사병 다시 발생」, 『매일신보』, 1940.11.27.

33 松村高夫, 앞의 글, 2010 참조.

34 이기영은 1944년 3월 가족들과 강원도 내금강으로 소개해 가서 해방 전까지 농사를

가 접할 수 있는 정보는 제한되어 있었을 것이기 때문에 실제로 그가 731부대의 세균전에 대해 소상히 알고 있었다고 보기는 힘들다.

다만 이 시기 유일하게 한글로 발행된 『매일신보』 기사 중에서 만주 지역 페스트 발병에 관한 기사는 신경 및 농안 지역에서 발생한 것이 거의 유일하다는 사실을 감안하면,[35] 1940년 농안 및 신경 지역에서의 페스트의 창궐이 이 소설의 모티프로 취해졌을 가능성은 매우 높다. "임파선이 부어오르고 페스트 환자로서의 증상이 차차 명요하게 나타나기 시작"(711)한 만용에 대해 남표가 선(腺)페스트로 진단하는 장면이 심상하게 읽히지 않는 것도 1940년에 농안 및 신경에서 유행했던 페스트가 선페스트였던 까닭이다. 게다가 쥐와 벼룩의 박멸을 강조하고 있는 위 인용에서 보듯 페스트의 구제와 방역 방법에 대한 서술은 당시 731부대에 의해 역학적으로 조사된 사실과도 부합한다. 여기에서 주목되는 것은 1940년에 농안 및 신경 지역에서 페스트가 창궐했을 당시 '선만일여(鮮滿一如)'라는 국책에 부응하여 조선에서도 경성제대를 필두로 경성의전과 세브란스 의전 등에서 교수와 조교 등 의료진 백여 명이 '인술 정신대(仁術挺身隊)'라는 명칭으로 만주국에 파견되었다는 사실이다.[36] 이 기사에 등장하는 '인술 정신대' 속에도 "세균연구실을 짓고 세

짓고 있었던 것으로 알려져 있다. 이경재, 앞의 글, 2012의 주석 10번 참조.

35 한국언론재단이 구축한 '미디어 가온'의 '고신문 검색' 결과 1940년 이후의 『매일신보』 기사에서는 '가금류 페스트'를 제외하면 신경, 농안 지역의 페스트에 관한 기사가 유일하다. 따라서 1940년대 북만주 지역에서의 페스트 창궐을 소설의 소재로 활용할 때 1940년 농안과 신경에서 발생한 페스트를 모티프로 취하고 있다고 보아도 큰 무리가 없다고 할 수 있다.

36 「금일 만주로 인술정신대, 흑사병 방역에 조선서 백 명 출발」, 『매일신보』, 1940.11.2. 『매일신보』가 '인술 정신대'로 표현한 이들 의료진을 일본어 신문에서는 '응원의(應援醫) 부대', '페스트 토벌대'로 표현하고 있다는 점도 흥미롭다. 「ペスト禍の新京へ, 應援醫 部隊」, 『京城日報』, 1940.11.2; 「勇躍滿洲へ, ペスト討伐隊」, 『朝日新聞』(南鮮

균에 관해 연구하는 것"을 평생의 유업으로 여기고 있었던 남표와 같은 젊은 의학도가 분명 있었을 것이다. 이런 점에서 『처녀지』는 731부대와 페스트균의 세균무기화라는 활동과 관련된 역사적 사실을 작품의 주요 모티프로 취했을 가능성이 매우 크다고 할 수 있다.[37]

4. '위생의 근대'와 제국 의료의 '극북極北'

근대 중국의 개항장에서의 '위생' 개념의 변모와 수용 과정을 통해 '식민지 근대성'의 주요 요소로서의 '위생의 근대(hygienic modernity)'[38] 개념을 제시한 바 있는 R. 로거스키에 따르면, 근대 만주에서의 '위생'은 "건강과 근대성이라고 하는 꼭 필요한 혜택"인 동시에 "사회적 통제와 강요된 힘의 행사"라는 양가적인 의미를 지니고 있었다.[39] 전염병

版), 1940.11.2.

37 이기영이 이 문제에 얼마나 자각적이었는지는 분명하지 않다. 다만 이기영이 해방전에 창작한 마지막 작품인 「장끼」(『방송지우』, 1945.4·5 합본호)는 식민지 말기 이기영의 내면풍경을 짐작하는 데 도움이 된다. 이 작품은 남편이 징용간 상황에서 가족의 생계를 여성이 책임져야 하는 태평양전쟁 말기의 극단적인 상황을 묘사한 방송소설로서, 덫에 걸려 목숨을 잃은 장끼를 바라보며 아내가 "똑같이 배곱흔 생명끼리, 제 목숨을 살리기 위해서 남의 목숨을 뺏는다는 것은 얼마나 죄 될 짓"인가 하고 반문하는 모습이 그려지고 있다. 필자는 이 작품이 전쟁을 미화하는 천황제 파시즘의 이데올로기에 대한 비판을 여성주의적 시각에서 수행하고 있는 것으로 보았다. 서재길, 앞의 글, 2011, 297~298쪽.

38 R. Rogaski, *Hygienic Modernity : Meanings of Health and Disease in Treaty-Port China*, Berkerly : University of California Press, 2004.

39 R. Rogaski, "Vampires in Plagueland : The Multiful Meanings of *Weisheng* in Manchuria," Op. cit., p.156.

예방 접종에 익숙해지면서 정체를 알 수 없는 피하주사에 대한 두려움이 약화되는 동시에 거리낌 없이 아편 주사를 스스로 놓을 수 있게 된 것이 근대 중국과 만주에서 위생의 근대가 자리잡는 과정이었다. 이 과정에서 만주의 구석구석까지 제국 의료에 의한 신체의 규율화가 진행되는데, 이는 결과적으로 세균전에 활용될 수 있는 인체 실험을 가능하게 한 인프라를 구축한 셈이다.

북만의 조선인 개척마을에서 농사 개량과 위생 보급을 통해 '제 2대의 선구자'로서의 '문화적 사명'을 다하기 위해 금욕적이고 노동지향적인 삶을 지향했던 주인공 남표는 자신이 믿어 의심치 않았던 개척의학을 실천하는 과정에서 희생되고 만다. 자신이 아편 중독에서 구해주었던 바로 그 인물의 페스트를 치료하다가 역설적이게도 의사인 자신이 페스트에 감염되었기 때문이다. 남표를 죽음으로 몰고 간 페스트균을 731 부대의 생체실험 과정에서 사용되었던 페스트균과 연관짓는 것은 지나친 상상력의 발로일 것이다.[40] 어쩌면 그를 죽음에 이르게 한 페스트균이 어디에서 유래한 것인가를 따지는 일은 그다지 생산적이지 않을지도 모른다. 그러나 남표가 병원을 차린 뒤 토끼를 이용한 세균 실험을 통해 궁극적으로 이루고자 했던 연구가, 하얼빈 인근 도시에서

---

40 농안에서 발생하여 신경으로 전파된 페스트가 자연발생적인 것이 아니라 1939년 러시아 국경 인접지역에서 발생한 '노몬한 사건' 이래 731부대가 1940년 중국 절강성(浙江省) 구주(衢州), 영파(寧波), 금화(金華)에서 자행한 일련의 세균전의 은폐를 위해 의도적으로 살포된 것이라는 주장이 중국 학자들에 의해 제기되기도 하였지만, 아직까지 확실한 근거가 밝혀진 것은 아니다. 그러나 신경, 농안 페스트 유행으로부터 세균전에 필요한 실질적인 정보를 수집하여 이를 실전에 활용하였다는 점은 일본과 미국학계에서도 보편적으로 인정되고 있다. 1941년 11월에 호남성 상덕(常德)에서 731 부대에 의해 발생한 페스트는 농안과 신경에서 수집한 데이타에 대한 일련의 연구 결과에 바탕한 일종의 '실험적 시행(experimental trial)'으로 평가받고 있다. 松村高夫, 앞의 글, 2010 참조.

관동군의 막대한 지원 속에서 비밀리에 전개되던 731 부대의 세균무기 개발과 같은 뿌리를 가진 것이라는 사실은 아무리 강조해도 지나치지 않을 것이다. 실제로 731부대의 광범위한 세균전 실험은 러일전쟁 직후의 조차지(租借地) 관동주(關東州)에서부터 전개되었던 제국 일본의 개척의학과, 만주의과대학(1922), 만철 위생연구소(1926) 및 개척의학연구소(1939)로 이어지는 연구 네트워크에 의해 뒷받침되고 있었다. 세균 실험실, 격리 병동, 벼룩과 설치류의 사육을 위한 방대한 설비, 군 사용 활주로, 과학자와 그들의 가족을 위한 기반시설들, 생체 실험을 위해 희생될 운명에 처한 수감자들을 위한 독방과 대규모의 화장장 등으로 대표되는 당대 최고의 위생 인프라는 제국 일본의 만주 위생 네트워크 속에서 일찍이 구축되고 있었던 것이다.[41] 결국 남표의 세균 연구와 731 부대의 세균무기 개발은 일본의 제국의료의 전개 과정에서 나타난 '식민지 개척의학의 극북(極北)'이라는 점에서 동전의 양면을 이루고 있었던 셈이었다.

서양에 의한 제국주의 침략과 일본에 의한 동아시아 식민지 점령 및 통치의 역사에 있어서 가장 중요한 역할을 했다고 평가되는 '제국의료'의 전개과정에서 한 식민지 지식인의 육체가 잠식되는 과정을 묘사함으로써『처녀지』는 개척의학과 '위생의 근대'에 대한 근본적인 질문을 제기하고 있는 것으로 보인다. 이 소설의 제목에서『생태제국주의』의 저자인 A. 크로스비가 인간이 미지의 감염증과 만나게 되면서 상상을 초월하는 대재앙과 마주치는 현상을 '처녀지의 역병(virgin soil epidemics)'[42]이

---

41 R. Rogaski, "Vampires in Plagueland : The Multiful Meanings of *Weisheng* in Manchuria", Op. cit., p.141.
42 Alfred W. Crosby, "Virgin Soil Epidemics as a Factor in the Aboriginal Depopulation in

라고 이름붙인 것을 떠올리게 된 것은 우연이 아니었던 것이다.

참고문헌

1. 자료
『국민문학』, 『매일신보』, 『京城日報』, 『朝日新聞(南鮮版)』
이기영, 『처녀지』 (상)・(하), 삼중당서점, 1944.
______, 「증산일로」, 『방송지우』 2권 9호, 1944.9.
______, 「장끼」, 『방송지우』 3권 3호, 1945.4・5 합본호.

2. 단행본 및 논문
고부응, 「영문학 속의 식민 이데올로기―『로빈슨 크루소』에 나타난 식민주의」, 『역사비
　　평』 33, 1995.
김진아, 「이기영 장편소설『처녀지』 연구」, 영남대 석사논문, 2003.
김호연, 「과학의 정치학―독일의 인종위생(Rassenhygiene)」, 『강원인문논총』 18, 2007.
서영인, 「만주 서사와 (탈)식민의 타자들」, 『어문학』 108, 2010.
서재길, 「강요된 협력, 분열된 텍스트」, 『민족문학사연구』 45, 2011.
______, 「안수길 장편소설『북향보』 연구」, 『현대문학의 연구』 46, 2012.
여인석・박윤재・이경록・박형우, 「한국 의사면허의 정착과정 : 한말과 일제시대를 중심
　　으로」, 『의사학』 11권 2호, 2002.
이경재, 「이기영 소설에 나타난 생산력주의」, 『민족문학사연구』 40, 2009.
______, 「이기영의『처녀지』 연구―남표와 선주의 죽음을 중심으로」, 『만주연구』 13, 2012.
이경훈, 「만주와 친일 로맨티시즘」, 『한국근대문학연구』 7, 2003.
이미림, 『월북작가 소설연구』, 깊은샘, 1999.
이선옥, 「우생학에 나타난 민족주의와 젠더 정치―이기영의『처녀지』를 중심으로」, 『실천
　　문학』, 2003 봄.

America", *The William and Mary Quarterly*, Vol. 33 No. 2, 1976, pp. 289～299.

______, 「젠더 정치와 민족간 위계 만들기-『처녀지』, 『초원』, 『대륙』」, 『여성문학연구』 15, 2006.

이원동, 「만주 담론과 이기영 소설의 변화」, 『어문학』 97, 2007.

______, 「파시즘의 육체 담론과 일제 말기 이기영의 소설」, 『어문학』 94, 2006.

장성규, 「일제 말기 카프 작가들의 만주 형상화 양상」, 『한국현대문학연구』 21, 2007.

정종현, 「1940년대 전반기 이기영 소설의 제국주의적 주체성 연구」, 『한국근대문학연구』, 2006.

______, 「근대문학에 나타난 '만주' 표상」, 『제국의 지리학, 만주라는 경계』, 동국대 출판부, 2010.

정준영, 「식민지 의학교육과 헤게모니 경쟁-경성제대 의학부의 설립과정과 제도적 특징을 중심으로」, 『사회와 역사』 85, 2010.

조진기, 「만주개척과 여성계몽의 논리-이기영의 『처녀지』를 중심으로」, 『어문학』 91, 2006.

조형근, 「식민지 근대의 교차로에서-의사들이 할 수 없었던 일」, 『문화과학』 29, 2002.

______, 「일제의 공식의료 개신교 선교의교간 헤게모니 경쟁과 그 사회적 효과」, 『사회와 역사』 82, 2009.

한석정, 「만주국-60년대 한국, 불도저 국가의 흐름」, 『만주연구』 13, 2012.

다이아몬드, 제레드, 김진준 역, 『총, 균, 쇠』, 문학사상사, 1998.

와타나베 나오키, 「식민지 조선의 프롤레타리아 농민문학과 '만주'-'협화'의 서사와 '재발명된 농본주의'」, 『한국문학연구』 33, 2007.

이이지마 와타루, 「의료·위생 사업의 제도화와 근대화 : '식민지 근대성'에 관한 시론」, 최장집·하마시타 다케시 편, 『동아시아와 한일교류』, 아연출판부, 2008.

채트먼, 시모어, 김경수 역, 『영화와 소설의 서사구조』, 민음사, 1990.

크로스비, 앨프리드 W., 김기윤 역, 『콜럼버스가 바꾼 세계』, 지식의숲, 2006.

飯島涉, 「近代中國における「衛生」の展開 : 20世紀初期「滿洲」を中心に」, 『歷史學硏究』 703, 1997.

松村高夫, 「'新京·農安ペスト流行'(1940年)と731部隊 (上)」, 『三田學會雜誌』, 95卷 4號, 2003.

______, 「日中戰爭期の日本軍のよる細菌戰と朝鮮戰爭期の米軍による細菌戰の類似性·連續性について」, 『15年戰爭と日本の醫學醫療硏究會會誌』, 10卷 2號, 2010.

見市雅俊·齊藤修·脇村孝平·飯島涉編, 『疾病·開發·帝國醫療 : アジアにおける病氣と醫療の歷史學』, 東京 : 東京大學出版會, 2001.

Crosby, Alfred W., "Virgin Soil Epidemics as a Factor in the Aboriginal Depopulation in America," *The William and Mary Quarterly*, Vol.33. No.2, 1976.

Iijima, Wataru, "The Establishment of Japanese Colonial Medicine : Infectious and Parasitic Disease Studies in Taiwan, Manchuria, and Korea under the Japanese Rule before WWII," 『青山史學』 28, 2010.

Rogaski, Ruth, *Hygienic Modernity : Meanings of Health and Disease in Treaty-Port China*, Berkerly : University of California Press, 2004.

──────────, "Vampires in Plagueland : The Multiful Meanings of Weisheng in Manchuria," Angela Ki Che Leung and Charlotte Furth, ed. *Health and Hygiene in Chinese East Asia : Policies and Publics in the Long Twentieth Century*, Durham : Duke University Press, 2010.

이태준의 「이민부락견문기」에 나타난 제국의 비즈니스와 채표彩票의 꿈

손유경

1. 1938년의 이태준

이태준이 「르포르타―쥬 : 이민부락견문기」를 연재하기 시작한 1938년 4월 8일 자 『조선일보』에는 다음과 같은 기사가 실려 있다.

만주국에의 조선농민이민은 양국당국의 금년도 계획실현에 의하여 드디어 지난 2월 하순부터 개척의 용사를 실흔 열차는 입식의 지역 간도성을 향하여 드러오기 시작하엿는데 당지 간도성공서(省公署)에서는 이민전선에 이상이 생기지 안토록 하기 위하야 착륙 제 일선의 지역 명월구에 임시 척정판사처(拓政辦事處)를 설치하고 백방의 노력을 다하여서 4월 1일로써 이민을 완료한 동시에 칠천오백구십사명을 다음 현별(縣別)과 가티 입식시켯다고 하는데 그 이민들은 모두 건전한 기개로 개척의 보무를 당당하게 보이고 잇다 한다.[1]

만주국 초기의 개척행정은 민정부와 실업부 등의 관련 부·국에서 담당하다가, 1935년 4월 처음으로 민정부 지방사 내에 척정과(拓政科)가 설치되었고 같은 해 10월 23일에는 지방사에서 독립한 척정사(拓政司)가 창설된다. 1938년 7월 이민사무처리위원회의 심의를 거쳐 결정된 『조선농민처리강요』 12항목 중에는 "재만 조선농민에 대한 관제 및 보도를 강화하기 위하여 만주국정부는 만주와 조선국경의 필요한 지점에 척정판사처(拓政辦事處)를 설치한다"라는 조항이 포함되어 있는데[2] 위의 기사에 등장하는 임시 척정판사처는 바로 이 척정판사처의 임시기구였다.

조선인의 만주 이민은 그러나 만주국 정부의 '개척 행정'이 아니라 식민지배의 전개 과정에서 국가권력과 경제조직이 맺는 관련성을 적나라하게 드러내는 '척식 비즈니스'적 성격을 강하게 띠고 있었다.[3] 일본은 침략 지역을 넓혀갈 때마다 각 지역의 경제 수탈을 목적으로 하는 국가기업을 차례로 설립한다. 일본제국이 설립한 동양척식주식회사(1908), 선만척식주식회사(1936), 대만척식주식회사(1936), 남양척식주식회사(1936), 만주척식공사(1937) 등 5개의 척식회사는 분업과 경쟁을 바탕으로 하는 '척식 네트워크'를 형성하고 이민 사업을 추진함으로써 제국 인구를 재배치하고 이를 통해 식민지 경제를 개발하는 데 그 목적이 있었다. 당초 조선인의 만주 이민은 선만척식회사의 자회사인 만

---

1 「滿洲入朝鮮移民 豫定地에 安着!：延吉, 安圖, 樺甸 三縣에」, 『조선일보』, 1938.4.8.
2 주성화, 『중국 조선인 이주사』, 학술정보, 2007, 195~210쪽.
3 조선총독부가 통괄하는 선만척식주식회사는 조선인 이민에 관련된 자금을 조달해 만죽국 법인의 자회사인 만선척식주식회사에 공급했다. 이민의 수용 측(관동군)과 송출 측(조선총독부) 간의 상호작용에 대한 고찰을 바탕으로 1930년대 조선인 만주 이민사를 일본 제국의 비즈니스라는 맥락에서 살펴본 정안기의 「만주국기 조선인의 만주 이민과 선만척식(주)」(『동북아역사논총』 31, 2011) 참조.

선척식회사가, 일본 농민의 국책 만주 이민 사업은 만주척식공사가 각각 담당하다가, 1937년 중일전쟁 발발을 계기로 만주 이민 사업이 일원화되어 만주척식공사가 조선인과 일본인의 이민 사업을 함께 맡게 된다. 특히 국책 만주 이민 사업을 위해 설립된 만주척식공사는 척식이 이민 '사업'임을 명확히 규정하고 기업 조직 역시 주식회사가 아니라 국가의 공적인 사업을 추진하는 공사임을 뚜렷이 하였다. 한 마디로 말해 척식회사는 식민지 이주 및 개발을 위한 일본제국의 국가기업이었던 것이다. 국가기업은 국채에 준하는 회사 채권을 발행하고 정부 보조금을 받을 수 있는 특권을 가질 수 있었다.[4]

이태준의 만주기행문을 이처럼 연재 당시의 사회적 맥락에서 검토할 때 우선적으로 고려되어야 할 점은 이태준에게 1938년은 창작의 공백기였다는 사실이다. 「이민부락견문기」 연재를 제외한다면 1938년 1월 『삼천리』에 「패강랭」을 발표했을 따름이다. 중일전쟁을 일으킨 일본이 전쟁에 전력을 기울이기 위해 인적·물적 자원을 통제할 목적으로 만든 국가총동원법이 공포된 것이 1938년 4월 1일인데, 이태준은 1939년에 결성된 조선문인협회가 주도한 만주국개척시찰단이 만주로 파견되기 이전인 1938년 4월 초 혼자 만주로 답사를 떠난 것이다. 권성우의 지적대로 과연 누가 이태준의 만주기행을 추천하고 지원했는가가 구체적으로 밝혀지지는 않았으나[5] 이태준의 만주행이 단체 시찰의 성격을 띠고 있지 않았음은 분명하다.[6] 일본 제국의 '통제'가 클라이맥

4　조정우, 「'척식'이라는 비즈니스—식민지 국가기업으로서의 척식회사」, 성공회대 동아시아연구소 기획, 유선영·차승기 편, 『'동아'라는 트라우마』, 그린비, 2013, 100~128쪽.

5　권성우, 「이태준 기행문 연구」, 『상허학보』 14, 2005, 219쪽.

6　이정은은 이태준이 문인보국회 일원으로 만주 시찰을 떠난 것으로 서술(「이태준 후

스에 도달한 국가총동원법 공포 직후 이태준은 왜 '척식 비즈니스'의 산 현장인 만주로 떠났을까?

　일제 말기부터 해방기로 이어지는 이태준의 행적은 그가 자전적 소설 「해방전후」(1946)의 주인공 '현'을 통해 '보여주려' 했던 것과는 사뭇 다르게 상당히 불투명하며 복잡한 양상을 띠고 있었다. "일문에의 전향이라면 차라리 붓을 꺾어버리려" 했다던 '현'과 다르게 이태준은 국민총력조선연맹 기관지 『국민총력』에 일본어 소설 「제1호 선박의 삽화」(1944.9)를 실었고[7] 공산주의(자)를 향해 내보였던 '현'의 끊임없는 경계가 무색하게 이태준은 1946년 여름 월북을 감행한다. 사정이 이러하다보니 변신의 내·외적 계기를 찾아내거나 표면상의 단절에도 불구하고 존재하는 숨은 일관성을 밝히려는 작업들이 꾸준히 이어질 수밖에 없었다.[8]

　이러한 연구사의 흐름에는 이태준의 만주기행문을 일종의 분기점으로 간주하는 관점도 포함된다. 만주기행문을 일제 말기에 이루어진

기 단편소설의 변모 양상 연구―『만주기행』 전후 작품을 중심으로」, 『한민족어문학회』 63, 2013, 278쪽)하고 있으나 이는 조선문인보국회가 결성된 것이 1943년 4월 17일이라는 역사적 사실을 간과한 결과 빚어진 오류이다. 조선문인협회 및 문인보국회의 활동에 관해서는 이건제, 「조선문인협회 성립과정 연구」, 『한국문예비평연구』 34, 2011, 433~463쪽 참조.

7　이 작품이 일본어로 쓰였다는 사실 자체가 이태준의 친일을 입증하는 증거라기보다는 개인주의의 위험성을 경고하고 그것을 비판한 데에 이 작품의 핵심이 있다고 본 김재용(『협력과 저항』, 소명출판, 2004, 65~66쪽)의 지적도 이태준이라는 텍스트의 불투명성과 관련된다.

8　서영채, 「두 개의 근대성과 처사 의식―이태준의 작가 의식」, 상허문학회 편, 『이태준 문학 연구』, 깊은샘, 1993; 박헌호, 「'구인회'를 어떻게 볼 것인가」, 상허학회 편, 『근대문학과 구인회』, 깊은샘, 1996; 신형기, 「해방 이후의 이태준」, 상허학회 편, 『근대문학과 이태준』, 깊은샘, 2000; 배개화, 「이태준―해방기 중간파 문학자의 초상」, 『한국현대문학연구』 32, 2010 등이 대표적이며 이 밖에도 대단히 많은 논저들이 있다. 지면 관계 등으로 상세한 서지는 생략한다.

이태준의 본격적 협력 행위의 예고편으로 간주하는 관점이 그 하나라면, 그의 만주행을 해방 후 좌익 활동과 월북으로 이어지는 획기적 행보의 전주곡으로 바라보는 관점이 다른 하나이다. 후자의 경우부터 살펴보면, 김외곤과 권성우는 상고주의적 취미에 빠졌던 이태준이 만주기행 이후 부조리한 현실에 적극적으로 반응하는 작가로 변모했다는 관점을 취한다. 그러나 단 며칠간 여행으로 "모더니스트 이태준이 시간이 흐를수록 만주국의 현실을 사실적으로 인식하는 리얼리스트로 변모"[9]하는 것이 가능할지는 의문이다. 같은 맥락에서, 이 무렵부터 고완미보다는 현실에 눈을 돌리게 된 이태준이 "만보산 사건을 취재하기 위해" 만주행을 '기획'했다거나 이국땅에서 고생하는 동포들의 신산한 삶을 응시하면서 이태준은 리얼리스트로 다시 태어나기 위한 문학적 잠재력을 축적했다는 해석[10] 등도 재고를 요하는 대목이 아닌가 한다.

다른 한편, 이태준의 만주기행문이 단편소설 「농군」과 상호텍스트적 관계에 놓였을 것이라고 예단한 결과 기행문이 소설의 밑그림에 불과하다는 단편적 해석이 도출되기도 했다.[11] 김철의 「농군」론이 야기한 일련의 논쟁 과정이 보여주듯이 만주(국)를 바라보는 이태준의 시선은 분열적인 (유사) 제국주의자의 관점으로, 또 때로는 민족주의자의

---

9 김외곤, 「식민지 문학자의 만주 체험─이태준의 『만주기행』」, 『한국문학이론과 비평』 24, 2004, 312쪽.
10 권성우, 앞의 글, 196~199쪽.
11 김철, 「몰락하는 신생─'만주'의 꿈과 「농군」의 오독」, 박지향 외, 『해방전후사의 재인식』 1, 책세상, 2006, 498쪽; 김철의 글에 대한 반론은 한수영, 「이태준과 신체제」, 문학과사상연구회 편, 『이태준 문학의 재인식』, 소명출판, 2004; 장영우, 「만보산 사건과 한・일소설의 대응」, 『한국문예창작』 12, 2007; 이상경, 「이태준의 「농군」과 장혁주의 『개간』을 통해서 본 일제 말기 작품의 독법과 검열─만보산 사건에 대한 한중일 작가의 민족인식 연구 (1)」, 『현대소설연구』 43, 2010 등을 참조할 것.

관점으로 이해되곤 한다. 이태준이 만주기행 이후 이전보다 좀 더 적극적으로 체제에 협력하게 된다는 논법에는 의문의 여지가 많은데, 이태준이 "문인보국회 일원으로 만주에 다녀온 체험을 「만주기행」에 기록"[12]했다는 착오를 바탕으로 전개되는 이정은의 논의가 특히 그러하다. 문인보국회는 1943년에 가서야 결성된 단체이며, 이태준이 단체 시찰이 아니라 개인 답사의 형식으로 만주로 떠난 것은 1938년이기 때문이다. 결국 만주기행을 '변신'의 결정적 계기로 보려는 작업들에는 논리의 비약이나 판단상의 착오가 개입되어 있음을 알 수 있다.

일본 제국의 자본 및 권력의 통제력이 절정에 이른 국가총동원법 공포 직후, 창작의 공백기에 직면한 이태준이 홀로 만주로 떠났다는 사실은, '모더니즘의 극복―리얼리즘의 성취' 혹은 '제국주의 vs 민족주의'라는 해석의 지평에서 벗어나 그의 만주기행문을 재독해해야 함을 시사한다. 11회에 걸쳐 『조선일보』에 연재된 이후 일부 내용이 수정되어 『무서록』(1941)에 「만주기행」으로 재수록된 이 견문기에는, 만주 이민 국책 사업이라는 '척식 비즈니스'가 양산한 식민지인들의 음울한 초상이 다채롭고 모던한 감각으로 병치돼 있다. 이 텍스트에서 눈여겨봐야 할 점은 첫째, 이태준의 시야에 포착된 만주가 '비즈니스의 능률'을 본위로 하는 제국주의 질서와 자본에 철저히 길들여진 공간이었다는 점, 둘째, 이렇게 파악된 만주의 인물과 장소에 대한 묘사가 모자이크처럼 감각적으로 배치되어 있다는 점 등이다.

이 글에서는 이태준의 「이민부락견문기」를 모더니스트'였던' 작가의 리얼리즘 텍스트가 아니라 이태준이라는 경성 순례자가 남긴 모던

---

12 이정은, 앞의 글, 278쪽.

한 텍스트로 재조명해보고자 하며, 그의 만주행을 유사 제국주의자로 거듭나기 위한 결단·기획이 아니라 창작상의 위기에 처한 한 식민지 문화예술인의 우울한 월경(越境)으로 자리매김해보고자 한다. 이 월경의 체험과 기록을 창작상의 위기에 직면한 작가 이태준이 시도한 '미학적 실천'[13]의 한 양상으로 의미화하려는 것이다. 이러한 논의를 통해, 카프 해산이라는 리얼리스트의 불행이 구인회 결성으로 상징되는 모더니스트의 기회로 이어지고 결국에는 모더니스트의 형식주의가 리얼리즘에 의해 극복되어야 했다는 문학사적 통념을 상대화하는 것이 그 궁극적인 의도가 된다.[14] 일제 말기 문학을 다룰 때, 카프 해산을 전후해 경향작가들이 겪었던 시련과 방황만을 특권화할 것이 아니라 비경향문인들도 함께 겪었을 고민과 좌절에 대해서도 똑같이 진지하게 이야기할 수 있어야 한다는 것이다. 만주기행문을 연재했던 1938년의 이태준은 제국주의자도, 민족주의자도, 리얼리스트도 아닌, 경성 순례자로서 제국주의 질서에 균열을 내는 미학적 실천을 감행한 것이다.

---

13 크리스토프 멘케에 따르면 "미학은 주체를 본질적으로 실천적인 것으로 이해한다." '미학적인 것'은 결코 고정된 어떤 상태가 아니라 구체적인 생성이다. 왜냐하면 대상을 감각적(미학적)으로 파악하는 것은 자기의 활동이지 한갓 수동적인 인상이나 임의적 효과는 아니기 때문이다. 즉 "미학적인 것은 오직 비미학적인 것의 미학화"로서만 존재한다. 크리스토프 멘케(Christoph Menke), 김동규 역, 『미학적 힘―미학적 인간학의 근본개념』, 그린비, 2013, 45~51쪽.

14 일찍이 박헌호는 '카프의 해산 = 순수문학의 발흥'이라는 도식이 "순수문학조차 식민지적 폭압성에 의해 왜곡될 수밖에 없었다는 사실을 은폐"한다면서 1930년대 말의 현실에서 경향문학과 비경향문학 모두가 맞닥뜨린 위기와 굴곡의 계기를 보다 깊이 탐색해야 한다고 강조한 바 있다. 박헌호, 앞의 글, 25~27쪽.

2. 경성 순례자의 만주 답사

이태준의 「이민부락견문기」가 일제 말기에 발표된 여타의 만주기
행문(시찰보고)과 눈에 띄게 구별되는 지점은 여행의 목적지인 이민부
락 자체에 대한 기록보다는 그곳에 이르기까지의 과정에서 보고 들은
것들에 대한 감상을 전면화하고 있다는 사실이다. 기행문 전체의 비중
으로 따져볼 때 만보산 일대 쟝자워푸[姜家窩堡] 지역의 조선인 이민부
락 풍경은 오히려 단편적으로밖에는 제시되지 않고 반면에 평양에서
탄 봉천행 밤기차의 정경이나 봉천역 일대 및 봉천시가지의 풍경, 신
경 밤거리의 우울한 정취, 그리고 쟝자워푸로 가는 길에 느낀 피로감
등이 매우 세심하게 다뤄지고 있다. "차에서 만난 친구들에게 끌리어
평양에 나리어 하로 놀고 다시 평양서 탄 봉천행은 밤차가 되엿다"[15]라
는 「이민부락견문기」의 첫 문장을 보면 그의 여행은 계획된 것이 아니
라 우발적이며 즉흥적인 것이 아니었을까 하는 의문마저 든다.

만주를 답사하는 이태준의 시선은 시찰 · 보고가 아닌 순례 · 감상
에 가까우며, 그의 이러한 면모는 단편소설 「장마」(『조광』, 1936.10)에서
특히 두드러진 바 있는 경성 순례자 형상을 환기한다. 「장마」에서 이
태준은 "낙랑이나 명치제과쯤 가면 사무적 소속을 갖지 않은 이상이나
구보 같은 이는 혹 나보다 더 무성한 수염으로 커피 잔을 앞에 놓고, 무
료히 앉았을는지도 모른다"라고 생각하면서 집을 나서는 젊은 가장(家
長)을 등장시킨다. 맑은 개울물을 보고도 빨래 걱정이나 하는 "조선 여
성들의 불우한 풍속을 슬퍼"하던 '나'는 총독부행 버스를 타고 가다가

15　이태준, 「르포르타—쥬 : 이민부락견문기 (一)」, 『조선일보』, 1938.4.8.

안국동에서 전차로 갈아탄 후 조선중앙일보사 앞에서 내리는데, 이 인물은 안국정으로 바뀐 안국동을 여전히 '안국동'으로 불러야 한다는 신념을 피력하기도 한다.

> 이 동(洞)이나 이(里)를 깽그리 정화(町化)시킨 데 대해서는 적지 않은 불평을 품는다. 그렇게 삐지네스의 능률만 본위로 문화를 통제하는 것은 그릇된 나치스의 수입이다. (…중략…) 모든 것에 있어 개성을 살벌하는 문화는 진전하는 문화는 아닐 게다.[16]

"선미(禪味)가 다분한 여수가 사회부장 자리에서 강도나 강간 기사 제목에 눈살을 찌푸리고 앉았는 것"이 "아무리 보아도 비극"인 이유, 그러니까 동아에선 빙허가 자리에서 썩고 수주 같은 이가 부인 잡지에서 세월을 보낼 수밖에 없는 것은, 이렇게 비즈니스적 능률과 통제만을 중시하는 저급한 문화에서 조선 지식인과 민중이 다 함께 살아내야 하기 때문이다. "언제 신문소설이 아닌 본격 장편을 한 편이라도 써 보나 생각하면 병신처럼 슬퍼"진다는 고백도 비즈니스 아닌 진정한 문화에 종사해보고자 하는 욕망의 한 형태이다. 이후 「장마」는 여학교에서 강의를 하는 자신에게 "소설에 나오는 것 같은 쪽 뽑은 신여성 하나" 소개시켜 달라는, 일장기 배지를 자랑처럼 달고 있는 중학 동창과 '나'와의 불쾌한 조우로 끝이 난다.

경성 거리를 지나며 보고 듣는 거의 모든 것을 불우함과 슬픔, 불쾌로 체감하는 이 순례자는 이태준 개인의 심경뿐 아니라 '비즈니스의 능

---

16 이태준, 「장마」, 『조광』, 1936.10, 319쪽.

률'과 '통제'를 본위로 하는 일제 말기 문화가 당시 조선 문단(문인)의 정체성을 얼마나 뿌리째 뒤흔들고 있는가를 여실히 보여준다.[17] 이태준이 목도한 것은 아도르노가 말한바 "기업과 기술의 통일 전선"[18]이 파괴한 예술가의 피폐한 일상이었다. 임화의 통찰대로 1930년대 말 조선 문화는 본래의 계몽적·이상적 성격이 점차 희박해지고 문화인의 지사 내지는 선구자로서의 의미가 퇴색되는 대신 "명확한 기업화의 방면"을 걷게 되었다. "문화에 있어 자본주의의 확립에 따라, 문화인은 직업인으로서의 권리를 자각해야 할 것이며 자본은 문화인을 생산자로 대우할 줄 알아야 한다"[19]고 임화는 주장했지만 당시 상황은 그렇지 못했다. 문화인은 직업인으로서의 권리를 자각하기는커녕 자기 자신을 대자본에 종속된 꼭두각시로 인식했고 자본은 결코 문화인을 생산자로 대우하지 않고 단순한 부품으로 간주했다. 이러한 불우한 조건 속에서 신문·잡지사에 앉아 세월을 보내고 있는 자신의 문우들이나 신문 연재소설로 연명하다시피 하는 자신의 처지를 비관하는 주인공을 자신의 분신(分身)으로 등장시킨다는 점에서, 이태준은 김기진(「프로므나드 상티망탈」, 1923)―박태원(「소설가 구보씨의 일일」, 1934)―김남천(「녹성당」, 1939) 등으로 이어지는 경성 순례자·산책자의 한 계보를 이룬다.[20]

---

17 이러한 맥락에서, 중일전쟁 이후 이태준이 '동양적 정신 / 서양적 물질'이라는 이분법에서 벗어나 "물질적 세계라는 조건 속에 살고 있는 인간"의 문제에 눈을 돌리기 시작했다는 김재용의 지적을 되새길 필요가 있다. 김재용, 「한국전쟁기의 이태준―『위대한 새중국』을 중심으로」, 『상허학보』 13, 2004, 139~140쪽.

18 테오도르 아도르노, 김유동 역, 『미니마 모랄리아』, 길, 2005, 75쪽.

19 임화, 「문화기업론」, 『청색지』, 1938.6; 하정일 편, 『임화문학예술전집 5―평론 2』, 소명출판, 2009, 59쪽.

20 김기진 수필의 '순례자' 형상에 관해서는 손유경, 「프로문학과 '감각'의 문제―김기진의 '감각의 변혁론'을 중심으로」, 『민족문학사연구』 32, 2006; 박태원 소설의 '산책자' 모티프에 관한 비판적 재고찰은 박성창, 「모더니즘과 도시―박태원 소설에 나타난

　　만주를 답사하는 이태준의 시야에 포착된 존재들은 민족과 계층, 지역을 막론하고 서술자에게 우울함을 선사한다는 공통점을 지닌다. 남루한 보따리에 파묻힌 조선인 이민자를 실어 나르는 봉천행 밤차, 무슨 '누(樓)'나 '관(館)'의 주인으로 짐작되는 노랑 수염의 노신에게 몸을 맡긴 채 "먼먼 타국에 끌려가는 젊은 계집들", 영하 40도의 추위를 견디며 도적을 지키는 야번(夜番) 노릇을 하면서 하루 저녁에 고작 일 원 몇십 전 벌이에 만족해야 하는 백계 노인(露人)들을 관찰하는 이태준의 시선에는, 만주 이민 사업을 위시한 제국의 비즈니스를 향한 분노와 거기에서 오는 좌절이 담겨 있다. 신경 소재 만선일보사에서 "횡보, 여수, 태우 제형" 등을 만나는 장면과 그에 이어지는 신경의 밤거리 풍경 묘사는 경성 산책자의 손으로 쓰인 만주 답사기로서의 특성을 유감없이 보여준다. 이태준은 '태우 형'이라는 인물이 인도하는 대로 신경의 댄스홀과 만주인의 기방, 백계 노인(露人)들의 주점 '카바레' 등을 돌지만 결국은 "우울한 밤거리요 밤인생"이라는 느낌에 사로잡히고 만다.

　　이태준이 '태우 형'이라고 부르고 있는 이태우(李台雨)는 조선협화회 중앙본부 문화부원 및 총무부장 출신의 언론인으로, 『만선일보』 지면에 만주국의 영화 관련 기사를 꾸준히 싣고 있다. 동양의 할리우드를 목표로 하는 신경스튜디오 신설 계획을 소개하거나[21] 만영(만주영화협회)의 문화적 역할을 강조하는 한편[22] 틈틈이 영화평을 싣기도 하는 등[23]의 역할을 맡았다. 이태준이 신경 밤거리에서 받은 인상을 고스란

　　산책자 모티브 재고」, 『구보학보』 5, 2010 등을 참조할 것.
21　이태우, 「동양 일대륙 문화의 상아탑―만주국의 정화(精華) 만영(滿映)의 프로필」, 『만선일보』 신년특집호 부록, 1940. 1. 1.
22　이태우, 「만주문화영화론」, 『만선일보』, 1940. 1. 28.
23　이태우, 「영화평 : 장화홍련전―조선영화 "뻬스트텐"의 佳作」, 『만선일보』, 1940. 2. 21.

히 물려받고 있는 듯한 이태우의 「만주생활단상」(『조광』, 1939.7)에는 자본주의화한 만주의 일상과 풍속이 잘 묘사돼 있다. 그는 만주라고 하면 으레 사람들이 '이민'이나 '농업'을 연상하지만 지금은 만주 하면 광공업도 함께 생각하지 않을 수 없다는 것으로 운을 뗀다. 1936년 말에 수립된 만주산업개발 5개년계획을 언급하면서 이태우는 만주 농민의 도시집중화와 주택난 등에 대해 설명한다. 그런데 이태우는 댄스홀과 바를 합친 러시아인 경영의 "캐봐레-" 풍경이나 조선의 문인·언론인 현황을 소개하다가 마지막에 가서 다음과 같은 의미심장한 서술로 글을 맺는다.

> 일만 원의 꿈! 彩票가 기대리고 있답니다. 한 장에 일원 당첨만 되면 일약만원의 벼락부자가 되는 것이다. (…중략…) '쎌러리맨'의 유일한 사행꺼리가 되어있다. 마차부 양차부의 누더기 피복 속에도 이만 원의 꿈이 드러잇는 것을 모르고는 만주 고유의 '로멘티시즘'을 알 수 없다.[24]

이태준을 모던한 스타일리스트로 규정하면서 많은 연구자들이 머뭇거리는 지점은 월북이라는 사건이다. 임화의 꼬임에 넘어갔다거나, 사실은 그렇지 않다거나 하는 평가는 모두 그의 '변신'을 기정사실화하는 논법임을 알 수 있다. 그러나 모더니즘 문학 최고의 성취 중 하나를 예술(문학)이라는 자율적인 장에 대한 미학적 자의식의 표출로 꼽을 수 있다면, 구보, 여수, 빙허, 수주, 횡보 등이 처한 예술가로서의 위기를 제국의 비즈니스 확장이라는 맥락에서 문학적으로 형상화한 이태준

---

24 이태우, 「만주생활단상」, 『조광』, 1939.7, 71쪽.

에게 굳이 변신은 필요하지 않았을 수 있다. 만주기행을 분기점으로 하여 이태준이 모더니스트에서 리얼리스트로 전향했다거나 본격적으로 친일의 길로 들어섰다고 섣불리 판단하기 어려운 것도 이 때문이다. 이태준은 목적지에 도착하기까지 자신이 겪은 갖은 육체적·심리적 고초에 반사경을 들이대고, 커다란 빌딩 숲에 자리 잡은 신경 소재 만선일보사를 중심으로 영위되는 지식인의 우울한 삶과 대도시 신경의 암울한 뒷골목 풍경을 근거리에서 포착해, 그것들을 미학적으로 병치한다. 이로써 이태준은 제국주의 자본과 권력에 종속된 식민지인들의 비애와, 협소해질 대로 협소해진 일제 말기 조선 문인들의 문학 장을 반성적(self-reflective) 기법으로 묘파할 수 있었다. 그는 이 텍스트에서 만주의 비참한 현실만 보여준 것이 아니라 그러한 현실에 침묵하고 눈감을 수밖에 없는 조선 문인들의 불우한 처지를 함께 보여준다. 그런 점에서 이태준의 「이민부락견문기」는 소설 「농군」이 아니라 「장마」를 곁에 둔 텍스트이자, 같은 시기에 발표된 이태우의 「만주생활단상」을 콘텍스트로 놓고 읽을 때 더 많은 스토리를 들려주는 텍스트라고 할 수 있다.

3. 장사하는 제국의 신기루

거친 벌판에 사는 사람들에게 채표의 꿈이란 지극히 허물없는 것인 모양이다. 행운에의 갈망이 누구나의 가슴속에 서리우고 있는 것은 죄 될 것 없는 노릇인 모양이다.

사실 만주 사람으로서 채표의 유혹을 모르는 사람이 없다. 정부는 당선의 행운을 미끼삼아 수십 만민에게 조금씩의 분담을 지게하고 긁어모은 중으로 수만 원의 행운의 당선자를 뽑고는 나머지 수십 만금을 국민구제사업에 유용하자는 목적이었다. 그러나 이 중요한 구제사업의 고안보다도 백성에게 주는 채표의 인상은 참으로 그 당선 여부의 매력과 흥분에 있었다. 자기들 모두가 조금씩 추렴 낸 대금의 이익이 대체 어떤 구제사업으로 나타나 그 은혜의 물방울이 자기 몸에 미치게 되는지를 생각할 필요는 없다. 다만 도회 사람은 도회에서 채표를 사고, 시골 농민은 도회로 가는 사람에게 가만히 부탁해서 몇 원의 피돈으로 채표를 사오고, 일마같이 여행하는 사람은 여행의 도중에서 심심파적으로 몇 장씩을 사서 꼬깃꼬깃 주머니 속에 건사했다가 다음 달 보름날의 개표를 기다려 당선 낙선의 결과를 알고는 웃기도 하고 울기도 하면 족한 것이다. 행여나 맞춰낼는지, 혹은 미끄러질는지 하고 다음 보름날까지 꿈꾸고 조바심하는 그 한 달 동안의 흥분과 자극이야말로 중요한 것이다. 넉넉한 사람은 넉넉한 사람으로서의 유장한 꿈을 꾸고 가난한 사람은 가난한 사람으로서의 필사적인 갈망을 해서 그것으로서 생활의 동력을 삼는 그 감흥의 정도와 자극의 분량은 누구나가 일반이다. 요행 당선이 되면 춤을 추고 기뻐해도 좋고 낙선이 되면 눈물을 머금고 또 한 장을 살며시 사서 간직했다가 다음 달의 결과를 곱절의 새로운 흥분으로 기다리면 그만이다. 평생을 두고 속을는지도 모르나 평생을 감격에 살 수 있다면 이 또한 값싼 선물이 아닌가.

"일종의 국민적 도박이다." 일마는 그 국가적 행사를 과히 허물할 것 없이 만주 사람과 마찬가지로 지나는 길마다 신경쯤에서 몇 원으로 그달의 홍분을 사곤 했다. 이제 알고 보니 자기를 조사하러 온 그 낯모를 관리까지도 자기와 한 가지 그 같은 도박 속에 한몫을 보고 있음을 고백하지 않았는가. 인생의 흥미는 다 마찬가지인 모양이다.[25]

인용문은 이효석의 『벽공무한』에 등장하는 주인공 천일마가 신경행 전차에서 이동경찰과 나누는 대화에 곧바로 이어지는 대목이다. 일마가 만주를 왕래하다가 사 두었던 채표가 일등으로 당선되어 이후 그의 운명이 바뀌게 되는 과정을 그린 이 작품에서 이효석은 만주국에서 채표가 갖는 의미를 '국민적 도박'이라고 명쾌하게 규정한다.

사전에서 "일정한 액수로 표를 많이 발행하여 제비로 뽑은 몇 사람에게 차등이 있게 태워 주던 일 또는 그런 표"로 풀이하고 있는 '채표(彩票)'는 만주국에서 "'彩票' 又는 '福民獎券' 又는 '裕民彩票'라고 불"리며 "빈민의 구제 시설, 의료 설비, 재해 구제, 사회 사업비에 충당하기 위하여 많이 실시"되는데 한 장에 1원으로 매월 40만 원씩 발행되었다.[26] 그런데 만주국 채표는 만주국 거주자에게만 구입 또는 당선의 기회가 주어졌고 이 때문에 일확천금의 꿈을 꾼 인근 지역(평양이나 신의주 등의) 주민들이 몰래 구입했다가 큰 낭패를 보는 일이 여러 차례 기사화되기도 했다.[27] 그러나 이효석의 『벽공무한』이 「창공」이라는 제목으로 연

---

25 이효석, 『벽공무한―이효석전집』 5, 창미사, 2003, 20~21쪽.
26 「기밀실―우리사회의 제 내막」, 『삼천리』, 1940.4, 23~24쪽.
27 「富籤罪で嚴重取締り "彩票の夢"何處へ : 滿洲國發行北滿水災救濟票 邦人の購入は有罪」, 『평양매일신문』, 1933.1.12(富籤(とみくじ)은 일본에서 복권을 가리키는 말이다―인용자); 「滿洲國의 水災彩票取扱者를 嚴重取締 檢事局方針 決定, 刑法을 適用 깨어진 二萬圓의 꿈(平壤)」, 『동아일보』, 1933.1.13; 「滿洲水災彩票 賣買를 團束 一원에 二만 원 생긴다는 것 平北保安課에서 通牒」, 『동아일보』, 1933.1.14; 「彩票所持船夫 한 명을 체포 滿洲國水害救濟彩票(新義州)」, 『동아일보』, 1933.2.20; 「만주채표가진 원부자

재되던 시점인 1940년경에는 이미 채표 소지 문제와 관련된 엄중한 취체가 상당부분 완화되었던 것이 아닌가 싶은데, 천일마를 조사하던 경관이 일마가 떨어뜨린 유민채표를 보고 처음에는 "만주에 거주하는 사람에게만 허락되는 것인데"라며 겁을 주다가 일마가 "거주는 안 해도 이곳 백성이나 별반 다를 것이 없도록 빈번히 다니는 까닭에 몇 번씩은 사"보게 된다고 말하자 사실은 자신도 한 장 가지고 있다고 고백하는 장면이 나오기 때문이다.

이태우가 "이 땅 쌜러리멘의 유일한 사행꺼리"이자 "馬車夫 洋車夫의 누더기 피복 속에도 이만 원의 꿈이 들어 있다"[28]라고 표현한 만주국 채표는 1등인 두채(頭彩)에 당선되면 일만 원을 얻을 수 있는 "국민적 도박"이었다. 문화를 파괴하는 제국의 비즈니스에 강한 불만과 혐오를 품고 있던 이태준이 만주 이민촌에서 목격한 것은 불행하게도 바로 그것이었다. 농한기가 남조선보다 배나 길다는 농민들의 이웃 간 낙은 술에, 개인적 낙은 채표에 있다는 사실을 이태준은 아래와 같이 담담한 어조로 기록하고 있다.

醸造는 자유로 술이 익으면 서로 청하는 것이 이웃 간의 낙이요 개인으로 낙은 彩票의 꿈이라 한다. 만주국에서 매월 1회씩 1원씩에 파는 만 원짜리 채표이다. 이 나라에 거주하는 사람으로는 누구나 살 수 잇는 것으로 매월 한 사람씩은 두채(頭彩)가 빠지는 것이요 두채면 일 원 내고 만 원을 타

<hr>

격증, 중등교원과 승려도 섞였고 모두 이동반이 압수」,『조선중앙일보』, 1935.2.21;「만 원 당선도 일장꿈, 오십원 물고 나가, 만주국 彩票를 사서 맞추었다가, 평양법원에서 몰수」,『조선중앙일보』, 1935.4.1;「滿洲國彩票를 놓고 兩分된 法律解釋 一심은 유죄로 二심은 무죄로 最後로 高等法院에」,『매일신보』, 1935.6.1.
28 이태우,「만주생활단상」,『조광』, 1939.7, 71쪽.

는 것이다. 조선사람으로도 신경서 기름 장사하던 노파와 어떤 회사 급사로 잇던 소년이 타먹엇단 것이다.

 "그거나 빠지면 우리도 다시 한번 고향 산천에 가 살아볼가요 …… 그러치 못하면 밤낫 이꼴이다가 호인들 밧머리에 무치고 말죠 …….."

 이것이 그들의 유일한 희망이요 또 슬픔이기도 한 것이다.[29]

서구의 여러 나라들에서 복권이 제국주의의 팽창과 공공사업에 쓰일 재원 마련을 위해 적극적으로 활용되어 왔다는 사실을 고려할 때[30] 만주 이민이라는 국책 사업에 나선 일본 제국이 사행심을 조장한 저의를 알아차리기는 어렵지 않다. 복권에 대한 수요는 오락이나 유흥보다는 경제적인 좌절감과 절망이 훨씬 더 결정적인 요소로 작용하며 생존에 대한 우려와 불안이야말로 "복권이 자랄 비옥한 토양"[31]이라고 할 수 있다. 복권은 기회를 박탈당한 저소득층에게 불리한 역진적 과세제도임이 분명함에도 불구하고 부를 거머쥘 수 있는 기회가 '모두에게' 열려 있다는 환상을 조장함으로써 빈민을 착취 · 억압하고 불평등을 정당화하는 데 요긴하게 쓰인다. 이태준이 쟝자워푸에서 만난 조선 농민 박씨가 증언하듯 왕도낙토의 땅 만주에서 힘겹게 '생존'[32]을 도모하는 농민들에게 유일한 희망이자 슬픔은 곡물 수확이나 안전 확보의 꿈이 아니라 '채표의 꿈'에 달려 있었다. 만주국의 채표는 조선 농민을 비

---

29 이태준, 「르포르타ㅡ쥬 : 이민부락견문기 (十一)」, 『조선일보』, 1938.4.21.
30 데이비드 니버트, 신기섭 역, 『복권의 역사』, 필맥, 2003, 44쪽.
31 위의 책, 96쪽.
32 서영인에 따르면 이태준의 「이민부락견문기」가 지배 이데올로기로부터 거리를 둘 수 있었던 것은 이태준이 만주개척을 생산이 아닌 '생존'의 문제로 바라보았기 때문이다. 서영인, 「일제 말기 만주담론과 만주기행」, 『한민족문화연구』 23, 2007, 232쪽.

롯한 빈곤한 이주자들의 절망을 담보로 제국이 벌이는 추악한 비즈니스의 맨 얼굴이었던 셈이다. 이태준이 조선인 이민촌에서 발견한 것은 개척 농민의 탄생이라는 국책의 결실이 아니라 물거품 같은 채표의 꿈에 삶을 저당 잡힌 이주자의 우울한 내면이었다. 이런 맥락에서라며 만주국의 채표 이야기를 마무리하면서 이태우가 만주민족 특유의 "沒法子(메이퐈—스) 철학"을 언급한 것을 그냥 지나쳐버릴 수만은 없다. '메이파즈' 즉 '도리가 없다'는 만주민족의 "고요한 단념의 탄식"을 "생활투쟁에 피로"[33]한 자들의 체념으로 풀이함으로써 이태우는 '만주 유토피아니즘'의 이면에 도사리고 있는 극도의 절망감을 은연중 내비치고 있다. 이태준이 목도한 것도 이와 다르지 않았다.

만주기행문 연재가 끝난 후 창작의 공백을 깨고 이태준이 이듬해 처음 발표한 소설은 「농군」이 아니라 「영월영감」(『문장』 1권 1~2호, 1939. 2~3)이었다. 이 작품에서 흥미롭게도 이태준은 '채표'의 자리를 '금광'으로 대체하며, 제국주의 비즈니스의 가공할 만한 파괴력을 다시 한 번 조명한다. 「영월영감」의 주인공은 왕년에 영월 군수까지 지냈건만 나이가 들어서는 금광에서 일확천금의 꿈을 꾸면서 뭔가 큰일을 도모하려다가 패혈증으로 세상을 뜨는 노인이다. 병원에 실려 온 이튿날부터 광산에서 기별이 오기를 고대하던 영월영감은 조카인 '내'가 그에게 마지막 기쁨을 선사해주기 위해 종로의 한 광산사무소에서 억지로 구해 온 노다지 한 덩어리를 품에 안고 부들부들 떨다가 아들이 도착하기도 전에 숨을 거둔다. 영월영감에게는 이 노다지가 이태준 식으로 말해 "유일한 희망이요 또 슬픔"이었던 것이다. 중요한 것은, 1930년대 조선

---

33 이태우, 앞의 글, 71쪽.

에 불어 닥친 골드러시는 결국 대전(大戰)을 준비하면서 금의 확보가 절실했던 일본 군부가 금광에 보조금을 지급하고 생산된 금을 고가에 매수하는 등 어마어마한 규모의 돈을 풀어가며 대대적으로 편 산금정책의 결과였다는 점이다.[34] 이태준은 영월영감의 목숨을 앗은 '노다지의 꿈'과 누더기 걸친 조선 이주민들이 꾸는 '채표의 꿈'을 잇달아 형상화하면서, 산금정책이나 이주정책 같은 각종 국책이 결국은 일본 제국의 장사 놀음에 지나지 않는다는 사실을 폭로한 것이다.

이태준의 기행문은 조선인 이민촌이 직면한 또 하나의 실질적 문제를 언급하는 것으로 마무리되고 있다. 이주 제한 문제가 그것이다. 만주 이민(개척민)의 유형은 집단·집합·분산 등 세 종류로 분류되는데, 집단이민은 만선척식회사의 이름이나 국책으로 이루어지고, 집합이민은 만주국 정부의 위탁을 받은 지방 금융회사의 원조로 이루어지는 것이며, 마지막으로 분산이민은 예전부터 이루어지고 있었던 조선인들의 개별적인 이주를 조선총독부의 이주증명서 발급 단계를 거치도록 바꾼 자유이민정책을 각각 뜻한다. 이태준이 만주를 기행하면서 들른 쟝자워푸의 조선인 이민촌은 이 중 마지막 유형에 해당되는 자유이민촌이었는데, 그가 자유이민촌으로 간 일차적인 이유는 집단입식지의 접근가능성이 자유이민촌에 비해 현저히 낮았기 때문이다. 즉 만선척식회사가 국책을 수행하며 이뤄놓은 집단입식지는 별다른 명분 없이 단신으로 들어가기 곤란할 뿐 아니라 그곳에 가려면 별도의 무장과 경비가 필요하다는 것이다. 개척 사업이 본격화되기 한참 전에 이미 조선인 "이민 부락들이 연합해 가지고 설립 유지"해 오던 이 지역이

---

34 전봉관, 『황금광시대』, 살림, 2005, 288~290쪽.

"만주국서 인수해 가지고 그들의 방침하에서 경영"되는 바람에 "조선인 이민 지구가 아니"라는 이유로 언제 어떻게 "정리를 당할지" 모른다는 사실을 이태준은 지적하고 있다. 만보산 사건으로 대표되는 갖은 시련을 겪으며 간신히 버텨 온 조선 농민들의 이민촌이 식민지민의 이주와 식민지 개척이라는 제국 비즈니스의 확장 속에서 그 나마 흔적처럼 남은 자율성까지를 상실하게 되는 과정이 그대로 드러난 것이다. "억압받는 집단들이 공동체적 구조를 유지하고 재생산 조건에 대한 일정한 통제력을 빼앗기지 않는다면 반드시 착취자와의 관계에서 자율성을 확보할 수 있다"[35]라는 전언을 상기한다면, 만주의 벌판으로 내몰려진 조선 이주민들은 생산 및 재생산 조건에 대한 제국의 철저한 통제로 심각하게 그 자율성을 훼손당한 존재들이라고 할 수 있다.

이태준에게 만주는 무엇보다 자본에 포획된 공간으로 다가왔다. 제국의 자본은 농민들로 하여금 땅에서 나는 생산물이 아니라 부질없는 채표에 희망을 걸게 하고, 솜털도 채 가시지 않은 조선 소녀로 하여금 자본가(신사)를 따라 몸을 팔러 이역 땅으로 흘러가게 한다. 조선 지식인들이 배회하는 신경의 우울한 밤거리 풍경과 만주 유토피아니즘의 실체를 폭로하는 만주국 채표 열풍, 그리고 조선인 이주제한 문제가 야기한 농민들의 불안감 등을 묘사함으로써 이태준은 조선 이주민들의 자율적 공동체가 더 이상 가능해지지 않게 된 상황을 적나라하게 보여준다. 만주국 채표 열풍에 대한 비판적 인식, 그리고 자본-권력의 조직적 통제로 조금씩 파괴되어 가는 조선 농민들의 자율적 공동체를 향한 안타까움이 이태준 만주기행문의 주조음을 이룬다고 봐야 할 것

---

35 실비아 페데리치, 황성원·김민철 역, 『캘리번과 마녀』, 갈무리, 2011, 14쪽.

이다. 아울러, 이 텍스트에서는 만주국의 이러한 현실에 비판적으로 개입하는 것 자체가 불가능해진 식민지 문화예술인들의 절망적 탄식이 배어나고 있다. 이태준의 「이민부락견문기」는 이처럼 이민부락을 둘러싸고 벌어지는 자본-권력의 횡포에 대한 자기반영적 감응의 기록이자, 개척이라는 미명하에 이루어진 제국의 비즈니스를 자기 통제력의 지속적 상실로 체감할 수밖에 없었던 만주 지식인과 농민의 슬픈 초상을 감각적으로 병치한 모던한 텍스트라고 할 수 있다.

4. 문화인 이태준의 위기

「이민부락견문기」에 나타난 이태준의 여로는 '봉천행 밤차 → 봉천 시내(박물관, 동선당, 식당) → 신경행 특급 '아세아' → 신경 시내(만선일보사, 댄스홀, 기방, 카바레) → 소합릉 역 → 만보산 일대 봇도랑 마을 → 쟝자워푸 → 만보산 일대 봇도랑 마을'로 이어진다. 애초에 작가가 자신의 여행 목적을 분명히 밝힌 바도 없거니와 목적지에 해당하는 쟝자워푸가 작가에 의해 미화된 흔적도 보이지 않는다. 다만 작가가 들른 곳들을 묘사한 작은 조각들이 모자이크처럼 이어 붙여져 있을 뿐이다. 우연히 떠난 것처럼 보이는 출발의 광경이라든가 '채표의 꿈'에 얽힌 체념과 탄식으로 여정이 마무리되고 있다는 점 등은, 이태준의 만주기행문이 작가의 협력 의지를 노출하는 「농군」의 밑그림이라거나 리얼리스트로 도약하기 위한 일종의 발판이었다는 기왕의 평가들을 비판적으로 되돌아보게 한다.

이태준의 독특한 정신세계를 해명하기 위해 그간 많은 논자들이 고민을 거듭해왔다. 몇 가지 일치된 논의의 지점을 찾는다면, 그것은 이태준이 근대 물질문명에 대한 강한 비판의식을 지녔다는 점에 있을 것이다. 또 다른 하나는, 이태준의 모더니즘이 '그 자체로'는 뭔가 부족하다는 거의 무의식에 가까운 통념이 아닐까 한다. "이태준을 상고주의자로 보는 시각의 일단에는 모더니즘의 실질적 내용을 어떻게 채울 것인가라는 심연이 항상 존재하고 있었"[36]다는 지적이 정확히 표현하는 것처럼 이태준은 모더니스트'이기만' 한 것은 아니라는 변명을 통해서만 그의 작품은 무의미의 심연에서 구해질 수 있었다.

「이민부락견문기」의 미학적 특성과 1938년이라는 연재 시점에 주목한 이 글은, 만주 여행 체험과 그 기록을 이태준의 '미학적 실천'으로 의미화함으로써, 일제 말기 작가들의 '정치적 실천' 양상 분석에 집중해왔던 기왕의 논의에서 한 걸음 더 나아가고자 했다. 당연한 지적이겠지만 제국주의 자본-권력의 통제가 절정을 향해 달리던 일제 말기는 무엇보다도 자율성을 꿈꾸는 문화 · 예술인들에게 혹독한 시련을 안겨주었다. 국가총동원법 공포 직후 홀로 떠난 만주에서 이태준의 시야에 포착된 조선 문우들의 삶도 피폐하기는 마찬가지였다. 이태준의 미학적 실천은 그만 여기서 멈출 수밖에 없었던 것은 아닐까? 야만의 시대가 도래했다고 느낀 이태준에게 그의 만주기행문은 어쩌면 최후의 모던한 텍스트였는지 모른다. "삐지네스의 능률만 본위로 문화를 통제하는 것은 그릇된 나치스의 수입"이며 "개성을 살벌하는 문화는 진전하는 문화는 아"니라고 한 이태준에게 1938년은 미학적 실천의

---

36 허윤회, 「시대의 인식과 그 불협화」, 상허학회 편, 『근대문학과 이태준』, 깊은샘, 2000, 55쪽.

(불)가능성에 대해 가장 깊이 고뇌한 창작의 공백기였다. 이제 우리는 카프 해산 이후 전향한 작가들의 내면만 들여다볼 것이 아니라, 내용 없는 스타일리스트라는 오명에서 여전히 자유롭지 못한 경성 순례자들의 '미학적 실천' 양상에 대해서도 본격적으로 탐구해야 하지 않을까? 세속의 계시를 받은 경성 순례자들에게서 비로소 싹튼 '문(화)인'으로서의 소명의식이 이곳에서는 추구되거나 실현될 수 없다는 절망감을 이들은 공유했는지도 모른다. 꼭 어딘가를 지향하기보다는 이곳을 떠나야겠다는 결단과 위기의식이 이태준을 비롯한 우리 문인들의 대거 월북이라는 파행으로 귀결되었다는 것은 우리 문학사의 큰 손실이자 불행이 아닐 수 없다.

'민족협화'의 허상과 백석의 만주행

전월매

1. 만주국의 성립과 백석의 만주행

1932년 3월 1일, 만주국의 건국선언 발표문에는 "원칙적으로 신 국가 영토 내에 거주하는 자는 모든 종족의 귀하고 천함을 구별하지 않는다. 원래 거주하고 있는 한족, 만족, 몽고족 및 일본, 조선의 各族을 제외한(만주에 거주하는) 國人으로서 오래 거주를 원하는 자에게도 평등한 대우를 받는다"[1]고 명기하여 만주국의 통치이념인 '민족협화'를 주창하였다.

'민족협화'란 만주국에 거주하는 종족적인 우열을 초월해서 모두 평등하다는 전제하에 일본인·조선인·한족·몽고족·만족이라는 오족이 일률적으로 공존공영을 도모해 나간다는 이념이다.

'민족협화'는 만주국의 건국 과정에 큰 역할을 한 '만주청년연맹'의 사상을 바탕으로 만들어졌다. '만주청년연맹'은 "강대국(일본)의 지도

---

1 姜德相 編, 『現代史資料(11)續. 滿洲事變』, 東京: みすず書房, 1967, 525쪽.

를 받아 각 민족이 서로 모여 '복합민족국가'를 만들고 그 위에 하나의 국가적 주체성을 확보해"가는 식의 국가형태를 모색하고 있었다. 만주국의 새로운 국가 건설방향과 국체 만들기는 대부분 만주국의 수립과정에 투영되었다. 이 이념은 제1차 세계대전 전후부터 중국에서 대두한 민족 자결주의(自決主義)에 대항하기 위해 만들어졌다. '민족협화'의 이념 속에는 만주에서의 반일. 배일운동의 근간이 되었던 민족의식을 암암리에 없애려는 의도도 들어있었다. 즉 일본 식민 당국은 제국주의에 대항한 민족주의나 민족 자결주의에 맞서기 위해 각 민족의 개별성 혹은 특수성을 주장하기보다도 각 민족이 협력해서 하나의 이상 국가를 건설하자는 민족협화를 제기했던 것이다.[2]

만주국은 조선에서 '내선일체'의 정책으로 인해 '일본신민'으로 살아야했던 조선인들에게 타민족과 평등하게 존재할 수 있는 공간으로, 일본인과 동등한 지도적인 지위를 획득할 수 있는 공간으로 인식되었다. 뿐만 아니라 '민족협화'의 만주국은 1938년 10월 무한삼진의 함락 이후 강화되는 일본동화정책의 조선보다는 숨통이 트이는 자유스러운 공간으로 인식되었다.

새로 설립한 만주국은 이상적인 국가로서의 공간으로도 인식되었다. 그 당시 만주국의 총면적은 대략 130만Km^{2}로, 타이완의 3만 6,000Km^2, 조선의 22만Km^2 등을 포함한 당시 일본제국 총면적 68만 Km^{2}의 두 배에 조금 못 미칠 정도로 광대했다. 그리고 수도 신경은 만주국의 정치·문화·행정의 중심지로서 인구 25만 명의 국제도시였다. 정치적 상징으로 새로이 계획적으로 만들어진 신경에는 일본 관동

---

2   윤휘탁, 「'민족협화'의 허상—만주국 경찰의 민족 구성과 민족 모순」, 『동양사학연구』 119, 2012.6.

    만주, 경계에서 읽는 한국문학

군 총사령부, 만주중앙은행, 골프장 등이 있었는가 하면 인프라 장비에 자금이 투입되어 하수도 설비가 완비되었고 공원 점유율도 3.8%인 도쿄에 비해 7.2%나 되는 등 당시의 도쿄보다도 쾌적한 도시생활환경을 갖고 있었다. 또한 '북방의 진주'라 불린 다롄에는 동양 최대 규모를 자랑하는 만철 병원이 있었고 시가지는 아스팔트 포장이었으며 수세식 변소와 중앙난방이 설비되어 있는 등 도시환경이 대체로 잘 갖추어져 있었다.[3]

30여 개가 넘는 민족의 복합국가였던 만주는 다문화적인 환상의 공간으로 인식되기도 하였다. 만주에는 중국인, 조선인, 일본인 외에도 유대인, 프랑스인, 독일인, 폴란드인, 우크라이나인 등 민족이 있었고 수십 종 언어가 혼재하였다. 아시아에서는 보기 어려운 유럽의 풍경들을 만주에서 볼 수 있었다.

만주국이 성립되면서 만주국의 문학계도 1939년 무렵에 그 나름대로의 윤곽을 드러내기 시작했다. 만주문학계는 원래 하얼빈 중심의 북만주 작가군과 봉천 중심의 남만주 작가군으로 두 갈래로 나뉘어 있었는데 1932년 만주국이 성립되면서 양상이 서서히 달라지기 시작하여 항일운동에 가담한 북만주 작가군은 중국본토로 망명했고 일본인 또는 일본인 작가에 동조하는 세력들인 남만주 작가군은 남아서 만주문학계를 이루었다. 남만주작가군은 『예문지』에 모여들었고 일본인문학계는 『작문』과 『만주낭만』 등이 있었다. 조선인 문학계는 『만선일보』를 기점으로 형성되었다. 1940년 들어 만주에 거주하고 있던 조선 문학인들은 만주국의 문학계에 적극적으로 진입하려고 하였다.

---

3 야마무로 신이치, 윤대석 역, 『키메라 만주국 초상』, 소명출판, 2009, 328쪽 참조.

만주의 이러한 분위기 속에서 1930년대 말, 1940년대 초에 많은 조선시인들의 만주행이 이루어졌다. 그들로는 1937년에 이주한 박팔양, 1938년에 이주한 김조규, 1939년에 이주한 서정주, 1940년에 이주한 유치환과 백석, 1941년에 이주한 김달진 등이다. 그들의 이주는 여러 가지 요인이 있겠지만 이상국가로서의 만주국에 대한 환상도 상당 부분 작용한 것으로 보인다.

본 글에서 다루고자 하는 백석의 만주이주도 이러한 맥락에서 짚어 볼 수 있다. 백석이 조선에서 '안이한 직장'을 버리고 만주행을 택한 원인은 서너 번에 이은 파혼과 파정적인 이성문제, 결벽증과 더불어 사회를 매우 선택적으로 수용하는 '배재형'의 심리 스타일, '더러운' 세상과 그 '속됨'에 대한 분노, 가정사나 개인의 성격 등과 관련이 있겠지만[4] 그러나 이보다도 더 큰 요인으로 작용한 것은 만주국에 대한 환상과 동경에 있다고 본다. 만주국에 대한 동경은 그가 만주로 가기 전 발표한 여러 작품들에서 읽어낼 수 있다. 그의 지향은 이방인과 함께 공존공영하면서 조선인작가로서 살아가는 삶이다. 이러한 지향은 국권을 상실한 '내선일체'의 조선보다도 '민족협화'의 만주국에서 어느 정도 실현가능한 것으로 보였던 것이다.

만주 건너가기 전 백석의 이방에 대한 동경은 1939년 『조선일보』에 발표한 시 「안동」에 집중적으로 조명되어있다. 화자의 눈에 비친 안동의 거리는 이방적 정취가 물씬 풍겨나는 낭만적인 거리다. 즉 안동의 거리는 비오듯 안개가 나리고 안개같은 비가 나리는 자연환경 속에 콩기름 쪼리고 섭누에 번데기 삶는 인간들의 삶의 냄새가 난다. 그 속에

---

4 왕염려, 「백석의 '만주'체험 고찰」, 『민족문학사연구』 43, 2010; 심원섭, 「자기 인식과정으로서의 만주 여정—백석의 만주 체험」, 『세계한국어문학회』 6, 2011.

는 또한 도끼날 벼르는 돌물레소리와 되광대 켜는 되앙금 소리 등 문화적 색채도 가첨된다. 시적자아는 이런 환경 속에서 이방의 여성들처럼 "손톱을 시펄하니 기르고 기나긴 중국식 긴 저고리인 창꽈즈를 즐즐 끌고 가고 싶었고 이방의 남성들처럼 만두꼬깔모자를 눌러쓰고 곰방대를 물고 가고 싶기도 했고 이왕이면 신사가 되어 머리채가 츠렁츠렁 길게 드리워 발굽을 찰 정도의 아가씨와 가즈런히 쌍마차를 몰고 싶다"고 토로하고 있다.

이는 서행시초 「구장로(球場路)」에서도 보여지는데 시적화자는 "酒類販賣業"이라고 써 붙인 집에 가서 뜨끈한 구들에서 35도의 소주를 마시고 시래국에 소피 넣고 두부를 두고 끓인 구수한 술국을 마시겠다는 것이다. 낯선 이방의 생활을 동경하고 거기에서 사소한 일상을 즐거워하며 함께 거기에 융합하려는 의도가 엿보인다.

이러한 삶은 현재 조선이 아닌 고대에서 가능했는데 시인은 함주시초 「북관(北關)」과 함남도안서행시초 「북신(北新)」에서 냄새, 먹는 음식들, 음식을 먹는 사람들로부터 여진, 신라백성, 소수림왕, 광개토대왕을 연상한다. 역사를 회상하면서 잃어버린 현재와 대비하여 자연스럽게 만주를 상상하게 된 것이다.

2. 만주에서의 백석과 '민족협화'의 허상

백석의 만주행은 1940년 1월경으로 추정되고 있다. 만주체류기간 그는 시작품 10편, 정론 1편, 평문 1편, 번역 작품 2편을 발표한다.[5] 그

중 시작품은 1940년에 3편, 1941년에 7편을 발표한다. 시작품들은 모두 조선의 『인문평론』, 『문장』, 『조광』 문학지에 발표되었으며 산문적 성격을 띤 「슬픔과 진실」(1940.5.9~10)과 「조선인과 요설」(1940.5.25~26) 두 편만이 만주의 『만선일보』에 발표되었다. 그리고 만주에서의 문단 활동은 국무부 경제부 소속으로 있을 때 1940년 3월에 『만선일보』가 주최한 '내선만문학좌담회(內鮮滿文學座談會)'와 5월 27일 박팔양 저 『여수시초』 출판기념회에 참석한 것만 확인할 수 있다. 1942년 만주에서 재만조선시인 작품 전부를 망라하려는 의도로 간행한 두 권의 「재만조선시인집」과 「만주시인집」 단행본에는 백석의 시를 찾아볼 수 없다.

그렇다면 만주에서 백석에게 어떤 일들이 벌어졌을까? 왜 만주 문단을 멀리하였을까? 『만선일보』에 게재된 좌담회 내용과 그의 시작품을 통해 추정해본다면 백석은 만주에서 온 짧은 기간에 이념과 현실과의 괴리를 경험함으로써 만주국 통치이념인 '민족협화'의 모순과 허상을 간파하고 그 자리를 떠나 자신의 이상세계를 찾아 나선 것이라 생각된다.

우선 1940년 3월 22일 오후 4시 『만선일보』 학예부가 주최한 신경의 대흥빌만주문화협회에서 있은 「내선만문학좌담회」에 대한 내용을 『만선일보』 지면을 통해 살펴보도록 한다.

좌담회에 참석한 인원으로는 총 12명, 그들로는 신문사 측 1명, 조

---

5   백석이 만주에 머문 기간에 발표한 작품으로는 「수박씨, 호박씨」, 『인문평론』, 1940.6; 「북방에서—정현웅에게」, 『문장』 18, 1940.7; 「허준」, 『문장』 21, 1940.11; 「호박꽃 초롱」, 『호박꽃초롱』, 1941.1; 「조당에서」, 「두보와 이백같이」, 『인문평론』 16, 1941.1; 「국수」, 「촌에서 온 아이」, 「흰 바람벽에 있어」, 『문장』 26, 1941.4; 「귀농」, 『조광』 7, 1941.4; 평문 「슬픔과 眞實」, 『만선일보』, 1940.5.9~10; 정론 「조선인과 요설—서칠마로 단상의 하나」, 『만선일보』, 1940.5.25~26; 토머스 하디, 백석 역, 『테스』, 조광사, 1940; N. 바이코프, 백석 역, 「밀림유정」, 『조광』, 1942.12.

선인 작가 6명, 일계 작가 4명, 중국인 작가 2명이었다. 사회는 만일문화협회상무주사인 스기무라 유조[杉村勇造]가 맡았으며 출석한 조선인 작가로는 『만선일보』 사회부장 신언룡(申彦龍), 『만선일보』 소속의 이갑기, 협화회 홍보과 소속의 시인 박팔양, 국무원 경제부 소속의 시인 백석, 방송국 소속의 극작가 김영팔, 일본인들의 단체였던 만주문화회 소속의 작가 이마무라 에이지[今村榮治]이다. 일계작가로는 스기무라 유조, 신경일일신문사 소속의 오우치 다카오[大內隆雄], 만주문화회의 요시노 하루오[吉野治夫], 협화회 소속의 나카요시노리[仲賢禮]이다. 만주계 작가로는 민생부 소속의 爵靑, 만일문화협회 소속의 陳松齡이다. 신언룡은 좌담회의 취지를 이렇게 말하고 있다.

오늘 이 자리에 모이신 분들은 모두 만주문화를 하여 제일선에서 활발한 활동을 하고 계시는 쟁쟁한 분들로서 실로 내·만·선의 최고 문화인이 한 자리에 모인 것은 오늘이 처음이며 장래 영원히 기념할 의의 있는 회합인줄 믿습니다. 종래 선계 측으로서도 내·만계 문화단체 혹은 문화인과의 접촉이 없었던 것을 매우 유감으로 여겨오던 차에 만일문화협회의 주선으로 오늘의 기회를 얻은 것을 거듭 감사하는 바입니다. 오늘의 이 모임이 계기가 되어 금후 일·만·선 각계의 긴밀한 문화적 교섭이 깊어져서 만주문화건설에 큰 공헌이 있기를 바라마지 않습니다.[6]

이 좌담회는 만일문화협회가 주선하고 『만선일보』가 주최 측이 되어 조선인작가를 중심으로 일계작가, 만계작가가 초청되었다. 참석인

6　『만선일보』, 1940.4.5.

은 만주에서 가장 쟁쟁한 최고의 문화인으로 내선만 문화인이 처음으로 한자리를 하게 되는 영원히 기념할 만한 획기적인 사건이었다. 이 좌담회는 또한 "만주국의 문학장에서 『만선일보』와 재만 조선인 작가들이 조선인들의 영역을 확보하고 일계 작가와 만계 작가와 자신들의 공존에 관한 수평적 대화를 위한 자리"[7]였다. 왜냐하면 당시 만주에는 일계와 만계의 문화협회도 있었고 그들의 간행물도 많았다. 일계와 만계가 설립한 문화운동의 중심기관인 만일문화협회는 회원이 약 450명이었다. 기관지로는 1939년 6월 창간한 만계측의 『예문지』(당시 제3회 발행), 1940년 3월 발행한 일계 측의 『만주낭만』(당시 제4집 발행)이 있었다. 그리고 기타 일계잡지 『작문』이 대련서 발행하고 있었고 만계잡지 『신청년』은 봉천에서 발행하고 있었다. 봉천의 『경성시보(京城時報)』를 중심으로 만계는 문예활동이 활발하였는데 신경이 중심이 되면서 옮겨왔다. 그 외 일계는 잡지도 상당히 많았으며 『만주일일신문』, 『만주신문』, 『만주행정』 기타 잡지의 문예란을 통하여 작품 발표를 하고 있었다.[8] 조선인 발표지는 유일하게 『만선일보』의 문예란뿐이었다. 그러므로 이번 좌담회를 계기로 조선인 작가들이 만주문학장에 진입하고자 한 것이다. 조선에서 만주에 건너간 지 얼마 안 되는 백석에게 이는 만주문학장을 이해할 수 있는 절호의 기회였다.

『만선일보』는 좌담회 내용을 1940년 4월 5일부터 6회에 거쳐 연재하고 있는데 다음과 같다. ① 만일문화협회와 만주문화, ② 조선문학과 내지문단─만주에도 조선문학이 소개되고 있다, ③ 만주국의 문화

---

7 김재용, 「동아시아적 맥락에서 본 '만주국' 조선인 문학」, 『문명의 충격과 근대 동아시아의 전환』, 경진, 2012, 276~277쪽.
8 『만선일보』, 1940.4.5.

기관은 선계의 활동을 기다린다—먼저 적극적 의욕이 필요, ④ 국민문학의 건설! 만주국에서도 고려될가—문학과 언어론 기타, ⑤ 만어(滿語)문단의 경향은 「방향업는 방면」의 기치—평론과 문학론 기타, ⑥ 「만주국의 국책은 문학의 건전한 발전을 바란다—정치주의 문학의 시비론 기타」이다.

보는 바와 같이 좌담회에서는 만주문화협화회, 만주에서의 조선문학 소개, 작가의 창작언어문제, 국민문학, 만계문단의 경향 등 여러 가지 논의가 진행되었다. 좌담회에서 시종 침묵으로 일관된 백석은 나중에 만계작가에게만 질문 한마디 던진다.

> 백석 : 그러면 지금 만주인문단의 現狀을 말하자면 現勢나 문학경향이 어떻습니까
>
> 爵靑 : 만주문학에는 現狀으로 보아 특별한 경향은 없습니다 억지로 말하면 '방향업는 방향' 이것이 경향이라고 할까요 일정한 방법론이나 사상적指標가 없습니다만 그냥 창작하자 창작하는 가운데 무엇이든지 나오리라 이러한 창작태도이지요[9]

백석이 만계작가에게 던지는 질문은 만주에서 중국인이나 조선인이나 다 비슷한 처지에 있었기에 그것을 묻고자 함에 있었다. 그의 질문에 작청은 만계문학(중국인문학)이 '일정한 방법론이나 사상적 지표가 없이 방향 없이 하는 경향이라고 하였다. 아무런 방향과 뚜렷한 목표 없이 그냥 일계문학을 따라간다는 것, 이는 당시 만주에 남은 친일

9　『만선일보』, 1940.4.10.

세력인 남만주 작가군이 이미 지정해놓은 길이기도 했다. 그렇다면 만주문단은 어떠했을까?

> 이갑기 : 그러면 만주문단이란게 어떻습니까 내지문단과 같이 동인잡지가 있어 그 잡지에 발표한 작품이 芥川賞類을 타게 되면 문단을 나오게 된다는 이러한 코-스로 됩니까
> 仲賢禮 : 만주에서는 문단을 만들지 않고 있습니다 직업작가가 없는 현재가 좋다는 의견과 문단을 만들자는 의견이 있으나 나의 의견으로서는 만들지 않는 것이 좋다고 생각 됩니다[10]

협화회 소속의 일계작가 나카요시노리[仲賢禮]는 만주에는 만주문단이 별도로 없거니와 만들고 싶지도 않다는 것이다. 그러면서 일본인문단과 같이 동인잡지가 있어 그 잡지에 발표한 작품이 개천상류(芥川賞類)를 타게 되면 문단을 나오게 되는가하는 이갑기의 질문에 동감한다.

백석이 좌담회에서 가장 반감을 가졌던 것은 창작언어에 관해서였을 것이다. '민족협화'로서의 만주국에서는 문학분야에서 일계작가들은 일본어로, 만계작가들은 중국어로, 조선인작가들은 조선어로 쓰는게 너무 당연한 일이었다. 그러나 일계작가들 중심으로 이루어진 문단은 조선인작가들이 조선어로 쓰는 것을 탐탁지 않아 하였다.

> 吉野治夫 : 어쨌든 우리들의 생각으로는 조선인작가들이 너무 일본문 창작에도 등한하며 번역만 하더라도 힘써 하지 않는 것 같습니다. 우선 만

---

10 『만선일보』, 1940. 4. 10.

주만 하더라도 조선인 작가 자신들이 먼저 나와야 자기들의 문학을 번역하여 소개할 노력을 가지지 않으면 언제까지든지 만주문화계에서 조선 문학에 대한 기회가 적지 않겠소

杉村勇造 : 요컨대 만주에서 선계작가들의 활동이 적은 것은 역시 선계 작가의 태만이나 오해에 있다고 봅니다. 지금 이 이마무라 군도 아주 훌륭한 선계라도 지금 '만주낭만' 등에 우수한 작가로 활동하고 있지 않습니까 나 개인의 희망으로도 조선 작품을 읽고 싶어요.

杉村勇造 : 현재 이마무라군도 일본어로 조선생활을 그리고 있어요.

(…중략…)

이마무라 에이지 : 조선인은 그렇지만 일부러 일본말을 쓰지 않고 조선말을 고집하는 것이 아닌가요?

이마무라 에이지 : 사실 지금 조선인의 생활은 두 차례 일본화하여가며 생활 그자체가 벌써 어느 점까지 일본어와 밀접한 관계가 발생하여 충분히 일본어로서 조선생활을 그려도 부자연한 것이 없지 않을까요?[11]

일계작가들은 조선인작가들이 일본문 창작에 너무 등한하며 번역도 힘써 하지 않는다는 것이다. 그리고 조선인작가들이 만주에서 활동이 적은 것은 태만과 오해에 있다는 것이다. 이마무라 에이지를 따라 배워 일본어로 창작하라는 것이다. 이마무라 에이지는 조선인으로서 창씨개명도 하고 일본어로 말을 하고 글을 쓰는 적극적으로 일본인화되기 위해 열심히 노력하는 인물이다. 이마무라 에이지의 창작 언어에 대한 태도도 일본인작가들과 별반 다르지 않았다. '조선인이 일부러

일본어로 쓰지 않고 조선어로 창작한다'거나 '조선인 생활 그 자체가 어느 점까지 일본어와 밀접한 관계가 발생하여 충분히 일본어로서 조선생활을 그려도 부자연스럽지 않다'고 조선인작가보다는 일계의 입장에 서서 말하는 이마무라 에이지를 백석은 그냥 지켜만 보고 있었던 것이다. 그뿐만 아니라 '소학교의 조선어교육은 강제폐지가 아니라 자발적 형식으로 삼 학년 이상인가부터 교육을 받지 않는다', '만주에서 국민문학이 창설된다면 그것은 국어의 통일을 필요로 하지 않겠는가' 하고 무조건으로 일계에 아부하는 이갑기에 대해서도 마찬가지였다.

조선에서 1930년대 이미 시집 『사슴』을 출판한 백석은 방언이나 토착어 구사, 정제된 운율로가 아니라 늘어놓는 사설체의 형식 시도 등으로 조선어에 대한 각별한 애착을 갖고 있는 시인이었다. 참담한 현실 속에서 무너지고 상실된 자아의 주체적 정서를 모국, 그것도 다름 아닌 방언을 통해서 유지하려 노력하는 시인에게 이런 좌담회에서 별로 할 말이 없는 건 어찌보면 당연한 일이었을 것이다.

만주가기 전의 생각과는 너무나 거리가 먼 만주문학장의 현실, 최고문화인이라 지칭하는 조선인작가들에 대한 실망, 만주국의 '민족협화' 통치이념의 허상에 대한 회의와 좌절, 그리고 시인의 내성적이고 섬세하며 유약한 성정 등 여러 가지 복합요인들이 작용하여 백석은 좌담회를 거의 침묵으로 일관해 있었을 것이다.

다음으로 만주국 국무부에서 있은 백석에 대한 창씨개명 강요는 그가 만주에서 문단을 멀리 떠나도록 하는 계기가 되었다고 본다. '내선일체'의 조선에서는 1935년에 신사참배, 1937년에 호아국 신민서사 제정, 1938년에 조선어 과목 폐지, 1940년에 창씨개명 등이 이루어져 민족말살정책과 더불어 조선인의 친일화가 추진되었다. 이것은 만주국

에서도 하나하나 실행되었는데 백석이 근무하던 국무부에도 창씨개
명 강요가 시작되었다. 자야 여사의 증언을 들어보기로 한다.

> 그(송지영)는 만주에서 당신(백석)과 함께 같은 하숙에서 지냈다고 한
> 다. 당신은 그때 신경에서 무슨 관청인가를 다니고 있었다는데 어느 날 느
> 닷없이 창씨를 하라는 일본인 상사의 명령이 있었다고 한다. 그러나 당신
> 은 무엇으로 보나마나 호락호락 순순히 창씨를 받아들일 품성이 아니었
> 다. 그래서 부득불 직장에 사표를 던지고 나오게 되었고 그 후로도 아마 많
> 은 고생을 겪었을 것이라고 했다.[12]

백석은 만주국 국무원 경제부의 생활을 6개월 정도 하고 1940년 9월
에 사표를 낸다. 같은 9월 박팔양은 미츠하라 카즈오[水原一夫]로 창씨개
명 하였다. 이들의 판이한 선택은 백석과 박팔양 그리고 조선인문단과
더욱 멀어지게 하였다. 백석은 한때 박팔양 저『여수시초』에 평문「슬
품과 진실(眞實)」을 쓸 만큼 각별한 사이었으나 이후 1942년 박팔양이
『만주시인집』를 편찬할 때는 아예 왕래가 없은 것으로 파악된다.

창씨개명은 타 민족의 성명제를 폐지하고 일본식 이에[氏名]제도를
통하여 정체성을 말살하자는 것이다. 이는 일본인화를 요구하는 것으
로써 ‘민족협화’의 슬로건과는 위배되는 것이었다. 조선에서 ‘황국신
민’이기를 거부하며 만주에서 오족 중의 하나의 민족으로 살기를 원했
던 조선인에게 이는 조선이나 만주국이나 별로 다를 게 없었다.

백석이 본 만주는 ‘민족협화’의 만주도 ‘왕도낙토’의 만주도 아니었

12　김자야,『내 사랑 백석』, 문학동네, 1995, 177쪽.

다. 일본이 내건 '민족협화' 슬로건은 좋았지만 실체는 '민족협화론'이
아닌 '민족질서론'이었다. 즉 일본민족을 중심으로 한 서열 중심의 민
족질서론이었다. 문학장에서 그 서열은 일계를 중심으로 만계, 선계로
배열되었는바 만주국에서의 조선인의 '2등 국민'도 결국 허상이었다.

일본의 근세 사회를 살펴보면 신분 질서가 분명하고 차별구조가 심
각하였다. 비록 1866년 메이지 유신 이후 신분제도가 철폐되긴 했어도
그 잔재는 여전히 청산되지 않아서 피차별부락이 형성되어 있었다. 일
본이 같은 민족에게조차 그런 차별과 멸시의 시선을 보냈다면 타민족
에 대한 시선은 말할 나위도 없었다. 만주국이라 해서 더 다를 바가 없
었으며 오히려 더 확대 재생산되었다고 할 수 있다. 다시 말하면 만주
국을 세운 일본에게 '민족협화'란 절대적으로 불가능한 것이었다.

만주개척에서의 일본여성의 고용 문서도 만주국에서의 '민족협화'
의 허상을 잘 입증해주고 있다. 만주개척에서 일본은 일본여성들을 고
용하는데 여성들의 존재의미를 명확히 보여주는 「여자 척식 요강」이
발표된 1942년에 척무성이 작성한 『여자 척식 지도자 제요』 문서를 참
고한다면 여성의 역할은 "민족 자원 확보를 위해 우선 개척민의 정착
성을 증강하는 것", "민족 자원의 양적 확보와 더불어 야마토[大和] 민족
의 순수한 혈통을 유지하는 것", "민족협화를 달성하는 데 여자의 협력
을 필요로 하는 부면이 많은 것" 등으로 규정하고 있다.

여기에 '민족협화의 달성'도 거론되어 있지만 그것은 어디까지나 주
체성이 없는 보조적인 것에 불과하였다. "야마도 민족의 순혈"유지가
강조되어 있었던 만큼 민족협화라고 말하면서도 "한 방울의 혼혈도 허
락되지 않으며 자진하여 혈액 방위부대가 되어야 한다"라고 하여 다른
민족과 통혼하는 것은 엄격하게 부정하였다.[13]

일본이 신제국주의의 질서에 부응하여 만주국에 새로운 모델로 내세운 '민족협화'의 실패는 일본제국 자체의 문제점들을 내포하고 있다. 일본의 '민족협화'의 실패는 만주에서 타 민족 간 알력으로 배타적인 인식으로 확대되게 하였고 중국에서의 반일·배일사상이 고조되게 하였다.

3. 백석이 바라는 '민족협화' 희망의 풍경선

백석이 바라는 민족협화는 여러 종족이 화해롭게 어울리며 평등하게 공존·공영하는 모습이었다. 백석이 만주에 있는 중국인들을 바라보는 시선은 따스하고 우호적이며 긍정적이다.

이러한 시선은 「수박씨, 호박씨」, 「조당에서」, 「귀농」 등에서 표현된다.

> 수박씨 호박씨를 입에 넣는 마음은
> 참으로 철없고 어리석고 게으른 마음이나
> 이것은 또 참으로 밝고 그윽하고 깊고 무거운 마음이라
> 이 마음 안에 아득하니 오랜 세월이 아득하니 오랜 지혜가 또 아득하니
> 오랜 인정이 깃들인 것이다
> 태산의 구름도 황하의 물도 옛임군의 땅과 나무의 덕도 이 마음 안에 아

---

13 야마무로 신이치, 윤대석 역, 『키메라 만주국 초상』, 소명출판, 2009, 338쪽.

득하니 뵈이는 것이다

(…중략…)

벌에 우는 새소리도 듣고 싶고 거문고도 한 곡조 뜯고싶고 한 오천말 남기고 함곡관도 넘어가고 싶고

기쁨이 마음에 뜨는 때는 히고 깜안 씨를 앞니로 까서 잔나비가 되고

근심이 마음에 앉는 때는 깜안 씨를 혀끝에 물어 까막까치가 되고

어진 사람이 많은 나라에서는

오두미를 벌이고 버드나무 아래로 돌아온 사람도

그 넓차래에 수박씨 닦은 것은 호박씨 닦은 것은 있었을 것이다

나물먹고 물마시고 팔벼개하고 누었든 사람도

그 머리맡에 수박씨 닦은 것은 호박씨 닦은 것은 있었을 것이다

—「수박씨, 호박씨」 부분, 1940

「수박씨, 호박씨」는 백석이 만주에 간지 몇 개월이 지나 발표한 시 작품이다. 백석은 만주 신경에 온 것을 '어진 사람이 많은 나라에 왔'다고 표현하였다. 그 나라는 태산, 황하, 옛 임군이 있는 곳이며 그 어진 사람이란 도덕경 오천 말 남기고 함곡관을 넘어간 노자, 쌀 다섯 말 값 월급의 관직을 버리고 버드나무 서있는 고향집으로 돌아간 도연명, 나물 먹고 물마시고 팔베개하고 누웠어도 즐거움이 그 안에 있다(飯疏食飮水, 曲肱而枕之, 樂亦在其中矣)는 공자, 여기에서 백석이 보는 만주는 하나의 독립된 만주국이 아니다. 그는 만주를 태산, 황하, 노자, 도연명, 공자가 있는 전반 중국 속에 포함시키고 있다. 여기에는 시인의 부귀영화를 버리고 자연에 귀의한 중국의 도인을 떠올리며 그들처럼 마음을 비

우며 지혜롭게 살아 볼 것을 소망하는 마음가짐도 보아낼 수 있다.

시인은 중국인들이 수박씨, 호박씨를 '입에 넣고' '앞니로 까'거나 '혀끝에 무'는 모습을 '잔나비'나 '까막까치'로 형상화하고 있다. 그러한 행위에 대해 '오랜 세월이 아득하니 오랜 지혜가 또 아득하니 오랜 인정이 깃들인 것'이라고 이해하며 '참으로 철없고 어리석고 게으른 마음이나 이것은 또 참으로 밝고 그윽하고 깊고 무거운 마음이라' 받아들인다. 그러하기에 나아가서 '어진 사람의 마음을 배워서' '수박씨 닦은 것은 호박씨 닦은 것을 입으로 앞니빨로 밝는다'고 표현하였다. 더불어 '벌에 우는 새소리도 듣고 싶고 거문고도 한 곡조 뜯고 싶고 한 오천 말 남기고 함곡관도 넘어가고 싶'다고 중국인들과 함께 하고 싶은 공동체 의식을 표현하였다. 이는 만주 가기 직전 쓴 시 「안동」과 같은 맥락에서 읽을 수 있다. 이러한 마음은 다른 시 「귀농」에서 동조와 참여로 나타난다.

白狗屯의 눈 녹이는 밭 가운데 땅 풀리는 밭 가운데 / 촌부자 老王하고 같이 서서 / 밭최뚝에 즘부러진 땅버들의 버들개지 피어나는데서 / 볕은 장글장글 따사롭고 바람은 솔솔 보드라운데 / 나는 땅님자 老王한테 석상디기 밭을 얻는다 //

老王은 집에 말과 나귀며 오리에 닭도 우울거리고 / 고방엔 그득히 감자에 콩곡석도 들여 쌓이고 / 老王은 채매도 힘이들고 하루종일 百鈴鳥 소리나 들으려고 / 밭을 오늘 나한데 주는 것이고 / 나는 이젠 귀치 않은 測量도 文書도 실증이 나고 / 낮에는 마음 놓고 낮잠도 한잠 자고 싶어서 / 아전노릇을 그만두고 밭을 老王한테 얻는 것이다 //

날은 챙챙 좋기도 좋은데 / 눈도 녹으며 술렁거리고 버들도 잎트며 수선
거리고 / 저 한 쪽 마을에는 마돗에 닭개즘생도 들떠들고 / 또 아이어른 행
길에 뜰악에 사람도 웅성웅성 흥성거려 / 나는 가슴이 이무슨 흥에 벅차오
며 / 이봄에는 이 밭에 감자 강냉이 수박에 오이며 당콩에 마눌과 파도 심
그리라 생각한다 //

수박이 열면 수박을 먹으며 팔며 / 감자가 앉으면 감자를 먹으며 팔며 /
까막까치나 두더쥐 돗벌기가 와서 먹으면 먹는대로 두어두고 / 도적이 조
금 걷어가도 걷어가는대로 두어두고 / 아, 老王, 나는 이렇게 생각하노라 /
나는 老王을 보고 웃어 말한다 //

이리하여 老王은 밭을 주어 마음이 한가하고 / 나는 밭을 얻어 마음이 편
안하고 / 디퍽 디퍽 눈을 밟으며 터벅터벅 흙도 덮으며 / 사물사물 해볕은
목덜미에 간지로워서 / 老王은 팔장을 끼고 이랑을 걸어 / 나는 뒤짐을 지
고 고랑을 걸어 / 밭을 나와 밭뚝을 돌아 도랑을 건너 행길을 돌아 / 집웅에
바람벽에 울바주에 볓살 쇠리쇠리한 마을을 가르치며 / 老王은 나귀를 타
고 앞에 가고 / 나는 노새를 타고 뒤에 따르고 / 마을 끝 虫王廟에 虫王을
찾어뵈려 가는 길이다 / 土神廟에 土神도 찾어뵈려 가는 길이다

—「歸農」 전문, 1941

시적화자는 시인이 "귀치 않은 측량도 문서도 실증이 나"는 측량서
기 일을 그만두고 백구둔에 가서 소작농생활을 한다. 노왕은 "집에 말
과 나귀며 오리에 닭도 우울거리고 / 고방엔 그득히 감자에 콩곡석도
들여쌓아놓은" 부자다. 노왕은 물질적인 것뿐만 아니라 정신적으로도

백령조(몽고종다리) 소리도 들으려는 여유 있는 지주다. '나'와 노왕의 관계는 지주와 소작농의 관계지만 관계는 평화스럽고 목가적이며 희망이 존재한다. 이는 1920, 1930년대 중국인 지주 밑에서 갖은 고생을 하는 조선인의 소작농 모습을 반영한 최서해, 강경애의 소설과는 사뭇 대조적이다. 노왕은 밭을 나에게 주어서 '마음이 한가하고' 나는 밭을 얻어서 마음이 편안하다. 눈이 채 녹지 않은 봄에 노왕에게 땅을 얻은 후 그와 함께 한해 농사의 풍작을 기원하러 충왕묘(虫王廟)와 토신묘(土神廟)를 찾아 가는 모습 또한 경쾌하다. "사당까지 참배하러 가는 모습은 중국인들의 풍속을 존중하고 그들의 토착신앙까지 받아들여 참여했음"을 말한다.

백석의 시에는 이토록 조선인과 중국인이 화합하는 모습들이 평화적이고 목가적으로 그려져 있다. 이것이 바로 백석이 바라던 '민족협화'의 장이 아닌가싶다. 그러나 백석이 생활했던 식민지 조선이나 만주에서는 이런 현장을 찾아볼 수 없었다. 고향을 상실하고 조국을 상실한, 잃어버린 현재를 슬퍼하면서 시인은 자연스럽게 온전했던 역사를 떠올렸을 것이다.

만주가기 전에 「북관(北關)」과 「북신(北新)」에서 여진, 신라백성, 소수림왕, 광개토태왕을 연상하였다면 만주 가서도 「북방에서」 자연과 합일하고 종족화합을 이루었던 고대를 회상하고 있다.

아득한 넷날에 나는 떠났다

(…중략…)

범과 사슴과 너구리를 배반하고

송어와 메기와 개구리를 속이고 나는 떠났다.

나는 그때

자작나무와 익갈나무의 슬퍼하든것을 기억한다

갈대와 장풍이 붙드든 말도 잊지않었다

오로촌의 멧돝을 잡어 나를 잔치해 보내든것도

쏠론이 십리길을 딸어나와 울든것도 잊지않었다.

—「북방에서」 일부, 1940

자연은 인간에게 생명적 자연의 일부로서 인간과 동질적으로 존재한다. 옛날 내가 떠날 때 길짐승 범과 사슴과 너구리를 배반하고 물고기 송어와 메기와 개구리를 속이고 떠났다. 육지에서 자라는 자작나무와 이깔나무가 떠나는 것을 슬퍼하고 물가에서 자라는 갈대와 장풍이 붙들었다. 이는 자연과의 합일 속에서 평화롭게 산 것을 말한다.

자연뿐만 아니라 타 종족과의 관계도 평화로웠다. 내가 떠날 때 홍안령 북국 소흥안령에 사는 북퉁구스계의 한 종족인 오로촌과 남방퉁구스계통의 부족 쏠론이 멧돼지를 잡아 잔치를 하고 십리 길을 따라나와 이별을 슬퍼하였다.

자연과의 합일, 타 종족과 정을 나누고 상대방을 인정하고 관용함으로써 평화로운 세계를 만드는 것, 이것이 백석이 지향한 바이다.

식민지 치하에서 과거를 회상함으로써만이 재현할 수 있었던 공동체의 풍요로운 기억들, 비록 그것이 과거에 머물고, 잃어버린 현실은 슬플지라도, 풍속과 인정과 말이 어우러진 평화로운 삶의 복원에 착안하여 문화와 역사와 민족의 유구함을 내면으로나마 추구하는 백석의 민족의식, 이것이 일제치하 백석의 시가 여타의 시인과 구별되는 점이다.

참고문헌

1. 기본자료

『만선일보』 2~4, 아시아문화사, 1988.

2. 단행본 및 논문

고형진 편, 『정본 백석시집』, 문학동네, 2007.

김응교, 「신경에서, 백석 「흰 바람벽에 있어」」, 『인문과학』 48, 2011.

김자야, 『내 사랑 백석』, 문학동네, 1995.

김재용 편, 『백석전집』(개정증보판), 실천문학사, 2011.

김재용, 「동아시아적 맥락에서 본 '만주국' 조선인 문학」, 『문명의 충격과 근대 동아시아의 전환』, 경진, 2012.

서준섭, 「백석과 만주－1940년대의 백석 시 재론」, 『한중인문학』 19, 2006.

심원섭, 「자기 인식과정으로서의 만주 여정－백석의 만주 체험」, 『세계한국어문학회』 6, 2011.

왕염려, 「백석의 '만주'체험 고찰」, 『민족문학사연구』, 43, 2010.

윤휘탁, 「'민족협화'의 허상－만주국 경찰의 민족 구성과 민족 모순」, 『동양사학연구』 119집, 동양사학회, 2012.6.

이숭원, 『백석을 만나다』, 태학사, 2008.

야마무로 신이치, 윤대석 역, 『키메라 만주국 초상』, 소명출판, 2009.

두아라, 프래신짓트, 한석정 역, 『주권과 순수성－만주국과 동아시아적 근대』, 나남, 2008.

姜德相 編, 『現代史資料(11)續. 滿洲事變』, 東京 : みすず書房, 1967.

일제 말기 이효석 소설에 나타난 '할빈'의 의미 『화분』,『벽공무한』,『하얼빈』을 중심으로[*]

한홍화

1. 서론

일제 말기 한국문학이 늘 친일문학 논쟁의 대상으로 언급되며 그 자장에서 벗어나기 어려운 것은 주지하다시피 일제 말기라는 역사적 시기가 지닌 특수성과 한계성으로 인해서이다. 이러한 평가에서 자유롭지 못했음은 이효석의 일제 말기 문학 또한 마찬가지였다.

내선결혼을 소재로 한 『푸른 탑』을 비롯하여 일련의 일본어 창작소설들 뿐만 아니라 만주여행을 다룬 『벽공무한』과 같은 소설도 "시종일관 일본 제국의 하늘 밑을 한 발자국도 벗어나지 못"[1]한 것으로 평가되

* 이 글은 2013년도 정부(교육부)의 재원으로 한국학중앙연구원(한국학진흥사업단)의 지원을 받아 수행된 연구(AKS-2009-MB-2002)입니다.

1 이경훈, 「하르빈의 푸른 하늘―『벽공무한』과 대동아공영」, 『문학 속의 파시즘』, 삼인, 2001, 230쪽.

었다. 이는 일제 말기라는 역사 시기적 배경을 미리 전제로 깔아놓고, 작품 속에서 '내선일체', '대동아공영' 등 일제의 지배 이데올로기에 부합되는 요소를 찾아냄으로써 내려진 결론인 것이다.

그러나 이효석의 전반 문학에 나타나 있는 서구지향성이나 세계주의, 심미주의, 향토성 등 다양한 요소들을 종합적으로 고려해 볼 때 이 시기 이효석의 소설을 식민주의 협력의 범주에 포함시키는 것은 무리가 있다. 위의 견해와 다르거나 반대되는 주장을 펼치고 있는 연구들은 바로 이러한 요소들에 주목한 것이다. 예컨대 김윤식은 심미주의 논리에 입각하여 이효석의 소설을 '역사의식의 부재, 탈이데올로기적'[2]으로 파악하였고 김재용은 개인주의에 기반한 이효석의 서구지향을 '전체주의라는 당대의 지배 이념에 대한 우회적인 저항'[3]으로 보았다. 이 두 연구는 이효석의 현실 및 시대적 인식을 파악함에 있어서 완전히 상반된 결론을 도출해내고 있지만 일제 말기라는 시대적 국한성에서 벗어나 이효석 소설의 내적 일관성을 밝혀냄으로써 일제 말기 문학 연구의 사고틀을 제공하였다는 점에서 의의를 공유한다.

이효석의 일제 말기 소설은 최근에 이르러서야 다각도적인 관점에서의 다양한 논의가 이루어지기 시작했다. 특히 최근 관심의 대상이 되고 있는 만주 배경 소설 『벽공무한』의 경우, 탈식민주의,[4] 로컬리티,[5] 노스탤지아[6]의 관점에서 바라 본 연구가 있으며, 소설에 나타난

2 　김윤식, 『일제 말기 한국 작가의 일본어 글쓰기론』, 서울대 출판부, 2003.
3 　김재용, 「일제 말 이효석 문학과 우회적 저항」, 『한국근대문학연구』 24, 2011, 297~318쪽.
4 　서재원, 「이효석의 일제 말기 소설 연구―『벽공무한』에 나타난 '하얼빈'의 의미를 중심으로」, 『국제어문』 47, 2009, 265~291쪽.
5 　오태영, 「'조선' 로컬리티와 (탈)식민 상상력」, 『사이』 4, 2008, 229~259쪽.
6 　정여울, 「이효석 텍스트의 노스탤지아와 유토피아―『벽공무한』을 중심으로」, 『한

이국취향,[7] 미의식,[8] 여행모티브[9] 등에 주목한 연구도 있다.

그 중 『벽공무한』의 여행모티브에 대한 연구는 주목할 만하다. 이러한 연구는 주로 여행 주체가 식민지 지식인의 정체성을 확인해나가는 과정으로서의 여행의 의미에 초점을 맞추고 있는 공통성을 지닌다. 여행은 타자 또는 타자적 공간의 체험을 통해 자신을 되돌아보는 계기를 마련해준다는 점에서 여행모티브는 당대 '내선일체론', '동아협동체론' 등 일제의 지배담론 속에서 정체성 혼란과 위기에 직면한 식민지 지식인들의 자기 정체성을 확인 또는 재구성해나가는 방식을 파악하는 중요한 고리로 작용한다. 또한 여행은 새로운 세계에 대한 선망을 불러일으키는 결정적인 소재[10]가 된다는 점에서 여행모티브는 소설 속에 투영되어 있는 새로운 세계를 향한 작가의 욕망과 그 의미를 파악하는 방법 틀을 제공해주기도 한다.

본 글 역시 일제 말기 이효석 소설에 나타난 여행모티브에 주목하되, 논의의 초점을 여행 주체의 자기 정체성 탐색 과정이 아니라 여행자의 시선으로 바라본 타자적 공간에 대한 정체성의 인식에 두고자 한다.

이효석은 1939년 여름과 1940년 초 두 차례를 거쳐 만주 여행을 다녀온 경험이 있으며 자신의 여행 체험을 바탕으로 소설 『벽공무한』(『매일신보』, 1940.1.25~7.28)과, 『하얼빈』(『문장』, 1940.1)을 창작하였다. 장편소

국현대문학연구』 33, 2011, 275~305쪽.

7　김미영, 「『벽공무한』에 나타난 이효석의 이국취향」, 『우리말 글』 39, 2007, 239~267쪽.

8　김대성, 「이효석 문학의 초월적 미의식 고찰」, 『한국문학논총』 58, 2011, 237~270쪽.

9　백지혜, 「이효석 소설에 나타난 '여행'의 의미 연구」, 서울대 석사논문, 2002; 이미림, 「『벽공무한』의 여행모티프와 유희적 노마드」, 『현대소설연구』 26, 2005, 113~130쪽; 곽승미, 「식민지 시대 여행 문화의 향유 실태와 서사적 수용 양상」, 『대중서사연구』 15, 2006, 229~256쪽; 진영복, 「일제 말기 만주 여행서사와 주체 구성 방식」, 『대중서사연구』 23, 2010, 33~65쪽.

10　곽승미, 앞의 글, 248쪽.

설『벽공무한』은 만주 여행 전과 후, 만주에 대한 작가의 인식적 변화를 집약적으로 보여주고 있는 작품으로서 중요한 가치를 지닌다. 이 작품은 만주 여행 전 작가가 나름대로 상상했던 만주와, 여행 체험 이후 새롭게 인식하게 된 만주의 실상 사이에 존재하는 간극을 여실하게 보여주는바, 이 점은 이효석이 만주를 체험하기 전 상상 속의 만주를 그린 소설 『화분』(인문사, 1939.9)의 연장선상에서 고찰할 때 더욱 선명해진다.

본 글은 『화분』, 『벽공무한』, 『하얼빈』 세 작품을 중심으로, 만주 할빈에 대한 작가의 인식적 변모 양상과 '할빈' 공간이 갖는 의미를 '여행'이라는 공간적 이동 행위와의 연관 속에서 살펴보고자 한다.

2. '조화미調和美'의 논리와 이상향의 환상적 공간

이효석의 만주여행은 『조선일보』의 협찬[11] 하에 개척촌을 방문한 이기영이나 척무과(拓務科)의 의촉으로 개척민 부락을 일순(一巡)한[12] 정인택, 그리고 『조광』 잡지사 기자의 신분[13] 으로 만주의 도시와 농촌을 일별(一瞥)한 함대훈 등 문학인들의 공적인 목적을 띤 여행과는 성격을 달리한다. 이효석의 만주여행은 "백계로인들의 생활에 비상한 흥미를 가지고 있었고 이 흥미는 쌓이고 쌓여서 1939년 여름의 할빈 여

---

11 이성렬, 『민촌 이기영 평전』, 심지, 2006, 443쪽.
12 정인택, 「개척민 부락 현지 좌담회」, 『조광』, 1942.10.(민족문학사연구소, 『일제 말기 문인들의 만주체험』, 역락, 2007, 46쪽에서 재인용)
13 함대훈, 「남북만주편답기」, 『조광』, 1939.7.(최삼룡·허경진, 『만주기행문』, 보고사, 2010, 115쪽에서 재인용)

행까지 발전했다"[14]라고 한 유진오의 증언처럼 개인적인 취향과도 연관이 있겠거니와, 1940년 1월 부인의 사망에 잇달아 차남까지 잃고 심한 상실감과 고독감을 달래기 위해[15] 여행을 떠난 개인적 사정과도 관련이 있다. 하지만 그렇다고 해서 이효석의 여행이 갖는 의미를 작가 개인사에만 한정시키거나 현실도피 또는 "시대와 사회를 방관하는 유희적 노마드의 여행"[16]으로 단정 지을 수는 없는 것이다. 이효석은 일제 말기 식민지적 현실과 당대의 국제정세에 대해 민감하게 반응한 작가였기 때문이다.

위의 사정은 이효석의 여행이 최소한 외부환경의 제약에서 다른 작가들에 비해 어느 정도 자유로웠다는 점, 따라서 할빈 여행은 그의 개인적 의지에 따른 것이었다는 점을 방증해준다.

여행을 소재로 한 이효석의 소설『화분』,『벽공무한』,『하얼빈』이 갖는 공통점은 모두 만주의 '할빈' 공간을 형상화하고 있다는 점이다. 이효석이 봉천, 신경, 할빈 세 도시를 구경했음[17]에도 불구하고 소설의 배경을 모두 할빈으로 설정한 것은, 그가 줄곧 견지해 온 구라파에 대한 동경과 깊은 관련이 있다. 당시 할빈은 '동양의 모스크바' 혹은 '동양의 파리'라는 별명으로 상징되는 '국제도시'[18]였던 까닭이다.

이효석은 그의 초기소설『상륙』,『북국사신』을 비롯하여 일제 말기

---

14 유진오,「작가 이효석론」,『국민문학』, 1942.7.(『지성의 길』(현민 유진오 선생 탄신 100주년 기념 학술논집), 한국인문사회연구원, 2007, 308쪽에서 재인용)
15 이상옥,『이효석－문학과 생애』, 민음사, 1992, 295~296쪽.
16 이미림, 앞의 글, 127쪽.
17 이효석이 세 도시를 체험한 사실은 그의 수필『대륙의 껍질』(『경성일보』, 1939.9.15~19)에 나타나 있다. "워낙 짧은 일정이어서 많은 것을 의욕하지는 않았으나 세 도시 봉천, 신경, 하얼빈의 겉모양을 흘깃 본 것에 지나지 않는다." 이효석,「대륙의 껍질」, 김윤식, 앞의 책, 278쪽.
18 김경일,『동아시아의 민족이산과 도시』, 역사비평사, 2004, 278쪽.

의 『여수』, 『화분』, 『벽공무한』 등에 이르는 다수의 소설들을 통해 서구에 대한 동경과 관심을 자주 내비쳐왔다. 때로는 자유의 상징으로 때로는 풍족한 공간으로 표상되는 서구는 이효석에게 '지금 내 고향 속에 살면서도 또 다른 곳에 있으려니만 생각되는 고향'[19]과 같은 곳이었다.

> 사람에게는 태어난 고장이 영원한 고향이 아닌 것이요, 고향을 한번 떠남으로써 새로운 고향을 찾고자 하는 원이 마음속에 생기는 것인가보다. 외국을 그리워함은 고향을 찾아서 떠난 긴 평생 속에서의 한고패요, 향수(鄕愁)인 것이다.[20]

인간에게 소속감을 부여해주는 '집'이나 '고향'은 실존과 개인의 정체성의 중심[21]으로서 친밀한 장소이다.[22] 고향에 대한 애착은 공통적인 인간의 감정[23]이라 할 수 있다. 위의 인용문에서는 외국 즉 구라파를 새로운 고향으로 상정함으로써 태어난 출생지로서의 폐쇄적인 '고향'의 의미는 바깥에로 확장된다. 이효석이 구라파에 대해 고향만큼이나 애착을 느끼는 이유는 무엇보다 그 곳에 '아름다움'이 깃들어 있기 때문이다. 다시 말해 "일종의 향수의 표현"으로 집약되는 서구에 대한 열망은 "반드시 호기심과 숭배에서 오는 것이 아니라"(『여수』, 319쪽) '아름다움'에 대한 추구의 표현이었다. 그런 점에서 그의 할빈 여행은 결

---

19 이효석, 「여수」, 『동아일보』, 1939.11.29~12.28.(『이효석전집』 2, 창미사, 1983, 319쪽에서 재인용) 이하 인용문은 본문에 소설 제목과 쪽수만 표기하기로 한다.
20 이효석, 「화분」, 인문사, 1939.9.(『이효석전집』 4, 창미사, 1983, 216쪽에서 재인용)
21 에드워드 렐프, 김덕현·김현주·심승희 역, 『장소와 장소상실』, 논형, 2008, 184쪽.
22 이푸 투안, 구동희·심승희 역, 『공간과 장소』, 대윤, 2007, 233쪽.
23 위의 책, 254쪽.

코 단순히 "백인 숭배라는 그런 천박한 동기에서가 아니"[24]라 서구의
'아름다운 것'을 발견하고 확인하기 위한 차원에서 이루어진 것이라 할
수 있다.

서구가 아름다운 것은 "현대문명의 발상지인 그곳"에는 "문화의 유
산의 넉넉한 저축에서 오는 풍족하고 관대한 풍습"(『여수』, 318쪽)이 그
대로 생생하게 살아 있기 때문이었다. 말하자면 구라파는 문화의 전통
과 현대문명의 조화가 잘 이루어져 있는 곳이었기 때문이다. 낡은 것
의 파괴가 아닌 새로운 것과의 조화,[25] 이것이야말로 이효석이 추구하
고 그리워하는 '아름다움'의 함의였다. 이효석의 이런 조화미(調和美)의
논리는 국가와 민족, 인종 간에 구분이 없는 조화의 세계를 상상하는
데로까지 확산된다. 이는 결국 조선(동양)과 구라파(서양) 사이의 지리
적 경계와 문화적 차이를 초월하고자 하는 작가의 탈경계 의식을 드러
내는 것이기도 하다. 이효석의 이러한 의식은 소설『화분』에서 피아니
스트이면서 음악가인 영훈을 통해 잘 드러난다.

그의 구라파주의는 곧 세계주의로 통하는 것이어서 그 입장에서 볼 때
지방주의같이 깨지 않은 감상은 없다는 것이다. 진리나 가난한 것이나 아
름다운 것은 공통되는 것이어서 부분이 없고 구역이 없다. 이곳의 가난한
사람과 저곳의 가난한 사람과의 사이는 이곳의 가난한 사람과 가난하지 않
은 사람과의 사이보다는 도리어 가깝듯이, 아름다운 것도 아름다운 것끼리

---

24 유진오는 이효석이 할빈 호텔에 머물면서 다채현란한 조선의 고전적 의상과 음식 등
   에 로맨틱한 정열을 쏟은 사실을 예로 들어 이효석의 서구취향이 단순히 백인 숭배
   가 아니었음을 증언하였다.
25 이효석의 이러한 조화의 논리는 수필「새로운 것과 낡은 것 — 만주여행 단상」(『만주
   일일신문』, 1940.11.26~27)에 잘 나타나 있다. 김윤식, 앞의 책, 291~295쪽 참고.

구역을 넘어서 친밀한 감동을 주고받는다. 이곳의 추한 것과 저곳의 아름다운 것을 대할 때 추한 것보다는 아름다운 것에서 같은 혈연과 풍속을 느끼는 것은 자연스런 일이다. 같은 진리를 생각하고 같은 사상을 호흡하고 같은 아름다운 것에 감동하는 오늘의 우리는 한 구석에 숨어 사는 것이 아니요 전세계 속에 살고 있는 것이다. 동양에 살고 있어도 구라파에서 호흡하고 있는 것이며 구라파에 살아도 동양에 와 있는 셈이다. 영훈의 구라파주의는 이런 점에서 시작된 것이었다. 음악의 교양이 그런 생각을 한층 절실하게 해 주었는지도 모른다. 음악의 세상에서 같이 지방의 구별이 없고 모든 것이 한 세계 속에 조화되고 같은 감동으로 물들어지는 것은 없다.[26]

『화분』에서 작중인물 영훈은 철저한 구라파주의자로 등장한다. 영훈의 구라파주의는 동양과 서양 이질적인 문화의 조화로운 융합에 바탕한 것으로, 그것은 곧 '세계주의'로 통하는 것이다. 이 '세계주의'는 '원시적인 것, 토속적인 것, 미속적(美俗的)인 것을 숭상'[27]하는 '지방주의'도, '단지 외계의 것의 이식'[28]에만 집중하는 '모방주의'도 제창하지 않는다. 그것은 부분이나 구역이 존재하지 않는 진리나 가난, 아름다운 것 등과 같이 공통성을 기반으로 존재하며 "전체의 조화를 이루는 것"(『화분』, 178쪽)이다. 영훈이 음악을 추구하는 것은 '음악의 세상에서 같이 지방의 구별이 없고 모든 것이 한 세계 속에 조화되고 같은 감동으로 물들어지는 것은 없'다는 사고가 있었기 때문이다.

---

26 이효석, 「화분」, 앞의 책, 178쪽. 이하 인용문은 본문에 소설 제목과 쪽수만 표기하기로 한다.
27 이효석, 「문학과 국민성 ― 한 개의 문학적 각서」, 『매일신보』, 1942.3.3~6.(『이효석 전집』 6, 창미사, 2003, 264쪽에서 재인용).
28 이효석, 「새로운 것과 낡은 것 ― 만주여행 단상」, 위의 책, 293쪽.

이러한 '세계주의'는 향토적인 것, 원시적인 것에만 집착하는 지방주의는 반대하지만 지역의 특색이나 전통이나 풍습 자체를 반대하는 것은 아니었다. 이효석은 "부질없는 토속적 문학의 숭상"이 아닌 "지방적인 것과의 합류 융합"[29]을 주장하였고, 따라서 이효석의 세계주의는 "구라파라는 중심을 숭상하면서도 지역의 특징적인 것들을 그 자체로 인정"[30]한 기초 위에서 지향되었던 것이다.

아름다운 것을 찾아 구라파로 떠나려는 영훈이가 여행의 목적지를 동경도 구라파도 아닌 만주 할빈으로 결정한 것은 그 곳에는 구라파 음악의 전통이 알뜰히 살아 있는 것으로 여기고 있었고, "할빈만 가면 구라파는 다 간 셈"(『화분』, 259쪽)이라고 한 여행사 사무원의 말에도 공감하고 있었기 때문이다. 할빈에서라면 구라파의 전통 문화를 직접 체험할 수 있는, 동서양 문화의 융합과 여러 인종의 화합으로 세계주의를 이룩할 수 있는 아름다운 공간인 것으로서 상상되었다. 따라서 할빈으로 향하는 이번 여행은 영훈에게 "모험의 불안과 시험의 공포에 떠는 안타까운 출발이 아니고 졸업과 승리의 안정한 출발"(『화분』, 262쪽)로서의 긍정적인 의미를 지니게 되는 것이다.

『화분』에서 그려진 할빈의 이러한 이미지는 지극히 추상적이고 환상적이다. "새로운 고향을 찾고자" 하는 염원과 함께 이국땅에 대해 막연한 향수를 느끼거나, "버려 둔 정원이나 빈민굴 같은"(『화분』, 179쪽) 조선 현실에 대한 환멸과 함께 조선 바깥의 새로운 세계를 갈망한다는 점에서 그러하다. 일본의 제국주의적인 침략에 의해 형성된 '동양'[31]이

---

29 이효석, 「문학과 국민성 – 한 개의 문학적 각서」, 위의 책, 264~265쪽.
30 김재용, 앞의 글, 302쪽.
31 '동양' 내지 '아시아'가 지정학적으로 정의할 수 있는 질서로서 확립된 것은 청일전쟁

라는 지역적 질서를 넘어서 세계와의 연동 속에서 상상되는 할빈은 그리운 이상향인 구라파의 대체물로 명명됨으로써 그 자체로서 갖는 정체성이 모호하다.

이처럼 『화분』에서 할빈이 모호한 정체성의 환상적 공간으로 그려진 것은 국경을 넘어 구라파와 할빈 모두를 경험해보지 못한 작가의 인식적 한계에서 기인한 것이기도 하다. 이푸 투안에 의하면 경험해보지 못한 낯선 '공간'은 '장소'보다 추상적이다.[32] '장소'에 고립되어 있으면 그 너머에 있는 광대한 '공간'은 동경의 대상이 되는 것이다.[33] 이효석의 할빈 여행의 계획은 "얼마간의 꿈이 준비되어 있는 미지의 생활에의 유혹"[34]에서 시작된 것이었고 소설 『화분』은 만주를 경험해 보지 않은 이효석이 구라파의 대체물로서 할빈에 대해 품은 동경과 유혹을 영훈이라는 인물을 통해 잘 보여주고 있는 것이다.

이후 식민지 제국 일본의 침략에 의해서였다. 일본이 침략하기 이전에는 이 지역에 일정한 지정문화적인 공간은 성립되어 있지 않았고 따라서 아시아의 일체감 따위는 존재할 수 없었던 것이다. 그러나 일본의 대만 통치 그리고 한반도 침략과 식민지화 또한 대륙으로의 팽창과 '남진'은 아시아를 단숨에 국제관계에서 한데 묶인 존재로 끌어올리고, 마침내 느슨하기는 하지만 지정문화적인 질서의 공통 의식이 형성되어, 분산된 지역과 나라들이 아시아 속에서 자신의 정체성을 발견하게 되었다. 강상중, 이경덕 · 임성모 역, 『오리엔탈리즘을 넘어서』, 이산, 1997, 133쪽 참조.

32　이푸 투안, 앞의 책, 19쪽. 이푸 투안은 '공간'과 '장소'의 개념을 구분하여 다루고 있는데 그에 의하면 공간은 아직 인간의 경험과 의미가 투여되지 않은 세계이다. 경험을 통하여 인간은 공간을 더 잘 알게 되고 가치를 부여하게 됨에 따라 공간은 장소가 된다. 즉 경험을 통하여 미지의 낯선 공간은 의미로 가득찬 친밀한 장소로 바뀐다는 것이다. 따라서 추상적인 공간이 개방이며, 자유이며, 위협을 상징한다면, 구체적인 의미를 띤 장소는 안식처로서 안정과 영속을 상징하며, 안전과 애정을 느낄 수 있는 고요한 중심으로서 존재하는 것이다.

33　위의 책, 93쪽.

34　이효석, 「겨울여행」, 『조광』, 1942.3.(『이효석전집』 7, 창미사, 2003, 346쪽에서 재인용)

3. '세계주의'의 한계와 회의의 현실적 공간

이효석은 만주를 체험한 후 수필 「대륙의 껍질」(『京城日報』, 1939.9.15~19), 「북만주 소식」(『朝鮮及滿洲』, 1939.11), 「새로운 것과 낡은 것―만주여행 단상」(『滿洲日日新聞』, 1940.11.26~27)에서 자신의 여행 소감을 피력한다. 여행을 통해 새롭게 인식한 할빈을 그린 소설 『벽공무한』과 『하얼빈』을 비롯하여 이효석 텍스트의 주조를 이루는 것은 '애수'와 '회의'의 감정이다. 이효석의 이러한 감정은 여행 전 그가 나름대로 상상했던 할빈의 이미지와 실상 사이의 불일치와 간극으로 인한 허무감에서 온 것이다.

할빈은 그동안 구라파에 대한 관심을 지속적으로 표현해왔던 이효석에게 있어서 현대문명 속에 고스란히 보존되어 있는 구라파의 전통을 체험할 수 있는 이상적인 곳으로 상상되었다. 지리적으로는 동양에 위치하지만 구라파의 문화를 맛볼 수 있는 곳, 『화분』에서 영훈의 말을 빌자면 "동양에 살고 있어도 구라파를 호흡할 수 있는"(『화분』, 178쪽) 그러한 이상적 공간이 바로 할빈인 것으로 간주되었던 것이다. 이효석이 특히 러시아인의 집거지인 키타이스카야 거리의 근처에 호텔을 정해놓고 거의 매일 이 부근을 산책하기도 하고 모던한 카페에 앉아 외국인의 관찰에 주의를 기울인 것도 사실 그러한 분위기 속에서 구라파의 전통을 발견하고 몸소 체험하고자 하는 작가 개인적 의지의 표현이었다고 할 수 있다.

하지만 이효석이 할빈에서 실제적으로 발견한 것은 새로운 것의 창조와 더불어 점차 사라져 가는 전통의 우울한 풍경이었고, 신흥국가의 궐기와 더불어 빠르게 몰락해가는 구라파의 슬픈 현실이었다. "낡고 그윽한 것이 점점 허덕어리며 물러서는 뒷자리에 새것이 부락스럽게 밀려드는 꼴"[35]과 날로 강대해지는 일본의 세력에 밀려나 '뿌리와 터전'을 양도해야 하는 구라파의 현실이 작가의 애달픔을 더해주었다. 이러한 현실은 전통(낡은 것)과 창조(새로운 것)의 조화와, 동서양이 어울려 살아가는 융합된 세계의 분위기를 할빈에서 보고자 했던 이효석의 기대와는 어긋나는 것이었다. 이효석의 애수는 여기에서 연유한 것이다.

『벽공무한』은 여행자 주인공 천일마의 시선을 통해 만주 할빈에 대한 작가의 이러한 인식적 변화를 잘 보여주고 있는 작품이다. 이 소설은 가난한 문화사업가인 주인공 일마가 문화사절의 신분으로 교향악단을 초청하기 위해 할빈으로 떠났다가 그곳에서 복권 당첨과 경마의 행운을 얻게 될 뿐만 아니라 러시아 미인 나아자까지 아내로 맞게 된다는 내용을 다루고 있다. 하지만 일마의 이러한 순조로운 여행을 두고 "『벽공무한』은 부와 사랑에 눈부신 성공을 거두고 귀국하는 통속적 스토리, 일종의 성공의 환타지"[36]로 볼 수만도 없다. 『화분』의 연장선상에 놓여있는 『벽공무한』에는 만주 할빈에 대한 작가의 민감한 현실 인식과 함께 회의와 절망의 감정이 짙게 깔려 있기 때문이다.

『벽공무한』에서 유의해서 봐야 할 것은 조선인 천일마와 러시아인 나아자의 국제결혼이다. '가난'과 '불행'이라는 유사한 배경과 '사랑'이라는 공통적인 감정을 통해 획득된 동질감은 민족과 인종의 차이를 뛰어넘어 그들의 융합을 가능케 하는 계기로 작동한다. 이러한 공통성에는 근본적으로 구분과 구역이 존재하지 않기 때문이다.

작가가 『벽공무한』에서 국제연애를 설정한 것은 "외부의 여러 가지

---

35 이효석, 「哈爾濱」, 『문장』, 1940.10.
36 김미영, 앞의 글, 249쪽.

구속을 넘어서 가급적 자유롭게 결합되도록―기호와 열정만이 사랑을 결정하도록 꾸며 보"[37]려고 한 의도를 실천에 옮긴 것이다. 다시 말해서 그것은 동서양의 문화적·인종적 차이라는 '외부의 구속'을 뛰어넘어 "조선 / 동양을 구라파 / 서양과 '상호적인 것, 교통 가능한 것'으로 표상하려는"[38] 작가의 의도를 반영한 것이라 할 수 있다. 그리고 이는 "사랑으로 밖엔 국경을 물리칠 수가 있소?"[39]라고 한 일마의 말로 대변되는 '국경이 없는 아름다운 세상'을 향한 작가의 내적 욕망의 표출이기도 하다. 문제는 일마와 나아자의 결합이 만주 할빈이 아니라 조선에서 이루어진다는 점에 있다. 이것은 바꾸어 말하면 만주에서는 그들의 결합이 불가능하다는 작가의 만주 인식을 역설하는 것이기도 하다.

이효석이 이러한 인식을 갖게 된 것은 술에 취해 할빈의 밤거리를 방자하게 제멋대로 누비며 돌아다니는 일본인(동양) 여행자들의 안하무인격인 태도를 직접 목격하게 되면서이다.

네온이 꺼진 밤거리는 한층 어두웠고, 오직 하나, 경기가 좋은 곳은 국방복(일제의 군인, 군속―역자)의 여행자들의 방자한 외침이 있는 곳이다. 때를 지어 거리를 제것인듯 멋대로 걸으며 술에 취해 노래를 부른다. 기죽은 데가 없이 사람한테 부딪치며 의미 없는 '하라쇼!'를 연발한다. 사람들의 빈축 속에 아무리 보아도 볼만한 풍경은 아니다. 이러한 우열한 경솔함은 단

37　이효석, 「신문소설과 작가의 태도」, 『이효석전집』 6, 창미사, 2003, 358쪽.

38　정실비, 「일제 말기 이효석 소설에 나타난 고향 표상의 변전」, 『한국근대문학연구』 25, 2012, 47쪽.

39　이효석, 「벽공무한」, 『화분·벽공무한』, 청화, 1983, 261쪽. 이하 인용문은 본문에 쪽수만 표기하기로 한다.

단히 삼가야 하는 것, 제멋대로 하는 짓의 흉내 내기란, 인간성에 있어서는
한걸음 졌다는 사실을 증명함에 지나지 않음을 알지 않으면 안 된다.

홀이나 카바레를 떠메고 있는 것도 반드시 이러한 패들인데 방약무인한
짓거리는 어울려 가는 분위기를 거의 망쳐 버린다. 자기만의 세계인줄 알
고 있는 모양이다. 나챠나 슈라는 이런 패들의 수많은 파렴치한 사례들을
내게 들려주었다.[40]

1930년대 중반 이후 일본이 동지철도(東支鐵道)를 소련으로부터 매
수하게 되면서 일본인 여행자들에게 할빈은 일본인의 인종적 열등감
을 '역전'시킬 일종의 '훈련장'[41]이나 다름없이 인식되었다. 특히 "무국
적인(無國籍人) 백계 러시아인"[42]은 일본인에게 전도된 오리엔탈리즘의
상징[43]으로 존재 의의가 부각되었다. 제 세상인 듯 파렴치한 행동을 서
슴치 않으며 '어울려 가는 분위기를 망쳐버리'는 일본인들을 이효석은
비판적 시선으로 바라보면서 할빈에서의 동양과 서양의 교호가 쉽지
않음을 감지하게 되는 것이다.

실제적으로 할빈에서는 동서양의 공존이 불가능했다. 할빈은 만주
국의 3대 도시 중에서 한·만·몽·일·조의 다섯 민족에 러시아 민족
까지 포함하는 소위 '6족협화' 이데올로기가 선전되는 국제성을 표상[44]

---

40 이효석, 「대륙의 껍질」, 김윤식, 앞의 책, 283~284쪽.

41 高媛, 「'樂土'を走る觀光バス」, 『岩波講座 近代日本文化史』 6, 岩波書店, 2002, 242~
    244쪽. 임성모, 「팽창하는 경계와 제국의 시선」, 『일본역사연구』 23, 2006, 108쪽에서
    재인용.

42 홍종인, 「哀愁의 하르빈」, 『조광』, 1937.8.

43 김경일, 앞의 책, 332쪽.

44 하얼빈의 국제성은 만주국에서 일본의 자민족중심주의적 지배정책을 대외적으로
    위장하는 보호막으로서의 측면이 농후했다. 그것은 특히 구미의 시선에 대한 보호막
    이었다. 위의 책, 278쪽 참조.

하는 공간이었지만, 이러한 국제성은 원천적으로 제한적이었다. 백계 러시아인들은 일본에게 잠재적인 적으로 의식되어 관찰의 대상, 경계의 대상이 되었다. 대다수의 백계 러시아인이 공산주의를 저주하고 볼셰비키정권에 반감을 품어 망명한 제정 군인, 관리와 그 가족들로서, 따라서 현정세상 모국 소련으로 복귀하기란 도저히 불가능한 환경임에도 불구하고 아직 그들 대다수는 정치운동에 의한 모국복귀를 몽상하며 현실생활에서 유리되는 경향을 보이고 있다는 것이 일본의 기본인식[45]이었기 때문이다. 만주에서는 사해동포주의란 구호가 때때로 사용되기도 했지만, 서양인들과의 공존은 애초부터 배제되었던 것이다.[46]

만주에서 동서양의 공존 불가능성은 소설 『벽공무한』의 결말부분에서 암시적으로 드러난다. 만주에서 아편장사를 통해 거액의 돈을 거머쥐고 현재 약방 대륙당을 운영하고 있는 한운산은 정체를 알 수 없는 깽 집단에 인질로 납치되는데, 그는 나중에 결국 풀려나게 되지만 깽 집단은 그 정체가 밝혀지지 않은 채 종적을 감춰버림으로써 할빈은 계속적으로 위험과 공포의 도시로 남아 있게 되는 것이다. 이 깽들은 "외국인들로 된 대규모의 일단"(395쪽)으로 "대개가 露西亞사람들이다."[47] 모국에서는 추방의 대상으로, 그리고 '민족협화'를 부르짖던 '만주국'에서는 배척의 대상이 되어 모험의 길을 선택한 깽들은 할빈에서 위협의 상징으로 타자화된다. 그런 점에서 동서양의 화합 공존이란 불가능할 수밖에 없게 되는 것이다.

---

45 위의 책, 331쪽.

46 한석정, 『만주국 건국의 재해석』, 동아대 출판부, 2009, 138쪽.

47 북국유자, 「哈爾濱夜話」, 『백광』, 1937.1.(『만주기행문』, 보고사, 2010, 461쪽에서 재인용)

할빈의 이러한 현실은 일마가 바라본 카바레의 분위기에 대한 묘사를 통해 더욱 선명하게 드러난다.

수다한 국적의 수다한 사람들이 한데 휩쓸려 설레는 것이 반드시 피차에 친밀하게 보이지 않는 것이며, 그 어디인지 서먹서먹하고 어울리지 않는 기색이 떠돈다.

음악에 따라 한 패 두 패씩 슬금슬금 곁고들 일어선다. 그렇게 해서 춤 속에 휩쓸려 들기는 하나, 각 사람의 얼굴이며 체격이며는 흡사 물과 기름을 혼합한 듯이 결코 한데 화하는 법 없이 따로들 빙빙 나도는 것이다.

음악과 춤에 술이 섞인다. 술을 어느 정도로들 마신 후에 비로소 도연해져서 솟는 흥취에 춤도 어울리는 것이었으나, 그 음악과 춤과 술이 한데 합쳐서 밤의 흥을 북돋는 속에서도, 역시 잡동사니의 분위기에서 오는 일종의 부조화를 일마는 한결같이 느끼지 않을 수 없었다.(264쪽)

위의 대목은 일마가 할빈에 와서 본 카바레 풍경을 묘사한 것이다. 국적이 다른 수다한 사람들이 한데 휩쓸려 있지만 그들 사이에서는 '흡사 물과 기름을 혼합한 듯이' 서먹서먹한 기색이 떠돈다. 음악과 춤과 술조차도 그들 사이에 존재하는 보이지 않는 장벽을 무너뜨리지 못하고 있는 것이다. 일마와 나아자의 국제결혼이 이루어진 장소가 할빈이 아닌 것은 바로 이런 부조화의 '잡동사니' 분위기로 표상되는 할빈에서는 나아자와의 결합이 결코 이루어질 수 없다는 일마의 만주 현실에 대한 새로운 깨달음에서 비롯된 것이다.

일마에게 할빈은 행운과 사랑을 가져다 준 곳인 동시에 위험과 공포를 처음으로 깨닫게 해준 곳이기도 했다. 할빈은 "향수의 도시만이

아니라 공포의 도시"(394쪽)였던 것이다. '환락'과 '사치'의 도시로 표상
되고 선전되었던 할빈의 이면에 '불행'과 '비애'가 숨어있는 것처럼, 국
경이 없는 아름다운 이상향의 공간으로 여겨왔던 할빈의 이면에는 허
물어지지 않는 민족적, 인종적 '경계'와 '차별'이 존재하고 있다는 것이
이효석이 새롭게 파악한 할빈의 정체성이었다. 이것은 당대 일제의 지
배담론과 연결되면서 표면적으로는 '국제성', '민족협화'를 표방했지만
실제적으로는 그것의 실현을 원하지 않았던 '만주국'의 허위성에 대한
비판적 효과를 발생시킨다.

결국『벽공무한』은『화분』에서 영훈이 상상한 '세계주의'의 이상적
공간으로서 할빈의 실체를 일마를 통해 극명하게 드러내 보여주고 있
다. 그리고 이효석이 만주 두 번째 여행 후 발표한『하얼빈』에서는 이
런 '세계주의'의 실현 공간은 '지금보다 다른 세상이' 도래하지 않는 한
'지금, 이 세상' 안에서는 존재하지 않음을 단언한다.

『하얼빈』에서 '나'는 급격히 변화해가는 키타이스카야 거리와 전쟁
의 실패로 철거된 프랑스, 네덜란드의 영사관을 보며 애수를 느낀다.
'나'의 애수는 '아름다움'으로 상징되는 구라파의 몰락을 실감한 데서
오며, '세계주의' 꿈의 허황함을 깨닫게 된 데서 온다.

이효석의 소설에서 '세계주의'는 지역의 특색이나 풍습을 인정한 기
초 위에서 지향되는데, 그것은 지역의 특색은 "순전히 풍토의 차이"일
뿐, "문화의 높고 낮음이 관계된 바 아니"(『여수』, 341쪽)기 때문이다.『화
분』이나『벽공무한』에서 지향되는 세계주의가 진리 = 사랑 = 아름다
운 것 등과 같은 공통성이 강조된 것이었다면,『하얼빈』에서는 특징적
인 것 즉 개별성이 부각된다.

　"더 가까이 — 손가락은 웨 하필 다섯 가락일꼬. 네 가락이면 어떻구 여섯 가락인들 어떻단 말인구 — 얼굴에만 두 눈이 박히지 말구 튀통수에 하나 더 있든들 어떻다 말이구 — 배꼽이 옆구리에 붙으면 웨 못쓸까. — 내 머리는 웨 검구 — 유우라의 눈은 웨 푸른지……"

　(…중략…)

　"학자들은 진화의 법측으로 설명하구 필요의 이치를 따지지만 — 손가락이 여섯인들 그다지 거추장스럽구 불필요할 것이 무언구. 그띠위 옅은 설명보다두 내가 알구싶은건 창조의 진의 — 무슨 까닭으로 하필 현재의 이 우연한 결정이 있게 되었는가 — 현재가 이미 우연일 때 현재와 다른 우연의 결정을 생각할 수 없을까 — 내 머리가 노래졌대두 좋은 것이구 이 행길이 남쪽으로 났대두 무방한 것인걸 다만 우연한 기회로 말미아마 다르게 결정된 까닭에 지금 이 머리 이 행길로 변한 것이 아닐까 — 그러기 때문에 지금보다 다른 세상이라는 것을 생각할 수 있는 것이구 생각하지 않고는 견딀 수 없는 것이구……"⁴⁸

　이것은 '나'가 할빈의 커다란 변화를 보고 난 후 '우연성'에 대한 생각을 러시아 여인 유우라에게 털어놓는 대목이다. 이 우연성은 개별성과 차이를 존중하는 다원주의에 철학적 토대를 두고 있다.⁴⁹ '나'는 손가락이 넷이든 여섯이든, 눈과 배꼽이 신체의 어떤 위치에 붙어 있든 왜 안 되는가라는 의혹을 제기한다. 내 머리가 검고 유우라의 눈이 파란색인 것은 우연히 결정된 것이다. "머리카락이 검든 붉든 말소리가 다르든 같든 밀을 먹든 쌀을 먹든 그 근본의 차이라는 것은 손바닥을

48　이효석, 「哈爾濱」, 『문장』, 1940.10.
49　진영복, 앞의 글, 44쪽.

번지는 것보다도 쉬운 노릇"(『벽공무한』, 471쪽)일진대 지금의 현실은 왜 '우연한 기회로 말미암아 다르게 결정된' 인종적, 문화적 차이를 인정하지 않는가에 대해 나는 되묻고 있다. 현실에 대해 느끼는 이러한 회의는 '나'로 하여금 '지금보다 다른 세상을 생각하지 않고는 견딜 수 없'게 만든다.

'다른 세상'을 꿈꾸고 있는 '나'에 비해 유우라는 죽음을 생각한다. 폴란드 태생인 어머니를 둔 백계 러시아 혼혈 여성 유우라 또한 우연한 결정에 의해 혼혈아로 이 세상에 태어나게 된 것이지만, 그녀는 카바레의 동료들로부터 계속되는 차별과 배척을 받게 되며, 이러한 현실은 그녀로 하여금 '죽음'을 생각하게 만든다. '내'가 우연히 결정된 개별적인 존재들이 어우러져 사는 '다른 세상'을 생각하고 있었다면, 유우라는 차별 극복의 가망이 없는 현실에서 벗어나기 위한 대안으로 '죽음'을 생각하였던 것이다.

결국 『하얼빈』은 우연히 결정된 개별성과 차이들이 화합하고 공존하는 세계란 현재의 시공간에서는 이루어질 수 없다는 것에 대한 '나'와 유우라의 '회의'를 통해 또 다른 '미지의 세계'를 꿈꾸는 작가의 경계 초월적 욕망을 보여주고 있는 것이다. 만주 할빈은 이효석에게 구라파를 대리 체험할 수 있는, 잠시나마 '세계주의'의 실현을 꿈꾸게 했던 환상적 공간이었던 한편, 여행 체험 속에서 그러한 꿈과 환상이 깨지면서 애수와 회의를 느끼게 해 준 현실적인 공간이기도 했던 것이다.

4. 결론

　서구지향 의식은 이효석의 문학에서 가장 두드러지게 드러나는 특징 중 하나이다. 구라파에 대한 작가의 동경과 열망은 단순히 서양 숭배에 그치는 것이 아니라 국가와 민족 인종 간에 구분이 없는 조화의 세계 즉 '세계주의'를 추구하는 것으로 연결된다. 본 글은 이러한 의식에 입각한 이효석이 만주 할빈을 바라봤을 때 할빈 공간이 갖게 되는 의미를 그의 실제적인 여행체험과의 연관 속에서 구체적으로 살펴보았다.

　여행을 모티브로 하면서도 공통적으로 만주의 '할빈' 공간을 형상화하고 있는 이효석의 『화분』, 『벽공무한』, 『하얼빈』 세 편의 소설은 할빈에 대한 작가의 인식적 변모 양상을 잘 보여주고 있다.

　이효석이 할빈 여행을 체험하기 전에 창작한 소설 『화분』에서는 할빈이 구라파의 대체 공간으로서, '세계주의'를 실현할 수 있는 이상향의 환상적 공간으로 상상되었으며, 이러한 상상은 국경을 넘어 구라파와 할빈 모두를 경험해보지 못한 작가의 인식적 한계에서 비롯된다. 이때 할빈의 정체성은 추상적이고 모호하게 나타난다. 반면 할빈 여행 체험 후 창작된 『벽공무한』과 『하얼빈』에서 할빈은 '세계주의'의 실현이 불가능한 회의의 현실적 공간으로 형상화된다. 『벽공무한』에서 '사랑'이나 '아름다운 것'과 같은 공통성에 기반한 '세계주의'를 추구하였으나 보이지 않는 인종적 민족적 경계와 장벽이 존재하는 공간으로서 할빈을 인식하였다면, 『하얼빈』에서는 문화적 차이와 개별성이 그 자체로 인정받지 못하는, 차별화, 타자화의 극복이 불가능한 공간으로서 할빈을 인식하였다. 『벽공무한』에서는 국제연애, 깽집단 등 상징적인 설정과 장치들을 통해 '세계주의' 실현의 한계를 보여주었다면, 『하얼 빈』에서는 죽음이나 또 다른 세상을 상상함으로써 할빈의 현실에 대 한 작가의 회의적 태도를 보여주었다.

요컨대 이효석에게 할빈은 '동양'이라는 지역적 질서를 넘어서 세계 와의 연동 속에서 상상되고 체험된 공간으로서 꿈과 희망, 좌절과 회 의 모두를 경험하게 한 공간으로서 의미를 갖게 되는 것이다.

참고문헌

1. 기본자료
『이효석전집』 2, 창미사, 1983.

2. 단행본 및 논문
곽승미, 「식민지 시대 여행 문화의 향유 실태와 서사적 수용 양상」, 『대중서사연구』 15, 2006.
김경일, 『동아시아의 민족이산과 도시』, 역사비평사, 2004.
김대성, 「이효석 문학의 초월적 미의식 고찰」, 『한국문학논총』 58, 2011.
김미영, 「『벽공무한』에 나타난 이효석의 이국취향」, 『우리말 글』 39, 2007.
김윤식, 『일제 말기 한국 작가의 일본어 글쓰기론』, 서울대 출판부, 2003.
김재용, 「일제 말 이효석 문학과 우회적 저항」, 『한국근대문학연구』 24, 2011.
민족문화연구소, 『일제 말기 문인들의 만주체험』, 역락, 2007.
백지혜, 「이효석 소설에 나타난 '여행'의 의미 연구」, 서울대 석사논문, 2002.
서재원, 「이효석의 일제 말기 소설 연구-『벽공무한』에 나타난 '하얼빈'의 의미를 중심으로」, 『국제어문』 47, 2009.
오태영, 「'조선' 로컬리티와 (탈)식민 상상력」, 『사이』 4, 2008.
유진오, 「작가 이효석론」, 『지성의 길』(현민 유진오 선생 탄신 100주년 기념 학술논집), 한국인문사회연구원, 2007.
이경훈, 『문학 속의 파시즘』, 삼인, 2001.

이미림, 「『벽공무한』의 여행모티프와 유희적 노마드」, 『현대소설연구』 26, 2005.

이상옥, 『이효석－문학과 생애』, 민음사, 1992.

이성렬, 『민촌 이기영 평전』, 심지, 2006.

이효석, 「哈爾濱」, 『문장』, 1940.10.

임성모, 「팽창하는 경계와 제국의 시선」, 『일본역사연구』 23, 2006.

정실비, 「일제 말기 이효석 소설에 나타난 고향 표상의 변전」, 『한국근대문학연구』 25, 2012.

정여울, 「이효석 텍스트의 노스탤지아와 유토피아－『벽공무한』을 중심으로」, 『한국현대문학연구』 33, 2011.

진영복, 「일제 말기 만주 여행서사와 주체 구성 방식」, 『대중서사연구』 23, 2010.

최삼룡·허경진, 『만주기행문』, 보고사, 2010.

한석정, 『만주국 건국의 재해석』, 동아대 출판부, 2009.

렐프, 에드워드, 김덕현·김현주·심승희 역, 『장소와 장소상실』, 논형, 2008.

투안, 이푸, 구동희·심승희 역, 『공간과 장소』, 대윤, 2007.

2부
정착자 혹은 안에서 본 만주와 만주국

만주국 "선鮮계" 문학 건설과 안수길*

이해영

1. 재만조선인문학과 만주국 "선鮮계" 문학

지금까지 우리는 1945년 이전, 중국 동북 또는 만주라고 했던 지역에서, 그 지역에 이주해 활동했던 조선인 문인들에 의해 이루어져왔던 문학을 '재만조선인문학'이라고 하여 대체적으로 한반도 문학의 연장선[1] 위에서 바라보았으며 '망명문학', '이민문학' 등은 그 대표적인 용어이다. 이때 '만주'는 단지 지역적 의미만을 가질 뿐이다.

---

[1] 이러한 관점은 중국 조선족 문학의 기점에 관한 논의에서도 그대로 이어지는데, 1945년 광복을 기점으로 그 이전의 문학은 주로 '재만 조선인 문학' 내지는 '해방 전 조선인 문학'이라고 하며 한국민족문학의 해외 연장으로 보았고 그 이후의 문학을 중국 조선족 문학으로 보았다. 이때 구분의 근거는 "기존 문단 작가들의 대거 귀국, 새로운 작가들에 의한 문단의 재조성"이라고 하였다. 이광일, 「해방 직후 조선족문학에서 보여진 거주지와 고향의식의 관계」, 『귀환과 전쟁을 통해 본 동아시아 이산의 제 양상 ─ 1945~1953년을 중심으로』(중국해양대 해외한국학중핵대학 사업단 제2차 국제학술회의 논문집), 2010.12, 68~69쪽 참조.

이 재만조선인문학에 대해서는 많이는 '친일 / 민족주의'라는 이분법적 구도 위에서 연구되어왔으며 일부 연구는 그들 작품 중의 부분적인 대목을 예로 들어 '친일' 내지 '저항'을 판단하였는데, 작품 전체의 맥락을 떠난 이러한 분석은 자칫 자의적인 분석에 떨어지기 쉬운 허점을 갖고 있다. 이런 이분법적 구도를 극복하기 위한 시도로 이들 재만조선인문학 자체를 이주민의 삶을 반영한 '이주문학'으로 바라보고, 절체절명의 생존 위기 앞에서 삶의 논리가 모든 것의 우위에 놓인다는 생존 제일의 논리로 이념 자체를 무화시키는 연구가 압도적으로 많이 이루어지기도 했다. 안수길 문학에 대한 연구가 그 대표적 일례이다. 그러나 이 역시 자세히 보면 안수길과 그의 문학을 친일의 혐의에서 빼내기 위한 것에 불과한 것으로, 근원적으로는 '친일 / 민족주의'의 이분법적 구도에서 벗어나지 못하고 있다. 이를 두고 "기존의 관점들은 만주 체험의 전체를 관통하고 있는 '이산의 경험'을 대체로 한두 가지의 원인으로 소급시켜 해석하는 '환원주의'의 오류에 빠져있다"[2]는 지적은 의미하는 바가 크다. 이러한 이분법적 구도와 '환원주의'적 오류를 극복하기 위해 한수영은 '이주자-내부 시선'이라는 시각을 제시하여 이주 농민의 시각에서 안수길 문학을 논할 것을 제안하였다.[3] 그러나 '이주자-내부 시선'으로서의 이주 농민의 시각이라는 것도 결국은 이주 농민의 생존과 정착이 우선이라는 생존 제일의 논리에서 별반 벗어나지 못하였다.

---

2 한수영, 「만주(滿洲)의 문학사적 표상과 안수길의 『북간도』에 나타난 '이산(移散)' 문제」, 『상허학보』11, 2003, 114쪽.
3 한수영, 「친일문학 논의와 '재만조선인문학'의 특수성」, 『재일본 및 재만주 친일문학의 내적 논리』, 역락, 2004, 123~124쪽 참조.

그러나 우리는 '재만조선인문학'이라는 용어 자체가 그 당시 한반도의 문인들 혹은 훗날의 연구자인 우리가 만들어낸 편의의 용어였음을 한번쯤은 상기해볼 필요가 있다. 정작 당시의 만주국 문학장[4]에서 보편화된 용어는 '만주국 "鮮계" 문학'이었다. 그렇다면 '재만조선인문학'과 '만주국 "鮮계" 문학'의 차이는 무엇인가? 둘의 차이는 한마디로 '한반도 연장'과 '만주 특수'의 차이일 것이다. 한반도 문학의 만주에서의 연장을 의미하는 '재만조선인문학'에서 '만주'는 지역 이상의 아무 것도 아니다. 거기에 반해 '만주국 "鮮계" 문학'이 내포한 의미는 보다 풍성하다. 거기에는 오족협화를 표방하면서 애써 독립국의 형식을 갖추고자 노력하는 '만주국'(사실상 일제가 세운 괴뢰국이었지만)이 있고, 그 속의 한 민족구성원으로서 "鮮계"가 있으며 만주국 문학장의 한 구성부분으로서 "鮮계" 문학이 있다. 실제로 당시 만주에 거주하면서 『만선일보』 편집국장을 지냈던 염상섭은 안수길의 개인 창작집 『북원』의 「序」에서 만주의 조선인문학이 조선의 문학이기 전에 우선 만주국의 문학임을 표 나게 강조하고 있다. 그에 앞서 『만선일보』 역시 "만주 조선문학 건설 신제의"라는 주제의 기획연재와 일계, 만계, 선계 작가들의 좌담회를 조직하는 것을 통해 만주국 문학장에의 진입을 위해 노력하였다. 이미 만주 조선인 문학의 중견작가로 자리를 굳힌 안수길 역시 만주국 "鮮계" 문학의 재건을 적극 주장하고 나섰다.

---

4 문학'場'의 개념은 일찍이 프랑스 사회학자 부르디외가 언급한 바 있다. 문학 장은 복잡한 사회현상으로서의 문학을 이해하는 이론적 틀을 의미한다. 이러한 개념은 문학을 둘러싼 다양한 복합 경험을 표현하고 해석해 낼 계기를 제공해 준다는 점에서 의미가 있다. 만주국이라는 국가의 존재 자체에 대한 승인 여부가 아직도 많은 논란을 안고 있으므로 그것을 하나의 국가로 하여 창작된 문학 역시 복잡한 성격을 띠지 않을 수 없으며 복합 경험의 표현이 아닐 수 없다. 그러므로 여기서는 '문단'이나 '문학계' 등 용어 대신 부르디외의 '문학場'의 개념을 사용하고자 한다.

그렇다면 '만주국 "鮮계" 문학' 건설이란 무엇인가? 그것은 만주국의 한 구성원으로서 일계, 만계와 함께 만주국 문학장에 편입됨을 의미하며 이는 조선의 문학장 속에서의 재만조선인문학과는 엄연히 다르다. 그러므로 한 작가의 작품을 한반도 민족문학의 연장으로서의 재만조선인문학의 시각에서 보느냐 아니면 만주 특수에 기초한 만주국 "鮮계" 문학으로 보느냐 사이에는 엄청난 시각의 차이가 존재한다. 이는 만주 조선인 작가와 작품에 대한 기존 시각의 교정을 요구하고 있다. 이런 맥락에서 출발하여 본 글은 안수길의 만주시기의 문학을 만주국의 문학장에 편입시켜 만주국 '선계' 문학의 시각에서 살펴보고자 한다.

2. 오족협화와 만주국 "선鮮계" 문학의 가능성

1940년 초에 들어 『만선일보』는 "만주 조선문학 건설 신제의"라는 주제로 전에 없던 획기적인 기획연재를 시작하며, 당시 만주 지역에 살고 있던 조선인 문화관계자들이 여기에 기고를 하게 된다. 그 취지는 한반도 내지의 조선문학의 전통을 이어받으면서도 만주에 살고 있는 조선인의 독자적인 문학을 해야 한다는 것이었다. 만주 조선인문학은 분명 북향의식에 기초하여 이루어져야지 조선의 변방 혹은 지방성으로 간주되어서는 안 된다는 확고한 의식이다.[5] 흥미로운 것은 비슷한 무렵, 만주의 일본인 문단에서도 '만주 문학의 독자성'을 둘러싼 논의가

---

5 김재용, 「동아시아적 맥락에서 본 '만주국' 조선인 문학」, 『문명의 충격과 근대 동아시아의 전환』, 경진, 2012, 273~275쪽 참조.

벌어졌다는 점이다. 즉 만주의 문학을 단순히 일본문학의 연장이나, 하나의 지방문학으로 보는 것을 거부하고 일본에서 독립한 새로운 독자적인 문학으로 창조해야 하는 것으로 본다는 점이다. 가령 "재만 일본인은 만주민족이다", "독자적인 만주문학이란 만주의 일본인 문학이 아니라, 일본인 문학에서 만주민족문학으로 변질해 가는 것이다"라는 과격한 의견이 이야기되었고 그 안에 소재특수성론·보고문학론·건국이념의 문제·민족협화의 문제·직업작가에 대항한 근로자문학론, 혹은 만주 2세의 민족적 정체성을 묻는 문제와 각양각색의 주제가 제기되어 나왔다. 그리고 '독자성'을 부정하는 대다수 의견이 일본 국내에서 나왔던 점에 비해 재만 일본인 작가의 논의는 대체로 '독자성'을 전제로 한 위에서 이뤄진 의견이었다는 점이다.[6]

만주의 조선인 문단과 일본인 문단에서 거의 비슷한 시기에 촉발된 '만주문학의 독자성' 논의라는 이 흥미로운 현상은 다음과 같은 두 가지 차원에서 그 맥락을 살펴볼 수 있다. 그 하나는 작가들 스스로 개개인의 심정적 차원에서 만주문학의 독자성을 인정하고 있었다. 이는 작가들 고유의 체험의 영역에 속하는 부분으로서 이 시점에 와서는 단순한 만주 소재론적 차원을 넘어서는 것이었다. 그것은 만주에서 각각의 문단이 이루어짐에 따라서 얻은 자신감의 표현이기도 했다.[7]

다른 하나는 '오족협화'에 대한 강화인데, 그 가장 전형적인 일례는 1937년의 만주국 치외법권의 철폐였다. 만주국에 살고 있는 일본인들이 그동안 일본인으로서 누렸던 온갖 특권을 포기할 수도 있음을 의미하는 이 치외법권의 철폐는 '만주국 국민'을 육성하려고 하는 관동군과

---

6 오카다 히데키, 최정옥 역, 『문학에서 본 '만주국'의 위상』, 역락, 2008, 20~21쪽.
7 김재용, 앞의 글, 275쪽.

만주국정부의 강한 의지를 보여준다. 이에 대한 대응은 일본인 문단과 조선인 문단 모두 '만주문학의 독자성'을 내세우는 것으로 나타났다. 그러나 그 논의의 초점은 서로 달랐다. 일본인 문단은 신징(新京)이데올로기와 따렌(大連)이데올로기로 분화되어 '만주공작의 선을 따르는 문학', '만주국의 이념과 이상을 노래하는 문학' 즉 정치에 종속된 문학인가 아니면 이에 대항하는 자유주의 즉 자립한 문학인가가 논의의 쟁점이 되었다. 신징[新京]이데올로기로 대표되는 정치주의와 따렌[大連]이데올로기로 대표되는 문학주의의 논쟁이었다.[8] 그러나 조선인 문단에서의 논쟁은 이와는 다른 차원에서 전개되었다. 조선인 문단에서는 만주국 문학장에서 조선인 문학의 위치를 찾는 것, 즉 만주국 문학장에서 일계, 만계 등 기타 민족의 문학과 조선인 즉 선계의 문학이 동등하게 만주국 내, 하나의 민족문학으로서 스스로를 세우고 기타 민족의 문학과 평등하게 교류하면서 만주국 문학장에 진입하여 만주국 문학장 속의 하나의 민족문학으로 자기 위치를 자리매김하는 것이었다. 당시 만주국 정부에 대하여 민생부에서 주는 상에 일계와 만계뿐만 아니라 선계의 작품에도 상을 줄 정도로 공정해야 한다고 한 안수길의 주장[9]은 그러므로 시사하는 바가 크다.

조선인 문단이 만주국 문학장에서 민족 문학으로서 조선인 문학의 위치를 주장하게 된 것은 그 무렵 조선과 만주에서 '내선일체'와 '오족협화'라는 일제의 식민지 지배논리가 강화되는 와중에, 그 두 이데올로기의 모순과 단층 속에서 어중간한 지위에 있던 만주 조선인의 입장에서 출발한 것이다. 만주국 정부는 치외법권을 철폐하고 만주국 국적

8　오카다 히데키, 앞의 책, 21~27쪽 참조.

9　김재용, 앞의 글, 273~275쪽 참조..

법을 모색하는 등 일련의 노력을 통해 오족협화를 강화함으로써 만주의 조선인을 만주국 국민으로 육성하려고 했던 반면, 조선총독부는 내선일체의 원칙 아래 만주의 조선인을 일본제국 신민으로 포함시키려 하였다.[10] 특히 만주국 문학장에서도 이 내선일체의 원리는 교묘하게 작동하였는바 재만 일본인 작가들은 만주국의 조선인 문학을 독자적인 하나의 민족문학으로 인정하려 하지 않았다. 그 일례로 일본 문인들에 의해 1942년과 1944년 출간된 『만주국각민족창작선집』 1, 2에는 조선인계 작가의 작품이 한편도 실리지 않았다. 제2집에는 심지어 몽고계 작가의 작품도 1편 수록되었음을 볼 때, 조선인 작가의 작품이 단 한편도 수록되지 못했음은 만주국 문학장에서 작동하는 내선일체의 영향을 잘 보여준다.

만주국 문학장에서 조선인 문학의 영역을 확보하고 일계, 만계 문학과 대등한 위치를 점하기 위한 노력으로 1940년 『만선일보』가 조직한 만주국 내, 일·만·선계 작가 좌담회에서, 재만 일본인 작가들은 조선어 해독이 어렵다는 핑계로 조선인 작가들에게 일본어로 번역하라고 하거나 한발 더 나아가 아예 일본어로 창작을 하라고 한다. 반면에 그들은 만주의 중국인 작가 즉 만계 작가의 작품에 대해서는 그들 스스로 열심히 번역하고 소개하는 등 노력을 기울인다. 이는 재만 일본인 작가들이 만주국 조선인 작가들을 내선일체의 원리에 의해 일본인에 포함시키려하고 조선인 문학을 일계 문학 속에 포함시키려 함을 보여준다. 좌담회에서 재만 일본인 작가들은 "만주에서 조선작가들의 활동이 적은 것은 역시 선계 작가의 태만이나 오해에 있다고 봅니다"

10　다나카 류이치, 「만주국민의 창출과 재만 조선인문제」, 『만주, 동아시아 융합의 공간』, 소명출판, 2008, 256쪽.

고 하면서 일계의 문인들과 긴밀한 연계를 갖고 내선일체의 원리를 적
극 받아들여 창작활동을 했던 소성이나 이마무라 등 작가들을 극력 칭
찬하였고 더불어 그들이 "조선의 문단이나 문화에 대하여 일언반구의
소개도 없으니 그것은 어쩐 일인가"하고 의문을 제기했다. 이에 대하
여 좌담회에 참석한 조선인 작가 이갑기와 박팔양은 그들이 "조선문단
에 대한 지식이 없었던"때문이라고 일괄하고 있다.[11] 특히 박팔양은
"원체 문단이란 것이 특수한 세계인만큼 그 조류 안에서 살지 않는 사
람으로서 남에게 소개할 만큼 깊은 지식을 갖는 것이 어렵"다고 함으
로써 예의 두 사람이 실은 조선문단을 대표할 수 없음을, 조선문단에
대해 발언권이 없음을 지적하고 있다. 이것은 일계 문인들과의 교류를
적극적으로 진행하는 것은 바람직하지만 내선일체의 원리 속에서 그
들 속에 포섭되어 들어가는 것은 바람직하지 않으며 조선인 문단의 정
체성을 유지하면서 수평적으로 평등하게 일계문인들과 대화하고 교
류하는 것이야말로 바람직한 교류형태라고 지적함으로써 만주국 문
학장에서 일계를 포함한 각 민족 문학과 교류함에 있어서 조선인 문단
의 정체성을 유지해나가야 함을 강조하고 있는 것이다.

재만 조선인 작가들의 이러한 노력에 대해 중국인 작가들은 상당히
동정적이었으며 좌담회 이후, 조선인 문학에 대해 일정하게 관심을 가
지고 자기들이 주재하는 잡지에 조선인 작가의 작품과 조선인 문학에
대한 개론성을 띤 평론 등을 게재하는 노력을 보여주었다. 중국계 시
인인 오랑(吳郎)은 잡지 『신만주』(1939년 창간)에 '재만일만선아 각계 작
가전'(1941년 11월호) 특집을 기획하면서 『만선일보』 기자 고재기를 통

---

11 김재용, 앞의 글, 276~282쪽 참조.

해 안수길의 작품 「부엌녀」를 싣는다. 이어 『신만주』는 1942년 6월호에 고재기의 평론 「재만선계문학(在滿鮮系文學)」을 싣는다.[12] 고재기는 "일본인(日系)들에게 소위 만주 문학이 있는 한 조선인 문학에 대해서도 약간의 서술을 할 수 있다고 본다. 만주의 지리, 정치 등 여러 특수성 속에서 나온 특수한 이념의 구체화를 전제로 한다면 간혹 아직 상당한 거리가 있겠지만 일본인의 만주 문학에 비하면 오히려 어느 정도 운운할 수 있다. 물론 조선인 문학은 일본인의 만주 문학보다 시작이 비교적 늦기는 하였지만 장래가 있다"[13]고 일계 문학에 대응하는 한 축으로 선계 문학을 제안하고 있으며 다소 감정적인 발언도 서슴지 않는다. 여기서 그가 만주국 문학장에서 일계 문인들에 의해 작동하는 내선일체론에 대해 강한 거부감을 갖고 있으며 그 대안으로 오족협화를 강하게 내세우고 있음을 볼 수 있다.

본고에서 말하는 만주 조선인 문학은 만주에서 살고 있는 조선인 작가들이 조선어로 쓴 문학을 말한다. 이 밖의 것은 제외한다. 이 견해의 정확여부에 대해서는 논의할 여지가 있기는 하지만 나는 만주 조선인 문학의 운명은 역시 재만 조선어의 운명이라고 생각한다. 모토(母土) 조선의 언어 문제를 추이해 볼 때 부득불 이를 생각하게 되기 때문이다. 이 나라의 언어 문제는 만주문학의 개념에서 제일 중요한 한 개 요소로 된다.[14]

고재기의 위의 발언에서 우리는 두 가지 점에 유의할 필요가 있다.

---

12 고재기, 「在滿鮮系文學」, 김장선, 『만주문학 연구』, 역락, 2009, 97쪽.
13 위의 글, 102쪽.
14 위의 글, 103쪽.

하나는 그가 만주 조선인 문학의 개념에 대해 "만주에서 살고 있는 조선인 작가들이 조선어로 쓴 문학"이라고 못 박으면서 "이 밖의 것은 제외한다"고 하는 부분이다. 즉 논자는 만주국 조선인 문학의 범위를 '만주국 내', '조선인 작가', '조선어'로 한정하고 있는 것이다. 다음은 그가 만주 조선인 문학의 존속 가능성 여부를 만주에서의 조선어의 존속 여부에 의한 것으로 보는 점이다. 이는 그가 왜 만주국 내에서 일계 문학과 대등한 위치의 선계 문학을 주장하고 있는지를 분명하게 보여주는 대목이며 만주의 조선인 작가들이 결국은 일제의 지배전략의 일환임을 번연히 알면서도 오족협화를 받아들일 수밖에 없고, 오족협화에 의한 만주국 선계 문학의 가능성을 강력히 요구하는지를 잘 보여주는 대목이다.

> 만주에서 꽃 피고 열매 맺어 복합문화(複合文化)에 협력해야 할 조선인 문학이 금후 어떤 길로 나아가야 하는가 하는 것은 비록 문학인들 자신의 문제이기는 하지만 문화자체가 정치와의 관계가 물과 고기의 관계와 같기에 일체는 정치에 의존하는 수밖에 없다.[15]

고재기는 위의 인용문으로 글을 끝맺고 있다. 점점 강화되는 내선일체에서 벗어나기 위한 방편으로 선택한 만주국의 오족협화가 과연 어디까지 가능할 것인지에 대한 매우 심각한 질문을 던지고 있다.

고재기의 발언이 만주국 일계 문학을 염두에 둔 다소 심정적 차원의 발언이라면, 염상섭은 이 문제에서 훨씬 논리적이고 치밀하다. 그는 안

---

15 앞의 글, 106쪽.

수길의 개인 창작집 『북원』의 「序」에서 "진실로 협화정신을 실천하고 모든 기회에 우리도 만주국의 문화건설에 참획하고 공헌코저 할진대 일만계(日滿系)의 그것에 연계와 협조를 일층 긴밀히 하고"[16]라고 함으로써 만주국 문학장에서 조선인 문학이 일계와 만계와 함께 동등한 지위를 차지하는 것은 협화정신을 실천하고 만주국의 문화건설에 공헌하기 위해서라고 그 근거를 찾고 있다. 이어서 그는 "다만 만주국국민으로서 만주생활을 묘파한 문예작품인 다음에는 조선문언으로 씨운 것일지라도 훌륭한 만주문학이면야 만주의 문단에 먼저 보내야할 것은 당연한일이며 또 만주예문계로서도 먼저 받아드려야 할 것이 아닌가한다"[17]고 지적함으로써 만주 조선인 문학이 조선어로 씌어졌다 하더라도 만주국 문학장 속에서 당당히 그 존재를 인정받아야 함을 강조하고 있다. 또한 그는 만주 조선인 문학에 대한 재만 일계 작가들의 무관심과 소외에 대해 "만주의 예문계가 조선문작품이라하야 무관심한다면 비원은 예문단에 있다 할 것이니"[18]라고 날카로운 비판을 가한다. 그 일례로 그는 재만조선인 작품집 『싹트는대지』가 출간되었으나 일계 문인들의 무관심을 받았고 일, 한문 번역이 전혀 이루어지지 않은 것에 대해 불만을 토로하면서 "조선문작품이라고 예문운동에 참가할 방도가 없는 것이 아님은 번설할 것도 없는 것이다"[19]고 지적함으로써 조선인 작가들에게 일본어로 번역하라고 하거나 직접 일본어로 창작하라고 하는 일계 작가들의 내선일체론에 근거한 태도를 비판하였다.

---

16 염상섭, 「序」, 연변대학교 조선문학연구소 편, 『안수길』, 보고사, 2006, 582쪽.
17 위의 글, 583쪽.
18 위의 글, 583쪽.
19 위의 글, 583쪽.

3. 체화된 만주 '특수성'과 안수길의 정체성

안수길은 1935년 단편소설 「적십자병원장」과 꽁트 「붉은 목도리」
가 『조선문단』 속간 기념에 단편과 꽁트 부문에서 각각 1등상을 받아
문단에 등단하지만 이런저런 이유로 꽁트만 발표되는 등,[20] 엄밀하게
말하면 그의 본격적인 작가생활은 만주국의 유일한 조선문 기관지인
『만선일보』를 통해 시작된 셈이다. 강경애나 현경준 등 만주에서 생활
했던 많은 문인들이 조선문단에서 등단하고 만주에 이주했고, 특히 강
경애와 같은 경우는 이주 후, 만주 체험을 소설화하더라도 조선 국내
의 문단과 밀접한 연계를 가지며 조선 국내의 문학장을 향해 발표했던
것과 달리 안수길은 거의 대부분의 작품을 『만선일보』를 통해 발표했
으며 또한 그의 작품의 절대대부분이 만주의 체험을 작품화한 것이다.
또한 안수길은 유일하게 만주에서 개인 창작집을 출간한 작가이며 그
의 소설 「부엌녀」는 재만 조선인 작가들의 작품 중에서 유일하게 만주
국 중국인 시인 오랑에 의해 그가 주재하는 중국인 문학지 『신만주』의
'재만일만선아 각계 작가전'(1941년 11월호) 특집에 실림으로써 명실상
부하게 만주국에서 조선인 문학계를 대표하는 대표작가가 되었다. 14
살에 부친이 교편을 잡고 있는 간도 용정에 이주하여 2년간 학교를 다
님으로써 청소년기의 중요한 시기를 만주에서 보냈고 함흥과 서울, 일
본에서의 학교생활을 거쳐 집안사정으로 학업을 중단하고 용정으로
돌아와 동인지를 만드는 등 본격적인 습작기를 만주에서 보낸 안수길
에게 만주는 단순히 소재나 체험의 차원이 아니었다. 그것은 안수길의

---

20 안수길, 「나의 처녀작 시절」, 『안수길 전집 16 – 수필집』, 역락, 2011, 174쪽.

거의 모든 작품이(이는 귀국 후의 작품에도 해당되어 안수길의 절대대부분의 작품에는 만주가 혹은 배경으로 혹은 삽화로, 심지어는 어떤 이유에서라도 전혀 상관이 없지만 만주를 한번 말하고서야 가능한) 만주를 빼고 씌어질 수 없었다고 할 만큼 체질화된 심정적 차원의 것이었다.

그러므로 1939년을 전후하여 조선 국내에서 내선일체가 일층 강화됨으로 하여 많은 작가들이 만주로 이주하여 내선일체와 오족협화의 긴장과 단층 속에서 만주국의 문학장으로 진입하여 만주국 '선계' 문학으로 자리잡고자 할 때, 안수길에게는 이러한 긴장과 단층이 없었다. 그에게는 만주국의 오족협화가 삶 그 자체였고 조선 국내에서 이 무렵 막 이주해온 작가들이 겪었던 내선일체의 압박감이란 전혀 없었기 때문이다. 다른 작가들에게는 만주국에서의 창작활동이 내선일체와 오족협화의 경쟁 속에서 오족협화를 선택하는 심각한 문제였지만, 안수길은 그냥 하던 그대로 하면 되었다. 이는 『만선일보』 근무시절, 학예부 기자들의 목침돌리기식 수필 쓰기에서 안수길이 역전 중국인 객잔(여관) 구내에서 살림을 하던 이야기를 썼는데 그 내용이 "그 구내에 살고 있는 중, 일, 노(露)인들의 세 살 난 병섭이를 귀여워 해주는 것으로, 처음에는 소원했던 우리 부부와 친분이 생겼다"는 것이었다. 이 수필에 대해 횡보 선생이 빙그레하시면서 "문자 그대로 민족협화로군……" 하는 뜻의 말을 했다[21]는 대목은 의미심장하다. 안수길에게는 민족협화가 내선일체의 강화로 인해 선택한 수단이 아닌 삶 그 자체였던 것이다. 그의 만주시기 작품의 갈등 대부분이 조선인 내부의 갈등이고 중국인 내지 만인에 대해서는 호의적으로 다루었다는 것도 이를 뒷받

---

21 안수길, 「횡보(橫步) 선생」, 앞의 책, 215쪽.

침해주고 있다. 『만선일보』의 "만주 조선인 문학 건설 신제의"라는 기획연재에서 안수길이 굳이 '건설'이 아닌 '재건'이라는 용어를 쓰는 것도 그의 이러한 입장을 잘 대변해주고 있다. 안수길에게 재만 조선인 문학은 원래부터 존재해왔고 그대로 이어가면 되는 것이기 때문이었다. 당시의 재만조선인 문단에 대해 남겨놓은 고재기의 다음과 같은 기록은 시사하는 바가 크다.

> 조선인작가들의 일반적인 경향은 '사실주의'라고 할 수 있는데 조선의 작가들과 보조를 같이 하고 있다. 명랑하고 건설적인 작품이 나타나지 못하는 것이 하나의 유감이라고 할 수 있다.
>
> 조선 문단의 기숙(耆宿)이며 그 공로를 중국의 노신과 비할 수 있는 염상섭 씨는 일찍 절필하고 작품을 쓰지 않고 있으며 과거의 중견작가였던 김영팔(金永八)씨도 날로 침묵을 지켜가고 있다. 비록 이 두 사람은 아직 건재하여 있지만.
>
> 그 다음 시단을 볼 때, 여수 박팔양, 백석, 유치환, 김조규 등은 모두 시집을 펴낸 중견시인들이지만 현재 모두 거의 시를 쓰지 않다시피 하고 있다.[22]

고재기의 위의 기록은 다음과 같은 두 가지 중요한 사실을 내포하고 있다. 그 하나는 만주의 조선인 작가들이 '사실주의'에 입각하여 창작하고 있지만, '명랑하고 건설적인 작품이 나타나지 못하는 것'이라는 것이다. 이것은 얼핏 보면, 1941년 발표된 「예문지도요강(藝文指導要綱)」 중의 '건국 전후에 있어서의 암흑면의 묘사만을 목적으로 삼는 것'

---

22 고재기, 「在滿鮮系文學」, 김장선, 『만주문학 연구』, 역락, 2009, 105쪽 재인용.

을 금지한다는 정신에 근거하여 '명랑하고 건설적인 작품'을 창작하지 못하는 만주 조선인 작가들에 대한 비판으로 보인다. 그러나 여기서 유의할 점은 조선인 작가들이 '사실주의'를 일반적인 경향으로 한다는 서술이다. 즉 고재기는 사실주의적 방법으로 창작할 경우, 도저히 명랑하고 건설적인 작품을 창작할 수 없는 것이 만주 조선인 작가들의 참담한 현실임을 역으로 보여주고 있는 것이다.

다른 하나는 염상섭, 백석, 박팔양, 유치환, 김조규 등 당시 만주에 머물고 있던 노장, 중견시인들이 모두 하나같이 절필하고 있음을 보여주는 대목이다. 특히 염상섭의 경우는 재만조선인 작품집 『싹트는 대지』와 안수길의 개인 창작집 『북원』의 「序」를 통해 만주국에서 조선인문학이 기타 민족문학과 대등하게 교류하고 만주국 문학장에서 하나의 민족문학으로 자리 잡는 것을 강력하게 원했다. 백석, 박팔양 등도 1940년, 만주국 문학장에서 조선인문학이 하나의 영역을 확보하기 위한 취지로 『만선일보』가 주도한 일, 만, 선계 작가 좌담회에 참석하였던 것이다. 내선일체의 강요를 피해 그래도 최소한 조선어와 조선인 문학의 정체성을 지킬 수 있다고 판단하여 선택했던 오족협화와 거기에 근거하여 자신들 스스로 그토록 확고하게 내세운 만주국 '선계' 문학 건설이었음에도 불구하고, 정작 염상섭이나 백석, 박팔양 등 본인들은 거의 작품 창작과는 담을 쌓고 있었다. 이것은 이론상으로는 그럴듯해 보이는 만주국에서의 조선인 문학 건설 내지는 영역 확보라는 것이 실제 창작 시, 여전히 친일의 혐의 내지 부담에서 벗어나기 어려운 위험성을 안고 있음을 이들이 민감하게 알아차린 결과였을 것이다. 내선일체나 오족협화나 결국은 내용과 형식, 강도의 차이는 있어도 결국은 일제의 지배논리의 서로 다른 표현형태일 뿐으로 결과적으로는 친일의 혐의 내지 그 테두리를 벗어날 수 없는 것임을 식민지 조선의 중견작가들은 너무나 잘 알고 있었기 때문일 것이다. 『만선일보』를 통해 등단하고 『만선일보』를 통해 작품 활동을 했던 작가 김창걸이 1943년 신문사의 요구대로 "대동아전쟁과 문인들의 각오"란 제목의 시국 협력 글을 쓰고 양심의 가책을 느껴 절필하고 말았다는 「절필사」는 당시의 만주 조선인 작가의 창작환경이 얼마나 엄혹한 것이었는지를 잘 보여주고 있다. 또한 신문사의 요구에 대해 "모처럼 얻은 '작가'라는 영예를 그냥 보존하기 위하여, 만일 이런 주문에도 응치 않는다면 내 존재는 문단에서 아주 없어지고 마는 것이 아닌가!"[23]라고 고민하는 대목은 당시 작가가 현실의 이런저런 유혹에서 스스로를 지키기가 얼마나 어려운 일인지를 잘 보여주고 있다.

그럼에도 안수길은 여전히 왕성한 창작활동을 지속하고 있었다. 만주에서의 그의 마지막 작품은 장편 『북향보』인데, 그는 이것을 1945년 이른 봄에 연재를 마쳤고, 그리고 병환으로 몸져눕게 되었고, 2개월 뒤, 앓는 몸을 가족들에게 부축임을 받으며 용정의 집을 처리하고 고향으로 귀환하였다. 과연 무엇이 안수길로 하여금 모두들 친일의 혐의를 쓸까 전전긍긍하며 절필하고 숨을 죽이고 있는 위태로운 상황 속에서도 친일의 혐의를 아랑곳하지 않고 마지막까지 그토록 의욕적으로 창작에 임하게 했을까? 그것은 그에게 체화된 '만주 특수성'때문이었을 것이다. 그에게 있어서 만주는 내선일체의 강요를 피해 그보다 좀 더 나아보이는 오족협화를 선택해 만주로 이주한 다른 작가들과는 달리, 선택이 아닌 삶 그 자체였다.

---

23 김창걸, 「절필사」, 연변대학 조선언어문학연구소 편, 『중국조선민족문학대계 11－김창걸 외』, 2002, 280쪽.

현암은 문단(文壇)에서 일러갈으되, 개척민작가(開拓民作家)라고하엿다. 또 만주의 농민작가(農民作家)라고도 일커럿다. 그가 주로 취재하여온 것이 선구개척민(先驅開拓民)의 고난사(苦難史)엿섯슴으로 그리고 개척민의 이야기를 써왓슴으로써 농촌이 배경이되고 농민의 생활을 그리지안흘 수 업섯다. 함으로 이러한 칭호를 바든 것이엿겟스나 사실 그는 삼심이 가까운 오늘까지 보리단 쥐어보지 못하고 볏모하나 바로 꼬자보지 못한 사람이였다. 문학적인 높흔 고양과 세련된 지성(知性)과 섬세한 정서(情緒)와 훈련을 싸흔 그는 어느 면이냐 하면 문장(文章)에 극히 신징(新京)질(神經質)이요 표현에 심한 세련을 고집하는 이를터이면 순예술파에 속하는 작가의 소질을 가졋다. 그리고 그가 건강이 여의하여 동경에 눌러잇섯든들 또는 서울에서 지탱할 수 잇섯든들 그는 그러한 작가로서 혹 그러한 작품을 썻슬지도 모르는 일이였다. 그리고 엇던 작가의 아류(亞流)가 되엿슬는지 모르는 일이엿다.

—『북향보』, 475~476쪽

안수길이 만주에서 마지막으로 창작한 장편소설『북향보』에 나오는 작가 현암이 바로 안수길 자신의 자전적 모습임은 미루어 짐작할 수 있다. 바로 안수길 자신이기도 한 작가 현암에 대하여, 위의 인용문에서는 '개척민 작가' 또는 '만주의 농민작가'라고 불리는 그가 실은 그 어느 작가보다 더 '표현에 세련을고집하는 이를터이면 순예술파에 속하는 작가의 소질을 가졌'다고 쓰고 있다. 또한 그가 건강이 여의하여 동경이나 서울에 있었다면 계속 그러한 순예술파에 속하는 작가로 그러한 경향의 작품을 썼을 것이라고 하고 있다. 이는 역으로 그가 동경이나 서울에 있지 않고 만주로 왔기 때문에 이와는 다른 작가의 길, 즉

'개척민 작가' 내지 '만주의 농민작가'가 될 수 있었음을 의미한다. 즉 작가 안수길에게도, 안수길이 만들어낸 소설 속의 작가 현암에게도 '만주'는 피할 수 없는 숙명의 공간이며, 선택이 아닌, 삶 그 자체이자 체화된 논리임을 보여준다. 그래서 안수길도, 현암도 부조(父祖)들의 고난의 정착사, 개척사와 삶을 붓으로 그리는 것이 자기의 사명이라고 보았고, 그것이야말로 만주국에서 조선인이 살아가는 길이라고 보았고 만주국 "鮮계" 문학의 건설이야말로 그 자신의 사명이라고 생각했다. 그러한 체화된 '만주 특수성'과 도저한 사명감이 그로 하여금 친일의 혐의 등을 비켜갈 수 있다는 도저한 자신감을 갖게 했을 것이다.

4. 만주국의 '국민'적 자격 확인과 '국민' 되기

염상섭은 안수길의 개인 창작집 『북원』의 「序」에서 만주의 조선인 농민에게 필요한 것은 농민도이며 농민도는 농민문학을 통해 보급된다고 하였다.

> 그러나 농민문학이 농민도에 뿌리를 박은 것이어야 할 것이라 하야도 농민도가 서고서 농민문학이 있는 것이 아니라 차라리 농민문학이 그러한 취향으로 생성 발전하는 과정에서 농민도는 대성하고 보급되는 것일 것이다. 그럼으로 농민문학의 수립과 발전은 개척민의 마음의 양식인 동시에 수전개간으로써 농업만주를 건설하고 완성하는 정신적원동력의 공급원이 된다는 공리적견지로서도 기대와 국가적 의의는 큰 것이다.[24]

여기서 염상섭은 만주에서 조선인의 역할에 대해 "수전개간으로써 농업만주를 건설하고 완성하"는 것이라고 함으로써 만주국에서 조선인의 기여와 그것을 통한 조선인의 위치를 분명하게 확인하고 있다. 만주에서 '수전개간'은 조선인 농민에 의해서 이루어진 것이며 이러한 조선인 농민의 기여는 그 어떤 민족도 대체할 수 없는 특수한 공헌이라고 함으로써 만주국에서 조선인의 존재 기반과 자격을 확인하고 있다. 이는 역으로 만주국에서 조선인이 존재의 기반을 확보하는 길은 반드시 '수전개간'에 있음을 말하고 있다. 이러한 수전 개간을 적극 선전하고 그 정신적 원동력이 되기 위해서는 만주의 조선인에게는 농민문학이 필요하며 농민문학이야말로 만주국의 국가 이익에 부합되는 것이고 그 국가적 의의가 큰 것이라고 하였다. 수전개간이 만주국에서 조선인의 삶과 존재의 기반이듯이 농민문학이야말로 만주국에서 조선인문학이 나아가야할 가능한 길이고 방향이라고 보았다. 이러한 맥락에서 그는 안수길의 『북원』이 만주 조선인 농민문학의 기점이 된다고 보았다.

『목축기』의 정신과 사상은 이것을 농민에게 옮겨 심으면 그것이 그대로 농민도가 되지않을까. 『원각촌』, 『토성』, 『벼』 등 주요저작에서도 이 정신, 이 사상은 일관하야 있다고 보았지마는 만주에서 특히 조선인개척민을 위한 농민문학이 선다면, 그것은 이 『목축기』의 정신과 사상에 다시 협화정신과 흙에서 깊은숨을 뿜고나오는 신생의 의기와 신인생관이 혼연히 융합된 농민도에 뿌리를 박은 문학이어야 할 것이 아닌가도 생각하는 바이다.[25]

---

24 염상섭, 앞의 글, 584쪽.
25 위의 글, 584쪽.

  염상섭은『북원』에 수록된 주요 작품들에 일관되는 정신과 사상이 있음을 지적하였으며 이것을 가리켜 농민도라고 하였다.『목축기』의 정신과 사상이기도 한 이 농민도란 바로 안수길의 작품에서 일관성 있게 나타나는 만주 농촌을 개척하며 수전 개간과 목축업을 적극 발전시켜 만주 농촌에 뿌리박고 만주에다가 제2의 고향을 건설하는 것이다. 만주의 조선인개척민을 위한 농민문학은 바로 이러한 농민도에 뿌리박은 문학이어야 한다는 것이다. 이러한 농민도의 정신과 사상 그리고 만주시기 안수길 문학의 총결산이기도 한 장편소설『북향보』에 등장하는 작가 현암은 실은 안수길 자신이며 그는 "부조(父祖)가 괭이와 호미로 한일을 붓과 원고로서 해야 된다"는 각오로 이러한 농민문학을 실천해가고 있다.

  안수길의 소설에 일관되게 나타나는 것은 전기 조선인 개척민들의 피눈물의 개척사이며 그 대표적 작품이 바로『벼』이다. 수전개간을 위한 조선인 농민들의 간난한 분투와 희생을 통해 안수길은 만주의 수전은 조선인 농민에 의해 개간된 것임을 확인함과 동시에 그래서 조선인은 만주국의 국민적 자격을 갖고 있음을 주장하는 것이다. 이러한 전기 조선인 개척민의 기여와 공헌을 통한 국민적 자격 확인은『북향보』에서는 만주의 수전개간과 개척에 공헌한 조선농민과 장사를 위해 이주한 부동하는 조선인 즉 양복선인들에 대한 대조를 통해 더욱 강조된다.

  조선 농민은 만주에 덕(德)의 씨를 심은 사람들일세. 조선 농민의 이주사를 줄잡아 70년이라고 한다면 70년 전이나 오늘이나 농민이 이곳에 이주한 까닭은 한결가치 여기 와서 처자 권속을 거느리고 먹고 살자는 것박게 업섯네. 그 살자는 것도 고스란히 누워서 이곳에 마련되어 잇은 것을 냠냠 집어먹자는 비로한 생각이 아니엇섯네. **그들은 볍씨와 호미를 가지고 왓네. 넓고 거칠어 쓸모업는 땅에 옥답(玉畓)을 만들고 거기에 볍씨를 심어 요즈음말로 하면 농지 조선농산물증산에 땀을 흘린 값으로 이곳에서 먹고 살자는 것이엿네.** 얼마나 깨끗한 생각이요, 의젓한 행동인가. 하늘을 우러러 부끄러울 것이 없고 땅을 내려보아도 역시 부끄러울 데 업는 바일세.

(…중략…)

그러나 양복선인(洋服鮮人)이라고 누가 말한 것을 들은 일이 잇지만 **그 명사야 무어든 건국 후에야 경의선 함경선 직통열차를 타고 들어온 돈벌이꾼들일세. 그들은 건국 전에야 이땅에 동포가 살고 잇는지 팽이새끼가 잇는지 관심 가져줄 까닭이 잇섯겟는가만 건국이 된후 너도 나도 무력천지의 이 바닥에서 돈 벌러 떠나는 것과 꼭가튼 생각으로 우 몰려들어온 것이니** 그들이 예서하는 행동이란 조선사람의 체면을 염려하는 지각잇은 것이엇을 수가 잇겟나. 한다는 노릇이 몰의리요, 거짓말이요, 사기횡령이요, 부정업이요, 또 닿지 안은 자존심에다가 쓸데없는 권리주장이요, 심한데 이르러는 만인을 경멸하는 언동이요, 햇스니 조선사람이 신용이 일계나 만계에서 두터울 리가 잇겟나

—『북향보』, 525~527쪽(강조는 인용자)

다소 긴 이 인용문에서 안수길은 만주국 건국이전 조선농민의 만주 개척과 수전 개척을 높이 평가하면서 이들은 "……농지 조성 농산물증산에 땀을 흘린 값으로 이곳에 먹고 살자는 것"인 바 그것은 당연한 것이며 "하늘을 우러러 부끄러울 것이 없"다는 것이다. 즉 안수길은 조선농민의 만주에서의 수전 개척의 공로와 기여를 높이 평가하면서 그들은 이곳 즉 만주국에서 먹고 살 권리가 있다고 역설한다. 안수길은 만

주국 건국에 대한 조선농민의 기여와 그를 통한 만주국 국민으로서의 권리를 주장하는 것이다. 반면 건국 후에야 들어온 사람들은 건국 전에야 만주에 관심도 없다가 "건국 후에야 경의선 함경선 직통열차를 타고 들어온 돈벌이꾼"들로서 이들 때문에 선계나 만계에서 전체 재만 조선인 농민들의 신용이 문제가 된다는 것이다. 이처럼 안수길은 생존권에 기반한 막연하고 감상적인 만주 정착의지가 아닌 만주국 건국에 대한 기여를 통한 조선인 농민들의 국민적 권리를 당당히 주장하고 있다. 일제와 일제가 세운 괴뢰국가인 만주국이 패망한 뒤, 중국 동북 땅에 그대로 잔류하여 중국 공산당의 정책에 동조하여 해방전쟁에 참전하고 토지를 분여 받아 중화인민공화국의 공민이 된 중국 조선족들이 건국에 대한 그들의 기여와 공헌을 확인하면서 중국 공민으로서의 권리를 주장하는 것과 안수길의 이러한 만주국 국민으로서의 권리 주장은 각각 어떤 지점에 놓여있는 것인가?

안수길은 만주국에서 조선인 농민들의 국민 되기는 바로 그들의 건국에의 기여와 함께 농민도와 만주국이 장려하는 유축농업을 적극 발전시키는 것에 있다고 한다. 즉 안수길은 조선인 농민들이 만주국에서 국민적 권리와 발언권을 갖기 위해서는 농민도로 자신들을 특수화할 것이 필요하다고 보았다. 이는 농민이 절대대부분을 차지하는 재만 조선인 사회의 구성을 염두에 둔 때문인 것으로 볼 수 있다. 안수길과 같은 맥락에서 염상섭은 재만 조선인 문학이 만주국 문학의 한 지분을 차지할 수 있기를 희망했다.

5. 만주국의 '국민' 되기 끝
—조선인의 자치 내지 이상적인 조선인 공동체

안수길의 만주국 국민 되기의 끝은 만주에 조선인의 자치를 실현하는 것 즉 이상적인 조선인 공동체를 건설하는 것이다. 이는 「벼」에서 만주에 삶의 터전을 건설하려는 소박한 정착의지로부터 시작하여 「원각촌」의 불교적 이상향, 「목축기」의 와우산 목장 경영에 대한 실험과 모색을 통해 「북향보」의 북향목장과 농민도의 사상에 이른다.

건국전(建國前)을 선구시대(先驅時代)라 한다면 그때에는 이곳에 살림터를 마련하려고 부조(父祖)들이 피와 땀을 흘린 시대라고 할 수 잇을 것이고 오늘날은 그 피로 어든 터전에다가 우리의 뼈를 묻고 그리고 우리의아들과 손자와 그리고 증손자(曾孫), 고손자(高孫子)들을 위하여 영원히 아늑하고 아름다운 고향을 이룩하지 안흐면 안될 시대라고 생각하시어 그 아늑하고 아름다운 고향을 만드시자는 것이 선생의 뜻인 줄 압니다.

—「북향보」, 333쪽

"만주에다가 아름다운 고향을 건설하자는 것"이 안수길이 내세우는 북향정신의 취지이다. 이러한 북향정신의 모색과 초기 실험단계의 형태로서 안수길은 조선인에 의해 지도되고 꾸려지는 이상적인 조선인 공동체를 꿈꾼다. 북향정신의 설계자인 정학도가 살아있을 때 북향목장에서 진행하던 고성회는 바로 이러한 이상적인 조선인 공동체의 모습이다. 이는 또한 안수길이 만주국의 테두리 내에서 고민하고 모색했던 조선인의 최대한의 자치의 한 모델이기도 했다. 만주국이 장려하는 유축농업 정책을 적극 수용하여 북향목장을 건설하고 그 기초 위에서 만주의 조선인 농촌을 이끌고 갈 선각자를 교육할 농민도장을 건설하고 북향목장과 농민도장의 지도자와 주인, 일군 모두가 조선인의 자치에 의해 이루어진다는 이상적인 조선인 공동체는 말 그대로 주주회의에 의해 운영되는 시민사회의 성격과 정학도 내지 이기철이라는 사심 없고 탁월한 지도자에 의해 지도되는 자족적인 공동체의 실험장으로서의 이중적 성격을 띠고 있다.[26] 정학도가 사망한 다음 그의 제자들의 모금운동에 의해, 그리고 만주 농촌에 "꼬물만큼"의 애정도 없으나 아버지의 뜻을 이어가야 한다는 생각으로 스스로를 헌신한 그의 딸 애라의 헌신적인 희생으로 북향목장이 회생한다는 것은 재만 조선인 자체의 자치 능력과 경영능력에 대한 보여주기이며, 북향목장을 경영하고 농민도장을 세워 만주의 조선인 농민 선각자를 교육하여 만주의 조선인 농촌을 건설한다는 것은 북향목장과 같은 자치모델을 전반 만주 조선인 사회에서 실행하겠다는 안수길의 실험정신이자 이상이었다. 이를 두고 한수영은 "큰 틀에서 보자면 민족의 독립이나 민족국가 건설 없이 어떻게 남의 땅에서 '이상촌' 건설이 가능할 것인가 의심스럽지만[27] 해방 전에 만주에 일었던 '만주 특수(特需)'와 만주국 건국 이후

---

26 여기에 대해 한수영은 "해방 전 안수길의 소설에 나타나는 공동체에 대한 이상에는 분명히 '반자본주의적인 요소'가 들어있으며, 이것은 자본주의가 보장하는 이윤추구의 무제한적 자유에 대한 거부감이 중요한 이유가 되고 있다. 그러므로 「북향보」같은 작품에서는 공동출자로서의 '주식회사'형태가 지니는 최초의 '선의(善意)'는 긍정적으로 묘사하면서도, 경영 악화로 인한 투자자들의 투자 지분의 회수나 지분에 비례한 경영권 장악 시도에 대해서는 대단히 부정적으로 묘사한다. 그가 소설 속에서 구상하는 공동체는 공간적으로나 구성원의 규모로서나 소규모의 자족적인 생활공동체로 나타난다"고 보았다. 한수영, 「만주(滿洲)의 문학사적 표상과 안수길의 『북간도』에 타나난 이산(移散)의 문제」, 『상허학보』 11, 2003, 126쪽.

27 여기에 대해 김종호는 '정착'에 대한 안수길의 지향과 집착이 문제가 아니라, 그 '정

에 일본이 내세웠던 '자작농창정' 및 '집단부락 건설'은 안수길에게는 충분히 현실적인 이상촌 건설의 대안적 정책으로 받아들여졌던 것"[28] 이라고 하였다.

실제로 만주 즉 동북의 기타 지역과는 다른 특수성을 띠고 있었던 북간도에서 한인들의 자치운동은 1910년대부터 시작되었다. 이 시기 의 자치는 주로 만주로 이주한 민족주의자들의 생활상의 안정을 위한 노력이었다. 1920년대로 들어오면서 북간도 지역 한인들의 자치에 대 한 노력은 주로 친일단체인 조선인거류민회와 민족주의 진영에서 주 도해나갔으며 1930년대 초반, '만주국'이 성립되면서부터는 주로 민생 단에 의한 자치운동을 중심으로 전개되었다.[29] 북간도 각지의 민회조 직들은 대회를 열어 '특별자치구 설정'을 선전함과 동시에 순회강연대 도 조직하였다. 아래의 인용문은 민회 대표자들이 만주국 당국에 간도 독립 문제로 진정한 내용이다.

간도인구의 80% 이상을 차지한 조선인들이 년래로 간도는 역사적 관계 로 보든지 현상으로 보아 조선인을 표준으로 하는 정치를 하여 주도록 하 라는 운동을 일으켰다가 만주국 수립을 기회로 간도를 길림성으로부터 떼 여 특별자치구역으로 하여 달라는 운동을 맹렬히 하였다. 그러나 이 운동 은 일본국책상으로 보아 적당치 못하다 한다. 즉 조선인이 따로 간도에 자

착'이 폐쇄적이고 역사적 안목 없는 소박한 낙관주의에 근거해 있기 때문에 문제라 고 비판한다. 김종호, 「1940년대 초기 만주 유민소설에 나타난 '정착'의 의미 — 「대지 의 아들」과 「북향보」를 중심으로」, 『국어교육연구』 25권, 국어교육학회, 1993, 221~ 225쪽 참조.
28 한수영, 앞의 글, 120쪽.
29 조춘호, 「1930년대 초반 북간도 지역 한인자치운동과 중국공산당 대응」, 『근대 동아 시아인의 이산과 정착』(중국해양대 한국연구소 총서 01), 경진, 2010, 28쪽.

치 구역을 설치한다는 것은 온당치 못하다는 이유로 그 목적은 실현되기가 어렵게 되었음으로 간도재류민회 기타 여러 단체에서는 운동방향을 고치어 이번에 간도를 길림성으로부터 분리하여 만주국정부 직속의 특별 구역을 만들고 間島廳 같은 행정기관을 설치하여 최고행정관을 비롯하여 관리 다수를 조선인으로 임명하여 조선인 본위의 행정을 하여주도록 하여달라고 얼마 전 각지 대표자 회의를 소집하고 그 석상에서 결의하였는데 그 결의문을 만주국정부, 관동군사령부, 조선총독부, 외무성 기타 여러 당국에 서면진정을 하였으며 또 일간대표들이 모여 여러 당국에 직접 진정하려고 한다.[30]

간도 조선인의 자치 문제는 간도 거주 조선인들에 의해 지속적으로 제기되던 문제였는데, '만주국' 수립을 기회로 더욱 맹렬해졌음은 '만주국' 수립이 모종의 측면에서 적어도 간도의 조선인들에게 자치에 대한 상당한 희망을 갖게 하였음을 의미한다. 또한 간도를 길림성으로부터 떼여 특별자치구역으로 하려는 운동은 조선인이 전체 인구의 80%를 차지하는 간도를 조선의 연장으로 하려는 조선총독부의 의지를 상당부분 반영하는 것이다. 그러나 이는 곧 일본국책상으로 보아 적당치 못하다 하여 실현이 어렵게 되었는데, 이는 같은 일본의 식민지 통치기구이지만 조선총독부는 '내선일체' 내지 '만선일여'의 연장선에 있고 만주국정부는 '오족협화'를 주장함으로써 그 들 식민지 통치기구 사이에 존재하는 식민지 지배전략의 단층 내지 틈새를 보여준다. 조선총독부가 주장하던 특별자치구역이 어렵게 되자, 간도재류민회 등 단체는

---

30 『동아일보』, 1932.5.13, 2면, "間島獨立問題再燃, 今回엔 滿洲國直屬으로 民會代表者等 會合決議, 要路當局에 陳情", 위의 글, 34쪽 재인용.

이번에는 만주국정부 직속의 특별구역을 만들고 간도청과 같은 행정 기관을 설치하려 했다. 그 목표는 최고행정관을 비롯하여 관리 다수를 조선인으로 임명하여 조선인 본위의 행정을 하는 것이다. 인용문은 이러한 내용의 결의문을 만주국정부, 관동군사령부, 조선총독부, 외무성 등 여러 당국에 진정해야 했다고 함으로써 간도 자치문제를 두고 일본 식민통치 내부 각 기구들의 입장과 견해가 엇갈리고 있음을 보여준다. 그렇지만 민회 대표자들이 운동의 초점을 두고 유난히 강조하고 있는 부분이 간도를 '만주국정부 직속의 특별 구역'으로 만드는 것이라는 부분은 '만주국' 수립과 함께 활발해진 이 '자치' 운동이 상당부분 만주국의 민족협화 정책에 그 이론적 근거를 두고 있음을 보여준다.

이런 재만 조선인 사회의 자치에 대한 희망이나 꿈은 당시 '민족협화'를 실천하는 전위조직인 협회회 회원 조열이 재만 조선인이 '만주국'의 구성원 중 의 한민족으로서 '정치적 자유'를 영위하는 것을 기대하면서 「재만 조선인의 당면 요구」에서 '만주국'의 '하나의 국민', 곧 조선 민족으로서 그 지위를 확보하기 위해 기타 요구와 함께 '자치권의 부여'를 요구한 것에서도 볼 수 있다.[31] 또한 제1차 치외법권 철폐가 조인되자, 전만조선인민회연합회 이사인 박병준이 1936년 6월 21일 오후 9시 40분부터 약 20분간에 걸쳐 신징(新京)방송국에서 「치외법권 철폐와 재만 조선인」이라는 타이틀로 조선어로 전 만주와 조선에 한 방송 강연의 내용 중에서도 확인할 수 있다. 그는 이 강연에서 '민족협화'와 관련하여 "다섯 민족은 서로 다른 문화를 가지고 있고 민족성도 다르므로 오족협화의 진의는 이 오족을 대충 혼연일체로 동화시키는 것

---

31 신규섭, 「在滿朝鮮人의 '滿洲國觀 및 '日本帝國像」, 『한국민족운동사연구』 36, 2003, 283~287쪽 참조.

이 아니고, 각 민족을 각기 단일 민족으로 인정하고 어느 정도의 자치를 인정하여 각 민족에 적응시키는 정치를 하는 것이다"라고 하고, 치외법권 철폐 후의 재만 조선인이 나가야 할 방향으로서, 하나의 민족으로서의 '자치'를 주장했다.[32]

6. 결론

이상에서 우리는 안수길의 '만주국'시기 창작활동을 만주국 "鮮系" 문학 건설과의 관계 속에서 살펴보았다. 만주국 내 유일한 조선문 신문이었던 『만선일보』는 1940년 초부터 시작하여 "滿洲朝鮮文學建設新提議"라는 획기적인 기획연재를 진행하고 여기에 중견작가 안수길을 비롯하여 여러 명의 문학인들이 만주국 조선인 문학 건설을 적극 주장하여 기고를 하였으며 『만선일보』는 또한 만주국 내, 일·만·선계 작가 좌담회를 조직하여 만주국 문학장에서 조선계 문학의 위치와 영역을 확보하려는 노력을 하였다. 당시 만주 거주 조선인 작가들이 적극 주장했던 만주국 "鮮系" 문학은 재만조선인문학과는 구별되는 만주 특수성에 기반한 것이다. 이는 만주국이 내세웠던 '오족협화'의 이념에 기초하여 일제의 또 다른 지배논리인 '내선일체'와 '오족협화' 사이의 단층과 틈새를 이용한 것이며 '내선일체'에서 벗어나기 위한 것이었다.

---

[32] 신규섭, 「在滿朝鮮人의 '滿洲國觀 및 日本帝國像」, 『한국민족운동사연구』 36, 2003, 299~300쪽 참조..

그러나 안수길의 경우는 '만주 특수' 그 자체가 체화된 이념이었으며, 특별히 '내선일체'와 '오족협화'의 긴장이 존재하지 않았다. 그에게 만주는 '내선일체'의 강요를 피해 그 보다 좀 더 나아보이는 '오족협화'를 선택하여 만주로 이주한 여타의 작가들과는 달리 만주는 선택이 아닌 삶 그 자체였다. 안수길은 만주국 건국 이전에 조선계 농민들이 만주의 개척과 수전개간에 대한 기여를 통해 조선인의 '만주국 국민'의 자격을 확인하였으며 '만주국'이 적극 장려하는 유축농업을 발전시키고 농민도를 확립하는 것이야말로 '만주국 국민'이 되기 위한 길이라고 주장하였다. 이는 '농업 만주'의 건설과 '수전 개간'에 대한 조선인만이 가능한 특수한 기여를 통해 '만주국 국민'이 되어야 한다고 했던 염상섭의 사상과 동일한 맥락에 놓여있다. 안수길은 이러한 '만주국 국민' 되기의 끝, 즉 최종 목표는 만주국의 '오족협화'에 기반한 조선인의 '자치'라고 보았다.

참고문헌

1. 기본자료

안수길, 「북향보」, 연변대 조선문학연구소 편, 『안수길』, 보고사, 1990.
______, 「나의 처녀작 시절」, 『안수길 전집 16 − 수필집』, 역락, 2011.
______, 「횡보(橫步) 선생」, 『안수길 전집 16 − 수필집』, 역락, 2011.

2. 단행본 및 논문

고재기, 「在滿鮮系文學」, 김장선, 『만주문학 연구』, 역락, 2009.
김재용, 「동아시아적 맥락에서 본 '만주국' 조선인 문학」, 『문명의 충격과 근대 동아시아의 전환』, 경진, 2012.
김종호, 「1940년대 초기 만주 유민소설에 나타난 '정착'의 의미−「대지의 아들」과 「북향보」를 중심으로」, 『국어교육연구』 25, 1993.

김창걸, 「절필사」, 연변대 조선언어문학연구소 편, 『중국조선민족문학대계 11 – 김창걸 외』, 보고사, 2002.

다나카 류이치, 「만주국민의 창출과 재만 조선인문제」, 『만주, 동아시아 융합의 공간』, 소명출판, 2008.

신규섭, 「在滿朝鮮人의 '滿洲國'觀 및 '日本帝國'像」, 『한국민족운동사연구』 36, 2003.

염상섭, 「序」, 연변대 조선문학연구소 편, 『안수길』, 보고사, 2006.

이광일, 「해방직후 조선족문학에서 보여진 거주지와 고향의식의 관계」, 『귀환과 전쟁을 통해 본 동아시아 이산의 제 양상 – 1945～1953년을 중심으로』, 중국해양대 해외한국학중핵대학 사업단 제2차 국제학술회의 논문집, 2010.12.

조춘호, 「1930년대 초반 북간도 지역 한인자치운동과 중국공산당 대응」, 『근대 동아시아인의 이산과 정착』(중국해양대 한국연구소 총서 01), 경진, 2010.

한수영, 「만주(滿洲)의 문학사적 표상과 안수길의 『북간도』에 나타난 '이산(移散)' 문제」, 『상허학보』 11, 2003.

______, 「친일문학 논의와 '재만조선인문학'의 특수성」, 『재일본 및 재만주 친일문학의 내적 논리』, 역락, 2004.

오카다 히데키, 최정옥 역, 『문학에서 본 '만주국'의 위상』, 역락, 2008.

염상섭과 재만조선인문학

'만주로컬리티(locality)' 인식을 중심으로

최 일

1. 서론

작가로서의 인지도로 본다면 「표본실의 청개구리」, 「만세전」, 「삼대」 등 영향력 있는 작품을 발표하였던 염상섭은 재만조선인문학인들 가운데서 최남선, 이광수와 함께 굴지의 '거물'이라고 할 수 있다. 하지만 염상섭은 1937년 만주에 이주하여 1945년 해방 되어 귀국하기 까지 9년 가까이 생활했지만 거의 창작활동을 하지 않았었다. 『만선일보』에 연재하였다고 하는 염상섭의 장편소설 『개동(開東)』은 전하지 않고 있어 현재 찾아 볼 수 있는 만주시기 염상섭의 작품은 재만조선인작품집 『싹트는 대지』[1]와 안수길의 소설집 『북원(北原)』[2]의 서문 그리고 『만주조선문예선(滿洲朝鮮文藝選)』[3]에 실린 수필 「우중행로기(雨中行路記)」가

---

1 신형철(申瑩澈) 편, 『싹트는 대지』, 만선일보사 출판부, 1941.4.
2 안수길, 『북원(北原)』, 연길 : 예문당, 1943.4.

전부이다.

하지만 염상섭은 창작활동은 하지 않았으되 재만조선인문학과의 관련성은 상당히 밀접했다고 할 수 있다.

염상섭은 만주에 이주하면서 『만선일보』의 편집국장을 맡아 1939년까지 계속해왔다. 재만조선인문학에 있어서 『만선일보』가 가지는 지위와 영향력은 당시의 재만조선인작가들이 「만주조선문학건설신제의(滿洲朝鮮文學建設新提議)」[4]에서 거듭 강조하는 바와 같이 "문학건설 문단형성의 주도적 역할"[5]을 담당해왔고 재만조선인문학의 거의 유일한 발표기관이었다.

『만선일보』 편집국장을 그만둔 뒤 일제가 설립한 대동항(大東港)건설사무소의 홍보업무를 담당하였지만 염상섭은 재만조선인문학작품집인 『싹트는 대지』와 『북원』의 서문을 썼다. 재만조선인작가의 소설집으로는 이 두 작품집이 전부였는바 두 작품집의 서문을 도맡았다는 사실만으로도 염상섭이 재만조선인문단에서의 지위와 영향을 짐작할 수 있다.

하지만 염상섭은 자신의 만주경력에 대하여 거의 언급을 하지 않고 있어 1962년 8월 15일 자 『동아일보』에 발표한 『만주에서―환희의 눈물속에』 등 찾아볼 수 있는 것이 극히 적다. 그 원인에 대하여서는 명확하게 알 수가 없겠지만 만주시기 경력 특히는 일제의 대동항(大東港)건설사무소의 고급직원으로 안일한 생활을 해왔다는 것이 염상섭 스

3　신형철(申瑩澈) 편, 『만주조선문예선(滿洲朝鮮文藝選)』, 신경 조선문예사(新京 朝鮮文藝社), 1941.11.
4　『만선일보』에서 1940년 1월 12일부터 2월 6일까지 설치하였던 전문란.
5　안수길, 「文壇建設의 具體案과 文學人의 迫力的 活動」, 「만주조선문학건설신제의 19」, 『만선일보』, 1940.2.3.

스로에게 있어 그다지 영광스러운 일은 아니었을 것이라는 짐작은 가능하다.[6]

그러다보니 염상섭은 재만조선인문학과 밀접한 관계를 갖고 있었고 상당한 정도로 유형, 무형의 영향력을 행사해왔지만 양자의 관계에 대한 고찰은 일차적인 자료를 갖지 못함으로 하여 시작부터 난관에 부딪히고 만다.

이 글에서 주목하는 것은 재만조선인문학의 리더 격인 염상섭이 재만조선인문학의 '만주로컬리티'에 대한 생각이다. 그것은 '만주로컬리티'의 확립에 대한 논의가 재만조선인문학비평의 중요한 부분을 이루고있기 때문이다.[7] 적어도 1940년대에 들어서면서 '만주로컬리티'의 확립은 재만조선인문학비평에서 가장 중요한 화두로 되고 있다. 1940년 1월 12일부터 2월 6일까지 『만선일보』에서 개설한 '만주조선문학건설신제의(滿洲朝鮮文學建設新提議)'란 제목의 칼럼이 대표적이다. 조선인이 만주지역에 살기 시작하면서 재만조선인문학이 시작되었다고 말할수도 있겠지만 진정한 의미에서의 재만조선인문학의 시작은 염상섭의 말을 빌면 이른바 '문화부대'의 도래와 함께 시작되었다. 따라서 재만조선인문학은 그 시작부터 반도의 조선문학과 깊은 관련성을 가지고 있었다고 할 수 있다. 실제로 만주지역에서 생활했던 조선인작가들을 보면 '만주'라는 지역과 자신의 문학 사이의 관련성에 특별한 의

---

6 이보영은 염상섭의 이 경력을 두고 "한 소시민으로서는 다행한 일이었을지 몰라도 작가로서는 부끄러울 수박에 없는 처신이었다"라고 평가하고 있다. 이보영, 「염상섭 문학의 재평가」, 『민족문화연구』 21, 1988.2, 167쪽.
7 1940년 이전의 상황은 재만조선인문학의 자료들이 대부분 유실되어 확인할 수가 없지만 '만주로컬리티'의 구명은 재만조선인문학의 역사적 전개에 의한 문제라고 생각된다.

미를 부여하지 않았던 경우가 상당히 많았다. 쉽게 말하면 이들 작가들은 몸은 만주에 있었지만 마음은 조선에 두고 있었다. 강경애의 경우가 대표적이다. 강경애의 상당수 작품들은 만주에서 생활하면서 창작하였고 만주지역을 작품의 소재로 삼고 있지만 작품속의 만주는 공간적 의미만 가질 뿐 장소적 의미는 거의 배제되어 있다. 바꾸어 말하면 만주를 배경으로 하고 있지만 만주라는 지역이 작품 속에서 가지는 특별한 의미는 없어 만주가 아닌 지역을 배경으로 하여도 아무런 상관이 없다고 할 수 있다.

만주를 공간적으로만 아닌 장소적으로도 인식하게 된 것은 안수길에 의하여 비롯되었다. 안수길은 만주에 '북향(北鄉)' 즉 "새로운 고향"이라는 의미를 부여하면서 만주의 장소적 의미를 부각하게 되었고 비로소 만주지역을 로컬화하여 그 의미 즉 '만주로컬리티'를 구축하려는 시도를 하게 된다. 위에서 언급한 『만선일보』의 칼럼 '만주조선문학건설신제의' 역시 이러한 시도에서 비롯된 결과물이었다.

하지만 일제의 식민지 혹은 준(準) 식민지라는 만주의 장소적 속성 때문에 재만조선인문학의 '만주로컬리티'에 대한 규명은 불가피하게 심각한 딜레마에 봉착하게 된다. 바로 재만조선인문학에 조선문학과의 상대적인 독립성 혹은 차별성을 부여하는 순간 일제와 복잡한 관련성 내지는 종속성을 획득하게 되기 때문이다. 특히 '만주국'이 생겨나면서 만주라는 이 로컬(local)에는 만주, 조선, 일제 등 다양한 지리적, 인문적 요소들이 부여되면서 단순명료하게 규명할 수 없는 복잡한 속성들을 가지게 된다. 원래 로컬리티는 "구체적인 사회적 관계와 사회적 과정의 교차(intersections)와 상호작용(interactions)에 의한 '구성물(constructions)'이므로, 단순히 손쉽게 선을 그을 수 있는 공간적 지역(spatial area)이 아니라 일련의 사회적 관계나 과정에 의하여 로컬리티를 정의해야 하"[8]는 것이다. '만주로컬리티'가 자칫하면 '일제식민지로컬리티'와 중첩되는 결과를 낳을 수 있었다. 또 실제로 당시 재만조선인문학의 '만주로컬리티'를 논한 글들을 보면 '오족협화', '대동아공영' 등 일제의 식민지지배담론의 흔적들이 많이 보인다. 이러한 흔적들이 진정 일제의 식민지담론에 포섭된 결과인지 아니면 만주와 중국, 조선, 일본을 차별화시키는 과정에 일제의 식민지담론의 논리를 의식적, 무의식적으로 이용한 것인지는 현재로서는 확인할 바가 없다. 하지만 안수길의 경우처럼 고향 혹은 고국으로 머리를 돌리지 않고 새로운 생존터전인 만주에서 스스로 기원이 되고자 하는 의식을 보여준 경우도 분명 있었다는 것을 생각할 때 순수하고 독립적인 '만주로컬리티'를 규명하려고 하였던 재만조선인작가들의 노력이 있었음도 완전히 부정할 수는 없다.

염상섭은 만주에서 본격적인 작품활동은 하지 않았지만 재만조선인작가들의 리더로서의 영향력을 가지고 있었다. 따라서 '만주로컬리티'에 대한 염상섭의 생각을 되짚어 보는 것은 그와 재만조선인문학의 관련성을 밝히는 하나의 경로가 될 수 있다. 필자는 만주시기 염상섭의 두 편의 서문을 기본 자료로 하여 '자세히 읽기(close reading)'를 진행하면서 동시에 같은 시기 재만조선인문학의 관련 자료들과 해방 후 만주체험을 소재로 창작한 염상섭의 작품들을 방증으로 삼아 몇 개의 키워드를 중심으로 만주 및 재만조선인문학의 '만주로컬리티'에 대한 염상섭의 인식을 추적하고자 한다.

---

8   Masesey, D. "The political place of locality studies", *Environment and planning A* 23(2), 1991, pp.267~281. 구동회, 「로컬리티 연구에 관한 방법론적 논쟁」(『국토지리학회지』 제44권 4호, 2010)에서 재인용.

2. '개척'

『싹트는 대지』서문에서 염상섭이 가장 강조하고 있는 키워드는 '개척'이다. 『싹트는 대지』가 재만조선인문학의 첫 소설집이라는 의미를 강조하면서 염상섭은 아래와 같이 말하고 있다.

> "이것이 量으로 자랑할만한 所謂全集도 아니오, 不過十篇未滿의 短篇을 모흔 것이라하야 남은 대소롭지 안케 녀길지 모르겟고, 或은 近世의 朝鮮사람이 滿洲生活에 뿌리를 박은지도 半世期는 훨신 넘엇건만 文學的所産이라고 고작 이뿐이냐고 웃을 사람도 업지 안흘 것이다. 그러나 開拓民은 實生活의 貧困以上으로 現代文化의 惠澤에서 멀리 쩌러저 잇섯다는 事實로 보아서는 決코 오늘의 이것을 적다하고 뒤늣다 못할 것이다. 도리어 이것이 뷔인 박아지 속에서 나왓고 녹슨 호미 쓰테서 자랏슴을 생각하면 고맙고 갸륵다 아니할 수 업슬 것이다."[9]

염상섭에 의하면 만주는 현대문화의 혜택에서 멀리 떨어진 새롭게 개척된 공간이다. 물론 이는 "만주생활에 뿌리를 박은지도 반세기는 훨신넘"은 재만조선인을 두고 하는 말이다. 재만조선인은 반도에서 만주로 오면서 "호미와 박아지짝박게 가지고 온것이 업스나"[10] 반세기가 넘는 개척사를 통하여 "일망무애(一望无涯)의 황막(荒漠)"[11]한 만주벌판에

9　염상섭, 「싹트는 대지 서(序)」, 신형철(申瑩澈) 편, 『싹트는 대지』, 만선일보사 출판부, 1941.4.
10　위의 글.
11　위의 글.

서 "피쌈을 흘려가며 파고 심그고 거두어서 뷔인박아지를 채"[12]워왔다.

그래서 염상섭은 재만조선인들을 '간민(墾民)'이라고 칭한다. 말하자면 만주는 조선인들이 개척을 통하여 무에서 유를 창조해온 장소(place)인 것이다.

여기서 주목할 것은 염상섭이 '신만주(新滿洲)'라는 낱말을 사용하고 있다는 점이다.

新滿洲 以前의 滿洲가 어쩌하얏든가, 先住開拓民의 生活相이 苦難이 憂鬱이, 그 무엇이든가를 쌈쌈히 모르는 우리에게 單純한 好奇와 驚異以上으로 가르처 주는바가 적지 안치마는, 그보다도 이짜에서 자라난 先住開拓者의 子孫으로서 自己를 알고 現實을 살피며 將來를 爲하야 크게 發奮하고저 할진대 먼저 이父祖와 先進의深刻한 受難의 記錄을 반드시 銘肝하야 熱讀할 義務가 잇다고 밋는다.[13]

여기서 "신만주(新滿洲)"는 '만주국'이 건립된 이후의 만주라고 이해해도 큰 무리는 없을 것이다. 주지하는 바와 같이 '만주국'은 1932년 일제가 만주지역을 강점하고 나서 건립한 정권이다. '만주국'은 '일만의정서(日滿議定書)' 등 일련의 조약을 통하여 청조(淸朝)와 일제가 체결한 모든 불평등조약을 완전하게 승계하였고 '공동방위(共同防衛)'의 명의로 일제 '관동군(關東軍)'의 주둔과 행동을 승인함으로 사실상 일제의 식민지로 전락해버렸다.

하지만 이는 언제까지나 오늘날의 시각일 뿐이고 당시 만주에 살았

---

12 위의 글.
13 위의 글.

던 사람들의 인식과 완전히 같을 수는 없다. 일제는 '오족협화(五族協和)'[14]를 표방하면서 만주에서 생활하고 있는 주민들을 '만주국'의 국민으로 호명해 내려고 하였고 이에 응한 재만조선인들은 '2등국민'이 되어 적어도 표면상으로는 새로운 기원을 여는 자격을 부여받고 "만주국의 중요한 구성분자임을 진실로 자각하면서 스스로 자기의 소질을 향상시키고 그 내용을 충실히 하며 기꺼이 만주국 국민의 의미를 이행하고 앞 다투어 만주국의 발전에 기여"[15]할 것을 요구받는다.

물론 염상섭이 이른바 '신만주'의 새로운 기원이 되기에 적극 응하였다는 증거는 현재 확인할 수 있는 자료들에는 발견되지 않는다. 하지만 염상섭은 안수길의 '북향의식'처럼 고향 혹은 고국으로 머리를 돌리지 않고 새로운 생존터전에서 스스로 기원이 되고자 하는 의식을 명확하게 보이고 있지는 않지만 '신만주'라는 정체성을 인정하고 있고 '만주로컬리티'를 부각하고 있음은 분명하다. 이는 재만조선인문학에 대한 염상섭의 인식을 통하여서도 확인이 가능하다.

3. '대륙문학'과 조선문학

염상섭의 '만주로컬리티'에 대한 인식은 재만조선인문학에 대한 인식으로 연장된다.

---

14 당시 만주지역의 다수의 주민들이었던 일본인, 한국인, 만주인, 몽골인, 러시아인 등 5개 민족의 화해와 협력을 강조한 일제의 '만주국' 건설의 취지의 하나였다.
15 1936년 8월, 일제가 발표한 '재만조선인지도요강(在滿朝鮮人指導要綱)'에서.

그러나 그 어느 作品에서나 滿洲의 흙내 안남이 업고, 朝鮮文學의 어느 구석에서도 엿볼 수 업는 大陸文學 開拓者의 文學의 特徵과 新鮮味 新生面을 發見할수 잇는 것은 全朝鮮文學을 爲하야 큰 收穫이 아니면 아닐 것이요 作家와 編者의 자랑이라 할 것이다.[16]

보는바와 같이 염상섭은 재만조선인문학과 '조선문학'을 차별화하고 있다. 『싹트는 대지』는 만주라는 지역(local)에서 "호미와 박아지와 피쌈 이외에는 아모것도 가진 것 업는 '간민(墾民)' 속에서 자라난"[17] 문학으로 "그 어느 작품에서나 만주의 흙내 안남이 업고, 조선문학의 어느 구석에서도 엿볼 수 업는 대륙문학 개척자의 문학의 특징과 신선미(新鮮味) 신생면(新生面)을 발견"할 수 있다.

하지만 염상섭은 '대륙문학' 즉 재만조선인문학과 '조선문학'을 차별화하면서도 '대륙문학'이 "全조선문학을 위하야 큰 수확"이 될 것이라고 하면서 양자의 관련성에 대하여서는 부정하지 않고 있다. '대륙문학'의 독자성 혹은 로컬리티를 의식적으로 긍정하면서도 '조선문학'과의 관련성을 부정하지 않는 것은 염상섭뿐이 아니라 당시 재만조선인작가들의 보편적인 입장이었다. 소설가 황건(黃健)의 주장이 대표적이다.

滿洲에서生活함은 故鄕에도라가기爲해서만의 準備에서가아니라 滿洲에서 生活하는그生活自體속에 잇지 안으면 안될 것이다 그것이 噴出造成하는 副次的인結果나 意圖를 否認함은決코아니나 自主性을보담더尊重히하고시픈意味에서이다 말하자면 現在라는것을 더意義잇게 살라는 것으로

하여 未來까지 더 빗나게 하자는 데 잇다 그럼으로하여 우리는 우리가 가진 環境이며 時代를疏忽히하여서는 안되는 것이며 여기에서만 滿洲에서의 朝鮮人文學의眞實한 活動과發展이始作되는것이다.[18]

滿洲朝鮮人文壇이 朝鮮文壇의 그대로의 延長이여서는 안되며 쌀아서 地方的 役割에 쯔처서는 안된다는 眞意가 잇는 것이 滿洲朝鮮人文學이 씃까지『朝鮮文學』이며 滿洲에 와잇는 滿洲國鮮系國民 卽 滿洲朝鮮文學人만이 이룰 수 잇는 文學이다. 다시 말하면 滿洲라는 國家와 그 歷史와 特異한 性格만이 가질 수 잇는 獨自的 文學 卽 滿洲文學이여야할것이며 그러기爲하여서는 朝鮮文學의 傳統을 가장 잘 消化攝取하여야만 될 것이다. 이로써만 비로서 그의 圓滿한 成就가 期待될 것이다.[19]

「만주조선문학건설신제의」와 관련된 토론에 참여했던 재만조선인작가들의 주장은 대체로 이와 비슷했는바 만주의 로컬리티를 부각하면서 재만조선인문학의 '조선문학' 혹은 '조선문단'으로의 편향을 지극히 경계하고 있다. '만주로컬리티'와 재만조선인문학의 독자성에 대한 강조는 심지어 '조선문단'의 작가들이 만주를 대하는 태도를 비판하는 데로 나아가기도 한다. 재만조선인작가 현경준은 "그런 인간들이 시국의 바람에 불려 밀월여행이나 하드시 호화로운 차림으로 만주(滿洲)에 들어와서는 닫은 차창으로 광막한 벌판을 훌터보고 어느 거리의 뒷골

---

18 황건(黃健), 「滿洲朝鮮人文學과 文學人의 信念」, 「만주조선문학건설신제의 1」, 『만선일보』, 1940.1.12.

19 황건(黃健), 「滿洲朝鮮人文學의特殊性」, 「만주조선문학건설신제의 2」, 『만선일보』, 1940.1.13.

목 꾸냥(姑娘)이나 찾어본 후 가장 엄숙한 인생의 노래나 읊는 듯이 뽐내게 되니 이 어찌 한심한 일이 아니랴'라고 비판하고 있다.[20] 일례로 이기영의 「대지의 아들」에 대한 현경준(玄傾駿),[21] 윤도혁(尹道赫)[22] 등 재만조선인작가들의 비판은 거의 이기영이 짧은 시간 동안 만주를 돌아본 천박한 만주인식에 의하여 재만조선인들의 생활을 소재로 한 장편소설을 써냈다는데 집중되고 있다.

4. '만주문학'

염상섭은 '만주로컬리티'에 대한 강조에 머물지 않고 '만주문학'이라는 정체성 속에서 재만조선인문학의 개념과 실체를 세우려는 시도로 나아가는바 이는 다수의 재만조선인문학인들에 비하여 염상섭만이 가지고 있었던 독특한 입장이었다.

그러나 비록 흙에서 나오고 흙내가 배엿다 할지라도 本質的으로 眞正한 흙의 文學에까지 發展되어야 하겟고 또 이作品들의 取才의 範圍가 前期開拓民生活의 特殊한類型的事實에 局限된 感이 잇는 點으로 보아 이것이 新滿洲의 協和精神을 體得한 國民文學에까지 展開되여야 할것을 그 瞻富한

---

20 현경준, 「文學風土記 : 間島篇」, 『인문평론』 9, 1940.6.
21 위의 글.
22 윤도혁, 「滿洲朝鮮文學의傳統性과特異性」, 「만주조선문학건설신제의 4」, 『만선일보』, 1940.1.17.

將來에 크게 期待하며 또 期待에 어김업슬 것을 밋는 바이다.[23]

인용문에 보이는 "신만주(新滿洲)의 협화정신(協和精神)" 운운은 일제의 식민담론에 동조한 혐의를 다분히 띠고 있지만 그 이면에는 만주의 중국인문학, 일본인문학과 함께 재만조선인문학 역시 '만주문학', "만주국 국민문학"의 일원으로 만들려는 의지가 담겨져 있다고 해야 할 것이다.

『싹트는 대지』 서문보다 2년 뒤에 쓴 『북원』 서문에서 염상섭은 이러한 입장들을 보다 세밀하고 확고하게 펼치고 있다.

> 眞實로 協和精神을 實踐하고 모든 機會에 우리도 滿洲國의 文化建設에 參劃하고 貢獻코저 할진대, 日滿系의 그것에 連繫와 協調를 一層緊密히 하고, 先進의 啓發과 鞭撻을 힘입을 何等의 方途가 있었어야 할 것인데, 滿洲國에 藝文團体가 誕生된지 임의 三四星霜을 閱하얏을 터이로되, 朝鮮人作家와 作品이 그 圈外에 遊離되어 있는 現狀은 그 理由와 原因이 那邊에 있든지간에 畸形的事態가 아니라 할 수 없다. 地方的이요 民族的임이 根本的으로 틀린 것은 없으나, 언제까지 그 境域에서 逡巡하고 있어서는 아니될 것이라는 말이다.[24]

염상섭은 '만주국'의 예문단체가 이미 몇 년 간 활동하고 있음에도 조선인작가와 작품이 거기에 동참하지 못하고 '권외(圈外)'에 유리되어 있음을 비판하면서 "지방적이요 민족적임이 근본적으로 틀린 것은 없

---

23 염상섭, 앞의 글.
24 염상섭, 「북원 서」, 안수길, 『북원』, 연길 : 예문당, 1943.4.

으나, 언제까지 그 경역(境域)에서 준순(逡巡)하고 있어서는 아니될 것”
이라고 보다 명확하게 '만주로컬리티'에 대한 인식을 천명하고 있다.
여기서 “지방적(地方的)”, “민족적”은 위계적(hierarchy)이고 종속적인 관
계에서 파악하는 만주의 로컬리티를 말한다. 즉 조선을 “중앙”으로 만
주를 “지방”으로, 반도의 조선인을 “중심”으로 재만조선인을 “주변”으
로 설정하는 위계적 로컬리티 인식인 것이다. 염상섭은 이러한 로컬리
티를 부정하고 있다.

나아가 염상섭은 만주에 생활하는 다양한 민족의 언어적 경계를 허
물어 탈경계의 '만주문학'을 설정한다.

> 다만 滿洲國國民으로서 滿洲生活을 描破한 文藝作品인 다음에는 朝鮮語
> 文으로 씨운 것일지라도 훌륭한 滿洲文學이오, 滿洲文學이면야 滿洲의 文
> 壇에 먼저 보내야 할 은 當然한 일이며, 또 滿洲藝文界로서도 먼저 받아드
> 려야 할 것이 아닌가 한다. 朝鮮文으로 쓴 것이라야 하야 在滿朝鮮人이 끼
> 고 돌 것도 아니요, 滿洲文壇을 제처놓고 먼저 朝鮮文壇으로 다라 나서는
> 義理가 서지 못할 것이기 때문이다. 萬一 滿洲의 藝文界가 朝鮮文作品이라
> 하야 無關心한다면 非違는 藝文壇에 있다할 것이니, 滿洲藝文壇도 반듯이
> 好意로써 마저줄 것을 믿는다.[25]

만주의 생활이라는 소재의 지역성을 내세워 언어의 경계를 허물려
는 염상섭의 주장은 베네딕트 앤더슨의 “상상된 공동체”를 떠올리게
한다. 상술한바와 같이 '만주국'은 일제에 의하여 조작된 국가로 헌법

---

25 위의 글.

(憲法)조차 제정, 반포하지 않았었다. 일제는 다만 '만주국'과 그 모체인 중화민국의 이질성을 강조하기 위하여 중화민국을 '단일민족국가'로 '만주국'은 '복합민족국가(複合民族國家)' 차별화시키면서 인구의 다수를 차지하고 있던 만주인(사실 만주족보다 한족이 절대다수를 차지하고 있었다), 일본인, 조선인, 몽골인, 러시아인의 '오족협화(五族協和)'를 중요한 이데올로기로 내세우게 된다. 이른바 '오족협화'를 구현하기 위하여 일제는 근대국민국가의 구심점(求心點) 역할을 하고 있는 '국어(國語)'에 대한 강한 집착을 보였었다. '만주국'의 건국 초기 교육정책에 보면 이른바 '만주어(滿洲語)' 즉 한어(漢語)를 '국어'라고 규정하였고 일본어는 가장 중요한 외국어의 지위를 부여받고 있다. 그러다 중국침략전쟁이 본격적으로 발발된 이후의 1938년부터 실행된 새로운 '학제요강(學制要綱)'에서부터 "일만(日滿) 일덕일심(一德一心)에 기초하여 일문(日文)을 국어의 하나로 중시해야 할 것이다"로 규정하고 있다. 하지만 다양한 민족을 가진 '만주국'에서 14년이란 짧은 시간 안에 일본어를 '국어'로 정착시키는 데는 실패하여 '만주국'에 있어 일본어의 영향력은 대만이나 한국과 같은 일제의 다른 식민지에 비해 무척 미약했었다. 중국어에 일본어의 단어를 혼용하거나 중국어에 일부 간단한 일본어문법을 가미한 '협화어(協和語)'라고 불린 일종의 피진(pidgin)이 존재했었다는 사실이 이 점을 반증해주고 있다.

한마디로 염상섭의 '만주문학'은 사실상 일제의 식민지였던 만주국의 본질을 무시한 일종 '상상된 로컬리티'라고 할 수 있는바 식민지조선에서의 '국민문학'과 많이 닮아있다. 일제식민지체제하에서 조선문학이 제국의 언어인 일본어에 의한 글쓰기를 통하여 '국민문학'이라는 위계질서 속에 편입됨으로써 '선계(鮮係)' 혹은 '외지(外地)'라는 로컬리티가 부여되어 "내지문학"이라는 로컬리티가 부여되어 있는 일본본토문학과 함께 거론될 수 있는 명분을 가질 수 있었다. 염상섭이 '만주국'에 대한 상상은 현재 명확하게 밝힐 만한 자료들이 남아있지 않지만 그러한 상상은 분명 하고 있었던 것 같다. 하지만 이러한 상상은 일제의 패망과 함께 쉽게 깨져버리게 되고 염상섭은 광복초기 만주체험을 소재로 한 작품들에서 '나는 누구인가?'하는 근원적인 회의를 나타내게 된다.

5. 혼혈^{hybrid}의 허구성 – 결론을 대신하여

해방을 맞아 만주에서 귀국한 염상섭은 10년의 창작적 공백을 의식한 듯이 의욕적으로 창작을 개시하여 「해방의 아들」(1946.11)을 필두로 해방을 맞이한 조선인들이 만주에서 반도로의 귀환을 그린 많은 작품들을 발표한다. '만주국의 국민'이었던 사람들이 '만주국'이라는 장소가 없어짐으로 하여 조선으로 귀환한다는 의미에서 이 귀환은 육체적인 귀환인 동시에 정신적인 귀환이기도 했는바 그중에는 작가인 염상섭 자신도 포함되어있었다.

「해방의 아들」은 압록강 연안의 안동(安東)과 신의주를 배경으로 조선인 아버지와 일본인 어머니 사이에서 태어난 혼혈아인 '마쓰노'가 조선인 '조준식'으로 회귀하는 과정을 그리고 있다. 혼혈인 '마쓰노'는 해방전 만주의 안동에서 일본인으로 살아왔지만 해방이 되고 일제가 패망하게 되자 일본인으로 살아갈 기반을 잃게 된다. 하지만 '마쓰노'는 그렇다고 해서 조선인사회에 귀속될 수도 없어 고립되어 귀국도 못할

처지에 놓인다. 결국 재만조선인인이고 진정한 조선인인 '홍규'가 '마
쓰노'를 도와 안동에서 신의주까지 귀환하게 되고 그 과정에 혼혈아
'마쓰노'는 조선인 '조준식'으로 다시 태어나게 된다.

'홍규'와 '마쓰노'의 첫 대면에서 염상섭은 언어의 문제를 제기한다.

"나 신의주서 왔소이다 ……."

홍규는 물론 조선말로 부쳤다. 마쓰노는 잠깐 풀렸던 표정에 다시 무장
을 하면서 무슨 말을 꺼내려 하였으나 목이 말라 그런지, 조선말이 서툴러
서 선뜻 나오지를 않는지, 입만 쭝긋쭝긋하고는 머리를 작고 흔든다.

(…중략…)

"네, 네, 그러세요. 실례했습니다. 올러 오셔요."

채 다 듣지도 않고 소리를 친다. 거센 경상도 악센트나 분명한 조선말이다.

언어는 민족정체성을 규정짓는 첫 번째 조건으로 조선인과 일본인
의 혼혈인 '마쓰노'는 두 가지 언어가 다 가능했고 오랫동안 일본어만
사용해왔기에 조선어가 서툴기는 해도 충분히 구사가 가능했다.

'홍규'는 계속하여 '마쓰노'의 민족정체성을 따져묻는다.

"…… 다만 한 가지 분명히 들어야 할 것은 조선으로 가겠느냐 일본으로
갈 생각이냐는 것이요. 다시 말하면 당신은 조선사람이냐? 일본사람이냐?
는 말이요. 한때 방편으로 이랬다 저랬다 할 세상도 아니오 ……."

"…… 그러나 인제는 조준식이지 마쓰노는 아닙니다. 저두 똥만 든 버러
지는 아니겠거던 생각야 없겠습니까 ……."

　'마쓰노'는 염상섭 자신의 심적 변화를 대변해주는 인물이라고 볼수도 있다. 한때 조선최고의 소설가로 살았던 염상섭은 만주로 이주하면서 일제의 어용지『만선일보』의 편집국장 그리고 일제 대기업의 임원으로 살면서 일본인도 아니고 조선인도 아니며, 일본의 문학인도 아니고 조선의 문학인도 아니며, 식민자도 아니고 피식민지도 아닌 다양한 이중정체성을 짊어지고 살아왔다. 하지만 조선으로 귀환한 염상섭은 더 이상 이중정체성이 허용되지 않는 상황에 놓이게 되었고 자의반타의반으로 본연의 정체성으로 회귀하게 된다. 이렇게 되자 염상섭은 재만조선인으로 살았던 때의 "나는 누구인가?"라는 질문에 직면하게되고 결국 나는 '혼혈' 혹은 '혼종'이었다는 결론에 이르게 되는 것이다.

　'혼혈'은 이쪽도 아니고 저쪽도 아니라는 의미가 강하다. 염상섭은 재만조선인문학에 만주라는 로컬리티를 부여함으로써 민족, 국가, 언어 등 고유의 경계를 허물려고 했다. 해방 후 염상섭이 혼혈에 대한 부정은 모종 의미에서 자기부정이라고 할 수 있다. 그리고 이 자기부정에는 자기가 주장했던 재만조선인문학의 '만주로컬리티'에 대한 부정도 포함되어있다. 염상섭이 이루려고 했던 재만조선인문학 역시 조선문학도 아니고 일본문학도 아닌 일종 허구된 혹은 상상된 문학이었다.

사회주의자 강경애의 만주 인식

최학송

1. 서론

해방 전 만주에서 생활의 터전을 잡고 활동한 한국 문인은 30여 명에 이른다. 여행이나 시찰 등 여러 도경을 통하여 만주에 잠간 다녀간 문인까지 합하면 그 수가 130여 명이나 된다.[1] 이들은 서로 다른 시각으로 만주를 보아왔으며 또한 자신의 만주 인식을 기초로 작품을 창작했다. 때문에 만주 체험을 가진 작가들의 만주 인식을 찾아보는 것은 '한국 근대문학' 속에 나타난 '만주'를 보다 정확히 이해하는 밑거름이 된다.

강경애(姜敬愛, 1906~1944)는 만주에서 근 10년간 생활한 대표적인 재만 한인 작가이다. 강경애는 대부분의 작품을 만주에서 창작하였으며 절반 이상의 작품은 직접 만주를 배경으로 설정하고 있다.[2]

---

1   김호웅, 『재만조선인문학연구』, 국학자료원, 1998, 32쪽.
2   소설을 예로 들어볼 때 강경애가 창작한 21편의 소설 중에서 절반 이상인 12편이 만

지금까지의 강경애 문학 연구는 크게 작품 발표 당시의 논의와 1970년대 이후의 논의로 나누어 볼 수 있다. 작품 발표 당시의 논의는 대부분 초기의 작품들을 단편적으로 논의하는 데 그쳤으며 그것을 정리해 보면 강경애는 체험을 통해 삶의 현실을 생생한 묘사로 보여주지만 명료한 사상성에 기초한 주제의 형상화에 있어 다소 미흡한 점을 보인다고 한다.[3] 강경애 문학에 관한 본격적인 논의는 1970년대 이규희의 학위논문[4]에서부터 시작되었다. 논의의 방향은 크게 네 가지로 나눌 수 있다. 첫째는 강경애의 문학을 리얼리즘적 시각에서 보는 것이며[5] 둘째는 작품 속에 나타난 여성인식에 주목하여 여성주의적 시각으로 접근하는 것이다.[6] 그리고 셋째로 만주체험과 강경애 문학사이의 연관성에 대한 연구가 있다.[7] 이외 2000년대에 들어와 자국문학사 내에서의 연구가 새로운 돌파를 가져오지 못하는 시점에서 그 대안으로 나온 것이 비교문학적인 연구가 있다.[8]

강경애 문학에 관한 논의가 어떤 시각으로 진행되었든 만주 체험이 그의 문학 창작에 미친 영향은 향을 무시할 수 없었다. 때문에 대부분의 논의는 강경애의 문학에 관한 자신의 주견을 피력하는 동시에 그 배경으로 자연스럽게 만주 체험을 거론하여 왔다. 그러나 만주 체험을 통하여 얻은 만주 인식에 대한 논의는 지금까지 이루어지지 못하고 있

주를 배경으로 한다.

3 이청, 「여류작품 총관」, 『신가정』, 1935.2.

4 이규희, 「강경애론―빛과 어둠의 절규」, 이화여대 석사논문, 1974.

5 이상경, 「강경애 연구」, 서울대 석사논문, 1984; 최원식, 「『인간문제』, 사회주의 리얼리즘의 성과와 한계」, 『인간문제』, 문학과지성사, 2006.

6 서정자, 「페미니스트 성장소설과 자기발견의 체험」, 『한국여성학』 7, 1991; 하상일, 「식민지 여성의 현실과 사회주의 여성서사」, 『비평문학』 22, 2006.

7 최학송, 「'만주'체험과 강경애 문학」, 인하대 석사논문, 2007.

8 우한, 「강경애와 소홍 소설 비교 연구―여성인물을 중심으로」, 서울대 석사논문, 2004.

다. 문학 작품이 작가의 현실 인식을 반영한다는 측면에서 볼 때 강경애의 만주 인식을 알아보는 것은 강경애가 만주에서 창작한 작품, 특히는 만주를 배경으로 하는 작품을 이해하는 중요한 키워드가 된다.

'강경애'와 '만주'의 관계를 논의하는 자리에서 그 중요성에 비하여 지금까지 홀시 되어 온 것이 '사회주의'이다. 강경애는 만주에서 시종 사회주의자들과 함께 생활하였으며 그 과정에 사회주의를 수용하고 사회주의적 신념을 확고히 하였다. 의식상의 이런 변화는 그의 만주 인식, 나아가서는 문학 창작에 당연히 영향을 미치게 된다.

이에 본 글은 우선 '사회주의'를 키워드로 강경애의 이력을 재구성하여 사회주의자 강경애의 진모를 되살리고자 한다. 그리고 이것을 기초로 강경애의 만주 인식을 알아보는 것을 통하여 강경애 문학 연구에 일조하고자 한다.

2. 강경애의 사회주의 수용과 문학적 스승

강경애는 선후하여 북만(北滿)[9]과 간도에서 근 십년간 생활하였다. 그리고 이런 강경애의 만주 생활은 시종 사회주의자들과 함께 하였다.

1924년 9월, 애인 양주동과 헤어진 강경애는 다시 고향 장연으로 돌

---

9 만주(滿洲)란 중국 동북부의 역사적 지명으로서 오늘날의 랴오닝성[遼寧省], 지린성[吉林省], 헤이룽장성[黑龍江省] 지역을 가리킨다. 만주는 또 동만, 남만, 북만으로 나뉘는데 동만은 오늘날의 옌볜을, 남만은 오늘날의 랴오닝성 랴오허[遼河] 동부와 지린성의 중남부 지역을, 북만은 오늘날의 헤이룽장성을 가리킨다.

아왔다. 그러나 서울에서 양주동과의 동거는 당시 농촌의 도덕관념으로는 수용할 수 없는 것이었다. 친지의 꾸중과 이웃의 냉대를 견디지 못한 강경애는 1926년 초 북만 하이린[海林]·닝안[寧安] 일대에 갔으며 여기서 처음으로 사회주의를 접했다.

1920년대, 강경애가 생활한 북만 하이린·닝안 일대에는 '신민부(新民府)'와 '조선공산당 만주총국(朝鮮共産黨滿洲總局)'이라는 두 개의 한인 항일조직이 있었다. '신민부'는 1925년 3월 10일에 북만의 닝안현에서 조직된 민족운동단체이다. 대한독립군단(大韓獨立軍團)과 대한독립군정서(大韓獨立軍政署)를 주축으로 하여 구성되었는데 그 중에서도 김좌진 계열인 대한독립군단의 북로군정서가 중심이었다. 독립운동 방법론으로는 무장투쟁 우선론이 지배적이었다. '조선공산당 만주총국'은 1926년 5월에 북만 닝안현에서 조직된 사회주의단체이다. '조선공산당 만주총국'이 설립되면서 만주에서 사회주의 세력이 본격적으로 형성되기 시작했다.[10] 이런 지역에서 생활하였기에 강경애는 만주항일 무장투쟁을 직접 목격할 수 있었으며 사회주의자들과 가까이할 기회도 가졌다. 더욱 중요한 것은 북만에서 강경애와 함께 생활한 김봉환이 사회주의자라는 것이다.

경남 밀양 출신인 김봉환(金奉煥)은 베이징[北京]에서 사회주의를 받아들인 사람이다.[11] 김봉환이 조선공산당 만주총국의 주요 간부라는 설도 있다.[12] 김봉환과의 생활은 강경애가 사회주의 사상을 수용한 직

---

10 서대숙,『한국 공산주의 운동사 연구』, 이론과실천, 1989; 박환,『대륙으로 간 혁명가들』, 국학자료원, 1987 참고.
11 이강훈,『청사에 빛난 순국선열들』, 역사편찬회 출판부, 1990, 509쪽.
12 박환,『만주지역 항일독립운동 답사기』, 국학자료원, 2001, 139쪽.

접적 계기가 되었다.[13]

　북만에서 2년여의 시간을 보낸 강경애는 1928년 겨울 고향 장연으로 돌아와 여성단체 '근우회(槿友會)'에 가입했다. 1927년 5월에 설립된 근우회는 초기에는 좌우 세력이 반반이었으나 1928년부터는 사회주의자가 주도하였다. 근우회는 여성차별의 역사적 원인이 사유재산 제도에 있다고 보았으며 자본주의 경제적 모순을 해결해야만 비로소 여성문제를 해결할 수 있다고 주장했다. 이런 근우회의 입장과 노선은 당시 사회주의운동과 궤를 같이 하는 것이다. 근우회도 신간회와 마찬가지로 코민테른과 조선공산당과의 연계 속에서 활동이 전개되었다.[14]

　근우회 장연 지회에서 활동하던 시기, 강경애는 장연 군청에 고원으로 부임해온 장하일(張河一)과 결혼했다. 황해도 황주에서 태어난 장하일은 해방 후 북한에서 황해도 인민위원회 위원장을 지냈으며 1949년에는 노동신문사의 부주필을 맡기도 하였다. 이런 행적으로 보아 장하일은 해방 전에도 사회주의와 밀접한 관련을 가진 사람으로 추정해볼 수 있겠다. 이 시기 강경애는 또 자신의 문학활동에 큰 영향을 미칠 김경재(金璟載)를 알게 되었다. 남편 장하일의 동향 친구인 김경재는 조선공산당 화요파의 대표적인 이론가이다. 『독립신문』, 『신한공론』의 주필을 지냈으며 '사회평론가'로 불리며 사회운동에 관한 대량의 글을 써 『삼천리』, 『혜성』, 『별건곤』, 『신여성』 등 잡지에 발표했다.[15] 강경애는 김경재에게 등단작 『어머니와 딸』의 발표를 부탁드렸으며 김경재

13　강경애의 북만 이주 및 생활과 관련한 보다 자세한 사항은 최학송, 「'만주'체험과 강경애 문학」, 인하대 석사논문, 2007 참고.
14　菅原百合, 「1920년대의 여성운동과 근우회」, 연세대 석사논문, 2003 참고.
15　「錚錚한 當代 論客의 風貌」, 『삼천리』, 1932.8.

는 이 작품을 『혜성』에 주선해주었다. 강경애는 사회주의자 김경재를 통하여 문단에 등단한 셈이다. 그리고 등단 후에도 늘 자신의 작품을 김경재에게 보내 지도를 받았다.

1931년 6월, 강경애는 남편 장하일을 따라 간도(間島) 룽징[龍井]으로 이주했다. 룽징에서 장하일은 둥싱중학교[東興中學校] 교사로 근무하였으며 강경애는 평범한 가정주부로 살며 창작에 전념하였다. 1921년에 설립된 둥싱중학교는 개교 초기부터 진보적사생(師生)들의 공산주의 사상 전파와 드높은 반일투쟁으로 명성이 높았다. 학교에는 공산주의를 학습 · 선전하는 다양한 조직이 있었을 뿐만 아니라 1926년에는 조선공산당 동만구역위원회 지부가 설립되었으며 1928년에는 고려공산청년회 동만도 세포조직이 설립되었다. 1930년 10월에는 최호림(崔虎林)을 서기로 하는 지하중국공산당(地下中國共産黨) 지부가 세워졌다[16]. 당시 둥싱중학교 교사들도 대부분 사회주의자들이었다. 장하일과 함께 일한 이병립, 하리환, 정일광 등 교사들은 모두 '조선공산당사건'이나 '간도공산당사건'으로 옥살이를 한 사람들이었다.[17] 강경애는 룽징에서 이들과 함께 생활함으로서 사회주의 이념을 더욱 확고히 하였다.

이처럼 강경애는 시종 사회주의자들과 함께 생활하면서 사회주의를 수용했을 뿐만 아니라 사회주의자들로부터 문학 지도를 받기도 하였다. 강경애에게는 네명의 문학적 스승이 있다. 첫번째 스승은 양주동이다. 어릴 적부터 문학에 흥취를 갖고 있던 강경애는 18살 나던 1923년에 양주동을 만나면서 창작활동을 시작했다. 이 시기 강경애는

16　리종홍, 「파란곡절을 겪어 온 길 ─ 동흥중학교」, 『룽정문사자료』 1, 정협룽정현문사자료연구위원회, 1986, 62쪽.
17　김경재, 「최근의 북만정세 ─ 동란의 간도에서」, 『삼천리』, 1932.7.

세편의 시를 썼는데 모두 감상적 정서의 표출에 그쳤다.

두번째로 강경애의 문학에 영향을 준 사람은 북만에서 함께 생활한 김봉환이다. 김봉환은 북만으로 가기 전 베이징에서 매월 1회『혁명』이란 사회주의적 경향의 잡지를 꾸린 사람이다. 북만에서 김봉환은 강경애와 함께 신민부의 기관지『신민보』에 '적색 경향'의 글을 발표하기도 했다.[18] 당시 강경애가 습작기에 있었으며 또 북만 이주를 전후하여 창작경향이 확연히 달라진 점을 감안하면 강경애는 김봉환의 영향을 받아 사회주의적 경향의 문학관을 수립한 것으로 추정해볼 수 있다.

강경애가 당시 사회평론가로 활약을 펼치던 김경재의 도움을 받아 문단에 데뷔하였으며 그 이후에도 원고를 김경재에게 자주 보내 지도를 받았음을 이미 지적한 바이다. 이외 강경애 문학은 그의 남편 장하일로부터도 적지 않은 영향을 받았다. 알다시피 장하일은 해방 이후 북한에서 노동신문사 부주필을 지냈으며 노동당 기관지인『근로자』에도 가끔 글을 썼다. 북한에서의 이런 행적으로 보아 해방 전에도 문학작품은 아닐지라도 사회평론과 같은 글은 썼을 것으로 추정된다. 특히 장하일은 매번 강경애가 새로운 작품을 쓰면 첫 독자가 되어 평을 해주었다.

강경애의 문학에 영향 준 네 사람 중에서 첫 스승인 절충주의자 양주동을 제외하면 나머지 세 사람은 모두 사회주의자이다. 이들은 비록 소설이나 시와 같은 문학작품은 쓰지 않았지만 문단이나 잡지와 일정한 연관이 있었다. 이들은 자신의 사상이나 주장을 직접적으로 토로하는 평론형의 글을 썼다. 이들에게 '문(文)'은 이념의 선전도구였다고 볼

18　안화춘,『중국조선족사연구』2, 서울대 출판부, 1996, 340쪽.

수 있다. 이들로부터 문학적 지도를 받았으며 또 중앙 문단과는 멀리 떨어진 간도 룽징에서 항일무장투쟁을 지켜보면서 창작하였기에 강경애의 문학은 동시대의 그 어느 작가보다도 현장감이 있었고 사실적이었다. 그리고 오랫동안 미래에 대한 낙관적 전망을 유지할 수 있은 것도 이와 무관하지 않다.

3. 북국 – 황막한 자연, 혼란한 사회

만주 생활을 통하여 사회주의를 수용한 강경애는 또 자연스럽게 사회주의적 시각으로 만주를 바라보게 되었다. 강경애는 주로 소설과 수필을 통하여 자신이 보아온 만주를 그려냈다. 강경애가 북만에서 창작한 작품을 찾아볼 수 없는 현실에서 강경애의 만주 인식은 주로 간도에서 창작한 작품을 통하여 드러난다.

강경애는 자신이 생활하고 있는 간도를 '이역(異域)'[19] 또는 '북국(北國)'이라 불렀다. 특히 '북국(北國)'이라는 표현은 그의 수필이나 소설에서 거듭 나타나고 있다. '북국'이라는 명칭은 당시 한국인들이 간도나 만주를 부르던 또 하나의 이름이기도 하다. 강경애도 이 명칭을 그대로 사용하고 있다. 안수길을 비롯한 일부 재만 한인 문인들의 '북향(北鄕)'과는 분명히 구별되는 현실 인식이다. 이는 강경애가 비록 몸은 간도에 와 있어도 '정신적 고향'은 한국을 염두에 두고 있음을 말해준다.

19　강경애, 「이역의 달밤」, 이상경 편, 『강경애 전집』, 소명출판, 2002, 743쪽. 이하는 쪽수만 표시.

간도라면 듣기만 하여도 흰 눈이 산같이 쌓이고 백곰들이 떼를 지어 춤추는 황원한 광야로만 생각될 것이다. 더구나 이런 봄날에도 꽃조차 필 수 없는 그런 재미꼴 없는…….

사실에 있어 시력이 못 자랄 만큼 광야는 넓다. 그리고 꽃 필 새 없이 봄은 지나가버리고 만다. 그 대신 무연히 넓은 광야니 만큼 이 봄날이 오면 황진(黃塵)이 눈뜨기 어렵게 휘날리고 있다.

— 「간도의 봄」, 730쪽

당시 한국인들이 만주에 대해 갖고 있던 대부분의 인식과 마찬가지로 현지에서 살고 있는 강경애에게도 이곳은 거치르고 황막한 곳이다. "붉은 구릉(丘陵)으로 된 단조무미(單調無味)한 간도"(「간도를 등지면서, 간도야 잘 있거라」, 724쪽), "황막하기 짝이 없는 만주 벌판"(「어촌점묘」, 767쪽) 등 표현은 강경애의 이런 인식을 잘 보여준다.

강경애에게 있어 간도는 단순히 자연 환경의 황량함에 그치는 것이 아니었다. 간도의 사회 환경도 이에 못지않게 험악했다.

① 갑자기 프로펠라 소리가 머리 위에서 들리며 두 셋의 비행기가 지나치다 앞산 위에다 쾅! 하고 폭탄을 던진다. 나는 공포에 가슴이 벌렁벌렁 뛰기 시작하였다. 뒤이어 저켠으로 사람들이 욱욱 밀려오기에 나는 그만 벌떡 일어나서 그들의 말을 개어 들으니 방금 비적(匪賊)을 내다 목베는 것을 보고 오는 모양이다.

(…중략…)

시가에서는 군경을 실은 트럭이 종횡으로 질구(疾驅)하며 그 안에는 우렁차게 흘러나오는 승승(乘乘)의 군가(軍歌), 그리고 바람에 휘날리는 일

장기로 시가를 단장하였다. 용정의 치안을 맡으신 만주국 경관 나리들은
이 모든 것을 얼빠지게 바라본다.

—「간도의 봄」, 731쪽

②황폐하여 가는 광야에는 군경을 실은 트럭이 종횡으로 질주하고 상공
에는 단엽식(單葉式)비행기만 대선회를 한다.

대산림으로 쫓기어 ××를 들고 ××××××하는 그들! 이 땅을 싸고
도는 환경은 매우 복잡다단하다. 그저 극단과 극단으로 중간성을 잃어버
린 이 땅이다.

—「이역의 달밤」, 744쪽

강경애의 간도 생활은 '만주사변'과 '만주국 건국'이라는 두 개의 사
건과 함께 시작되었다. 일본 군부와 우익은 일찍부터 만주의 이권을
차지하려는 야욕을 갖고 있었다. 이를 위해 1931년 펑톈[奉天] 외곽의
류탸오거우[柳條溝]에서 스스로 만철(滿鐵) 선로를 폭파하고 이를 중국
측 소행이라고 트집잡아 만철 연선(沿線)에서 북만주로 일거에 군사행
동을 개시한 일본군은 1932년 초까지 만주의 대부분 지역을 점령하였
으며 같은 해 3월 1일에는 일본의 괴뢰국가인 만주국의 성립을 선포하
였다. '만주사변'과 '만주국 건국'은 또 그에 따르는 후폭풍을 몰아 왔
다. 1932년 5월부터 간도에서는 대대적인 토벌이 진행되었던 것이다.
위의 인용문은 바로 일제의 살벌한 간도토벌의 모습을 적은 것이다.

어쩌면 강경애가 느낀 간도 자연 환경의 황량함은 이런 혼란한 사
회 환경 때문에 더욱 부각되었는지도 모른다. 하지만 주목할 것은 외
적 환경이 이처럼 열악할지라도 강경애는 결코 간도를 버리지 않는다.

강경애는 간도에 대해 믿음과 기대를 갖고 있다. 간도를 그린 강경애의 수필을 보면 비록 처음에는 열악한 간도의 자연 환경, 사회 환경으로 시작되나 나중에는 늘 "간도여! 힘있게 살아다오! 굳세게 싸워다오!"(「간도를 등지면서, 간도야 잘 있거라」, 725쪽), "간도여, 너는 그 봄을 용감히 맞았다"(「간도의 봄」, 732쪽) 등 긍정적인 방식으로 마무리를 한다.

강경애가 이처럼 간도에 믿음을 가진 것은 간도의 농민을 통해 본 미래에 대한 낙관적 전망 때문이다. 강경애의 이런 현실 인식은 주로 간도를 배경으로 하는 소설을 통하여 드러난다.

4. 전망－각성한 농민에 의한 항일무장투쟁

강경애는 간도를 배경으로 하는 소설에서 지식인 여성, 농민, 사회주의자 등 다양한 인물형상을 그리고 있지만 가장 심혈을 기울인 것은 농민이다. 강경애는 간도의 농민을 작품화하는 것을 통하여 간도는 '수난의 땅'임과 동시에 '투쟁의 땅'이라는 현실 인식을 보여주었으며 각성한 농민에 의한 현실 극복 의지를 드러냈다.

강경애의 소설에서 처음으로 간도의 농민을 작품의 전면에 등장시킨 것은 「채전」(『신가정』, 1933.9)이다. 작품의 주인공 수방이는 비록 바바, 마마, 우방이와 한 가족이지만 이들보다는 자신의 집에 와 일하는 맹서방 등 일꾼들과 더욱 동질감을 느낀다. 어느 날 바바와 마마의 대화에서 일꾼을 줄이련다는 사실을 알게 된 수방이는 이 소식을 맹서방에게 알려준다. 맹서방 등 일꾼들은 집단파업으로 대응하여 무단해고를 막아낸다.

「채전」은 비록 처음으로 간도의 농민을 작품의 전면에 등장시켰지만 간도 농민의 특수성을 제대로 살려내지 못하였다. 농장주의 무단해고에 농민들이 조직적인 반항으로 대응하여 고용을 보장받고 처우를 개선했다는 갈등 설정은 간도뿐만 아니라 한국을 망라하여 고용관계가 존재하는 곳이면 어디에서도 가능한 것이다. 「채전」에는 착취자에 대한 피착취자의 조직적이고 목적의식적인 투쟁은 승리를 거둔다는 강경애의 사회주의적 이념만이 생경하게 드러나 있다. 이런 강경애의 이념이 간도의 현실과 밀착하여 작품으로 형상화 된 것이 뒤이어 발표된 「유무」와 「소금」이다.

「유무」(『신가정』, 1934.2)는 일제의 간도토벌이 간도의 민중들에게 가져온 엄청난 정신적 공포와 토벌을 겪고 난 민중들의 인식 변화를 보여준다. 작품은 복순 아버지의 꿈 이야기를 골자로 한다. 복순 아버지는 밤마다 어떤 "괴악스럽게 생긴 인간들"(B들)에게 끌려 "암흑의 천지"에 간다. 그 암흑의 천지에는 복순 아버지와 같은 사람이 한둘이 아니다. B들은 밤만 되면 이들 중 몇 사람을 불러내는데 일단 불려간 사람은 다시 돌아오지 못한다. 어느 날 복순 아버지도 B들에게 불려나갔는데 그곳에서 참혹한 살인 장면을 목격했다는 것이 복순 아버지가 '나'에게 들려준 꿈 이야기이다.

복순 아버지는 꿈에 대해 말하면서 B들에게 끌려가는 사람들의 공포에 떠는 모습과 자신이 B들에게 끌려가 본 장면에 대한 묘사를 상세히 하고 있다. 복순 아버지는 B들에게 끌려가 B들이 어린아이를 칼끝에 끼워 들거나 사람의 목을 쇠사슬로 매어 놓고 자동차로 끌고 다니는 등 차마 눈뜨고 보기 어려운 살인 장면들을 목도한다. 현실에서는 도저히 있을 수 없을 것 같은 일들을 복순 아버지는 매일 밤 꿈에서 보고 있으며 이젠 그것이 꿈인지 현실인지 분간하지 못한다. 그러면 이것이 꿈이 아니고 현실일 가능성은 없는 것인가? 복순 아버지가 이러한 꿈을 꾸는 시간적 배경을 통하여 추적해 볼 수 있다.

「유무」는 1934년 2월 『신가정』에 발표된 소설이다. 강경애는 소설 속에서 "지금으로부터 이태 전 그 어느 날 아침"에 "우리 윗집에서 단간방을 세 얻어 살던" 복순이네 가족이 사라졌으며 "지금으로부터 일년 전 그 어느 날 밤"에 복순 아버지가 '나'를 찾아왔다고 한다. 그러면 복순이네가 사라진 시간은 1932년 초가 되며 복순 아버지가 다시 '나'를 찾아온 시간은 1933년 초가 된다. 복순 아버지가 사라졌다 돌아온 시간은 바로 일제의 대대적인 토벌 시기이다.

강경애는 「간도의 봄」, 「이역의 달밤」 등 수필을 통하여 이미 일제의 간도토벌에 대하여 언급하였다. 그러나 이런 수필은 간도토벌의 참혹상을 구체적으로 서술하지는 못했으며 토벌을 견뎌내는 간도 민중의 심리적 공포도 묘사하지 못했다. 수필에서 단편적으로 간략히 언급하였던 간도토벌을 강경애는 「유무」를 통하여 적나라하게 만인에 알리고 있다.

강경애는 「유무」를 통하여 일제의 참혹한 토벌을 보여줄 뿐만 아니라 동시에 토벌을 겪으면서 각성하는 간도 민중의 모습도 보여주고 있다. 복순 아버지는 B들의 총칼 앞에서 새로운 힘을 얻고 의식의 각성을 가져오며 끝내 자신을 죽이려는 B들의 정체를 깨닫는다. B들은 당연히 일제를 가리키는 것으로서 이는 일제의 참혹한 토벌을 겪으면서 간도의 민중들이 일제의 본질을 파악하고 그에 맞서 싸우려는 생각을 갖게 됨을 나타낸다.

강경애는 「유무」에서 이주민의 구체적인 간도 생활은 보여주지 못했는데 이는 「소금」에서 봉염 어머니라는 인물을 통하여 형상화되었다. 강경애의 대표작의 하나인 「소금」(『신가정』, 1934.5~10)은 봉염 어머니라는 한 이주민 여성의 수난사인 동시에 각성사(覺醒史)이기도 하다. 소설은 수난과 각성이라는 이중의 구도를 통하여 1930년대 초의 한 간도 농민의 삶을 반영하고 있다.

「소금」은 우선 봉염 어머니의 회상을 통하여 봉염이네 가족의 간도 이주 원인과 간도에서의 그간의 생활을 그림으로써 당시 간도의 시대적 상황과 그 속에서 살아가는 이주 농민의 삶을 보여준다.

그때 그의 머리에는 뜻하지 않은 고향이 문득 떠오른다. 무릎을 스치는 다방솔밭 옆에 가졌던 그의 밭! 눈에 흙들기 전에야 어찌 차마 그 밭을 잊으랴! 아무것을 심어도 잘되던 그 밭! "죽일 놈!" 장죽을 물고 그 밭머리에 나타나는 참봉 영감을 눈앞에 그리며 그는 이렇게 중얼거렸다. (…중략…) '잘살아야 할 터인데, 그놈 그 참봉 놈 보란듯이 우리도 잘살아야 할 터인데……' 하며 그의 눈에는 눈물이 글썽글썽해졌다.

— 「소금」, 493~494쪽

한인의 간도 이주는 크게 경제적인 원인과 정치적인 원인으로 나누어 볼 수 있다. 대다수의 농민이 그렇듯이 봉염이네 가족의 간도 이주도 경제적인 원인에 의한 것이었다. 봉염이네는 고향에서 부치던 밭을 지주에게 빼앗기고 부득이 간도에 살길을 찾아온 것이다. 주목을 요하는 것은 강경애의 소설에 등장하는 이주 농민들은 모두 지주에게 정당한 이유 없이 밭을 빼앗기고 간도에 온 것이다. 농민의 간도 이주는 여러 가지 이유가 있을 수 있으며, 경제적인 원인이라고 할지라도 그 세부에 들어가서는 다양한 이유가 있을 수 있으나 유독 지주의 착취를 강조하는 것은 강경애가 계급적 시각으로 간도의 현실을 보아온 것과 무관하지 않을 것이다.

고향에서 부치던 밭을 떼이고 간도에 흘러들어 중국인 지주의 땅을 얻어 농사를 하며 살아온 지난 10여 년을 봉염 어머니는 "오늘까지 목숨이 붙어 있는 것이 기적" 같다고 말한다. 봉염이네는 일 년 내내 땀 흘려 지은 벼를 가을이면 팡둥에게 전부 빼앗겼을 뿐만 아니라 중국인 군대인 보위단(保衛團)이나 자위단에게 또 쌀이나 돈을 바쳐야만 했다. 하루가 멀다 하고 닥쳐오는 '토벌군'과 수시로 바뀌는 '보호자'들 때문에 부뚜막 앞에 비밀 토굴을 파두고 "어디서 총소리가 나든지 개소리가 요란스레 나면 온 식구가 그 움 속에 들어가서 며칠이든지 있곤" 한다는 사실로부터 당시 간도 농촌의 혼란상을 보아낼 수 있다.

「소금」은 바로 이러한 사회적 배경에서 "팡둥과 자X단원들에게 고맙게" 굴던 봉염 아버지가 마을을 습격한 공산당의 총에 맞아 죽는 것으로 시작된다. 봉염 아버지의 죽음과 함께 이제 집에 남은 유일한 남자인 봉식이 마저 "바람이나 쏘이고 오겠노라고" 어디론가 간 것이 돌아오지 않자 소설은 이제 봉식이를 찾아 떠난 봉염 어머니의 수난사로 이어진다.

강경애는 봉염 어머니의 수난의 장소를 당시 간도의 중심인 룽징으로 설정함으로써 총칼이 난무하는 농촌뿐만 아니라 치안상의 안전이 조금은 확보된 도시도 가난한 사람들이 살기에는 어렵기가 마찬가지임을 보여준다. 봉염 어머니는 룽징에서 갖은 고생을 다하지만 자신 한사람의 생계마저 유지할 수 없게 된다. 생존을 위하여 봉염 어머니가 최후로 선택한 것이 소금 밀수이다. 그러나 간난신고 끝에 집까지 가져온 소금을 순사에게 빼앗기며 봉염 어머니도 체포된다.

일제의 토벌이 한창인 농촌에서도, 상대적으로 안전한 도시에서도, 이 사회가 정해준 법 안에서도 아니면 법 밖에 나가서도 그 어느 곳도 봉염 어머니가 최저한의 생계를 유지할 수 있는 곳은 없었다. 이 사회에서 봉염 어머니에게는 선택의 여지가 없는 것이다. 이제 그에게 남은 유일한 길은 이 사회를 바꾸는 것뿐이다. 순사에게 체포되는 순간 봉염 어머니는 끝내 밀수 도중에 만났던 공산당이 하던 말이 정확하였음을 깨달으며 공산당과 인식을 같이 하게 된다.

밤 산마루에서 무심히 아니 얄밉게 들었던 그들의 말이 ○○떠오른다. '당신네들은 우리의 동무입니다! 언제나 우리와 당신네들이 합심하는 데서만이 우리들의 적인 돈많은놈들을 대○할수 있읍니다!' ○○한 어둠속에서 ○어지던이말! 그는 가슴이 으적하였다. '소금자루를 뺏지않던 그들 ○○ 그들이 지금 곁에 있으면 자긔를 도와 싸울것같다. 아니 꼭싸워줄것이고 ○○○내소금을 빼앗은것은 돈많은 놈이었구나!' 그는 부지중에 이렇게 고○○○이때까지 참고 눌렀던 불평이 불길같이 솟아올랐다. 그는 벌떡일어났다.[20]

이처럼 강경애는 간도를 배경으로 하는 소설을 통하여 일제의 무자비한 토벌은 간도의 농민을 각성시켰고 각성한 농민은 공산당과 함께 하는 항일무장투쟁에의 동경을 나타내고 있음을 보여주었다. 이는 또

---

20 『한겨레』, 2006.8.4, 문화면. 동국대 국문과 한만수 교수의 노력에 의해 「소금」의 주제의식이 응축된 결말 부분이 위와 같이 복원되었다.

한 강경애의 만주 인식이기도 하다. 비록 열악한 자연 환경, 사회 환경
이라고는 하지만 각성한 농민에 의한 항일무장투쟁이라는 현실 극복
의 가능성을 보았으며 또한 이에 대한 믿음을 갖고 있었기에 강경애는
만주의 미래를 긍정적 시선으로 바라볼 수 있었다.

5. 계급모순을 공유한 한국과 만주

인간사회에는 늘 새로운 문제가 생기며 인간은 이 문제를 해결하기위하
야 투쟁하므로써 발전 될 것입니다. 대개 인간 문제라면 근본적인 문제와
지엽적 문제로 나눠 볼 수가 잇을 것이니 나는 이 작품에서 이 시대에 잇어
서의 인간의 근본문제를 포착하여 이 문제를 해결할 요소와 힘을 구비한
인간이 누구며 또 인간으로서의 갈 바를 지적하려고 노력하엿습니다.

─「작자의 말」, 751쪽

대표작 「인간문제」 연재 예고인 이 글은 강경애가 「인간문제」를 창
작하게 된 동기를 보여줄 뿐만 아니라 그의 문학관을 드러내기도 한
다. 강경애의 문학관은 위에서도 보다시피 "인간사회의 근본적인 문제
를 포착하고 나아가 이 문제를 해결할 사람을 찾으며 또 그가 행할 바
를 지적한다"는 말로 귀납된다.

간도를 배경으로 하는 소설에서 강경애는 각성한 농민이 공산당의
항일무장투쟁을 이해하고 동경하는 것을 통하여 항일무장투쟁에 의
한 '인간문제' 해결을 강조하였다. 이는 당시 간도에서 생활한 강경애

가 항일무장투쟁을 가까이에서 지켜본 것과 사회주의자들과 함께 생활하면서 사회주의적 시선으로 현실을 보아온 것과 무관하지 않을 것이다.

강경애의 이런 사회주의적 현실 인식은 작품 속에 등장하는 중국인에 대한 묘사에서도 드러난다. 강경애의 작품 속에서 중국인은 주요한 묘사의 대상이 아니다. 단지 지주라는 신분으로 몇몇 작품에 잠간 등장할 뿐이다. 중국인 지주가 등장하는 대표적인 작품으로 「소금」을 볼 수 있다.

「소금」이 봉염 어머니로 대표되는 이주 농민의 수난사인 동시에 각성사임은 앞에서 이미 지적한 바이다. 주목을 요하는 것은 「소금」에서 중국인 지주와 봉염 어머니의 갈등은 봉염 어머니가 겪는 일련의 수난 가운데 하나로서 계급문제의 성격을 띠는 것이다. 봉염 어머니의 계급적 각성이라는 주제 속에서 중국인 지주와 봉염 어머니 사이의 모순은 단순히 착취와 피착취라는 계급적 문제로만 부각되면서 이런 유의 작품에 흔히 나타나는 여성문제, 민족문제 등은 사라진다.

'인간문제'를 '근본적인 문제'와 '지엽적인 문제'로 나누어 보는 강경애에게 있어서 계급문제는 '근본적인 문제'였으며 여성문제, 민족문제는 '지엽적인 문제'였다. 그리고 여성문제, 민족문제와 같은 '지엽적인' 문제는 계급문제라는 '근본적인 문제'의 해결에 따라 자연스럽게 해결되는 것이었다. 때문에 「소금」에서 중국인 지주는 비록 부정의 대상이기는 하지만 그에 대한 원색적 비난 같은 것은 없으며 봉염 어머니도 자신이 불행에 처한 것을 중국인 지주와는 분리시켜 본다.

그날 밤 후로는 팡둥의 태도가 아무리 좋게 해석해도 냉랭해진 것만 같

았다. 처음에는 점잖으신 어른이고 더구나 성미 까다로운 아내가 곁에 있
으니 저러나부다 하였으나 시일이 지날수록 원망스러움이 약간 머리를 들
었다. 반면에 끝없는 정이 보이지 않는 줄을 타고 팡둥에게로 자꾸 쏠리는
것을 그는 느꼈다. 그는 한숨을 후 쉬며 이맛가에 흐르는 땀을 씻었다. 언
제나 자기도 팡둥을 대하여 주저없이 말도 건네고 사랑을 받아볼까? 생각
만이라도 그는 진저리가 나도록 좋았다. 그러나 자기 주위를 둘러싸고 있
는 모든 환경을 깨닫자 그는 울고 싶었다. 그리고 팡둥의 아내가 끝없이 부
러웠다. 그는 시름없이 머리를 숙이며 원수로 애는 왜 배었는지 하며 일감
을 들었다.

—「소금」, 507쪽

오히려 봉염 어머니는 중국인 지주에 대해 한순간 호감을 갖기도
한다.

「소금」의 이런 계급적 시각은 이주 농민과 중국인 지주 사이의 모
순이라는 동일한 주제를 다루었으나 민족적 시각으로 작품을 전개해
나간 최서해의 「홍염」과 비교해볼 때 더욱 분명해진다. 또한 계급적
시각으로 문제를 보았기에 「소금」에 나타난 중국인 지주는 한국을 배
경으로 하는 「인간문제」나 「어머니와 딸」에 등장하는 한국의 지주와
동일한 모습이다.

강경애에게 있어 만주는 '이역', '북국'으로서 외국임은 분명하나 한
국과 마찬가지로 착취와 피착취라는 계급적 문제를 공유한 사회였다.
이 점에서 만주는 '한국의 연장'이라고도 볼 수 있다.

6. 결론

강경애는 선후하여 북만(北滿)과 간도에서 근 십년간 생활하였다. 그리고 이런 만주 생활은 시종 사회주의자들과 함께하였는데 이는 강경애가 사회주의를 수용하고 나아가 그 신념을 확고히 하는 계기가 되었다. 사회주의 수용은 또 강경애로 하여금 사회주의적 시각으로 만주를 바라보게 하였다.

강경애가 북만에서 창작한 작품을 찾아볼 수 없는 현실에서 강경애의 만주 인식은 주로 간도에서 창작한 작품을 통하여 드러난다. 강경애는 자신이 생활하고 있는 간도를 '이역(異域)' 또는 '북국(北國)'이라 불렀다. 특히 '북국(北國)'이라는 표현은 그의 수필이나 소설에서 거듭 나타나고 있다. 이는 안수길을 비롯한 일부 재만 한인 문인들의 '북향(北鄕)'과는 분명히 구별되는 현실 인식으로서 강경애가 비록 몸은 간도에 와 있어도 '정신적 고향'은 한국을 염두에 두고 있음을 말해준다.

강경애에게 있어 간도는 우선 자연 환경의 황량함과 사회 환경의 혼란함으로 다가왔다. 하지만 주목을 요하는 것은 외적 환경이 이처럼 열악할지라도 강경애는 결코 간도를 버리지 않는 것이다. 강경애는 시종 간도에 대한 믿음과 기대를 갖고 있었다. 강경애에게 있어 간도는 '수난의 땅'임과 동시에 '투쟁의 땅'이었다. 이런 그의 현실 인식은 간도 배경 소설을 통하여 드러난다.

강경애는 간도를 배경으로 하는 소설에서 지식인 여성, 농민, 사회주의자 등 다양한 인물형상을 그렸지만 특히 농민에 주목한다. 「유무」, 「소금」 등 작품을 통하여 강경애는 일제의 무자비한 토벌은 간도의 농민을 각성시켰고 각성한 농민은 공산당과 함께하는 항일무장투쟁에의 동경을 나타내고 있음을 보여주었다. 이는 또한 강경애의 만주 인식이기도 하다. 비록 열악한 자연 환경, 사회 환경이라고는 하지만 각성한 농민에 의한 항일무장투쟁이라는 현실 극복의 가능성을 보았으며 또한 이에 대한 믿음을 갖고 있었기에 강경애는 만주의 미래를 긍정적 시선으로 바라볼 수 있었다.

강경애에게 있어 만주는 '이역'으로서 외국임은 분명하나 한국과 마찬가지로 착취와 피착취라는 계급적 문제를 공유한 사회였다. 이는 간도를 배경으로 하는 작품 속에 등장하는 중국인 지주에 대한 묘사에서 가장 직접적으로 드러난다. 「소금」, 「채전」 등 작품에 등장하는 중국인 지주는 「인간문제」, 「어머니와 딸」 등 작품에 등장하는 한국인 지주와 별다른 차이가 없이 단순한 착취자로 묘사된다. 착취와 피착취라는 계급적 문제를 공유하였다는 점에서 만주는 '한국의 연장'이기도 하였다.

참고문헌

1. 기본자료
이상경 편, 『강경애 전집』, 소명출판, 2002.
『신가정』, 『삼천리』, 『한계레』

2. 단행본 및 논문
김호웅, 『재만조선인문학연구』, 국학자료원, 1998.
리종홍, 「파란곡절을 겪어 온 길―동흥중학교」, 『룡정문사자료 (1)』, 정협룡정문사자료연구위원회, 1986.
박　환, 『대륙으로 간 혁명가들』, 국학자료원, 1987.
_____, 『만주지역 항일독립운동 답사기』, 국학자료원, 2001.
서대숙, 『한국 공산주의 운동사 연구』, 이론과실천, 1989.

서정자, 「페미니스트 성장소설과 자기발견의 체험」, 『한국여성학』 7, 1991.

안화춘, 『중국조선족사연구』 2, 서울대 출판부, 1996.

우　한, 「강경애와 소홍 소설 비교 연구」, 서울대 석사논문, 2004.

이강훈, 『청사에 빛난 순국선열들』, 역사편찬회 출판부, 1990.

이규희, 「강경애론－빛과 어둠의 절규」, 이화여대 석사논문, 1974.

이상경, 「강경애 연구」, 서울대 석사논문, 1984.

최원식, 「『인간문제』, 사회주의 리얼리즘의 성과와 한계」, 『인간문제』, 문학과지성사,
　　　2006.

최학송, 「'만주' 체험과 강경애 문학」, 인하대 석사논문, 2007.

하상일, 「식민지 여성의 현실과 사회주의 여성서사」, 『비평문학』 22, 2006.

菅原百合, 「1920년대의 여성운동과 근우회」, 연세대 석사논문, 2003.

'만주' 조선인 문인의 국민성 한계 _{이마무라 에이지의 경우}

김장선

1. 서론

주지하다시피 '만주국(滿洲國)'은 표면적으로 청나라 말대 황제 부의가 등극한 군주 입헌제의 독립국으로 '5족협화'와 '왕도낙토'를 건국 슬로건으로 내걸었지만 내면적으로 일본 관동군 관할의 일본 식민지였다. 조선인은 일찍 '만주국' 건국 전부터 만주에 생활의 터를 닦고 살아온 만주 개척민족의 한 구성원이었다. 한편 일제는 내선일체(內鮮一體)의 연장선이라 할 수 있는 선만일여(鮮滿一如)라는 기만책으로 만주 조선인을 '선인(鮮人)'으로 민족 동화 및 황민화 정책을 실시함과 아울러 '만주국' 건국 슬로건에 따라 만주 5족 가운데의 한 민족으로 선양하였다. 재만 조선인은 국책으로는 '만주국' 국민이었지만 실제로 만주국 국적을 획득하지 못하고 만주에 이주한 '내지인' 또는 '황민'이어야 하였다. 다시 말하면 재만 조선인에게 있어서 '만주국' 국민이라는 것은 일제의 식민 기만술책으로 허상에 불과하였다.

만주문학장(文學場)의 한 구성원이었던 재만 조선인문학은 열악한 사회문화 환경 속에서도 조선인문단을 생성 발전시켰지만 일부 조선인문인들은 국적 및 민족적(民族籍) 신분의 불확정성으로 인하여 문학활동 및 작품창작에서도 곤혹과 불안 그리고 모순적이고 복잡한 양상을 보여주었다. 그중 국민성 문제는 여간 심각한 것이 아니었다. 이마무라 에이지[今村榮治]가 바로 그 대표자라고 할 수 있다.

이마무라 에이지에 대한 연구는 아직도 부진한 상황이라고 할 수 있다. 한국 채훈 교수가 이마무라 에이지의 "작품세계가 재만 한국문학이라는 큰 흐름 속에서 어떠한 위치를 차지하는가를 가늠해"[1] 보아야 한다고 일찍 논제를 제기한 바 있고 일본 오카다 히데키[岡田英樹] 교수가 1990년대 초에 이마무라 에이지를 재만 조선인작가로 홀시 할 수 없는 연구 대상임을 밝혔고[2] 유수정의 박사논문에서는 이마무라 에이지의 대표적 소설『동행자』분석을 중심으로 소설의 주인공이 '신민(臣民)'인가 '불령선인'인가를 다각도로 분석하면서 이 소설은 그 어느 쪽에도 속하지 못하는 사람들이 만주에 실재하였음을 보여주었다고 밝혔다.[3] 필자의 졸고『이마무라 에이지 연구』[4]에서는 대체로 이마무라 에이지의 제반 문학창작궤적을 살펴보면서 조선인문인의 한 독특한 문학양상을 조명하였다.

본 글은 기존 연구 성과를 널리 섭렵하면서 주로 탈식민주의, 민족

---

1 金烈圭 외,『대륙문학 다시 읽는다』, 대륙연구소 출판부, 1992.8, 311쪽 인용.
2 岡田英樹,『僞滿洲國文學』, 吉林大學出版社, 1992.9, 290~295쪽 참조.
3 柳水晶,「帝國과 '民族協和'의 周邊의 사람들」, 筑波大學博士學位論文, 2008, 104쪽.
4 김장선,『만주문학연구』, 역락, 2009.

주의 이론으로 이마무라 에이지의 국민성 한계를 밝히는 것을 통해 만
주 조선인 문인의 국민성 한계 및 식민문학의 본질적 특징을 조명해보
자 한다.

2. 신상 및 문학 활동 경력을 통해 본 이마무라 에이지의 국민성 한계

이마무라 에이지는 1911년에 조선의 한 장씨(張氏) 가정에서 출생하
였다고 한다.[5] 고향과 본명은 아직도 확실하게 알려지지 않았고 그가
언제 만주에 들어왔는지는 또한 딱히 알 수 없다. 문학창작활동은 그
의 처녀작이라고 추정되는 단편소설 「악몽(惡夢)」(1935년 8월 2일 『신경일
일신문(新京日日新聞)』 학예란에 발표됨)의 발표를 계기로 1935년부터 시작
되었다고 추정해볼 수 있다.

여기서 이마무라 에이지는 '한일합방' 후의 식민지 조선에서 출생,
성장하여 20여 세 때 만주에 이주하고 만주의 일본어신문에 이마무라
에이지라는 일본이름으로 일본어 소설을 창작 발표하였다는 것을 명
확하게 알 수 있다. 아울러 자신의 고향이나 본명(본 민족 이름)을 밝히
지 않고 한글을 아예 모르거나 혹은 잘 못하며[6] 일제의 강제적인 창씨
개명에 앞서 이미 자진하여 창씨개명 한 것만으로도 그가 일제의 '내선
일체'의 식민지 교육을 고스란히 받아들였음을 알 수 있다. 그는 유년

---

5 滿洲文藝年鑑編纂委員會 編, 『滿洲文藝年鑑』, 康德9年版, 1943.11 참조.
6 岡田英樹, 앞의 책, 294쪽 참조.

소년시절부터 자신의 국적과 민족적(籍)을 상실 혹은 부정하거나 포기하고 '내선일체'의 순응자로, '반도인'으로 되고자 하였다고 하겠다. 일제 식민통치와 민족동화정책에 저항 아닌 순응으로 한국 국민성과 한민족성을 상실 또는 거부한 '황민화' 모범이라고 할 수 있다.

이마무라 에이지가 만주에 이주한 동기나 원인을 알 수 없으나 강덕 9년의 『만주문예년감』에 실린 예문인명록(藝文人名錄)을 의하면 그는 신경(新京) 대륙과학원(大陸科學院)을 졸업하고 신경 홍안대로(興安大路) 221번지 석로장(石露莊)에 거주하였다. 그는 『신경일일신문』 학예란을 중심으로 한 일본인문학 동인에 참가하고 선후로 신경의 일본인 문인들이 조직한 『문학지대(文學地帶)』의 동인으로, 만주문화회 신경지부(1937년 8월에 설립됨) 회원으로 된다. 조선반도에서는 모국어 아닌 일본어 교육을 받는 국적 잃은 '반도(半島)인'에 지나지 않았지만 '만주국'에서는 문학 활동에 적극 참여하는 문학인으로 되고자 한다.

그의 문학창작 초기라고 인정되는 1935년부터 1937년 사이에 그는 선후로 「악몽(惡夢)」(『新京日日新聞』, 1935.8.2~8.13, 8회 연재), 「애증기(愛憎記)」(『新京日日新聞』, 1935.9.11~9.21, 8회 연재), 「정사(情死)한 여인(心中シタ女)」(『新京日日新聞』, 1935.11.16~20, 4회 연재), 「여인들의 사랑(女タチノ愛情)」(『新京日日新聞』, 1937.9.9~9.15, 6회 연재) 등 단편소설들과 「좌화산일랑에게(佐和山一郎卜)」(『新京日日新聞』, 1936.4.2), 「금년부터는(今年カラハ)」(『新京日日新聞』, 1937.1.22~23), 「자신을 굳세게(拳堅我ガ身オ持スベシ)」(『新京日日新聞』, 1936.4.20), 「이 계절과 나(コノ季節卜僕)」(『新京日日新聞』, 1937.5.18), 「병상 잡기(病床雜記)」(『新京日日新聞』, 1937.11.18) 등 수필들을 창작 발표한다. 이런 작품들은 작가 자신의 신변사나 청춘남녀들의 단순한 사랑이야기를 쓰고 있다. 작가의 신변사는 민족적이나 국적 혹은

사회 정치에 대한 고민이나 충돌은 한마디도 찾아볼 수 없고 열혈 문학도의 순수한 문학지망과 고충뿐이다.

이마무라 에이지는 오로지 자신의 문학 꿈을 이루기 위하여 헌신적 노력을 아끼지 않았다. 1937년 11월 5일 그의 숙소에서 일어난 화재 사건 하나만으로도 이 점을 충분히 확인해 볼 수 있다. 이날 새벽, 그는 창작에 너무 몰두하다나니 초불에 원고지가 불 달리고 신문이 타고 천장이 불타는 것도 몰랐다. 다행히 무의식간에 정신을 차려 정신없이 불을 끄기는 하였지만 손발이며 얼굴에 화상을 입어 병원에 입원하게 되었다. 당시 '만주국'의 유명한 일본인 문인이었던 오오우치 다카오[大內隆雄]는 "이 사건에서 그가 얼마나 문학에 집착하였는가를 쉽게 알 수 있다"라고[7] 평하였다.

이마무라 에이지는 일본인문인들이 원고비가 적다니 작품을 평론해 주지 않는다니 하면서 불평 부릴 때에도 아래와 같이 생각하고 있었다.

그 시끄러운 원고료가 없더라도 자신의 생각을 소설, 시가 등 형식으로 써내어 그것이 활자로 되어 다시 자신의 눈앞에 나타난 문장을 검토해 볼 때 흥분되거나 만족감을 느끼는 것으로 족할 것이다.[8]

이마무라 에이지는 자기 민족어가 아닌 일본어로 문학창작을 해야 하고 생활형편도 일본인보다 많이 어려운 상황이었지만 문인이라는 존재만으로도 만족하면서 문학에만 정진하였다. 이 시기 현실적으로 일본인과의 차별을 느끼면서도 민족적이나 국적에 대한 의심 또는 곤

7　大內隆雄, 『滿洲文學二十年』, 國民畵報社, 1944.10.5, 235쪽 인용.
8　今村榮治, 『佐和山一郎ト : (謝禮ト批評)ノコト』, 『新京日日新聞』, 1936.4.8 인용.

혹이나 불안을 느끼지 못하였다고 하겠다. 대체로 '만주국' '5족협화' 국책에 대한 수용으로 자신이 '만주국' 문인임을 자부한데서 기인한 것이 아닌가 본다.

그는 1939년에 신경만일문화협회 소속 만주문화회 사무(滿洲滿日文化協會囑託 滿洲文化會事務)[9]로 되고 1939년 11월에 출판된 『만주문예년감』의 저작인 대표이자 발행인으로 되었으며 1941년 7월에는 문화회의 변신인 만주문예가협회(滿洲文藝家協會)의 비서(書記)로 된다. 이마무라 에이지는 일본인문인 동인회와 민간 문예단체에 적극적으로 가담하였지만 그가 맡은 역할과 대우는 남다른 잡부와 잡역이었다.

일본말로 이마무라 에이지라는 성씨가 장씨인 조선인이 문화회 사무국의 실무를 맡아보기 위해 신경에서 대련으로 왔다. 서로 부동한 의견을 갖고 있는 여러 사람들이 그를 마음대로 부려먹는 바람에 그는 지탱하기 어려워 나중에 시등(柴藤) 선생한테로 가서 그의 부하로 되었다. 듣건대 시등 선생이 정신상에서나 물질 상에서 여러 번 그를 절망 속에서 구해 주었다고 한다.[10]

오오우치 다카오[大內隆雄]는 『만주문학 20년』이라는 저서에서 "실무의 대부분을 담당한 것은 이마무라 에이지[今村榮治]로, 새삼스러운 말 같지만 다시 한 번 감사를 드린다"라고 쓰기까지 하였다.

그는 관동군에게 헌납한 『만주의 이모저모』라는 책자의 편집 발행에도 관여하면서 재만 일본인 문학동인 회원으로 최선을 다한다.

---

9   滿洲文化會 編, 『滿洲文藝年鑑』(昭和十四年版), 1939.11, 467쪽 참조.
10   岡田英樹, 앞의 책, 293쪽 인용.

지어 그는 일본인 여인과 결혼한다. 자신을 재만 일본인 문인과 전혀 다름없는 '만주국' 문인이 되기에 올인하였다고 하겠다.

하지만 당시 재만 일본인문인들은 이마무라 에이지의 문학적 재능을 인정하고 외재적으로는 문학동인으로 받아주었지만 내재적으로는 '내선일체' 견지에서의 선인으로 취급하였다.

1938년 초, 단편소설 「동행자(同行者)」를 발표하면서부터 이마무라 에이지는 본격적인 문학창작에 접어든다. 단편소설 「동행자」는 처음 『애가(隘衢)』(1938년 초)에 발표되었다가 『만주행정(滿洲行政)』(1938.6)에 다시 발표되며 몇 달 후에는 『만주낭만(滿洲浪漫)』(1938.10)에 수록된다. 그 이듬해에는 『만주문예년감(滿洲文藝年鑒)』(제3집, 만주문화회 편, 1939.11. 10)에 수록된다. 이렇게 이 소설이 네 차례에 걸쳐 네 가지 간행물에 발표되면서 일본인문단의 주목을 받게 된다. 이 소설을 계기로 그는 일본인 문인들로부터 위만주국 문학장의 반도인 대표문인으로 인정받으면서 점차 각종 사회 문학 활동에 참석하게 된다. 이런 사회 문학 활동 속에서 그는 선후로 「신태(新胎)」(『만주행정』 5권 6기~6권 1기, 즉 1938.12~1939.1), 「고아(孤兒)」(『新天地』 1939년 4월호, 5월호, 7월호 연재), 「출세(出世)」(『宣撫月報』 4권 11기, 1939.12) 등 단편소설들과 〈비바람이 지나간 후(風雨ノアト)〉(『宣撫月報』 4권 4기, 1939.4), 〈추운 집(凍屋)〉(발표시기 미상) 등 희곡작품, 그리고 「안개비(霧雨)」(『山南海北話滿洲』, 만주문화회, 1940.6), 「영흥촌의 조선농민들(榮興村ノ鮮農タチ)」(『藝文』 2권 6기, 1943.6), 「현지지도자(現地指導者)」(『續現地隨筆』, 만주신문사, 1943.8.30) 등 수필을 창작 발표한다. 이런 작품들은 그 제재가 대부분 재만 조선인들의 생활사이지만 내용과 주제는 '5족협화'를 비롯한 당시 만주국 시책과 일제의 대동아공영 사상을 극력 선양하고 있다. 이런 경향은 창작후기에 접어들면서 더 뚜렷해졌다. 이

시기 작품들은 '만주국' 국민, 나아가 일제 동아신질서사상의 지대성의
식을 수용한 제국의 국민이 되고자 한 의도가 선명하게 드러난다.

하지만 이마무라 에이지의 이런 국민의 꿈은 '만주국' 및 일제의 패
망과 더불어 처참하게 파멸된다. 일제가 항복한 후 재만 일본인들이 일
본으로 송환될 때의 이마무라 에이지의 상황이 이 점을 잘 말해 준다.

今村은 의기소침해 있었다. 반도인으로 태어났으면서도 북선도 남선도
잘 알지 못하고, 말조차 충분히 통하지 않는다고 들었다. 이것만으로도 이
런 사람들의 장래는 도대체 어떻게 될 것인가 하고, 省三(內海省三)도 눈앞
이 깜깜해지는 그런 생각이었다. 마음으로부터 일본인이 완전히 되고 싶
다고 믿으면서도, 현실에서는 송환(히키아게)열차에 오르는 일조차 허락
되지 않은 이방인으로서 버려져 있는 한 인간에 불과한 자기 자신을 돌아
보고 今村은, 어떻게 몸을 두면 좋을지를 모르는 것은 아닐까 하고 省三에
게는 생각되었다. 더구나 그의 옆에는 고향을 일본 내지에 가진 젊은 부인
이 있었다. 부인도 당연히 이 고독한 今村을 버리고 귀국열차를 타고 돌아
가고자 하는 사람이 아님을 그들이 나누는 말의 구석구석에서도 느낄 수
있었다.

省三에게는 돌아간다면 설사 보잘 것 없다 치더라고 거기에는 고향이 있
다. 그러나 과연 지금의 今村에게는 고향이 있는 것일까. 지금은 완전히 중
국정부의 치하에 들어간 둥베이 지구의 만주에서 반도 출신자 사이에서도
지금까지의 今村은 너무나도 내지인 같았다는 점에 대해 필시 많은 반도
인의 특질적인 질시반감을 가지고 있음을 들어 알고 있는 省三은, 今村英
二의 지금부터의 앞날의 어둠을 우려할 뿐이었다.

"內海씨, 우리들도 언젠가 내지로 돌아가겠습니다."

구태여 어기(語氣)를 강하게 말하는 今村의 말에, 省三은 뭐라고 답할 수
도 없어 묵묵히 고개를 끄덕였다.[11]

이마무라 에이지는 어려서부터 언어, 문화, 생활, 의식 등 모든 면에
서 식민자의 식민요소를 거부감 없이 받아들이면서 민족적을 상실하
고 내심 '만주국' 국민 문인으로 되고자 최선을 다 하였다. 그럼에도 불
구하고 일제 식민통치자들은 그를 다만 민족적을 상실한 '의사(擬似)식
민주의자'로 인정할 뿐 '만주국' 국민으로는 인정하지 않았다. '만주국'
과 제국은 그의 식민자요소만 인정, 이용하였을 뿐 혈연의 민족적을
무시 또는 차별시하여 그는 다만 '선만일체(鮮滿一體)'의 황민화 '선인'
이었고 결코 국민은 아니었다. 그의 국민성은 본질적으로 일제 식민통
치의 기만술책이 만든 허상에 불과하였다. 하여 실제적으로 그는 '만
주국' 패망 때 일본으로 갈수도 없었고 만주에 남기도 어려운 비참한
상황에 처하게 되었다.

3. 문학작품 및 그 영향력을 통해 본
이마무라 에이지의 국민성 한계

이마무라 에이지의 문학작품은 초기, 중기, 후기로 나누어 볼 수 있다.
문학창작 초기 작품들은 대체로 청춘남녀들의 사랑을 주제로 하고

---

11 竹內正一, 「哈爾濱·新京 : 引揚者 手記」, 『作文』 67, 1967.(오카다 히데키, 최정옥 역,
    『문학에서 본 '만주국'의 위상』, 역락, 2008.10, 331쪽에서 재인용)

있다.

　단편소설 「악몽(惡夢)」은 이마무라 에이지의 처녀작으로 추정되는 작품이다. 소설의 주인공 오미(五味)는 친구 빈산(彬山)을 통해 주미(朱美)라는 여인을 알게 된다. 주미는 원래 고향에서 어느 은행 과장과 2개월 정도 동거하다가 불만족스러워 홀로 만주에 와서 빈산이라는 청년을 만나 사귀게 된 것이다. 빈산은 주미를 만난 것이 처음에는 유쾌하게 느껴졌으나 점차 감이 떨어졌다. 오미가 감기에 걸리자 빈산은 주미더러 오미를 돌보게 한다. 주미는 처음에는 마음에 내켜하지 않았으나 날이 감에 따라 오미와 친근해진다. 오미에게 있어서 주미는 연상여인이고 친구의 여인이나 다름없었다. 그는 주미의 아름다움과 부드러움에 반할 뿐만 아니라 관능적인 자극을 받는다. 그는 모든 것을 물리치고 그녀에게 동정(童貞)을 바치며 빈산을 찾아가서 주미와 결혼하겠다고 고백한다. 그러나 빈산에게 조소당할 뿐만 아니라 몇 달 후에는 주미의 버림을 받게 된다. 그녀는 처음에는 오미가 너무나 순수하고 선량하기에 마음이 동했었으나 얼마 후에 그만 실증이 나 떠나가 버린 것이다. 사랑에 좌절당한 오미는 자신이 무엇을 했는지도 모르게 1년이라는 시간을 허송한다. 어느 날 그는 문득 주미한테서 자기를 찾아온다는 편지를 받게 된다. 그는 대뜸 흥분되어 방안을 청소한다, 음식을 장만한다 하며 분주히 돈다. 그러다가 홀연 빈산이 칼을 들고 달려오는 환각이 떠오른다. 그는 "아편 꽃이다. 뿌리를 끊어버려야 한다. 열매가 맺기 전에 뽑아 버려야 한다"고 생각되어 주미를 피해 집을 떠난다. 주미와 빈산이 오미의 집에 찾아오니 문에 오미가 현재 여행 중이라는 쪽지가 붙어 있다.

　소설의 주인공 오미는 나름대로 순수한 사랑을 추구해왔지만 그가 사랑한 여인 주미는 그와 반대로 사랑을 일종 유희처럼 여기고 있었다. 오미가 이런 여인을 사랑했다는 것은 일장 악몽이 아닐 수 없었다. 이 작품은 인간의 순수한 사랑이 당시 사회에서 우롱당하고 있음을 보여주고 있다.

「악몽」을 이어 단편소설 「애증기(愛憎記)」가 발표되었는데 이 소설은 건삼(健三)이라는 한 청년의 사랑 경력을 쓰고 있다. 건삼은 폐병에 걸린 형의 일손을 돕기 위해 신경에 온다. 형은 폐병이 처자에게 전염될 가봐 병원에 입원한 후 시종 처자를 만나지 않고 2년간 고독과 병에 시달리다가 죽는다. 형과 반대로 형수는 병에 걸린 남편을 냉대하면서 병원에 거의 가지 않다시피 한 무정한 여인이었다. 그런데 건삼은 이런 형수, 나이가 자기보다 한 살 더 많은 형수한테 무서운 육욕을 느끼면서 사랑하게 된다. 그는 그녀가 때로는 형수로, 때로는 여인으로 느껴지면서 두 사람 사이는 단순한 남녀 사이라고 생각하기도 한다. 형의 장례식을 치는 후 그는 형수에 대한 불타는 육욕을 더욱 억제할 수 없게 된다. 그는 윤리도덕과 욕정의 모순 속에서 부대끼다가 마침내 어느 날 술을 마시고 형수에게 자신의 속생각을 터놓는다. 뜻밖에 형수도 벌써 그에게 호감을 갖고 있었음을 알게 된다.

25살까지 숫총각으로 지내오다가 처음으로 한 여인한테 육욕과 사랑을 느끼는 건삼, 그것도 최저의 윤리도덕마저 없는 무정한 여인이자 형수인 사랑하지 말아야 할 여인을 첫사랑처럼 사랑하는 건삼은 무서운 애증의 갈등을 느끼게 된다. 건삼의 순수한 사랑은 자칫하면 비도덕적인 것으로 되어 버림받지 않을 수 없게 된다. 나중에 건삼은 자책을 느끼고 새롭게 출발할 것을 다진다. 이 소설 역시 인간의 순수한 사랑이 당시 현실생활 속에서 비도덕적으로 흔들리고 있음을 보여주고 있다.

단편소설 「정사(情死)한 여인」은 주인공이 상기한 두 소설의 주인공이 모두 총각인 것과는 달리 인물 예쁘고 교양 있는 여인으로 되어 있다. 그녀는 순수하고 신성한 사랑을 추구하였지만 몇 차례의 사랑 체험과 곡절을 통해 이 세상의 남자는 선교사든 정치가든 막론하고 모두 동물적인 남자에 지나지 않으며 현실적 사랑은 일종 교역에 지나지 않는다고 느끼게 된다. 하여 그녀는 한 밤중에 공원에 와서 스스로 생을 포기하려 한다. 그녀가 인생의 전부처럼 생각한 인간의 순수한 사랑이 현실 생활에서 이미 완전히 유린당하여 인생에 미련을 갖지 못하였기 때문이다. 불행 중 다행으로 그녀는 생사고민 끝에 험악한 과거를 잊어버리고 내일을 생각하며 살아야 한다는 이치를 깨닫고 공원을 떠나 다시 현실생활 속으로 되돌아온다.

이렇게 소설은 순수한 사랑과 어지러운 현실에 오염된 세속적인 사랑 사이의 갈등을 보여주고 있다.

이밖에 단편소설 「여인들의 사랑」에서는 도웅(道雄)이라는 한 남자와 절강(節江), 나나꼬[奈奈子], 신꼬[信子] 등 세 여인 사이의 비윤리적인 사랑관계에 대한 묘사를 통해 돈과 미모만 탐내면서 윤리적으로 타락한 여인들의 방탕한 사랑을 묘사, 폭로하고 있다. 여기서는 인간의 순결한 사랑은 전혀 찾아볼 수 없다.

보다시피 이마무라 에이지의 초기소설들은 모두 일맥상통하게 사랑제재를 다루고 있을 뿐만 아니라 그 주제 또한 대체로 인간의 순수한 사랑과 사회 현실속의 불순하고 비윤리적인 사랑 간의 모순 충돌이다. 주인공들은 순수한 사랑을 잃은 실패자가 아니면 불순한 사랑에 빠진 타락자이다. 이런 소설들은 당시 사회현실 생활 속에서 인간의 순수한 사랑이 비윤리적으로 타락되어 가고 있음을 보여주고 있다. 이런 소설들은 작자의 야심과 기대와는 달리 당시 문단에서 단평 한편 끌어내지 못하였다. 무명 문학도의 습작품으로 취급 받았다고 하겠다.

그러던 중 1938년 초 단편소설 「동행자(同行者)」가 위에서 밝히다시피 네 가지 간행물에 발표 게재되면서 일본인문단의 주목을 받게 된다. 이 작품발표를 계기로 창작중기에 들어섰다고 할 수 있다.

단편소설 「동행자」의 주인공 신중흠(申重欽)은 만주사변직전에 장춘시내의 어느 한 여관에서 초조한 마음으로 편벽한 시골을 찾아갈 준비를 한다. 그는 원래 고향을 등지고 만주 대련에 온 후 의식적으로 10년간이나 조선말을 쓰지 않아 여러 모로 일본인 못지않게 되여 스스로 일본사람이 다 되었다고 여기고 있었다. 그는 조선의 풍속습관이 분명히 싫어졌고 조선인들의 가난한 생활에 견디어 낼 자신이 없었다. 그러나 만주사변직전에 정신적으로나 경제적으로 막다른 고비에 이르자 활로를 찾기 위해 ××현의 한 후미진 곳에 이주해 사는 맏형한테로 가기로 결심한다. 이는 그가 15년 만에 처음으로 맏형한테 갈 생각과 결심을 한 것이다. 그는 여관 주인한테 동행자를 찾아달라고 부탁한다. 마침 그가 가려는 곳에 있는 일본인 농장으로 돌아가는 일본인 한 사람이 조선인을 동행자로 찾고 있다고 여관 주인이 알려 준다. 이튿날 이른 아침 신중흠은 중국인 옷차림을 하고 길에 나서고 일본인은 생각밖에 조선인 옷차림을 하고 나선다. 그 일본인은 도중에 불령선인(不逞鮮人)들한테 당할 것 같아 조선인으로 위장하고 또 조선인을 동행자로 찾았던 것이다. 과연 도중의 어느 산길에서 조선인 청년 8명이 나타나 길을 막아 나선다. 신중흠은 일반 강도로 생각하고 호주머니의 돈을 계산하며 침착하게 앉아있는데 일본인 동행자는 신중흠이 불령선인들과 짜고 든 수작이라고 하면서 권총을 뽑아 신중흠을 겨냥한다. 이에 신중흠은 자신이 아무리 일본인으로 되려고 애써도, 스스로 일본인으로 다 되었다고 생각하여도 일본인들은 이를 전혀 승인해주지 않을 뿐만 아니라 불량한 조선인으로까지 여긴다는 것을 가슴 섬뜩하게 느낀다. 까닭 모를 분노를 느낀 그는 자신의 입장을 분명히 해 보려고 일본인의 권총을 빼앗아 든다. 그는 필사적으로 저항하는 일본인을 억누르고 "가만히 있어. 그렇지 않으면 너부터!" 하고 소리치면서 손등으로 눈물을 훔치고 눈앞에 다가오는 조선인 청년들을 노려본다. 소설은 여기서 그만 끝나면서 그 후 일에 대해서는 그 어떤 교대나 암시도 하지 않고 있다.

신중흠은 자신의 민족적을 버리고자 해도 일본인의 인정을 받지 못하면 버릴 수 없고 일본인 또한 외재적으로는 국민성은 인정하면서도 내재적으로는 민족적으로 인한 '불령선인'으로 경계하는 이중적 인식을 갖고 있다. 이에 신중흠은 충격과 당혹감에 비애와 굴욕, 곤혹과 불안에 떨면서 공황상태에 빠진다. 하여 당시 일부 일본인문인들도 신중흠의 불확정적인 태도에 불만을 표하면서 이 작품을 문제작으로 보았다.

신중흠이 민족적을 부정하고자 하는, 국민성을 인정받고자 하는 '선인'의 형상으로 부각되었다는 점에서 일제 식민국책에 순응한 작품이라 할 수 있다. 이에 일본인문인들은 이마무라 에이지를 주목하게 되고 재만 "반도인(半島人)" 문인의 대표자로 인정해주면서 각종 "사회주류 문학" 활동에 초청한다. 1939년 가을에 만주문화회에서 조직한 만주 각지 현지시찰단 성원으로 뽑히기고 하고 1940년 가을에는 일본 파견단 성원으로 일본방문을 하게 된다. 이런 각종 "사회주류문학" 활동에 빈번하게 참석함에 따라 그의 '만주국' '5족협화'에 의한 국민성은 보다 확고해졌다.

단편소설 「신태(新胎)」는 1938년 12화 『만주행정』(제5권 12호)에 전편(前篇)이 발표되고 1939년 1월 『만주행정』(제6권 1호)에 후편이 발표되었다. 이 소설은 만주국의 어느 한 농촌에서 현세의 제도에 만족하며 살고 있는 조선인 이주민의 한 생활상을 보여주고 있다. 소설은 조선인 이주민부락의 지주와 소작농간의 경제적 모순 내지 봉건지주 가정의 생활사와 모순만을 보여주고 있으며 이런 모순들은 또한 나중에 소원대로 해결되어 가고 있음을 보여주고 있다. 특히 부지런하고 인정 있고 대 바른 젊은 세대로 묘사된 상준이는 만주국의 관리들은 옛날 관리와는 달리 백성들의 상소를 잘 받아줄 뿐만 아니라 상소를 공평하게 잘 해결해준다고 하면서 만주국 정부에 감사해 하며 만주국에서의 생활을 만족스럽게 생각하고 있다. 소설은 비록 민족 간의 모순이 있기는 하지만 '5족협화' 국책하에 '만주국' 국민으로서는 안정된 생활을 하고 있음을 보여주고 있다. '만주국'국민성에 대해 회의하거나 거부함 없이 액면 그대로 받아들이고 있다고 하겠다.

작가는 소설 「신태」를 뒤이어 단편소설 「고아(孤兒)」(『新天地』, 1939년 4월호, 5월호, 7월호 연재)를 발표한다. 이 소설은 제목이 제시하다시피 한 고아의 이야기를 쓰고 있다. 소설의 주인공 박영식(朴英植)은 열세 살 나는 고아이다. 그가 고아로 된 원인은 두 가지이다. 한 가지 원인은 그가 다섯 살 때 아버지가 조선××군 혹은 사회××군에 나간 후 전혀 돌아오지 않기 때문이고 다른 한 가지 원인은 그가 일곱 살 때 어머니가 가난에 못 이겨 아들 영식이를 큰아버지 벌되는 먼 친척에게 맡기고 유(劉) 촌장 집 머슴한테 재가하였기 때문이다. 사실 영식이는 고아 아닌 고아였다. 친척집에서도 괄시를 받게 된 어린 영식이는 어머니가 너무 그리워 친척 몰래 어머니와 함께 살던 옛집으로 찾아온다. 그러나 그를 맞이하는 것은 텅 빈집과 가엾은 고양이뿐이다. 게다가 어느 날 중국인 아이가 그를 꼬리빵즈[高麗棒子]라고 골려 주며 때릴 뿐만 아니라 영식이가 친구로 여기고 있는 고양이를 도적고양이라고 하면서 메쳐 죽인다. 영식이는 고아 된 슬픔과 불행을 처참히 느끼며 어머니가 돌아오기를 두 손 모아 빈다.

이 소설에서 주목되는 한 부분은 영식의 아버지가 가입한 군은 동포들에게 해를 끼치는 불령선인이라고 해석하고 있는 부분이다.

한 것은 그들은 조선××군 혹은 사회××군이라는 명의로 선농(鮮農)들의 일년 농사수확의 절반을 군자금(軍資金)이라 하여 징수하였기 때문이다. 그리고 그들은 좋은 옷 맛좋은 음식뿐만 아니라 동포부녀들을 범하고 동포남자들의 생명을 벌레처럼 가볍게 취급하였다.[12]

소설은 만약 영식의 아버지가 '불령선인'으로 인정되는 군에 가입하지 않았다면 영식이는 결코 불쌍한 고아로 되지 않았을 것이라는 의미를 비교적 선명하게 보여주고 있다. '선인'은 '만주국' 국민으로 살아야만 가족 모두가 행복하다는 점을 반증하고자 하였다고 할 수 있다.

1939년 12월에 발표한 단편소설 「출세」(『宣撫月報』 제4권 11호)는 '나'라는 주인공이 만주국 군대에 가입하여 군관이 되어 출세했다는 이야기를 쓰고 있다. 어느 날 만주국 병사들이 '나'의 옷가게에 쳐들어와 비적을 잡는다면서 다짜고짜 '나'를 잡아가려 한다. 다행히 그 병사들 가

---

12 今村榮治, 『孤兒』, 『新天地』 1939.4, 92쪽 인용.

운데 원래 '나'의 집 하인으로 있었던 노류(老劉)라는 병사가 '나'를 알아
보고 비적이 아니라는 보증을 서주어 '나'는 잡혀가지 않는다. '나'는 노
류에게 감사의 인사를 하러 노류를 찾아간다. 거기서 '나'는 만주국 병
사들은 모두 위대하고 훌륭하며 국민 한사람이라도 군대에 가입하면
그만큼 만주국이 강해진다는 것을 알게 된다. 하여 '나'는 만주국 군에
가입하겠다는 결심을 내린다. 아버지는 집일을 근심하지 말고 훌륭한
병사가 되라고 하며 지지하나 어머니는 눈물을 흘리며 반대한다. '나'
는 만주국을 강하게 하고 왕도낙토를 실현하기 위해 유쾌하게 만주국
군에 가입할 뿐만 아니라 후에는 병사 20명을 거느리는 상관(上官)으로
승진한다. 사람들은 '나'가 출세했다고 부러워해 마지않을 뿐만 아니라
'나'도 이렇게 출세한 것을 자랑스럽게 생각하고 있다. 이 소설은 자진
하여 '만주국' 국민의 의무를 다하고자 하는 모범적인 국민 형상을 보여
주면서 '선인'은 국책과 시책에 적극 부응하고 헌신하는 주인다운 국민
이 되어야 함을 호소하면서 국적과 민족적을 통일시키고자 하였다.

　이마무라 에이지는 1939년 4월에 희곡 〈비바람이 지나간 후〉(1막,
『宣撫月報』 제4권 4호)를 발표하였는데 그 장르가 희곡이라는 것이 주목
된다. 당시 '만주국' 당국과 일본인문화단체는 문인들에게 희곡작품을
많이 창작할 것을 강요하다시피 하였다. 그것은 당시에 국책선양에 있
어서 희곡이 메가폰 식으로 제일 효과적인 장르였기 때문이다. 이 작
품이 『선무월보』의 '반공선전각본집(反共宣傳脚本集)'이라는 특집에 선
정 발표되었다는 데 더욱 주목된다. 이 특집은 이마무라 에이지의 〈비
바람이 지나간 후〉(風雨ノアト), 공도덕위(公島德衛)의 희곡 〈흑룡의 북
(黑龍ノ北)〉(1막 3장), 강전수지(岡田壽之)의 〈구사일생(起死回生)〉(1막) 등
3편의 희곡으로 이루어졌는데 모두 반공선전텍스트로 발표되었다. 여

기서 언급된 공산당은 당시의 소련 공산당과 중국 동북의 공산당이다. 주지하다시피 당시에 소련은 일제가 제일 큰 위협을 느낀 적대국이었고 중국 동북의 공산당은 '만주국'에서 항일의 주역으로 맹활약하고 있었다. 할진대 여기서 일제가 말한 반공(反共)은 바로 반항일(反抗日)이었고 반공 선전 작품들은 바로 반일을 매도하는 국책문학작품이었다고 하겠다.

이마무라 에이지의 희곡 〈비바람이 지나간 후〉에 등장하는 인물들로는 이태준(李太濬)이라는 조선인, 고진원(高振元)이라는 중국인, 순옥(順玉)이라는 조선인 처녀(고진원의 약혼녀), 벙어리 여인(이태준의 원 아내), 고진원의 모친 등으로 모두 특징적인 관계로 얽혀진 인물들이다. 작품 배경 또한 러시아국경과 가까이 한 '만주국'의 어느 한 농촌으로 독특한 환경이다. 작품의 이야기는 더욱 특징적이다. 이태준과 고진원은 밭에서 함께 담배 피우며 이야기를 주고받는다. 이태준은 만약 고진원이 밭을 논으로 풀게 빌려주면 가을에 3분의 1의 소작을 주겠다고 한다. 그러자 고진원은 당신의 부친이 벼농사를 지으면 정부에서 몽땅 거두어 가기에 벼농사를 짓지 않겠다고 결심하지 않았느냐고 반문한다. 이태준은 그건 오래 전의 일이고 지금은 만주국 세월이기에 벼농사를 하여 이밥을 먹을 수 있을 뿐만 아니라 나머지 쌀은 팔아 땅도 살 수 있게 되었다고 대답한다. 고진원은 그러면 나도 벼농사를 하겠다고 나선다. 이때 순옥이가 고진원을 찾아와 고진원네 집에 있는 괴물 같은 여인을 내쫓지 않으면 고진원과 결혼하지 않겠다고 한다. 그 괴물은 러시아에서 도망쳐온 국적이 불명한 벙어리 여인인데 촌장이 그 여인을 불쌍히 여겨 고진원네 집에 잠시 맡겨두고 있었던 것이다. 이태준은 벙어리 여인이라는 말에 놀라며 그 여인의 나이가 얼마쯤 되느냐

귀 끝이 떨어지지 않았느냐 연달아 묻는다. 그는 그 여인이 당장 해산할 것이라는 말에 더욱 놀란다. 그는 고진원의 집으로 가보자고 나선다. 집에 돌아온 고진원은 뜻밖에 순옥이와 결혼하지 않고 그 벙어리 여인과 결혼하겠다고 나선다. 왜냐하면 벙어리 여인이 너무 불쌍하기 때문이란다. 집밖에서 이 말을 엿들은 순옥이는 눈물을 흘린다. 이때 이태준이 찾아와 벙어리 여인이 가능하게 자기의 아내일 것이라 하면서 지난 이야기를 터놓는다. 이태준은 원래 세상물정은 아무 것도 모르고 일만 할 줄밖에 모르는 '불령선인'이었고 그의 아내는 그때 17세밖에 안되었는데 일하지 않는 남자와는 결혼하지 않겠다며 귀 끝을 잘라버리고 부지런한 이태준한테 시집왔다. 그 후 일본군대 때문에 '불령선인'이었던 그들은 러시아로 피해 가게 되었다. 그들은 러시아에 가기 전에는 러시아는 공산주의 사회로서 가난한 사람들이 함께 잘 산다는 걸로 알고 있었는데 정작 가보니 일만 하고 배불리 먹을 수 없었으며 재산도 갖지 못하였기에 사실 만주국만 못하다는 것을 알게 되었다. 하여 고진원의 아내는 고향에 돌아가겠다는 말만 하다가 그만 벙어리로 되어버리고 이태준은 기회를 타서 만주국으로 도망 오게 되었다는 것이다. 이태준은 만주국에 와서 백성들은 일 한만큼 가질 수 있다는 것을 알게 되고 이는 바로 '만주국' 왕도(王道)의 덕분이라는 것을 체험하게 된다. 이태원의 이 이야기가 거의 끝날 무렵에 고진원의 집 안에서 갓난아기의 울음소리가 들려온다. 이태원은 집안에 들어가 그 여인이 자기 아내인 것을 확인하고 죄책감을 느낀다. 그는 갓난아기에게서 공산주의 악마의 피가 흐른다고 하면서 아기를 악마의 아기라고 저주한다. 그러자 고진원은 아기한테는 죄가 없다고 타이르고 또 순옥이는 고진원과 결혼할 것을 약속한다.

이 작품에서는 '만주국' 왕도의 덕분으로 조선인과 중국인이 서로 통혼하기까지 하면서 한마을에서 화목하게 살고 있을 뿐만 아니라 일한 만큼 가질 수 있는 착취가 없는 '살기 좋은' 만주국의 한 농촌생활을 극적으로 보여주고 있다. 반면에 공산주의 사회 러시아는 배불리 먹지도 못하면서 일만 하여야 하는 '암담한' 사회였기에 이태준의 아내는 벙어리로 되고 괴물로까지 몰리게 되었다고 쓰고 있다. '만주국'의 국민으로 되면 '5족협화' 국책의 혜택으로 잘 살 수 있지만 '만주국' 국민이기를 거부하면 벙어리, 괴물로 변한다는 식민자의 건국이념과 식민정책을 대변하고 있다. 이 시기 이마무라 에이지는 식민지인으로부터 '의사식민주의자'로 전환하였음을 알 수 있다. '만주국'의 애국자로까지 비쳐지는 모습을 볼 수 있다고 하겠다. 1930년대 말까지 그의 창작 중기라고 할 수 있다.

그후 창작후기라고 할 수 있는 1940년 초부터 광복 전까지 「영흥촌의 조선농민들(榮興村ノ鮮農タチ)」(『藝文』 2권 6호, 1943.6.1), 수필 「현지지도자(現地指導者)」(『續現地隨筆』, 滿洲新聞社, 1943.8.30) 등 수필들을 발표하는데 이 수필들은 대체로 일본인 간부의 지도하에 '만주국'의 농촌 특히 조선인 이주민 농촌부락이 개척되고 발전되어 조선인 이주민들의 개척이주생활이 여러 모로 안정되고 발전해가고 있다는 이야기들을 쓰고 있다. 창작중기 작품주제와 일맥상통하게 '만주국' 국민으로 살아가는 조선인의 생활사를 시책에 맞춰 보여주고 있다.

이처럼 창작 중기부터 후기까지 '만주국' 국민으로 살아가는 조선인 형상과 생활상을 지속적으로 일관성 있게 보여주면서도 '만주국' 문인으로서의 의무를 다 하였다. 당시 '만주국'에서 맹활약했던 일본인 문인 야마모도 겐다로우山本謙太郎은 이마무라 에이지는 "신경일일신문의 단편모집을 통해 등단한 뒤 신경문예집단의 동인으로 활약하기도 하"고 "조선문인보국회에는 만주를 대표하여 고정(古丁, 재만 중국인 작가 ―필자 주)과 함께 다녀온바 있"으며 "만주의 장혁주라고 할 만한 존재"라고 평가하였다.[13]

재만 일본인 문인들이 문인으로서의 이마무라 에이지를 인정하기 시작한 것은 그가 '만주국' 국민이 되고자 고민하고 애쓰는 조선인과 그 일상사를 다루면서부터였고 "만주의 장혁주할 만큼의 존재"라고 평가한 것은 그가 '5족협화' 하 '만주국' 국민으로서의 조선인의 삶과 이미지 그리고 '동아신질서'를 직설적으로 반영 선양하였기 때문이라고 할 수 있다. '만주국' 대표작가가 아니라 재만 조선인의 대표 작가라는 것이다. 한 것은 그는 '만주국' 국민이라기보다 '선만일여'의 식민지 '선인'이었기 때문이다. 바꾸어 말하면 이마무라 에이지는 '의사식민주의자'로까지 되었지만 그 국민성은 전적으로 '반도인'이라는 전제하에 '5족협화' 국책에 부합할 때만 인정받는 한계를 갖고 있다고 하겠다.

4. 결론

이마무라 에이지는 어려서부터 식민교육을 액면 그대로 받아들이고 '만주국' 문단에서 자기 민족 언어 대신 일본어로 문학작품을 창작한 조선인 작가이다. 그는 문학창작 초기에는 단순히 청년남녀들의 사랑

---

13 山本謙太郎, 『在滿鮮系藝文界의 昨今』(『國民文學』, 1945.2), 金烈圭외, 『대륙문학 다시 읽는다』, 대륙문학연구소 출판부, 1992.8, 304쪽 참조.

과 애정관을 제재로 한 작품들을 창작 발표하였지만 인정받지 못하다가 소설 「동행자」를 비롯한 재만 조선인들과 관련된 작품들을 창작하면서부터 점차 '만주국'의 장혁주로, 이른바 반도인예문인(半島人藝文人)의 대표로 인정받고 당시의 각종 사회 문화 활동에 참여하게 되었다.

이마무라 에이지의 대부분 문학작품은 '5족협화' 하의 '만주국' 국책에 순응 옹호하며 살아가는 조선인의 독특한 생활상을 그리고 있다. 그는 자신의 일상과 문학작품창작 등 여러 모로 '만주국' 국민이 되기에 애써 '의사식민자'로까지 전환하였지만 일제 식민제국은 그를 반도인예문인으로만 인정할 뿐 재만 일본인과 같은 제국 국민으로, 지어 '만주국' 국민으로도 인정하지 않았다. 말하자면 그의 국민성은 피식민민족 혈연의 민족적의 한계를 벗어나지 못하는 식민지의 허상적인 국민성이다. 그는 일제 '황민화' 기만술책의 희생양이나 다름없었다. 그의 문학양상은 '만주국' 조선인문인의 한 독특한 양상으로, 식민지문학의 한 특징이라고 하겠다.

현경준 소설에 나타난 가족의 회복과 공간의 의미 『유맹』, 『도라오는 인생』, 『마음의 금선』을 중심으로*

차희정

1. 서론

만주국이 일본 대륙침략의 실질적인 성과물이면서도 명목상으로 나마 신생 독립국이었던 것은 주지의 사실이다. 만주, 만주국에 대한 지극한 관심과 담론의 창출은 일제 식민지의 경험과 만주 지역으로의 조선인 이주 등에 기인한다. 이런 역사적 상황이 문학 속에서 형상화 되(었)고 그것이 발굴되면서 이어지는, 작품이 담지하고 있는 의미의 다양성을 규명하는 등의 연구는 '만주'라는 공간 속에 존재하는 '다른 이야기' 때문이다.[1] 그것은 '동아민족'의 협동과 '공동운명'을 이야기하는 일제의 동아신질서론의 담론 내부에 형상화된 조선민족의 만주 서

---

* 이 글은 2013년도 정부(교육부)의 재원으로 한국학중앙연구원(한국학진흥사업단)의 지원을 받아 수행된 연구(AKS-2009-MB-2002)입니다.

1 서영인, 「만주 서사와 (탈)식민의 타자들」, 『어문학』 38, 2010, 331쪽.

사가 있기 때문이며, 또 이것은 조선 민족의 독자적 역사와 공동체에
관한 것이기도 하기 때문이다.

이 다른 이야기 속에 현경준의 소설이 있다. 특별히 그의 대표작이
라 할 수 있는 『유맹(流氓)』[2]은 여러 차례 개작[3]의 과정을 거치며 만주
국에 살고 있는 조선인의 모습을 사실적으로 보여준다.[4] "大體 사람이
란 무엇 때문에 살아가는 것인가?"라며 자못 비장하기까지 한 질문으
로 시작된 현경준의 「중독자들의 말」[5]은 만주국 조선인 중에서도 특히
아편 중독자들과 그들의 문제에 집중하기를 요청하고 있다.

『유맹』은 현경준이 "대리수구(大梨樹溝)"의 '부정업자' 수용부락을
방문했던 일에 근거해 창작된 소설이라는 주장[6]과 현경준이 방문한 부
락이 실제 존재하지 않았거나, 있다 해도 조선인만으로 구성된 부락은
있을 수 없다[7]는 주장이 맞서는 속에 존재한다. 그런데 실제하느냐 그

2　이경훈은 1939년 3월 『광업조선』에 실린 『流氓』이 1940년 『인문평론』과 『싹트는 대
　　지』에 수록된 것과는 다른 소설임을 밝혔다.(「아편의 시대, 아편쟁이의 시대―현경
　　준의 「유맹」에 대한 몇 가지 고찰」, 『사이』 4, 2008, 263~289쪽) 본 글이 대상으로 하
　　는 것은 『인문평론』에 게재된 『流氓』과 이후 『滿鮮日報』에 연재된 『도라오는 人生』,
　　1943년 홍문서관에서 발행한 『마음의 琴線』으로 연변대학교 조선문학연구소 편, 『중
　　국조선민족문학대계 9―현경준』, 보고사, 2006에 재수록된 세 편의 소설이다.
3　『流氓』과 비교해 볼 때 『마음의 琴線』은 「잃어버린 세월」, 「향수의 노래」가 각각 6장
　　과 8장에 추가로 삽입된 외에 기본적인 이야기에는 큰 변화가 없다. 『流氓』에서 규선
　　이의 아내가 자살한 것으로 작품이 끝난 반면 『마음의 琴線』에서는 그 부분이 빠져 있
　　다. 그러나 23회 연재분부터 발굴된 『도라오는 人生』은 이후 10회분 결호된 상태에서
　　「한 알의 보리알」, 「슬픈 전설」, 「순정」, 「잃어진 인생」, 「어머니」, 「향수의 노래」, 「새
　　로운 이민」, 「계절의 미소」, 「도라오는 인생」 등 9개 장이 더 늘어났다.
4　현경준은 「文學風土記 : 間島編」, 『인문평론』, 1946.6, 80~84쪽에서 "生活의 文學, 明
　　日의 文學은 滿洲에 있다", "大作은 언제든지 健實한 生活에서 나는 것이다"(84쪽)면
　　서 『戰爭과 平和』, 『大地』, 『農民』 등이 과거 걸작이라면 조선문단이 만주에서 걸작
　　을 기다리라면서 생활의 문학의 중요성을 강조하고 있다.
5　현경준, 「中毒者들의 말」, 『文章』, 1939.11, 190~191쪽.
6　이경훈, 앞의 글, 271쪽.
7　차광수, 「현경준 연구」, 한림대 박사논문, 2005, 106쪽.

렇지 않느냐의 문제 보다 더 흥미로운 것은 『유맹』과 일련의 개작 소설이 만주국 국책과, 만주국 뒤에 숨은 일본 제국주의에 대한 '복무'와 '저항'이란 틈새에서 보여주는 제재와 배경, 사건 전개의 특별함 때문이 아닐까 생각한다.[8] 그 때문일까? 현경준 소설 연구도 지금까지 친일 협력[9]이나 민족의식의 발현[10]이라는 구도에서 벗어나 좀 더 다양한 관점으로 진행[11] 되고 있는 듯하다.

선행된 연구는 지금까지의 만주문학과 그 연구에 관한 다양한 감상과 연구 관점을 제공하고 있다는 점에서 그 성과를 인정할 수 있다. 다만 만주국의 존재 자체와 일제의 이데올로기를 '기만'으로 규정하고 작품에 대한 해석을 시도하고 있어서 여타 재만 소설과의 변별적 특성을 구현하는 데에 오히려 걸림돌이 되거나[12] 대상 소설의 서지 정보에 대한 오해와 내용 분석의 미흡,[13] 이데올로기적 해석을 지나치게 경계하

---

8 이는 재만 시기 현경준 소설의 대부분에서 드러나는 특성이기도 한데 소설의 공간과 인물의 대부부분이 국경과 그 지대에 거주하는 밀수, 밀매업자들이 대거 드러난다. 현경준 단편소설에 대한 연구는 표언복, 「현경준의 초기 소설 연구」, 『현대문학이론연구』, 현대문학이론학회, 2010, 223~244쪽 등을 참고하라

9 조진기, 「만주이주민의 현실왜곡과 체제 순응－현경준의 『마음의 琴線』에 대하여」, 『현대소설연구』 17호, 2002, 207~227쪽; 김진아, 「재만 조선인 문학 연구－『싹트는 大地』 수록 작품을 중심으로」, 『한민족어문학』 46, 2005, 349~380쪽.

10 차광수, 앞의 글; 김호웅, 「대일(對日)협력과 저항의 몇 가지 양상－재만조선인 문학의 경우를 중심으로」, 『한중인문학연구』 19, 2006, 33~54쪽; 오상순, 「표면구조에서의 국책 선전과 심층구조에서의 허구성 비판－현경준의 중편소설 「流氓」을 중심으로」, 『현대문학의 연구』 36, 2008, 87~110쪽; 장춘식, 「현경준 이민소설의 변모 양상」, 『일제강점기 조선족 이민작가 연구』, 민족출판사, 2010, 5~6 · 136~169쪽.

11 이경훈, 앞의 글; 이영미, 「재만조선인의 이주와 정주 과정에 대한 인식의 문제－현경준의 경우를 중심으로」, 『한민족문화연구』 31, 2009.11.30, 57~91쪽; 차성연, 「현경준의 『유맹』 연구」, 『한국문학논총』 53, 2009, 437~456쪽; 서은주, 「만주국 재현 서사의 딜레마, 혹은 해석의 난경－현경준의 소설을 중심으로」, 『한국근대문학연구』 22, 2010, 231~263쪽.

12 서은주, 앞의 글.

13 이영미, 앞의 글. 이 글은 1939년 3월 『광업조선』에 실린 『流氓』과 1940년 7월과 8월

려는 데서 유발된 갈등 서사의 평면적 해석[14] 등의 아쉬움이 과제로 남는다. 선행 연구 중 특히 주목되는 것은 "아편중독이 일제 말기 식민지의 육체와 정신이 봉착하고 탐구한 본질적인 풍속"이라 지적하고 이미 1930년대 아편을 대상으로 한 소설의 연장에서 『유맹』을 논한 연구[15]이다. 개작으로서의 다른 두 텍스트에 대한 분석이 이뤄지지 않은 아쉬움이 있지만 "만주국과 일본제국의 구체적인 정책 및 그로인한 거대한 사회변동에 매개된 재만 조선인의 삶을 증언하는 하나의 역사적 계기"로 『유맹』의 중요성을 평가한 것은 역사의 연속선상에서 문학을 통해 만주국 건설 전후한 시기 아편과 관련한 재만조선인의 삶을 실제적으로 이해할 수 있는 계기를 마련하고 있다.

본 글은 앞선 많은 연구의 큰 도움을 입어 일제 말기 일제와 만주국 정책이 어쩔 수 없이 드러내는 지배 이데올로기의 모순을 찾고 그것의 충돌이 발생하는 지점에서 현경준의 소설이 '어떻게' 자리하고 있는지를 확인하고자 한다. 구체적으로 독립국의 무늬를 입은 만주국이 일제와 병합하면서 빚어낸 국책 이데올로기가 조선인을 상대로 무엇을 기대하면서 어떻게 선전, 적용되고 있는지와 재만 조선인이 이에 대해 어떻게 대응하고, 또 어떻게 수용하고 있는지의 양상을 세밀하게 관찰할 수 있기를 기대한다. 『유맹』과 『도라오는 인생』, 『마음의 금선(琴線)』의 중심 제재인 '아편', '아편 중독자'의 문제와 이의 '해결'에 이르는

에 『인문평론』에 실린 『流氓』이 다른 작품임을 확인하지 못하고 있다. 이는 2008년 이경훈의 연구에 의해 밝혀졌다. 또한 존재여부를 떠나서 『流氓』이 애초부터 중독자, 밀수업자 등으로 구성된 '부정업자 부락'을 그 배경으로 하고 있음에도 만주 지역에 산재했던 '조선인 집단 부락'의 특성으로 획일하게 설명하고 있다.

14 차성연, 앞의 글.
15 이경훈, 앞의 글.

서사를 분석하는 과정은 소설이 발표된 순서를 '의식'하면서 진행될 것이다. 두 편의 소설이 『유맹』을 개작한 것이기 때문에 그렇지만 발표된 순서에 의해 창작되었다고 단언할 수도 없기 때문이다. 본 글은 연구대상 전체 소설을 관류하는 의식을 찾아낼 수 있기를 기대한다. 그리고 세 편의 소설에서 공통적으로 추출되는 의식과 그것의 의미를 구체적으로 구현해 내는 것을 최종 목적에 둔다. 정리하면, 본 글은 일제와 만주국의 이데올로기가 미처 봉인 되지 못한 채 작동 되는 것에 대응하는 재만 조선인 인식의 스펙트럼을 확인하는 과정이 될 것이다.

이를 위해서는 우선 만주와 조선인의 만주 이주 과정, 재만 조선인과 아편에 대한 전반적 검토가 필요할 것이다. 본 연구의 대상인 세 편 소설의 주요한 배경과 사건이 조선인 아편중독자 부락과 그곳에서 발생하는 갈등이기 때문이기도 하거니와 재만 조선인의 아편 중독 문제에 관한 이해가 바탕 했을 때라야 『유맹』과 일련의 개작 텍스트를 총체적으로 바라볼 수 있기 때문이다. 그 다음에는 소설 속 갈등 서사를 인물, 인물 간의 관계 속에서 해명하고, 이를 통해서 갈등의 유발과 종식에 포진된 제국의 이데올로기 기획을 찾아낼 수 있기를 기대한다. 그리고 갈등이 봉합 내지 소멸되는 방식을 관찰하는 것을 통해서 이것을 근간으로 하여 가능한 미래에의 전망 등을 탐색하는 것으로 연구를 진행하고자 한다.

2. 만주, 재만 조선인, 아편의 환각

1932년 만주사변 이후 조선인의 만주 이주는 3년(1933~36) 사이에 무려 21만여 명에 달하여 연평균 7만 1,000여 명의 증가를 보인다. 식민지 조선에서는 농촌의 몰락, 특히 남부지방의 빈발한 자연재해로 인한 농민파탄과 도시의 빈곤과 실업문제가 심각한 양상으로 대두되고 있었기 때문에 이에 대한 돌파구로 만주 이주가 부상했던 때문이다. 결국 조선총독부는 1935년 8월에 『재만조선인지도요강(指導要綱)』을 통해 이주 조선인을 일정 지역으로 몰아 용이하게 통제하는 동시에 노동력을 확보할 요량으로 1936년 9월 '조선인 만주이민'이라는 "국책 수행의 특수회사"로서 서울에 선만척식주식회사와 신경에 만선척식유한공사를 설립하여 본격적인 이주를 시작했다.[16] 그러나 조선인 이주를 통해서 노동력을 확보하고 동북부 국경지대를 강화하려던 일제의 계획은 서북지방의 병참기지건설에 조선인, 중국인의 노동력이 유입되면서 어렵게 된다.

1938년 말 조선인의 전국평균 도시 집중률은 24.7%로 4명 가운데 1명꼴로 도시에 거주하고 있었다. 초창기(1934년)에는 2/3 가량이 간도성에 집거하고 있었지만 시간이 지나면서 간도성 이외에 봉천 · 길림 · 목단강 · 통화성 등지로 이주범위를 확대해 나갔고 그 결과 1940년에는 간도성 거주 조선인 비율이 재만조선인 전체의 40%대로 줄어들었다. 이러한 민족별 도시집중률 변화는 농업인구가 상당수 포함되어있다 하더라도 민족의 직업분포를 반영하는 경향이 있음에 주의해

---

16 김경일 · 윤휘탁 · 이동진 · 임성모, 『동아시아의 민족이산과 도시 ─ 20세기 전반 만주의 조선인』, 역사비평사, 2004, 41~45쪽 참조.

야 한다. 실제 재만 조선인 중 적지 않은 수가 유흥업에 종사한 것으로 확인되는데 이들은 빈농으로 도시에 흘러들어와 아편, 마약, 밀수, 절도와 같은 범죄의 유혹에도 쉽게 노출되어 1930년 후반에는 주요한 사회문제로 가시화되기도 했다.[17]

과거 동북지역의 아편재배 및 흡연 풍습은 한족의 동북 이주와 아편에 대한 청조의 과세 방침 전환에 기인한다. 1840년 이래 국내(중국)의 정치, 사회적 혼란과 산동, 하남 등 3성에 발생했던 재난으로 농업경제가 크게 파괴되어 유민들이 대거 발생하였다. 이러한 상황에서 아편전쟁 이후 러시아세력의 남하를 저지하기 위해 청조가 1851년부터 점차 동북지역을 한족들에게 개방하기 시작하고, 한인들이 유입되면서 중국 본토의 아편 흡연 습관도 함께 흘러들어갔던 것이다.[18] 그리고 이후 중국 전체에서 아편과 그로 인한 중독은 제국주의 팽창과 더불어 확대, 심화되어 왔던 것이다. 만주국에서의 아편 문제 역시 그 연장선에 있다. 그중 조선인의 아편 밀매, 밀수는 만주국과 일제의 국책에 편승하여 그 문제의 심각성이 깊어졌다. 일제에 의해 여러 민족의 협력과 제휴를 증명하는 장소로, 새로운 아시아 구축을 위한 개척과 건설의 무대[19]로 세워진 만주국의 내밀한 모습이 드러나기 시작한 것이다.

일본은 만주 지역에서 제1차에 이어 1937년 11월 5일 제2차로 치외법권을 폐지하고 만철부속지의 행정권을 만주국에 반환하였다. 이로

---

17 위의 책, 75~84쪽 참조.
18 許淑明,『淸代東北地區土地開開墾述略』, 馬汝珩・馬大正 주편,『淸代邊疆開發硏究』, 北京 : 中國社會科學出版社, 1990, 91, 108~112쪽, 馬場鑢,『阿片東漸史』, 新京 : 禁煙總局, 1941, 212쪽.(박강,「9・18사변 이전 중국 동북정권의 아편정책」,『한국민족운동사연구』32, 2002, 229~230쪽에서 재인용)
19 서영인, 앞의 글, 329쪽.

써 이중국적의 조선인은 만주국 국민이 되었고 재만 조선인 마약 밀매업자들은 만주국인과 동일하게 만주국 관헌의 주요 단속과 처벌의 대상이 되었다. 이전에는 밀매업자들이 시장을 장악하고 있었으나 만주국에 의해 아편이 전매되면서 이후 만주국 정부의 시장 점유율은 급격히 상승하고 수입은 크게 늘었다. 치외법권 폐지에 따른 일련의 일들은 조선인이 일본의 만주 침략 과정에서 도구로 이용되었던 것처럼 만주국의 아편 전매에 또 다시 이용되었음을 알려주는 것이기도 하다.

만주가 아편중독자가 찾는 마지막 '장소'이자 '갱생'의 장소였던 것은 만주국의 정책 변화 때문이었다. 만주국은 조선인을 아편 밀매업자로 활용하고 중독자들에겐 제한된 흡연을 허용해주는 점금(漸禁)정책을 실시하다가, 전시 총동원체제에 돌입하면서 노동력과 재원의 확보에 더 치중하게 됨으로써 단금(斷禁)정책으로 급선회하였다.[20] 이는 전체 아편 흡연자를 등록시켜 필요한 아편만큼 전매하는 것에서 점차 그 수를 감소시켜 마침내 근절에 이르게 하겠다는 것으로, 겉으로는 아편 흡연자를 줄이겠다는 인도적 차원의 행위로 보이지만 아편전매를 통해서 만주국의 재정 수입을 올리려는 속셈이었다.

아편 전매처럼 중독자에 대한 치료 또한 다른 목적을 숨기고 있었다. 만주국이 대민사업의 일환으로 계연소(戒燃所)라는 아편환자를 위한 특별병원을 짓고 건국 원년 "아편흡연의 누습을 버리고, 민중건강 회복하여 만주국 건설을 완성하자"는 거창한 특별성명[21]을 '상기만 했

---

20 박강, 「'만주국'의 아편마약 밀매대책과 재만 한인」, 『한중인문학연구』 19, 2006, 464쪽.
21 아편환자 특별병원은 1935년에 전국에 10개가 있었으며 입원은 경찰서장의 결정에 의해 강제적 방식으로 이루어졌다. 아편 흡연자는 일 년에 1위안의 흡연비를 내게 했다. (『공보』, 1932.11.30을 한석정, 『만주국 건국의 재해석―괴로국의 국가효과 1932~1936』, 동아대 출판부, 2009, 147쪽에서 재인용)

던' 일이나 일제가 아편중독자의 치료 명목으로 '강생원(康生院)'을 설치한 등의 일은 중독자를 치료하기보다는 아편을 미끼로 그들의 노동력을 착취하기 위한 수단이었음은 이미역사적 사실이다.[22] 속성 복지국가 만주와 일제의 불편한 진실을 목도하게 되는 지점이다.

3. 제국의 허구와 갱생 기획의 노정

주지하듯 만주국은 '왕도낙토(王道樂土)'와 '오족협화(五族協和)'의 두 이념을 걸고 건국되었다. 왕도는 서구의 패권적 세력을 비판하고 그것과 대치하는 의식이다. 이것은 무력에 의한 통치를 지양하고 덕의 통치, 즉 동양의 덕으로 통치되는 새 국가 건설에의 의지를 담고 있는 것이기는 하다. 그러나 서양과 대치되는 그 지점에서 만주국은 '동양의 중심'으로 일제를 인식했다. 일제의 대동아론의 이식에 다름 아니다. 때문에 만주국의 건국이념이 그대로 실현되지 못하고 있었음을 여러 군데서 확인할 수 있다.

우선, 덕으로 백성을 다스린다는 왕도는 일제를 전면에 두고 서양과 맞서기 위한 일차적 목적으로 인해 아편 중독 문제와 관련한 실제 만주국의 복지 행정은 껍데기일 뿐이었고 '아편 낙토(樂土)'의 실현만이 가능했다. 또, 민족 간 화합 역시 만주국 국민이 '1등 국민'과 '2등 국민'으로 나누어지고 가르침을 주고, 가르침을 받아야 하는 사실상 수직적 관

---

22 齊福霖, 『僞滿洲國史話』, 北京社會科學文獻出版社, 2000, 84~85·112쪽을 조진기, 『일제 말기 국책과 체제 순응의 문학』, 소명출판, 2010, 140쪽에서 재인용.

계가 존속하는 속에서 무색해졌다. 이러한 허구적인 만주국 건국이념
의 자장 안에서 재만 조선인 개인과 공동체는 자기모순과 모멸의 경험
속에 빠질 수밖에 없었을 것이다. 그것은 환각적 현실 창조의 욕망에
몰두하고 또다시 좌절하는 등의 악순환이 거듭 되는 것으로까지 이어
진다. 아편 중독과 밀매의 문제를 이 속에서 만날 수 있다. 재만 조선인
의 아편 중독과 밀매는 해방구를 찾아야 하는 과제를 부여받는다. 그리
고 그 과제 속에는 어떻게 할 것인가의 방법까지도 요구되어 있다.

1) 파괴된 윤리와 피폐한 일상

『유맹』, 『도라오는 인생』, 『마음의 금선』은 조선인 부정업자 부락
을 배경으로 아편 중독에 빠진 이들의 갱생과 소멸의 모습을 인물 간
갈등을 통해서 그려내고 있다. 짐작하듯 소설에 등장하는 인물의 면면
을 살펴보면 사회에서 버려진 문제적 인물들이다. 그 원인은 아편 때
문인데 중독자 집단 속에는 아편으로 인해 인간성과 윤리까지 잃어버
린 인물들이 속출한다. '득수'와 '성오', '명보'가 그 대표적 인물이다.
득수는 부락에서 마약을 밀매하는 자이다. 몰래 부락을 나가서는
부락 내 소비되는 아편을 조달 받는다. 그런데 득수가 아편 중독자로
보이지는 않는다. 그는 늘 생아편을 허리춤에 가지고 다니지만 피우지
않는다. 그가 아편을 하기는 욕정을 채우거나 물질적 이득을 얻으려는
때뿐이다. 성오의 아내와 사통할 목적으로 성오의 집에서 성오와 명보
에게 아편을 먹이고 정작 자신은 아편을 구워 냄새를 맡는 것 같지만
생아편을 먹은 두 사람처럼 환각 상태에 대한 서사는 없다. 또, 명보를

꼬드겨 건너마을 만주족 왕서방에게 300원을 받고 명보의 딸을 팔아넘기려 시도했을 때에도 '순녀'의 콧구멍에 아편 연기를 불어넣기 위해서만 흡연을 했을 뿐이다. 『유맹』의 전체에서 득수의 아편 흡연은 한 번도 중독자의 그것과 같지 않다. 그는 아편을 구하기 위해서 무슨 일이든 하고 있지만, 정작 자신은 아편에 메여있는 듯이 보이지 않는다. 이는 순녀를 팔아넘기려던 일로 그가 구류를 간 사이 '규선'이 아편 밀수 두목이 되고자 한 것과는 다르다. 규선은 "첫째로 자기부터 곤랄을 느끼게 되는 것이고, 또 달은 사람을 시키느니보다 자기 자신이 직접 관여하게 되면 남의 손을 비느니보다 마음 놓고 만족을 채울 수가 있겠기에" 밀수에 나섰던 것이나 득수는 일정한 경제적 이득과 욕정을 채우려는 목적으로 밀수를 해왔다. 득수가 부락민들이 중독에서 헤어나지 못하도록 하는데 복무하고 있는 것이란 의심이 가능한 이유이다.

성오는 아편에 중독되어 처의 불륜에도 분노하지 못 하는 멸시된 인물이다. 그는 세 편의 소설 전체에서 결말에 비극적 죽음을 맞게 되는데 규선, '병철'과 함께 밀수에 나섰다가 발각되어 쫓기는 도중 늑대에게 잡아먹힌다. 명보는 아편 살 돈을 구하기 위해서 만주족에게 딸을 팔아넘기려했던 인물이다. 그는 이미 아내를 한족에 팔아 아편을 했던 인물로, 이후로도 자식들에게 의지해 지내면서 오직 아편만을 생각한다. 명보의 타락은 딸 순녀의 아버지 인식에서도 알 수 있다. 그녀는 아버지가 "짬만 있으면, 기회만 있으면 그 오빠를 멀리하려고, 악독한 생각을 품고 있으며, 남의 눈과 법만 아니라면 영영 없이해 버리려고 생각을 바수고 있는 줄까지" 알고 있으며 "그리고 그 오빠만 없다면 자기는 벌서 어떠한 되눔에게 팔려버렸을지도 모른다"고 생각하고 있다.

세 인물은 『유맹』, 『도라오는 인생』, 『마음의 금선』의 주요 인물로 계속 등장하지는 않는다는 공통점을 가지고 있다. 득수는『도라오는 인생』에서 보도소로 구류 갔다 돌아오는 길에 탈주했다는 소식이 전해질 뿐이고 명보도 구류소에서 돌아와 보도소에 앉아 있는 장면만 간략하게 드러날 뿐 개작된 소설들에서 존재감이 없다. 짐작컨대 세 인물은 아편 밀매, 중독의 심각성과 그것이 가진 '개인'과 '일상'의 파괴력에 대한 상징적 모습을 보여주고 있는 것으로 이해하는 것이 타당할 것이다.

> 안됩니다. 보초에겐 부락의 규정은 절대적인 것입니다. 대체 건너마을 만인부락에는 무엇허러 가서요? 그러지 마시구 어서 도루 들어가서요 (…중략…) 애비…… 애비라구요? …… 흥, 그런 뻔뻔스런 소리가 대체 어디서 나와요! 애비라구 하기가 부끄럽지 않아요? 걸핏하문 애비라구 하면서 이때까지 자식들에게 애비의노릇을 한게 뭐요? 난 이때까지 스무살이나 먹는 동안 애비의 신세를 저본일은 한번두 없오. 되려 어린것이 푼푼히 얻어오는 돈으루 양관[阿片吸煙所]에나 댕기면서 아편만 빤건 누구요? 애비라구 자칭하면서 자식들에게 옷 한벌 지어줬소? 언제한번 먹구싶어하는 음삭을 먹여본 일이 있소? 그러구 또 내 어미를 되눔한테 팔아버리구 어린 자식들을 길가에 헤매게한건 누구요? 애비? 애비…… 그런 뻔뻔스런 말이 어디서 그렇게 나오? 내가 못생긴 놈이라문 애비구 뭐구 벌써 개굴창에라두 차버린지가 오랬을꺼요.
>
> ─『유맹』, 429쪽;『마음의금선』, 495쪽

인용문은 외부출입을 하려는 아버지 명보와 그를 막아서는 '순동'과의 대화이다. 순동은 자위대 단원이다. 자위대는 보도소 내 중독자들을 감시하고 밀수하는 자를 적발하고 아편하는 자를 색출하는 일을 맡는다. 자위단 단원들은 모두가 젊은이들로 아버지나 형들의 타락 때문에 "쓰라린 맛"을 본 사람들이다. 때문에 그들은 아버지나 형들의 죄가 적발될 때에는 "속으로는 눈물을 먹음어 가면서도 절대 용서가 없"는 자들이다.

혈육 간의 감시와 처벌이 엄연히 존재하는 이 공간의 당위성을 어디에서라도 찾을 수 있을까?『유맹』,『마음의 금선』은 이러한 비윤리적 상황을 "색달은 륜리(倫理)와 도덕(道德)과 조직(組織) 아래에서 피투성이의 싸움은 쉴 새 없이 계속되어 간다"고 서술하고 있다. 이 같은 '색다른 윤리'는 보도소 소장의 의식을 통해서도 알 수 있다. 그는『도라오는 인생』에서야 조선인임이 분명하게 밝혀진다. 결국 세 편의 소설에 등장하는 전체 인물은 조선인이며 그들의 부락에는 조선인만이 살고 있는 것을 알 수 있다.

> 전부가 독신자뿐인 그들은 도무지 농사에 대한 관념은 안두고 그저 앉아서 대여주는 것만 먹을 생각을 하며 일체 탐탁해하지 않는다. (…중략…) 이들에게 비하면 가족을 거느리고 집잡고 사는 패들은 아무런 근심도 없다. 그야 속으로는 언제던지 딴생각을 베풀며 탈주를 꿈꾸고 있지만, 그러나 그들에게는 가족들이 달려있다. 그 가족들의 눈이 언제던지 감시를 게을리 하지 않고 그들의 일거일동을 낱낱이 살피는 바람에 그들은 하는 수 없이 얽매워 있게 된다.
>
> ―『유맹』, 452쪽;『마음의 금선』, 520쪽

인용문은 보도소 소장의 의식을 잘 알아볼 수 있는 부분이다. 그는

"희생을 미리부터 각오하고" 부락민들을 갱생시키기 위해 헌신 했다고 자부하고 있다. 그러나 그 희생의 근저에 자리한 부락민에 대한 의식은 강제적이며 지배자로서의 폭력이 창연하다. 만주국 국민으로 거듭나게 하겠다는 그의 '명랑한' 생각은 가족을 동원해 서로를 감시하고 고발하도록 하는 몰인격적이며 비인간적 행위의 정당성을 낳고 있는 것이다. 그들을 갱생하겠다는 그의 판에 박은 듯한 '일장연설'의 진심이 의심되는 까닭이기도 하다.

『유맹』,『도라오는 인생』,『마음의 금선』은 아편 중독자 집단 부락의 비이성적 인물과 인간 윤리가 사멸된 인물들을 그대로 보여주고 있다. 이는 조선인 아편 중독 문제의 심각성을 부각시키려는 의도로 해석된다. 그리고 이렇게 타락하고 피폐한 인간 군상들의 '말도 안 되는 상황'의 노출은 앞서 살핀 만주국 아편정책의 실체와 닮아 있다. 겉으로는 갱생을 위한 지원과 헌신을 드러내고 있지만 그 꾸며진 의식 저변에는 기만적인 강자의 욕망과 지배 의식이 버젓하다. 이러한 속에서 중독에 몰린 가련한 개인은 그 속으로만 매몰될 뿐이다.

2) 가족 회복을 통한 갱생과 구원

『유맹』,『도라오는 인생』,『마음의 금선』 세 편의 소설에 등장하는 인물 중에 '규선'이 있다. 그는 세 편의 소설에서 명우와 대비되는 인물로 부각된다. 명우는 과거를 잊고 싶어 하고, 과거 기억 속의 인물이 떠오를 때에는 곁에 있는 이에게 아편을 요구한다. 반대로 규선은 과거에 대한 그리움에 덮여 있다. 그는 과거 기억을 '지속'하기 위해서 아편을 한다. 이렇듯 대비되는 두 인물의 현실 인식은 무엇이고 어떤 차이가 있으며 그로 인한 두 사람의 운명은 어떻게 달라지는 지 확인해보자.

규선은 지속적으로 보도소장의 갱생 대상이 되지만 늘 구류소와 부락을 오가고 있다. 아편 흡입과 발각, 구류가 반복되고 있는 것이다. 그의 개심을 위한 친구 명우와의 갈등도 큰데 특히 『도라오는 인생』에서는 그것이 상승되어 있다. 격정적 감정 표현의 대화는 팽팽한 긴장감을 낳는다. 명우는 다소 웅변적 언사로 규선에 대한 우정과, 그것에서 발로한 경제적 도움이 순수한 것임을 역설하고 있다. 그러나 규선은 냉담하다. 두 사람의 갈등은 『유맹』에서 과거에 대한 그리움과 환멸, 지속과 소멸에의 상반된 욕망으로 발아되었고 『도라오는 인생』, 『마음의 금선』에서는 그것에 갱생의 의지 유무와 관련해 증폭된 양상이다. 그러나 『유맹』에서는 한 번의 만남과 짧은 대화로 드러난 갈등이 결말에 규선의 처가 자살하는 것으로 봉합되어 오히려 극적이기까지 했으나 『마음의 금선』, 『도라오는 인생』에서는 갈등의 양상은 절정에 오르나 그 결말은 각각 규선이 다시 구류소로 가는 것으로, 아내의 죽음이 사건에서 크게 부각되지 않는 등으로 미봉된 채 끝나버려서 오히려 갱생의 과제가 해결되기에는 크나큰 어려움이 있을 것이란 예상만 부양하고 있다.

과거를 그리워하고 그것의 지속만을 희망하며 아편을 멈추지 않는 규선은 모든 것을 자포자기한 인물이다. 그는 옛 애인의 환영에 분노하는 명우를 보고 "멀었다"고 말한다. 이는 증오와 분노의 감정까지도 소멸해버린 까닭이다. 두 사람에게 젊은 날의 기억은 고통스럽기 마찬가지인데도 말이다. 규선은 정치운동을 했던 인물로 "세상이 벌컥 뒤집어지기를" 기대하고 있다. 『마음의 금선』에서도 "사라져 간 그 시대를 그려보고" 있다. 그는 『유맹』, 『마음의 금선』에서 아내에게 미안함을 전달하고 다시는 희망이 없음을 통보했다. 규선이 스스로 갱생 의지를 이미 사멸시켰음을 짐작케 하는 부분이다.

또 하나 다른 점은 명우가 순녀와 혼인을 결심한 것과 다르게 규선은 아내가 죽거나 아내에게 회복될 수 없는, 돌이킬 수 없는 자신의 상황을 통보하고는 이별하고 있다는 것이다. 이즈음에서 명우와 규선이 서로에게 설득될 수 없었던, 각자의 삶의 방향이 굳어진 원인을 발견할 수 있을 듯하다. 그것은 가장 먼저 발표된 『流氓』의 결말에서 찾을 수 있다. 명우는 순녀와 결혼하고 '어머니'를 모셔와 함께 살기로 결정하였다. 규선은 구류소로 떠나고 아내는 목을 매어 자살했다. 어머니, 아내로 구성된 '가족의 생성과 소멸'이 한 공간에서, 저녁과 이튿날 새벽이란 하루도 되지 않는 시간 속에서 이루어지고, 동시에 두 인물의 삶의 방향이 완전하게 갈라져 버린 것이다. 그리고 이후 두 편의 소설에서도 명우와 규선의 삶은 그 방향에서 단 한 번도 접점을 만들어내지 못하고 있다.

두 사람의 각각의 운명을 결정한 '가족'의 의미는 무엇인가? 가족은 사회적 자본을 축적하기 위해 요구되는 인간과 그 공동체성을 기를 수 있는 가장 중요한 기반이 된다.[23] 이는 전통적으로 수행해 온, 그리고 근대에도 담당해온 구성원의 사회화 기능이 가족으로 인해 다시금 주목받을 수 있음을 의미한다. 이러한 가족 단위의 연대는 가족의 개방성과 상호 신뢰를 강화할 수 있다는 점에서도 중요하다.

주지하듯 전근대적 전형인 유가적(儒家的) 가족은 사적 영역과 공적

---

23 권용혁, 「한국 근대가족에 대한 철학적 성찰」, 『사회와 철학』 22, 사회와철학연구회, 2011.10, 59~84쪽 참조.

영역을 엄격하게 구분했던 서구의 전근대적 가족과는 그 유형이 다르다. 가족 단위의 모든 것을 사적으로 소유한 서구적 가부장이 동시에 대외적으로는 독립적인 개인으로서 공적인 업무에 능동적으로 참여해왔다면 유교적 가부장은 공동체의 구성원으로서 자신에게 주어진 역할을 담당했던 수동적인 존재였다. 이는 유교 문화 속 가족이 집의 질서와 국가의 질서를 유사하게 설정한 속에서 국(國)을 가(家)의 연장선상에서 이해해 왔음[24]을 보여주는 것이기도 하다. 가족 집단은 가족 밖의 사회조직과 경쟁적이며 동시에 대립적으로 분리된 관계에 놓여 있지 않다. 오히려 사회에서의 경쟁이 극심하다고 생각될수록 가족의 도구적 중요성이 강화되는 결과를 가져온다. 개인이 사회적 경쟁에서 살아남기 위해서는 집안, 즉 가족의 실질적 도움이 절실히 필요한 때문이다. 여기에서 명우와 규선의 상반된 삶의 방향에 대한 이해가 가능해진다. 남편의 절망을 이기지 못한 규선 아내의 죽음과 '구석에서 눈물 훔치면'서도 아들을 신뢰한 명우 어머니, 자칫 분산될 가족임에도 어머니의 역할을 자청해왔던 순결한 처녀 '순녀'가 어쩌면 두 사람의 운명을 달리 만든 원인소가 되었을 수도 있는 것이다.

그렇다면 이제 세 편의 소설을 통해 드러난 명우의 갱생의 행보를 자세히 좇아보자. 명우는 『流氓』에서 '순동'과 '순녀'의 아버지에 대한 걱정과 염려, 사랑에 감동한다. 아버지는 어머니를 '팔아먹기'까지 한 사람인데도 순동은 집에 돌아와서는 제일 먼저 아버지의 안부를 챙기고 있다. 이것은 자위단원으로서의 행위라 할 수 없다. 앞서 살핀 자위단으로서의 언사와 달리 집에서의 순동의 모습은 늘 다정하고 아버지

---

24 권용혁, 『한국 가족, 철학으로 바라보다』, 이학사, 2012, 152~221쪽 참조.

에 대한 연민이 가득하다. 때문에 명우는 순동 남매로 인해 '고향'과 '어머니'를 떠올리게 되고 곧장 그리움으로 가득 차는 경험을 여러 차례 갖게 된 것이다.

"양심…… 양심의 쪼박지" 소장의 말을 기계적으로 외이며 걸어가는 그의 눈앞에 의젓이 떠오르는 것은 어린 시절의 가지가지일과 중학시대의 그리운 생활, 첫사랑의 그림 같던 장면, 어머니의 인자스런 얼굴, 어느 것 하나 희망에 빛나지 않는 것은 없다. "아―하" 명우는 그만 참다못해 두 손으로 머리를 웅켜잡고 그냥 길바닥에 쓸어저 느끼고 만다.

—『유맹』, 451쪽

그의 머릿속에는 고향에 두고 온 늙으신 어머니의 일이 다시금 떠올랐다.(어머니! 얼마나 속을 태우십니까? 불효의 자식 때문에 어머니의 머리는 벌서 백발이 되신지가 오랏을 것입니다 마아! 어머니! 그리운 어머니!) 참을 수 없는 설음에 눈물은 씻어도 씻어도 두 볼을 적신다.

—『마음의 금선』, 560쪽

명우는 조용히 어머니의 아페드러가 안젓다. 모자는 비로서 서로 정면으로 마주대하엿다. 한동안이 지낫다. 둘은 여전 말업시 마주보기만 한다. 갑자기 명우의 입술이 떨린다.

—『도라오는 인생』, 691쪽

두 개의 인용문은 명우가 그리워하는 어머니에 대한 기억이고, 마지막 『도라오는 인생』 인용문은 어머니와 해후하는 장면이다.[25] 명우는 『유맹』의 결말 부분에서 순녀와 결혼할 것과 어머니를 모시고 새 삶을 살겠다는, '갱생'을 결정했다. 그 전까지는 보도소 소장의 '협상'에 응하고 있지 않았다. 그렇다고 결말에 와서 소장의 거래에 동의한 것이라 볼 수도 없다. 이미 그 전부터 명우의 괴로움이 첫사랑 때문이었고, 그로 인해 마약을 하게 된 사실이 드러나고, 그때마다 명우를 구원해 준 것은 어머니와 고향에 대한 기억이었기 때문이다. 이는 어머니의 기억 끝에 환영처럼 스치는 첫사랑의 기억으로 불쾌한 명우가 집에 돌아왔을 때 자신의 양복(『流氓』에서는 속옷을 빨아온)을 빨아온 순녀를 보고서 설레는 등으로 연장되기도 한다.

명우의 갱생은 어머니를 모시고 아내를 얻어 살기로 결정한 것에서, 결혼에 이은 어머니와의 만남으로까지 연속된, 가족의 구성을 통한 삶의 구원의 노정을 보여주고 있다. 이는 또다른 인물 '인규'의 경우에도 같은 방식으로 작동하고 있다. 인규는 교원 출신의 인텔리로 첫사랑을 자신의 오해로 죽게 한 후로는 규선처럼 모든 것을 포기한 채 아편을 통해 과거에 묶여 살았다. 그러나 『도라오는 인생』에서는 그가 득수의 처 '금옥'과 부부의 연을 맺게 되고 명우를 도와 학교 선생으로 역할 한다. 인규 역시 가족을 구성한 것으로 새 삶을 시작하는 것이다. 더불어 부락 밖 산판에서 만난 영국인 기사와의 영어 대화는 그를 '부락민의 자부심'으로 상정한다. '하층민의 집단', '쓰레기의 집단'으로 호명됨을 부정할 수 없었던 부락이 이제 스스로 새로운 의미를 부여할 수 있는 가능성이 드러나기 시작하는 것이다.

---

25 『도라오는 인생』은 명우 어머니의 부락 이주와 관련하여 6차례(어머니 一, 어머니 二 ······)의 소제목으로 이야기가 전개되고 있다. 발굴된 소설의 전체 연재 분량을 따져서도 절대 적지 않은 분량이다.

명우는 가족의 회복과 구성의 욕망을 갱생의 삶의 원천으로 삼고
있다. 가족과 일상의 회복이야말로 새 삶을 살아갈 튼튼한 바탕이 된
다는 믿음이다.[26] 자칫 이를 명우에 대한 보도소 소장의 믿음과 신뢰가
역할 한 것이라 보기에는 몇 가지 문제점이 있다. 보도소 소장은 세 편
의 소설에서 부락민의 갱생을 위한 자신의 헌신에 대해 점차 그 결심
의 강도를 높혀 가고 있지만 그것은 어떤 개연성도 없고 또 지극히 선
동적일 뿐이다. 그가 "팔 다리라도 잘라 주겠다", "한 알의 보리알이 되
어 썩겠다", "아무 소원이 없다, 죽어도 한이 없다" 등으로 말한 것은 극
단적이기까지 하다. 또한 부락민을 갱생하기 위한 "일장연설"의 내용
역시 지극히 관념적이다. 명우와의 '협상이 협상이 될 수 없는' 까닭이
기도 하다.

3) 부락의 재장소화

소설에서 공간에 접근하는 길은 소설에 구현된 공간이 실제 세계의
장소와 얼마나 정합되는지 따지는 데 머무르지 않고 소설의 여러 요소
들의 작용과 조합을 통해 어떤 공간 형상이 구현되는지 따지는 데로
나 있다.[27] 세 편의 소설 이외에도 현경준의 재만 소설에서 유독 자주

---

26 이러한 명우의 의식으로 미루어 작가 현경준의 의식을 엿볼 수 있다. 현경준은 「나의
小說履歷」, 『文章』, 1940.1, 196~199쪽에서 일상의 회복과 배움의 필요를 강조하고
있다. 또한 『命日의 太陽』(1935), 『歸鄕』(1935), 『夜雨』(1940) 등은 '가족 윤리의 회복'
이란 주제의식을 담고 있다.
27 장일구, 「한국 근대 도시공간의 서사적 초상—이종공간의 탄생 신화」, 『어문연구』
75, 2013, 301~333쪽 참조.

등장하는 공간은 국경지대이다. 이것은 그가 조선과 중국의 국경 도시 도문에서 교원 생활을 했던 까닭이기도 하겠지만 '재만'의 현실에서 갖는 다양한 체험과 의식의 양상이 이러한 서사 공간을 만들어 냈을 것으로 이해하는 것이 더 타당하다.

『유맹』, 『도라오는 인생』, 『마음의 금선』 세 소설의 배경이 되는 곳은 조선인만으로 구성된 부정업자 부락이다. 소설 속에 드러나는 정보를 통해서 형상해본 부락의 모습의 대략 이러하다. 사방에 보초막이 있고 포대(砲臺)가 있으며 부락 아래 냇가에는 버들 방축이 둘러 있고, 못 미쳐 옥수수 밭이 있으며 부락 내 공동농장과 개인농장이 있다. 그런데 이러한 부락의 모습은 일제가 만주에 건설한 여타 집단 부락의 실제적 모습과는 좀 다른 양상이다. 이는 본 소설의 배경이 된 부정업자 부락의 존재 유무와도 관련이 있을 터이고, 소설 속에서 실재적 공간으로 태어난 것인 때문으로 이해하는 것이 적절할 듯하다. 실제 일제가 건설한 집단 부락은 조선인과 항일 부대와의 연계를 단절시켜서 식량과 의복 공급 등을 차단하여 항일 역량을 약하게 할 목적으로 일본 경비대 · 통신망 · 자위단에 의해 엄격하게 통제되었다. 망루 · 보호벽 · 철조망으로 구획된 집단 부락 안에 설치된 군경 파출소와 촌공서는 보갑연좌법을 실시하고 부락민의 일거수일투족을 엄밀하게 감시하였으며 심지어는 부락민의 출입 및 노동 상황도 감시하였다. 부락민은 정치 권리와 인신의 자유를 모두 박탈당한 감옥의 죄수와 같은 생활을 했던[28] 것으로 보인다. 때문에 실제 그들의 현실 공간과는 다소 상이한 세 소설의 부락은 소설 속에서 새롭게 탄생한 공간으로 이해할

---

28 우영란, 「시론일위시기기적 "집단부락」, 권립 주편, 『중국조선족사연구』, 연길 : 변대출판사, 1993, 210~211쪽.

수 있다.

　주지하듯 현실이 서사에 그대로 반영된다고 하더라도 현실의 물리적 공간 양상 자체가 실체로서 전제되어 이해될 수는 없다. 서사적 공간은 어떤 식으로든 실제 공간 양상 그대로일 수는 없으며 굴절된 양상[29]으로 드러날 것을 전제해야 하기 때문이다. 이를 통해서 세 소설에 나타난 무차별적인 공간을 이해하고 장소[30]로의 탄생을 기대할 수 있을 것이다.

　　저기저산 마루를 넘어서가면
　　어느곳 나라인지 알구픕니다
　　여기는 사시장철 눈에 뭇치고
　　슬픔난 욱어저서 듬직합니다
　　머얼리 가봤으면 지향도 없이
　　가면갓지 못갈리는 없으렸만

—『마음의 금선』, 528쪽;『도라오는 인생』, 621쪽

　　사시장철 감방안은
　　먹장같이 어둡고
　　자나깨나 창틈으론

29　장일구,『경계와 이행의 서사 공간－공간으로 읽는 한국 서사문학』, 서강대 출판부, 2011, 23쪽.
30　공간은 움직임이며, 개방, 자유, 위협이다. 장소는 정지, 개인들이 부여하는 가치들의 안식처이다. 인간은 직접적으로 그리고 간접적으로 다양한 경험을 하며 이러한 경험을 통하여 미지의 공간이 친밀한 장소로 바뀐다. 이푸 투안, 구동회·심승희 역,『공간과 장소』, 대윤, 2007, 7∼10쪽.

사자눈이 엿보네

엿볼테면 엿보렴아
도망질은 안한다
도망질을 하구퍼도
쇠사슬을 어이해

─『마음의 금선』, 529쪽;『도라오는 인생』, 621쪽

인용문은 명우, 규선, 인규가 모인 중에 인규와 명우가 각각 낭송한 시이다. 부락에 '갇혀' 자유를 잃은 현재의 상황을 대변하고 있는 내용이다. 첫 번째 시는 『마음의 금선』에서 인규가 암송한 시에 대한 화답의 형식으로 명우가 암송한 것인데, 흥미로운 것은 『도라오는 인생』에서는 규선이 명우와 있을 때에 "이런 곳에 갓처잇스면 간절히 생각나는 노래지"라며 암송하고 곧바로 『마음의 금선』에서 인규가 암송한 시를 또한번 암송하고 있다는 점이다. 이 부분은 『유맹』이 『도라오는 인생』으로 개작되면서 새롭게 추가된 부분이기도 한데 똑같은 시가 그때마다 다른 인물에 의해 낭송되었다는 것은 소설 속 공간에 대한 인물의 인식을 강하게 드러내고 있다는 점에서 중요성을 시사한다.

시는 이들에게 부락이 '닫힌', '막힌', '단절된', '고립된' 장소로서 인식되고 있음을 보여준다. 이러한 고립감은 규선이 부락의 강 건너편을 바라보며 "사라저 간 그 시대를 그려보는 중일세 저건너 벌판을 보니, 이상스레도 마음이 울렁거리며 설레네"(『마음의 금선』, 549쪽)라고 고백하는 데에서도 찾을 수 있다. 단절된 장소로 인식된 부락은 바깥과 소통하거나 그것을 희망하는 것조차를 차단하고 있다. 다만 그 안에서

계속적으로 절망하며 환각 속에서 과거를 기억할 수 있는 것으로 잠시
의 안정감을 주는 곳일 뿐이다. 부락을 벗어나지 않는 한 부락민들은
'왜곡된' 안전과 평화의 마음을 가질 수 있을 것이다.

> 셋은 아까보다는 훨씬 삭아저간 안개빨을 내다보며 방향을 따진다음, 동
> (東)으로 향해 이슬밭을 헤치고 나간다. 그런데 어째서 동으로 방향을 잡
> 었는지는 셋이 다 서로 모른다. 그러나 그 까닭을 캐려고는 아무도 안한다.
> 그것은 그들에게 더욱 심한 불안을 가져다주기 때문인 것을 잘 알고 있기
> 때문이다. 그저 어디던지 방향을 잡고 감으로서 잠시라도 무겁게 머릿속
> 을 엄습하는 불안을 떨쳐 버리려는 것이 셋의 공통된 심리다.
>
> ─『유맹』, 461~462쪽; 『마음의 금선』, 555쪽

인용문은 성오와 규선, 병철이 아편 밀수를 하다가 적발되어 도주하
고 있는 장면이다. 셋은 무조건 동쪽으로만 갈 뿐 어디로 갈 것인지는
결정하지 못했다. 때문에 심히 불안할 수밖에 없다. 장소를 잃어버린[31]
이들에게서 발견되는 모습이다. 실제로 세 명이 이튿날 발견된 곳은 부
락에서 "십 리도 되나마나 한"(『유맹』, 『도라오는 인생』), "부락에서 얼마
안 되는"(『마음의 금선』) 곳이었다. 왜곡된 안정감의 장소였던 부락에서
의 이탈이 가져온 끔직한 결과이다. 그러나 여기로부터 이전까지 존재
했던 부락의 장소성은 재장소화의 물꼬를 틀 수 있게 된다. 이탈한 그
들이 무작정 "동쪽"으로, "안개 속을 걷고 걷는 것"으로 미증유의 세계
로부터 오는 불안감을 떨쳐내려 했던 것은 그들이 다음날 부락 가까이

31　위의 책, 54쪽.

에서 체포됨으로써 다시 불온하고 왜곡된 안정감의 장소(부락)로 되돌려 지지만 구제할 수 없는 인물 성오의 죽음으로 미흡하나마 부락을 자정하고 또 다른 기회가 자리할 수 있는 여지를 만들고 있는 것이다.

이후 『도라오는 인생』에서 명우와 순녀, 순동과 복녀, 인규와 금옥 등의 결혼을 통한 새로운 가족의 탄생과 명우 어머니의 이주, 다른 이주민들의 합류에 따른 부락 공간의 재배치를 통해서 고립된 장소로서 존재하던 부락은 다시 한번 재장소화 되는 기회를 맞게 된다. 조선인만으로 구성된 부락은 명우, 순동, 인규 모두가 가족을 만들고, 명우 어머니와 다른 이주민들의 유입, 학교 설립 등 일련의 사건을 통해서 부락의 공간을 기획하게 되고 그 안에서 이전과 다른 새로운 장소성을 획득하게 되는 것이다. 부락의 재장소화는 '가족'과 '이웃'의 생성과 연대를 바탕으로 가능했던 만큼 그것의 감성을 담지 할 수 있어야 할 것이다. 그것은 가족과 이웃의 탄생, 그리고 이들의 연대와 부락 내 시작된 아이들의 교육이 명우의 어린 시절 기억과 중첩되면서 부락을 무매개로 하여 탄생시킨 '집'이란 새로운 장소성이다.

4. 가족과 인간 윤리의 회복, 공간의 생성과 확장

'생활'은 소설의 주요 소재이다. 그러나 생활에의 관심을 단순히 문학작품의 소재로서만 이해할 수는 없을 것 같다. 원론적으로 사실주의 창작방법에서의 생활은 작품의 소재로서의 생활과 그 생활을 통해 얻어지는 현실인식 두 가지 의미를 내포하고 있기 때문이다. 여기에 생

활인으로서의 인물이 일상적 인물이 아닐 때에는 더 많은 의미가 추출
될 수 있을 것이다.

세 편의 소설『유맹』,『도라오는 인생』,『마음의 금선』은 아편 중독
자 집단 부락을 배경으로 아편 중독자들의 생활과 미래의 전망 등을
보여준다. 그런데 이 세 소설은 설핏 중일전쟁과 태평양전쟁이 심화되
는 시기 국책문학으로서 일제에 복무하는 식민지 재만 문학으로서의
혐의와 함께, 만주국의 국민을 대상한 자혜와 연민을 인정하고 이에
대한 보답의 산물로 보여질 수 있는 기호를 담고 있다. 소설의 서두에
"이것은 한 개의 보고문에 불과하다고 생각한다"(『유맹』)며 소설이 갖
는 허구와 상상의 자유를 박탈한 것이나 "신흥국가만주국에서는 그들
의 그 과거에 착안하고 단 한사람이라도 좋다 한사람이라도 완전히 소
생식혀서 국가의 구성분자로 맨들 수가 있다면 이 얼마나 뜻깊은 일이
랴? 하고 이를 악물고 달려들엇다. 왕도낙토를 건설하려는 만주국이
아니고는 생각도 할 수 없는 일이다"(『마음의 금선』)라며 만주국 정책에
깊은 신뢰를 보내고 있는 목소리가 그러하다. 그러나 기호 속에 담긴
의도를 찾아내기란 어렵지 않다.

우선 세 편 소설을 분석해보면 전체 소설을 관통하는 하나의 의식
을 만날 수 있게 된다. 그것은 앞서 살펴보았듯 인간 윤리와 가족의 회
복이다. 세 편의 소설 속 명우를 비롯한 순동, 인규 등 주요 인물은 모
두 새로운 가족의 구성이나 복원, 재구성 등을 통해서 갱생의 삶을 시
작하고 있다. 부모님, 아내와 아이가 있는 집의 모습은 인간 삶의 원형
을 환기한다. 지극히 안정되고 완결된 집(가족)의 정서는 전통적 유교
문화 속 가족의 정서와 질서를 현재로 호출해서 부락민들의 갱생을 주
도하고 있는 것이다. 그리고 아편, 밀수 등의 부정업자 조선인 부락에

살고 있는 파괴된 인간들과 계속되는 중독의 상황은 건강한 가족의 회복을 통해서 치유될 수 있음을 보여준다. 유교 문화 속 국가 인식이 가족 인식의 연결 속에서 이루어지는 것을 참고할 때에 가족 회복을 통해서 건강한 국가 회복으로까지 그 인식이 확장되고 연장될 수 있는 가능성을 인지할 수 있다.

그러나 여기서 자칫 도식적으로 이해할 수도 있을 함정이 생긴다. 건강한 국가 회복이 만주국의 회복을 가리킴은 아니라는 것이다. 『유맹』에서 명우가 자신을 때린 자위단 단장에게 저항하거나, 『마음의 금선』에서 현실과 괴리된 일확천금의 문제를 비판하는 보도소 소장에게 병철이 맞서는 등의 행위는 만주국의 허위가 형상화되어 드러나는 부분이다. 혈육과 이웃을 감시하는 "특별한 윤리"를 이미 체화하고 있는 단장과 소장이야말로 만주국이 세운 "부정업자" 부락을 꾸려가는 주요 인물인 것을 생각할 때에 이는 더욱 분명해진다.

또, 세 편 소설의 배경이 되는 조선인 부락이란 공간은 불온한 안정감의 장소성을 가지고 있었다. 누구도 허락 없이 밖으로 나갈 수 없고 외부와 선별적인 소통만이 가능한, 그곳을 이탈하면 죽음 밖에 없는 것을 잘 알기에 이 모든 부락의 규율을 지키면 안전하게 지낼 수 있다는 왜곡된 안정감을 주는 장소였다. 그러나 이는 다시 재조정되고 있는 모습이다. 명우를 비롯한 순동, 인규 등의 결혼과 학교 설립, 어머니의 이주, 새로운 부락민의 유입 등으로 비로소 개방되고 열린 공간이 되고 있는 것이다.

이제 부락은 집을 단위로 하여 개방된 소통이 가능한 공간으로 전환될 것이다. 그리고 부락 내 이주민의 유입과 학교 설립 등으로 새롭게 구획, 분할 될 부락은 끊임없이 새로운 공간을 창출해 낼 것으로 기대할 수 있다. 이 모두를 통해서 공동체의 형성이 실현되고 공간의 확장이 가능할 수 있는 바탕이 마련된다. 가족을 그 기본 단위로 하면서 개방적 소통과 연대가 가능해진 조선인만의 부락은 공동체로서 성장, 확장해 갈 수 있게 되는 것이다.

이제 처음의 『유맹』, 『마음의 금선』 서문에 대한 답을 얻을 수 있을 듯하다. 서문은 만주국의 아편중독자 치료와 국민 만들기의 노력에 애정과 열정을 가지고 있음을 드러내고는 있다. 그러나 이렇게 만주국 정책에 협력하는 듯한 제스추어는 만주국조차 의식하고 있지 못 했던 정책 이데올로기의 허구성을 비판 내지 조롱하고 있는 것이다. 이는 만주국은 물론이거니와 일제의 만주국 이데올로기에도 동요되거나 현혹 되지 않으려했던 작가의 의지로도 이해할 수 있을 것이다.

5. 결론

조선인의 만주 이주는 삶의 고단함을 배태한 채 자발적, 정책적으로 이루어졌다. 그러나 이주민으로, 만주국 국민으로 그들의 삶은 이주 동기와 그 과정에서보다 더 큰 고통과 유혹의 가운데에 있었다. 아편 밀매와 중독의 문제는 그 정점에 있다. 만주국은 조선인을 아편 밀매업자로 활용하고 중독자들에겐 제한된 흡연을 허용해주다가 전시 총동원체제에 돌입하면서 노동력과 재원의 확보를 위해서 단금정책으로 급전환하였다. 이는 아편전매를 통해서 만주국의 재정 수입을 늘리려는 의도였고, 아편중독자를 위한 특별병원 역시 그러했다. 조선인의 만주 이주와 이후 만주국 국민으로서의 삶은 일제의 획책과 허위의 산물이었다.

본 글은 『유맹』, 『도라오는 인생』, 『마음의 금선』 세 편의 소설을 대상으로 일제와 만주국의 정책 이데올로기 속에 자리한 조선인의 모습을 등장인물의 성격과 인물의 관계 속에서 살펴보았다. 그 결과 인간성이 사멸된 인물의 등장과 죽음, 탈주 등의 사건이 세 편의 소설에서 연속적으로 등장함을 확인하고 이중 득수라는 인물을 일제와 만주국의 허위성을 상징하는 인물로 보았다. 그리고 가족이 가족을 감시하고 고발하는 등의 비윤리적 행위를 특별한 윤리로 이해하는 보도소 소장과 자위대 단장 등의 인물도 같은 맥락으로 이해하였다.

그리고 주인공 명우의 갱생 의지가 가족의 회복과 탄생을 통해서 가능했음을 밝히며 이것이 보도소 소장 등이 기획했던 갱생과는 다름을 확인하였다. 명우의 갱생 의지는 결혼, 어머니의 이주, 주변 인물들의 결혼 등을 통해서 가족을 탄생하는 것으로 나타나고 이를 통해서 부락이라는 공간은 새로운 장소성을 획득할 수 있었다. 그것은 외부와 단절되어 선별적 소통과 폭력이 존재했던 왜곡되고 불온한 안정감의 장소가 아니라 가족의 정서가 담지된 집이라는 새로운 장소성이다. 이후 새로운 부락민의 유입과 학교 설립 등으로 개방된 공간으로의 분할은 지속적으로 발생할 것이고 가족은 공동체로 확장될 것이다. 이에 따라 집의 장소성은 국가로의 장소성 획득으로 연장될 수 있는 가능성을 기대할 수 있었다. 그리고 이것은 재만 작가로서의 현경준의 의식이며 동시에 의지로도 이해할 수 있음을 점쳐보았다. 그러나 물론 그 중심에 있기는 하지만 세 편의 소설만으로 작가의식을 논할 수 없을 것이다. 작가의 이전, 이후 소설과의 맥락 속에서 갖는 의의 역시 그 중요성을 생각할 때에 본 글의 부족한 점을 알 수 있다. 이 부분에 대한 연구를 통해 현경준 소설의 전체적 특성을 밝히는 것을 책무로 느끼며 연구의 기회를 기약한다.

참고문헌

1. 기본자료
허경진·허휘훈·채미화 주편(연변대 조선문학연구소),『현경준』, 보고사, 2006.

2. 단행본 및 논문
권용혁,『한국 가족, 철학으로 바라보다』, 이학사, 2012.
_____,「한국 근대가족에 대한 철학적 성찰」,『사회와 철학』22, 2011.10.
김경일·윤휘탁·이동진·임성모,『동아시아의 민족이산과 도시-20세기 전반 만주의 조선인』, 역사비평사, 2004.
김재용,「일제 말 한국인의 만주 인식-만주 및 '만주국'을 재현한 한국문학을 중심으로」,『일제 말기 문인들의 만주체험』, 역락, 2007.
김호웅,「대일(對日)협력과 저항의 몇 가지 양상-재만조선인 문학의 경우를 중심으로」,『한중인문학연구』19, 2006.
박　강,「9·18사변 이전 중국 동북정권의 아편정책」,『한국민족운동사연구』32, 2002.
_____,「'만주국'의 아편마악 밀매대책과 재만 한인」,『한중인문학연구』19, 2006.
_____,『20세기 전반 동북아 한인과 아편』, 선인, 2008.
서영인,「만주서사와(탈)식민의타자들」,『어문학』38, 2010.
서은주,「만주국 재현 서사의 딜레마, 혹은 해석의 난경-현경준의 소설을 중심으로」,『한국근대문학연구』22, 2010.
오상순,「표면구조에서의 국책 선전과 심층구조에서의 허구성 비판-현경준의 중편소설「流氓」을 중심으로」,『현대문학의 연구』36, 2008.
우영란,「시론일위시기기적 "집단부락」, 권립 주편,『중국조선족사연구』, 연길연변대출판사, 1993.
이경훈,「아편의 시대, 아편쟁이의 시대-현경준의「유맹」에 대한 몇 가지 고찰」,『사이』

4, 2008.

이영미, 「재만조선인의 이주와 정주 과정에 대한 인식의 문제-현경준의 경우를 중심으
　　　로」, 『한민족문화연구』 31, 2009.11.30.

장일구, 『경계와 이행의 서사 공간-공간으로 읽는 한국 서사문학』, 서강대 출판부, 2011.

＿＿＿, 「한국 근대 도시공간의 서사적 초상-이종공간의 탄생 신화」, 『어문연구』 75,
　　　2013.

장춘식, 『일제강점기 조선족 이민작가 연구』, 민족출판사, 2010.

조진기, 『일제 말기 국책과 체제 순응의 문학』, 소명출판, 2010.

차성연, 「현경준의 『유맹』 연구」, 『한국문학논총』 53, 2009.

한석정, 『만주국 건국의 재해석-괴로국의 국가효과 1932~1936』, 동아대 출판부, 2009.

현경준, 「나의 소설이력」, 『문장』, 1940.1.

투안, 이푸, 구동회·심승희 역, 『공간과 장소』, 대윤, 2007.

오카다 히데키, 최정옥 역, 『문학에서 본 '만주국'의 위상』, 역락, 2008.